FJB

VIC JAMES

# DARK PALACE

## ZEHN JAHRE MUSST DU OPFERN

Aus dem Englischen
von Franca Fritz und Heinrich Koop

FJB

MIX
Papier aus verantwortungsvollen Quellen
FSC® C083411

Erschienen bei FISCHER FJB

Die Originalausgabe erschien 2017 unter dem Titel
›Gilded Cage‹ bei Pan Macmillan, London.


Satz: Druckerei C.H.Beck, Nördlingen
Druck und Bindung: CPI books GmbH, Leck
Printed in Germany
ISBN 978-3-8414-4010-5

*Für Mum*

*Danke für alles,*
*vor allem für die Bibliotheksbücher*

# PROLOG

## *Leah*

Zuerst hörte sie das Motorrad, dann das galoppierende Pferd – zwei weit entfernte Geräusche in der Dunkelheit, die schnell näher kamen, während sie hastig weiterlief.

Abgesehen vom Knirschen ihrer Schuhe auf dem Untergrund, verursachte Leah nicht den geringsten Laut, und das Gleiche galt für das Kind, das sie fest an sich drückte. Doch ihre Verfolger brauchten sie nicht zu hören, um sie zu finden. Die Grenzmauer von Kyneston war der einzige Ort, zu dem sie fliehen konnte. Und wenn sie die Mauer endlich erreicht hatte, bildete das Kind in ihren Armen – ihre Tochter Libby – die einzige Hoffnung auf eine Flucht.

Der Mond kam nur gelegentlich hinter den hohen, jagenden Wolken hervor, aber der schwache Schimmer der Mauer strahlte ihr beständig vom Horizont entgegen. Der Anblick erinnerte sie an einen Lichtstreifen, der aus einem hellerleuchteten Flur unter der Schlafzimmertür hindurchfiel und albtraumgeplagten Kindern Trost spendete.

Hatte sich ihr Leben auf Kyneston genau dazu entwickelt: zu einem Albtraum? Einst hatte es scheinbar all ihre Träume erfüllt.

Das Röhren des Motorrads kam nun näher, während das Donnern der Hufe dahinter zurückblieb. Bei ihren Verfolgern konnte es sich nur um Gavar und Jenner handeln. Beide befanden sich weit links von ihr, steuerten aber in einer schnurgeraden Linie auf sie zu. Allerdings erreichte Leah deutlich vor ihnen die Mauer.

Erleichtert ließ sie sich einen Moment dagegensinken. Während sie keuchend Luft holte, ruhte ihre Hand auf dem uralten Mauerwerk. Die Steine fühlten sich unter ihren Fingern kühl an. Sie waren feucht und mit Moos bedeckt – ein starker Kontrast zum Eindruck von Wärme, den das unnatürlich leuchtende Mauerwerk erzeugte. Aber so äußerte sich nun mal die Macht des *Geschicks*. Weder dieser Ort noch die Menschen, die hier lebten, hatten irgendetwas Natürliches an sich.

Höchste Zeit zu verschwinden.

»Bitte, mein Schatz. Bitte«, flüsterte Leah, zog eine Ecke der selbstgestrickten Decke weg und drückte einen Kuss auf Libbys seidiges Köpfchen.

Die Kleine quengelte, als Leah ihren Arm sanft unter der Decke hervorholte und ihre kleine Hand nahm. Leahs Brust hob und senkte sich gleichermaßen vor Anstrengung und Angst, während sie sich gegen die Wand lehnte und die Handfläche ihrer Tochter dagegendrückte.

An den Stellen, wo die winzigen Finger das verwitterte Mauerwerk berührten, leuchteten die Steine stärker auf. Unter Leahs wachsamen Augen breitete sich das Leuchten aus und strömte durch den Mörtel zwischen den Steinen. Zunächst war der Schein nur schwach, wenn auch deutlich sichtbar. Aber dann sprang das Licht ruckartig höher und kletterte in Richtung Mauerkrone, immer kräftiger, intensiver, stärker. Und es bildete eine Kontur: eine gerade, senkrechte Linie und dann einen Bogen. Das Tor.

Aus der Dunkelheit drang ein mechanisches Fauchen zu ihr. Der Motor des Motorrads wurde abgewürgt. Und erstarb.

Dann durchbrach ein anderes, näheres Geräusch die Nacht: ein lässiges Klatschen. Leah zuckte zurück, als hätte sie tatsächlich einen Schlag ins Gesicht bekommen.

Jemand wartete dort in der Dunkelheit. Und als die hochgewachsene, schlanke Gestalt ins Licht trat, sah sie, dass er es war. Natürlich. Silyen. Der jüngste der drei Jardine-Brüder, aber nicht der unbedeutendste. Er führte alle durch das Tor nach Kyneston – all jene, die hier ihre Pflichtzeit abdienten. Und es war sein *Geschick*, das sie auf dem Familienanwesen festhielt. Wie hatte sie sich nur einbilden können, dass er ihr die Flucht erlauben würde?

Der langsame Applaus brach ab. Eine seiner schmalen Hände mit den abgekauten Fingernägeln deutete auf das Gitterwerk der Torwölbung.

»Nur zu«, sagte Silyen in einem Ton, als würde er Mutter und Kind zum Tee hereinbitten. »Ich werde dich nicht aufhalten. Mich interessiert die Vorstellung, endlich herauszufinden, wozu die kleine Libby fähig ist. Du weißt ja, dass ich meine eigenen … Theorien habe.«

Leahs Herz raste. Silyen war der letzte der Brüder, dem sie vertraute. Der allerletzte. Trotzdem musste sie die angebotene Gelegenheit nutzen, selbst wenn es sich dabei nur um das Spiel einer Katze handelte, die kurz die Tatze vom Rücken der gefangenen Maus nahm.

Sie musterte sein Gesicht, als könnten der Mondschein und das *Geschick*-Licht seine wahren Absichten offenbaren. Und als Silyen ihr vermutlich zum allerersten Mal direkt in die Augen sah, glaubte Leah darin etwas zu erkennen. Neugier? Er wollte sehen, ob Libby das Tor öffnen konnte. Falls ihr das gelang, würde er sie beide vielleicht durchlassen. Nur um des Vergnügens willen, bei Libbys Demonstration ihrer Kräfte dabei zu sein – und vielleicht um seinen ältesten Bruder zu ärgern.

»Danke«, sagte sie, kaum lauter als im Flüsterton. *»Sapere aude?«*

»›Wage, weise zu sein.‹ In der Tat. Wenn *du* es wagst, werde *ich* weiser sein.«

Silyen lächelte. Leah wusste jedoch nur zu gut, dass es sich dabei nicht um Mitleid oder Freundlichkeit handelte.

Sie trat einen Schritt vor und drückte Libbys Hand auf das schwach umrissene Tor, das unter den klebrigen Fingern der Kleinen sofort hell aufstrahlte. Wie geschmolzenes Metall in einer Gussform breitete sich das Licht aus: ein kunstvolles Gitterwerk, mit Blättern und phantastisch anmutenden Vögeln, gekrönt von den verschlungenen Buchstaben »P« und »J«. Das Tor sah exakt so aus wie an jenem Tag vor vier Jahren, als Leah in Kyneston eingetroffen war und es sich geöffnet hatte, um sie hereinzulassen. Und zweifellos genauso wie an jenem Tag vor etlichen Jahrhunderten, als es erschaffen wurde.

Doch jetzt blieb das Tor verschlossen. Verzweifelt packte Leah eine der schmiedeeisernen Ranken und zog mit aller Kraft daran. Libby brach nun in lautes Heulen aus. Aber der Lärm spielte jetzt keine Rolle mehr, dachte Leah mit dumpfer Hoffnungslosigkeit. Sie würden das Kyneston-Anwesen an diesem Abend nicht mehr verlassen.

»Na, das ist ja interessant«, murmelte Silyen. »Deine Tochter – das heißt, die Tochter meines Bruders – hat zwar das Blut in ihren Adern, um das Tor zum Leben zu erwecken, aber sie besitzt nicht das *Geschick*, es zu öffnen. Es sei denn, sie will dir damit zu verstehen geben, dass sie ihre Familie nicht verlassen möchte.«

»Du bist nicht Libbys Familie«, fauchte Leah, wütend vor schierer Angst, und drückte ihr Kind noch fester an sich. Ihre Finger schmerzten vom Kampf mit dem unnachgiebigen Metalltor. »Weder du noch Gavar, noch sonst irgendjemand von eu…«

Ein Schuss ertönte, und Leah schrie laut auf und stürzte zu Boden. Ein heißer Schmerz jagte durch ihren Körper, so schnell und grell, wie das Licht das Tor erhellt hatte.

Gavar schlenderte in aller Ruhe herbei und schaute auf sie herab. Tränen quollen ihr aus den Augen. Einst hatte sie diesen Mann geliebt: Kynestons Erben, Libbys Vater. Er hielt die Waffe noch immer in der Hand.

»Ich habe dich gewarnt«, sagte Gavar Jardine. »Niemand nimmt mir etwas weg, das mir gehört.«

Leah sah ihn nicht an. Stattdessen drehte sie den Kopf, drückte die Wange gegen den kalten Boden und heftete ihren Blick auf das kleine Bündel in der Decke, das nur wenige Schritte entfernt lag. Libby schrie jetzt vor Schmerz und Empörung. Leah sehnte sich danach, ihre Tochter zu berühren und zu besänftigen, aber aus irgendeinem Grund hatte ihr Arm nicht länger die Kraft, selbst diese kurze Entfernung zu überbrücken.

In der Nähe klapperten Hufe und hielten abrupt inne. Ein Pferd wieherte, und zwei Stiefelabsätze trafen auf dem Boden auf. Und hier kam er auch schon, Jenner, der mittlere der Brüder. Der Einzige, der gelegentlich gute Absichten hatte, aber nicht in der Lage war, sie umzusetzen.

»Was tust du da, Gavar?«, rief er. »Sie ist doch kein Tier, das du einfach abknallen kannst. Ist sie verletzt?«

Wie als Antwort auf seine Frage stieß Leah in diesem Moment einen schrillen Schrei aus, der in einem atemlosen

Röcheln erstarb. Jenner hastete zu ihr, kniete sich neben sie, und Leah spürte, wie er ihr die Tränen aus den Augen wischte. Seine Finger fuhren sanft über ihr Gesicht.

»Es tut mir leid«, beteuerte er. »So leid.«

In der Dunkelheit, die sich um sie herum ausbreitete und die auch das Leuchten des Tores nicht vertreiben konnte, sah sie, wie Gavar seine Waffe in den Mantel steckte, bevor er sich bückte und ihre gemeinsame Tochter aufhob.

Silyen setzte sich in Richtung des Herrensitzes in Bewegung. Als er Gavar passierte, drehte dieser ihm den Rücken zu und beugte sich beschützend über Libby. Leah konnte nur hoffen, dass er als Vater gütiger sein würde, als er es als Liebhaber gewesen war.

»Silyen!«, hörte Leah Jenners Stimme. Aber er klang weit entfernt, als stünde er beim Haupthaus und würde über den See hinwegrufen. Dabei konnte sie noch immer seine Hand an ihrer Wange fühlen. »Silyen, warte! Kannst du denn nichts tun?«

»Du weißt doch, wie das Ganze funktioniert«, kam seine Antwort, so schwach, dass Leah sich fragte, ob sie sich das vielleicht nur eingebildet hatte. »Niemand kann die Toten wiedererwecken. Nicht einmal ich.«

»Sie ist nicht …«

Aber dann schien Jenner zu verstummen. Und Gavar musste es gelungen sein, Libby zu beruhigen. Und das Tor schien zu verblassen, und sein *Geschick*-Licht erlosch, denn plötzlich wurde es um sie herum still und dunkel.

# I

## *Luke*

Es war ein ungewöhnlich heißes Juniwochenende, und Schweißperlen bildeten sich an Luke Hadleys Rückgrat, während er bäuchlings auf einer Decke im Vorgarten lag. Blind starrte er auf die ausgebreiteten Lehrbücher vor ihm. Das Kreischen lenkte enorm ab und dauerte nun schon eine ganze Weile an.

Wenn Abigail hier gelegen und zu lernen versucht hätte, wäre es Daisy und ihren Freundinnen niemals gestattet worden, so einen Krach zu veranstalten. Aber unerklärlicherweise schien Mum sich für Daisys Geburtstag, der zur Party des Jahrhunderts mutiert war, förmlich zu überschlagen. Lukes kleine Schwester und ihre Freundinnen rasten laut quietschend hinter dem Haus hin und her, während irgendeine drittklassige, unerträglich schlechte Boyband durch das geöffnete Wohnzimmerfenster plärrte.

Luke stopfte die Ohrhörer tiefer in die Gehörgänge – so tief wie es gerade noch ging, ohne dabei das Trommelfell zu zerreißen – und drehte die Lautstärke seiner eigenen Musik auf. Aber es nutzte nichts. Der eingängige Rhythmus von »Happy Panda« erhielt Unterstützung durch die sich überschlagenden Stimmen zehnjähriger Mädchen, die die chinesische Sprache massakrierten. Luke stöhnte und ließ das Gesicht auf die aufgeschlagenen Bücher im Gras vor sich sinken. Er wusste, wem er die Schuld geben würde, wenn er in Geschichte und Bürgerrecht durchfiel.

Neben ihm saß Abi, die ihre Abschlussprüfung schon lange hinter sich hatte und gebannt in einem ihrer Lieblingskitschromane las. Luke warf einen Seitenblick auf den Umschlag und zuckte beim Titel gequält zusammen: *Die Sklavin ihres Herrn und Meisters.* Seine große Schwester hatte das Buch fast zu Ende gelesen und schon das nächste pastellfarbene Gräuel bereitgelegt. *Die Versuchung des jungen Erben.* Luke war es völlig schleierhaft, wie jemand so Schlaues wie Abigail solch einen Mist lesen konnte.

Aber zumindest war sie dadurch abgelenkt. Untypischerweise hatte Abi nicht ein einziges Mal genörgelt und ihn zum Lernen aufgefordert, obwohl die Ergebnisse dieser Prüfung die wichtigsten in seiner schulischen Laufbahn waren, zumindest bis zum Ende seiner Schulzeit in zwei Jahren. Erneut wandte er sich den Prüfungsfragen aus den vorherigen Jahrgängen zu. Aber die Worte verschwammen vor seinen Augen.

*Beschreibe den Aufstand der Ebenbürtigen im Jahr 1642 und erkläre, wie es dadurch zum Sklavenzeit-Vertrag kam. Analysiere die Rollen der folgenden Personen: (a) Charles I, der Letzte König; (b) Lycus Parva, der Königsmörder; (c) Cadmus Parva-Jardine, der Herzens-Reine.*

Luke stöhnte genervt und rollte sich auf den Rücken. Diese blöden Namen der Ebenbürtigen schienen nur dafür gemacht, Verwirrung zu stiften. Und wen interessierte es schon, warum die Sklavenzeit eingeführt worden war, vor Hunderten von Jahren? Im Grunde zählte doch nur eines: die Tatsache, dass sie noch immer Gültigkeit besaß. Es musste noch immer jeder Bürger Großbritanniens ein ganzes Jahrzehnt seines Lebens opfern. Abgesehen von den Ebenbürtigen – den Aristokraten mit ihrem besonderen *Geschick*. Diese Jahre verbrachte man dann innerhalb einer der üblen Sklavenstädte, die auf jede der britischen Großstädte einen düsteren Schatten warfen, ohne Bezahlung und ohne Ruhepause.

Plötzlich bemerkte Luke aus dem Augenwinkel eine Bewegung. Er setzte sich auf in der Hoffnung auf etwas Ablenkung. Ein Fremder war die Auffahrt hinaufgekommen und warf einen neugierigen Blick durch die Scheiben von Dads Wagen. Was an sich nichts Ungewöhnliches war. Luke sprang auf und ging zu dem Mann.

»Tolles Auto, oder?«, wandte er sich an den Fremden. »Das ist ein Austin-Healey, über fünfzig Jahre alt. Mein Dad hat ihn restauriert. Er ist Automechaniker. Aber ich habe ihm geholfen. Wir haben mehr als ein Jahr dafür gebraucht. Wahrscheinlich könnte ich die meisten Reparaturen jetzt selbst durchführen – mein Dad hat mir so vieles gezeigt und beigebracht.«

»Tatsächlich? Na ja, dann wirst du es vermutlich bedauern, den Wagen gehen zu sehen.«

»Gehen zu sehen?« Luke war verdutzt. »Der Wagen geht nirgendwohin.«

»Ach? Aber das hier ist doch die Adresse in der Anzeige.«

»Kann ich Ihnen helfen?« Abi war neben Lukes Schulter aufgetaucht. Sie versetzte ihm einen sanften Stoß. »Kümmer dich um deine Schulbücher, Bruderherz. Ich mach das schon.«

Luke wollte gerade antworten, dass sie sich die Mühe sparen könnte, weil dieser Mann sich in der Adresse geirrt hätte, als eine Horde kleiner Mädchen um das Haus bog und auf sie zugaloppierte.

»Daisy!«, rief Abi tadelnd. »Du weißt, dass ihr nicht hier

vorne spielen dürft. Ich will nicht, dass irgendeine von euch auf die Straße läuft und überfahren wird.«

Daisy trottete zu ihnen. Sie trug einen großen, orangefarbenen Sticker mit einer glitzernden »10« darauf und eine Brustschärpe mit der Aufschrift »Birthday Girl«.

»Also ehrlich.« Daisy verschränkte die Arme. »Das war doch nur für eine Minute, Abi.«

Der Mann, der wegen des Wagens gekommen war, musterte Daisy jetzt eindringlich. War der Typ etwa irgend so ein Perverser?

»›Birthday Girl‹?«, las er die Worte auf Daisys Schärpe. »Du bist heute zehn geworden? Verstehe …«

Einen kurzen Moment verzog er das Gesicht zu einer seltsamen Miene, aber Luke konnte den Ausdruck nicht deuten. Dann betrachtete der Mann die drei Geschwister, die vor ihm standen. Sein Blick war zwar nicht bedrohlich, hatte aber etwas an sich, das Luke veranlasste, beschützend einen Arm um seine kleine Schwester zu legen und sie näher an sich zu ziehen.

»Wisst ihr was … ich werde euren Dad ein anderes Mal anrufen«, verkündete der Mann. »Genieß deine Party, junges Fräulein. Amüsiere dich, solange du es noch kannst.«

Er nickte Daisy zu, machte auf dem Absatz kehrt und schlenderte die Auffahrt hinunter.

»Total schräg«, sagte Daisy gedehnt. Dann stieß sie ein Kriegsgeheul aus und führte ihre Freundinnen in einer hüpfenden, jubelnden Polonaise wieder auf die Rückseite des Hauses.

*Total schräg* traf es genau, dachte Luke. Und eigentlich galt das für den gesamten Tag, der sich irgendwie nicht richtig anfühlte.

Aber erst am Abend, als er hellwach in seinem Bett lag und grübelte, fiel es ihm wie Schuppen von den Augen. Der Verkauf des Wagens. Das Tamtam um Daisys Geburtstag. Der verdächtige Mangel an nörgelnden Aufforderungen, endlich für seine Klausuren zu lernen.

Als er gedämpfte Stimmen aus dem Erdgeschoss hörte und die Treppe hinunterstiefelte, fand er seine Eltern und Abi am Küchentisch vor, auf dem ein Haufen Papiere und Dokumente lagen. Und in diesem Moment wusste er, dass er recht hatte.

»Wann hattet ihr vor, es Daisy und mir zu sagen?«, fragte er von der Küchentür aus und verspürte eine Art grimmiger Genugtuung, als er ihre verwirrten Mienen sah. »Wenigstens habt ihr dem armen Mädchen noch erlaubt, die Kerzen auf dem Geburtstagskuchen auszupusten, bevor ihr mit eurem großen Geheimnis herausrückt. ›Herzlichen Glückwunsch, Schätzchen. Mummy und Daddy haben eine Überraschung für dich: Sie werden dich während der nächsten zehn Jahre allein zurücklassen, um ihre Sklavenzeit abzudienen.‹«

Seine Eltern und Abi starrten ihn stumm an. Dad griff nach Mums Hand, die auf dem Tisch ruhte. Elterliche Solidarität – das war nie ein gutes Zeichen.

»Also wie lautet euer Plan? Dass Abi sich um Daisy und mich kümmert? Und wie soll sie das machen, sobald sie ihr Medizinstudium aufgenommen hat?«

»Setz dich, Luke.«

Dad wirkte normalerweise eher gelassen, doch jetzt klang seine Stimme ungewöhnlich ernst. Das ließ bei Luke die erste Alarmglocke schrillen.

Und als er dann die Küche betrat, sah er, wie Abi die Unterlagen hastig zu einem Stapel zusammenschob. Zu einem verdächtig hohen Stapel. Das oberste Blatt trug Daisys Geburtsdatum.

Jetzt klickte es in Lukes Gehirn, und die Erkenntnis bohrte sich wie ein Messer tief in seine grauen Zellen.

»Es geht nicht nur um euch beide, stimmt's?«, krächzte er. »Es betrifft uns alle. Jetzt, da Daisy zehn geworden ist, ist die Sache legal. Ihr nehmt uns mit. Wir alle werden unsere Sklavenzeit abdienen.«

Er konnte den letzten Satz kaum glauben. Der Gedanke schnürte ihm die Kehle zu.

Innerhalb eines Sekundenbruchteils hatte sich die Sklavenzeit von einer öden Klausurfrage in das nächste Jahrzehnt seines Lebens verwandelt. Fortgerissen von allen und allem, das er kannte. In Manchesters dreckige, unerbittliche Sklavenstadt verschleppt. Millmoor.

»Ihr kennt ja die Redensart.« Luke war sich nicht sicher, ob er seinen Eltern Vorwürfe machte oder sie anflehte. »›Wer seine Sklavenzeit zu alt antritt, wird nicht durchkommen. Wer seine Sklavenzeit zu jung antritt, wird nicht darüber hinwegkommen.‹ Welchen Teil davon habt ihr nicht verstanden? Niemand absolviert seine Zeit in meinem Alter – von Daisys Alter ganz zu schweigen.«

»Deine Mutter und ich haben uns diese Entscheidung nicht leichtgemacht«, erwiderte Dad mit ruhiger Stimme.

»Wir wollen nur das Beste für euch, für euch alle«, sagte Mum. »Und wir sind davon überzeugt, dass dies die richtige Entscheidung ist. Du bist noch zu jung, um das jetzt zu verstehen, aber das Leben ist für diejenigen, die ihre Sklavenzeit hinter sich haben, viel leichter. Es bietet euch Möglichkeiten – bessere Möglichkeiten, als dein Vater und ich je gehabt haben.«

Luke wusste, was sie meinte. Man war erst dann ein vollwertiger Bürger mit allen Rechten und Pflichten, wenn man seine

Sklavenzeit abgedient hatte, denn nur solche Bürger konnten bestimmte Posten innehaben, ein eigenes Haus besitzen oder ins Ausland reisen. Aber Jobs und Häuser lagen für Luke in unvorstellbar weiter Ferne, und zehn Jahre Knechtschaft im Tausch für ein paar Wochen Urlaub in einem fremden Land erschienen ihm nicht wie ein erstrebenswerter Deal.

Die betont vernünftige Haltung seiner Eltern empfand er als brutalen Verrat. Hier ging es nicht um etwas, das seine Eltern einfach so bestimmen konnten, wie beispielsweise neue Vorhänge fürs Wohnzimmer. Hier ging es um sein Leben. Über das sie eine gravierende Entscheidung getroffen hatten, ohne ihn auch nur zu fragen.

Wohingegen sie allem Anschein nach Abi zu Rate gezogen hatten.

»Weil sie achtzehn ist«, erklärte Dad, als er Lukes Blick folgte. »Abigail ist volljährig und kann selbst bestimmen, was sie möchte. Und natürlich sind deine Mum und ich hocherfreut, dass sie beschlossen hat, mit uns zu kommen. Genau genommen hat sie sogar noch sehr viel mehr getan.«

Dad legte einen Arm um Abis Schultern und drückte sie stolz an sich. Was hatte Supergirl denn jetzt schon wieder vollbracht?

»Ist das dein Ernst?«, wandte Luke sich an seine Schwester. »Du hast Angebote von drei verschiedenen Unis für ein Medizinstudium und lässt sie alle sausen, um die nächsten zehn Jahre in Millmoors ›Bank of China‹-Callcenter alle fünf Minuten *nin hao* zu sagen? Vielleicht stecken sie dich aber auch in die Textilfabrik. Oder in eines der Schlachthäuser.«

»Komm wieder runter, Bruderherz«, erwiderte Abi. »Ich habe meine Uniangebote aufgeschoben. Außerdem geh ich nicht nach Millmoor. Keiner von uns geht dahin. Und jetzt tu, was Dad gesagt hat: Setz dich, und dann werde ich alles erklären.«

Noch immer wütend – aber gleichzeitig auch brennend daran interessiert, zu erfahren, wie man Millmoor entkommen konnte – folgte Luke ihrer Aufforderung. Und dann hörte er mit einer Mischung aus Bewunderung und Entsetzen zu, während Abi ihm erzählte, was sie getan hatte.

Das Ganze war krank. Und furchterregend.

Aber es handelte sich noch immer um Sklavenzeit, und da Luke noch nicht volljährig war, blieb ihm keine Wahl, so oder so. Seine Eltern konnten ihn mitnehmen, wohin sie auch wollten.

Aber wenigstens brachten sie ihn nicht in dieses Rattenloch namens Millmoor.

Am nächsten Morgen weihten Mum und Dad Daisy ein – die die Neuigkeit mit einem Gleichmut hinnahm, der Luke beschämte. Zum ersten Mal erlaubte er sich den Gedanken, dass der Plan seiner Eltern vielleicht doch nicht so verkehrt war und dass sie alle die Sklavenzeit relativ glimpflich überstehen könnten, gemeinsam als Familie.

Wenige Tage später, als Luke das Ganze etwas verdaut hatte, erzählte er seinem besten Freund Simon davon. Simon stieß einen leisen Pfiff aus, als er die große Neuigkeit erfuhr.

»Innerhalb des Arbeitszuteilungsamtes gibt es eine Abteilung namens Landgutdienstleistungen, wo die Ebenbürtigen sich ihre Haussklaven besorgen«, erklärte Luke. »Abi hat dort für uns alle einen Antrag eingereicht. Wir werden in den Süden geschickt, nach Kyneston.«

»Selbst ich hab schon mal von Kyneston gehört.« Simon starrte ihn ungläubig an. »Das ist die Familie Jardine. Ganz hohe Tiere. Lord Jardine ist der unheimliche Kerl, der während unserer Kindheit Kanzler war. Und wofür zum Teufel brauchen sie dich?«

»Keine Ahnung«, räumte Luke ein.

Die Unterlagen sahen für Mum, Dad und Abi klar umrissene Rollen vor: als Krankenschwester für das Landgut, als Kynestons Kraftfahrzeugmechaniker und irgendein Posten als Sekretärin. Aber weder für Daisy noch für ihn fanden sich genauere Angaben – vermutlich, weil sie noch minderjährig waren, hatte Abi erklärt. Vermutlich würden sie keine feste Stelle bekommen, sondern einfach nur irgendwelche Aufgaben erledigen, die man ihnen täglich neu zuteilte.

Luke hatte sich ausgemalt, was damit gemeint sein konnte. Vielleicht die vergoldeten Toiletten des Herrenhauses putzen? Oder die Ebenbürtigen bei den Mahlzeiten bedienen und mit zurückgeschleimten Haaren und weißen Handschuhen Erbsen aus einer silbernen Schüssel vorlegen? Nichts davon erschien ihm wirklich verlockend.

»Und Daisy …«, fuhr Simon jetzt fort. »Welche Verwendung haben die Jardines für so ein kleines Kind? Und wozu brauchen sie überhaupt eine Krankenschwester? Ich dachte immer, die Ebenbürtigen würden ihr *Geschick* nutzen, um sich selbst zu heilen.«

Luke hatte so etwas Ähnliches angenommen. Aber Abi – allzeit bereit, irgendwelche Zweifel aus dem Weg zu räumen – hatte darauf hingewiesen, dass niemand genau wisse, wozu die Ebenbürtigen ihr *Geschick* nutzten. Was es umso aufregender machte, die Sklavenzeit auf einem ihrer Herrensitze zu absolvieren, fand sie. Und Daisy hatte dazu derart heftig genickt, dass es an ein Wunder grenzte, dass ihr Kopf nicht abgefallen war. Nicht mal die Ebenbürtigen würden das wieder beheben können, überlegte Luke.

Der Sommer verging quälend langsam. Eines Morgens Mitte Juli stapfte Luke die Treppe hinunter, wo er einen Makler vorfand, der gerade potentielle Nachmieter im Haus herumführte. Und kurz darauf füllte sich der Flur zunehmend mit Umzugskisten, in die ihre persönlichen Sachen während ihrer Sklavenzeit eingelagert werden sollten.

Anfang August traf Luke sich mit ein paar Freunden aus der Fußballmannschaft seiner Schule und teilte ihnen die unfrohe Botschaft mit. Ihre Reaktionen bestanden aus Schock, Mitleid und dem Vorschlag, zu einem Abschiedsumtrunk in einen Pub zu gehen, dessen Wirt dafür bekannt war, dass er das Alter seiner jugendlichen Gäste schlecht einschätzen konnte. Aber letztendlich hatten sie nur eine Weile im Park Fußball gespielt.

Und sie hatten keine Pläne für ein weiteres Treffen vereinbart.

Zwölf Tage vor dem Umzug kehrte der Mann zurück, der sich an Daisys Geburtstag nach dem Wagen erkundigt hatte. Luke sah zu, wie sein Vater die Autoschlüssel überreichte, und musste sich abwenden. Er würde nicht in Tränen ausbrechen, schon gar nicht wegen eines Autos.

Aber er wusste, dass er weniger um den Wagen trauerte als vielmehr um das, was er repräsentierte. Bye-bye Fahrstunden im Herbst. Adieu Unabhängigkeit. Macht's gut, beste Jahre meines Lebens.

Abi versuchte ihn aufzuheitern, aber wenige Tage später musste er sie trösten. Er sah ihre Silhouette, als sie mit gesenktem Kopf und bebenden Schultern in der Küchentür stand. Sie hielt einen aufgerissenen Briefumschlag in der Hand. Ihre Schulabschlussergebnisse. Die hatte er völlig vergessen.

Anfangs dachte er, Abi hätte nicht den erhofften Notendurchschnitt erreicht. Doch als er sie in den Arm nahm, zeigte sie ihm das Zeugnis. Perfekte Noten, die ihr den Zugang zu jeder gewünschten Universität gewährten. In diesem Moment wurde Luke klar, wie viel seine große Schwester aufgab, um sie zu begleiten.

Zwei Tage vor dem Abreisetag stand das ganze Haus Freunden und Verwandten offen, um sich in Ruhe zu verabschieden, und am Abend veranstalteten seine Eltern eine lustlose Party. Luke verbrachte den Tag vor seiner Spielekonsole – dort, wohin sie bald fahren würden, gab es keine Videogames. (Wie amüsierten sich eigentlich die Sklaven auf Kyneston? Mit Scharaden, um ein Klavier versammelt? Aber vielleicht hatten sie auch überhaupt keine Freizeit. Möglicherweise arbeiteten alle bis zum Umfallen, schliefen erschöpft ein und standen am nächsten Morgen wieder auf, um das Ganze von vorn zu beginnen. Jeden Tag, ein ganzes Jahrzehnt lang.)

Und dann brach der »große Tag« an, natürlich mit heiterem, sonnigem Wetter.

Luke saß auf der Gartenmauer und beobachtete seine Familie, die irgendwelche letzten Handgriffe erledigte. Mum hatte den Kühlschrank geleert und die Lebensmittel zu den Nachbarn gebracht. Dad war ein paar Straßen weiter bei einem Freund, um die restlichen Habseligkeiten abzuliefern, die dieser zu den anderen Kisten der Familie ins Mietlager bringen würde.

Die Mädchen lagen auf der Wiese, wo Daisy ihre Schwester mit Fragen löcherte und die Antworten auswendig lernte.

»Lord Whittam Jardine, Lady Thalia, Master Gavar und Jenner«, wiederholte Daisy. »Aber an den letzten Namen kann ich mich nicht erinnern. Der ist einfach zu blöd.«

»Du hast fast alles richtig aufgesagt«, erwiderte Abi lächelnd. »Der letzte Name ist Silyen – *Sill*-jen. Er ist der jüngste der Brüder, altersmäßig etwa zwischen Luke und mir. Die Familie Jardine hat keine Kinder in deinem Alter. Der Name wird Jar-*dien* ausgesprochen und *Kye*-neston wie ›Ei‹. Ganz bestimmt legen sie da unten im Süden keinen Wert auf unseren nordenglischen Akzent.«

Daisy verdrehte die Augen und ließ sich wieder ins Gras sinken. Abi streckte die langen Beine aus und schob den Saum ihres T-Shirts unter ihren BH, um sich zu sonnen. Luke hoffte inständig, dass sie das auf Kyneston nicht machen würde.

»Mir wird deine umwerfende Schwester fehlen«, raunte Simon Luke ins Ohr, worauf dieser erschrocken zusammenzuckte. Luke wandte sich seinem Freund zu, der angetrabt war, um sich zu verabschieden. »Sorg dafür, dass eure Lords und Herren nicht auf dumme Ideen kommen, was ihnen angeblich alles zusteht.«

»Ich weiß nicht recht«, murmelte Luke. »Du hast ja gesehen, welche Bücher sie liest. Vermutlich sind die Lords diejenigen, die Schutz brauchen.«

Simon lachte. Sie tauschten ein paar linkische Schulterklopfer, aber Luke blieb auf der Mauer hocken, während Simon vor ihm auf dem Gehweg stand.

»Ich hab gehört, die Mädchen der Ebenbürtigen sind total scharf«, sagte er schließlich und stieß Luke mit dem Ellbogen an.

»Und das hast du aus zuverlässiger Quelle, oder wie?«

»Na ja, wenigstens bekommst du überhaupt ein paar Mädchen zu sehen. Mein Onkel Jim hat erzählt, dass sämtliche Fabriken und Werkstätten in Millmoor nach Geschlechtern getrennt sind. Das heißt, die einzigen weiblichen Wesen, mit denen man Kontakt hat, sind die Mitglieder der eigenen Familie. Ist ein ziemliches Drecksloch, dieser Ort.«

Angewidert spuckte Simon auf den Boden. »Jimmy ist vor ein paar Wochen entlassen worden. Wir haben noch niemandem davon erzählt, weil er kaum das Haus verlässt und keine Besucher will. Mein Onkel ist ein gebrochener Mann. Ich meine, im wahrsten Sinne des Wortes. Er hatte einen Unfall und jetzt ist sein Arm …«

Simon knickte einen Arm und ließ sein Handgelenk herabbaumeln. Der Anblick war absurd, aber Luke war nicht nach Lachen zumute.

»Jimmy wurde von einem Gabelstapler oder so was erwischt. Aber er hat nicht viel darüber erzählt. Überhaupt redet er kaum noch irgendetwas. Er ist der kleine Bruder meines Dads, aber er sieht zehn Jahre älter aus. Nee, nee, ich mach einen weiten Bogen um Millmoor, jedenfalls solange ich kann. Aber du wirst auf diesem Anwesen vermutlich eine ruhige Kugel schieben.«

Simon hob den Kopf und blickte über die Straße. Schaute in jede Richtung, nur nicht in Lukes.

Luke erkannte, dass sein bester Freund nicht mehr wusste, was er sagen sollte. Sie hatten fast zwölf Jahre gemeinsam verbracht, mit Fußballtraining, Streichespielen, Hausaufgabenabschreiben. Seit ihrer ersten Woche in der Grundschule. Und all das endete nun hier und jetzt.

»Glaub bloß nicht, dass die Ebenbürtigen so sind wie wir«, setzte Simon zu einem letzten Gesprächsversuch an. »Das sind sie nämlich nicht. Im Gegenteil: Die sind Freaks. Ich erinnere mich noch gut an unseren Schulausflug zu ihrem Parlamentsgebäude, diesem Haus des Lichts. Der Reiseleiter hat die ganze Zeit geschwafelt, was für ein architektonisches Meisterwerk das Gebäude sei, nur mit Hilfe von *Geschick* errichtet. Aber mir hat das Ding einen Schauer über den Rücken gejagt. Erinnerst du dich noch an diese Fenster? Keine Ahnung, was da drin vor sich ging, aber für mich sah das ›Innere‹ nach nichts aus, was ich je gesehen hatte. Also pass besser gut auf dich auf. Und auf deine Schwester.«

Simon zwinkerte halbherzig in Abis Richtung, worauf Luke innerlich zusammenzuckte. Sein Freund war eine echt peinliche Nummer.

Luke würde ihn ein ganzes Jahrzehnt nicht mehr zu Gesicht bekommen.

Und Abi würde Simons Anzüglichkeiten bestimmt nie wieder hören, denn wenn Luke und seine Familie in zehn Jahren nach Manchester zurückkehrten, war Simon vermutlich längst verheiratet und hatte Kinder. Er würde dann einen Job haben. Neue Freunde. Er würde sein eigenes Leben führen. Alle Bestandteile von Lukes heutigem Universum würden dann verschwunden sein oder zehn Jahre weiter, während Luke auf der Stelle getreten hatte.

Die Ungerechtigkeit der ganzen Situation machte ihn plötzlich furchtbar wütend, und er schlug so fest mit der Hand auf die Mauerkrone, dass er sich die Haut aufschürfte. Als er vor Schmerz winselte, blickte Simon ihn endlich an, und Luke erkannte Mitleid in seinen Augen.

»Okay, ich bin dann mal weg«, sagte Simon. »Ich wünsch dir schnelle zehn Jahre.«

Luke sah ihm nach, bis er um die Ecke bog und außer Sicht war – der letzte Teil seines alten Lebens.

Dann gesellte er sich zu seinen Schwestern – schließlich gab es nichts mehr, was er sonst noch hätte tun können – und streckte sich neben ihnen im Gras aus. Daisy rückte näher und lümmelte halb auf ihm; ihr Kopf lag schwer auf seinem Brustkorb, während er ein- und ausatmete. Luke schloss die Augen und lauschte auf den lauten Fernseher im gegenüberliegenden Nachbarhaus, auf das Dröhnen des Verkehrs auf der Hauptstraße, auf den Gesang der Vögel, auf Mums Stimme, die Dad mitteilte, dass sie nicht sicher sei, ob sie genügend Sandwiches für die fünfstündige Fahrt nach Kyneston eingepackt hatte.

Irgendetwas krabbelte aus dem Gras und kroch über Lukes Hals, bis er es wegwischte. Er fragte sich, ob er die nächsten zehn Jahre nicht einfach verschlafen konnte, wie jemand in einem Märchen, um dann nach dem Aufwachen festzustellen, dass seine Sklavenzeit überstanden und ein für alle Mal erledigt war.

Plötzlich nahm Dads Stimme einen übereifrigen Tonfall an, und Mum rief: »Kinder, hoch mit euch. Es wird Zeit.«

Natürlich hatten die Jardines keinen Rolls-Royce mit Chauffeur geschickt. Lediglich eine alte, schlichte, silbergraue Limousine. Dad zeigte der Fahrerin, auf deren Pullover die gestickten Initialen des Arbeitszuteilungsamtes prangten, die Unterlagen der Familie.

»Fünf Personen?«, fragte die Frau und musterte die Dokumente stirnrunzelnd. »Ich habe hier nur vier Namen.«

Mum trat vor und präsentierte ihre zuversichtlichste Miene.

»Nun ja, unsere Jüngste, Daisy, war noch nicht ganz zehn Jahre alt, als wir die Anträge ausgefüllt haben. Aber inzwischen ist sie zehn, was wahrscheinlich der Grund …«

»Daisy? Doch, *sie* steht auf der Liste.« Die Frau las die Namen auf dem obersten Blatt ihres Klemmbretts vor: »HADLEY, Steven, Jacqueline, Abigail und Daisy. Abholadresse: 28 Hawthornden Road in Manchester, 11.00 Uhr vormittags. Zieladresse: Kyneston-Anwesen in Hampshire«.

»Was?«

Mum riss der Frau das Klemmbrett aus der Hand, und Abi beugte sich über ihre Schulter, um ebenfalls einen Blick darauf zu werfen.

Angst und aberwitzige Hoffnung krallten ihre Finger in Lukes Eingeweide und zerrten in entgegengesetzte Richtungen. Jemand hatte bei den Anträgen Mist gebaut. Er bekam eine Gnadenfrist. Und vielleicht brauchte er seine Sklavenzeit ja überhaupt nicht zu absolvieren.

Im nächsten Moment bog ein weiteres Fahrzeug in die Straße ein – ein wuchtiger, schwarzer Minivan mit einem Emblem auf der Motorhaube. Sie alle kannten dieses Symbol und die Worte, die in geschwungener Schrift darunterstanden: *»Labore et honore.«* Das Motto der Sklavenstadt Millmoor.

»Ah, da kommt mein Kollege«, sagte die Frau, offenkundig erleichtert. »Ich bin mir sicher, er wird die Angelegenheit gleich aufklären können.«

»Sieh mal«, zischte Abi und zeigte auf irgendetwas in den Papieren.

Der Minivan hielt vor dem Haus, und ein untersetzter Mann mit fast glattrasiertem Schädel stieg aus. Statt der Dienstkleidung des Arbeitszuteilungsamtes trug er dunkle Kleidung, die eher an eine Polizeiuniform erinnerte. Ein Schlagstock hing an seinem Mehrzweckgürtel und baumelte gegen seinen Oberschenkel, als er die Auffahrt hinaufkam.

»Luke Hadley?«, fragte er und blieb vor Luke stehen. »Schätze, das bist du, Junge. Schnapp deine Sachen, wir müssen noch vier weitere abholen.«

»Was hat das zu bedeuten?«, wandte Abi sich an die Frau vom Arbeitszuteilungsamt und hielt ihr das Klemmbrett unter die Nase.

Mehrere Blätter waren nach hinten geklappt, und auf dem Foto, das jetzt zu sehen war, erkannte Luke sein eigenes Gesicht. Ein dicker, roter Strich zog sich über das gesamte Blatt; darüber hatte jemand zwei Wörter gestempelt.

»Was das zu bedeuten hat?« Die Frau lachte nervös. »Nun ja, ›Überschüssig: Neuzuweisung‹ erklärt sich doch wohl selbst, oder? Das Kyneston-Anwesen war außerstande, eine sinnvolle Aufgabe für deinen Bruder zu finden. Also wurde seine Akte für eine Neuzuweisung an uns zurückgeschickt. Und für eine unverheiratete männliche Person ohne Ausbildung bleibt wirklich nur eine Option übrig.«

Die Angst hatte das Tauziehen gewonnen und zog jetzt Lukes Eingeweide Meter für Meter auseinander, mit freundlicher Unterstützung von nacktem Entsetzen. Er wurde in Kyneston nicht gebraucht. Man würde ihn nach Millmoor bringen.

»Nein«, stieß er hervor und wich zurück. »Nein, das muss ein Irrtum sein. Wir sind eine Familie.«

Dad stellte sich beschützend vor ihn.

»Mein Sohn wird mit uns kommen.«

»In den Unterlagen steht aber etwas anderes«, wandte die Frau ein.

»Wir pfeifen auf Ihre Unterlagen«, fauchte Mum.

Und dann geschah alles erschreckend schnell. Als der uniformierte Kerl aus Millmoor um Dad herumgriff, um Lukes Arm zu packen, holte Dad aus. Seine Faust traf den Mann derart fest am Kinn, dass dieser fluchend rückwärtstaumelte und nach seinem Gürtel tastete.

Sie alle sahen, wie der Schlagstock herabfuhr, und Daisy schrie auf. Der Gummiknüppel traf Dad seitlich am Kopf, worauf er ächzend auf die Knie sank. Blut sickerte aus seiner Schläfe und färbte den Bereich seiner Haare, der allmählich ergraute, dunkelrot. Mum keuchte auf, kniete sich neben ihn und untersuchte seine Wunde.

»Sie Tier!«, brüllte sie. »Stumpfe Gewalteinwirkung kann zum Tode führen, wenn das Gehirn anschwillt.«

Daisy brach in Tränen aus. Luke schlang die Arme um sie, drückte ihr Gesicht an seine Hüfte und hielt sie fest.

»Ich werde Sie anzeigen«, fauchte Abi und zeigte drohend mit dem Finger auf den Millmoor-Mann. Sie spähte auf den Namenszug auf seiner Uniform. »Für wen halten Sie sich, Mr Kessler? Sie können nicht einfach irgendwelche Leute angreifen.«

»Wie recht Sie haben, junges Fräulein.« Kessler verzog die Lippen zu einem breiten, hässlichen Grinsen. »Aber ich fürchte, dass ihr vor genau sieben Minuten …« – er warf einen demonstrativen Blick auf seine Uhr und drehte das Handgelenk, damit alle das Zifferblatt sehen konnten, das 11.07 Uhr anzeigte – »… alle eure Sklavenzeit angetreten habt. Damit seid ihr jetzt in rechtlicher Hinsicht Nicht-Personen. Leibeigene des Staates.« Er schaute Daisy an und fügte hinzu: »Um das für die Kleine hier verständlich zu machen: Das bedeutet, dass ihr nicht länger ›Bürger‹ seid und keine Rechte mehr habt. Keinerlei.«

Abi schnappte nach Luft, und Mum stöhnte leise und schlug sich die Hand vor den Mund.

»Ja, genau«, fuhr der Mann mit einem schmallippigen Lächeln fort, »die Leute vergessen das gern, wenn sie irgendwelche Vereinbarungen treffen. Vor allem dann, wenn sie sich für was Besseres halten – zu gut, um die Sklavenzeit zusammen mit uns anderen abzudienen. Ihr habt jetzt also die Wahl.«

Seine Hand fuhr zu seinem Gürtel und löste dort ein Gerät aus einer Halterung. Es erinnerte an eine Kinderzeichnung einer Pistole: wuchtig und bedrohlich.

»Das Ding hier hat 50 000 Volt und kann jeden Einzelnen von euch im Nu außer Gefecht setzen. Dann verfrachten wir euch in die Wagen, zusammen mit euren Sachen. Ihr vier dort drüben rein und du …« – er zeigte auf Luke und anschließend auf den Minivan – »hier rein. Oder ihr könnt jetzt alle freiwillig in das richtige Fahrzeug einsteigen. So einfach ist das.«

Gegen so was konnte man doch Beschwerde einlegen, oder?

Abi hatte sie alle für Kyneston angemeldet. Sie war bestimmt in der Lage, ihn aus Millmoor rauszuholen. Natürlich schaffte sie das. Sie würde das Arbeitszuteilungsamt allein schon durch die Menge an Beschwerdeschreiben und Anträgen kleinkriegen.

Luke konnte nicht zulassen, dass noch mehr seiner Familienmitglieder verletzt wurden.

Er gab Daisy frei und versetzte ihr einen sanften Schubs.

»Luke, nein!«, schrie seine kleine Schwester und versuchte, sich noch fester an ihn zu klammern.

»Hör zu, Daisy«, setzte Luke an, kniete sich vor sie und

wischte ihr die Tränen von der Wange. »Wir machen das jetzt folgendermaßen: Ich fahre nach Millmoor. Und du fährst nach Kyneston, wo du so super-sensationell sein wirst, dass die Jardines ihren Privatjet schicken werden, um mich zu holen. Du musst ihnen nur erzählen, dass du einen Bruder hast, der noch sensationeller ist, aber irgendwie aus Versehen nicht mitkonnte. Verstanden?«

Daisy wirkte zu geschockt, um irgendetwas zu sagen, aber sie nickte.

»Mum, Dad, macht euch keine Sorgen.« Dad brachte einen erstickten Laut hervor, und Mum brach in lautes Schluchzen aus, als er sie beide umarmte. »Es ist nur für kurze Zeit.«

Er konnte diese Scharade nicht viel länger aufrechterhalten. Wenn er nicht schnell in diesen Bus stieg, würde er zusammenbrechen. Innerlich fühlte er sich völlig leer, nur eine bittere, schwarze Angst wirbelte wie dreckiger Unrat in seinem Magen herum.

»Wir werden uns schon bald wiedersehen«, sagte er mit einer Zuversicht, die er nicht empfand.

Dann nahm er seine Reisetasche und drehte sich zum Minibus um.

»Was bist du doch für ein kleiner Held«, höhnte Kessler und riss die Seitentür des Wagens auf. »Mir kommen gleich die Tränen. Steig ein, Hadley E-1031, damit wir endlich loskönnen.«

Der Schlagstock traf Luke hart zwischen den Schulterblättern, und er stürzte vorwärts. Er besaß noch die Geistesgegenwart, die Füße anzuziehen, bevor Kessler die Tür zuknallte. Dann wurde er gegen die Beine der Sitzbank geworfen, als der Wagen davonraste.

Während Luke mit dem Gesicht auf dem schmutzigen Fahrzeugboden lag, halb gegen die stinkenden Stiefel eines Fremden gepresst, konnte er sich nichts vorstellen, was noch schlimmer war als das gerade Erlebte.

Aber Millmoor sollte ihn eines Besseren belehren.

# 2

## *Silyen*

Das Licht der frühen Septembersonne strömte durch das Erkerfenster des kleinen Salons von Kyneston, legte sich wie ein dickes goldenes Tuch über den Frühstückstisch und verwandelte das Silbergeschirr vor Silyen Jardine in ein schimmerndes Sternbild. Die Obstschale in der Tischmitte, eine strahlende Sonne, war bis zum Rand mit Birnen gefüllt, die frisch aus Tante Euterpes Garten kamen. Silyen zog die Schale zu sich heran und wählte ein grünes Exemplar mit rotgelben Flecken.

Dann nahm er ein scharfes Messer mit Elfenbeingriff und schnitt die reife Birne an. Fasziniert beobachtete er, wie der Saft auf den Teller tropfte, und wischte sich schließlich die Finger ab.

Noch bevor er zu seiner Kaffeetasse griff, näherte sich der Sklave, der einen Schritt hinter ihm stand, von links und goss einen dampfenden schwarzen Strom aus einer glänzenden Kaffeekanne in Silyens Tasse. Gavar, sein ältester Bruder, hatte einst einem Haussklaven ein Veilchen verpasst, weil er ihm angebrannten Toast serviert hatte, aber beim »jungen Herrn« gab sich die Haussklavenschaft immer alle Mühe, ihn so gut und schnell wie möglich zu bedienen. Silyen fand diese Tatsache sehr erfreulich. Und der Umstand, dass Gavar sich darüber maßlos ärgerte, war eine schöne Dreingabe.

Aber wie üblich befanden sich Silyen und seine Mutter, Lady Thalia, zu dieser frühen Morgenstunde allein im Frühstücksraum. Lediglich umgeben von einem halben Dutzend Sklaven, die geschäftig mit warmen Frühstücksspeisen hantierten. Gedankenverloren beobachtete Silyen die Haussklaven. Was für ein nerviges Hin und Her, noch dazu vollkommen unnötig.

Und an diesem Tag würde Mama den Haussklaven noch weitere Personen hinzufügen.

»Eine ganze Familie?«, fragte er, weil er spürte, dass seine Mutter einen Kommentar von ihm erwartete. »Wirklich?«

Das Personal fiel in Jenners Aufgabenbereich. Seine Mutter vertrat die Ansicht, dass es wichtig sei, seinem mittleren Bruder das Gefühl zu vermitteln, dass auch er innerhalb der Familie nützlich und von Wert war. Allerdings hatte Silyen den Verdacht, dass Jenner nur allzu gut wusste, was seine Familie tatsächlich von ihm hielt. Um es nicht zu merken, hätte er dumm sein müssen und nicht nur *geschicklos*.

Auf der gegenüberliegenden Tischseite knabberte Mama an einer Brioche, während sie ein paar Papiere mit dem Briefkopf des Arbeitszuteilungsamtes durchblätterte.

»Die Frau ist der Grund, wieso uns das Amt ihre Unterlagen zugeschickt hat. Als Krankenschwester mit großer Erfahrung auf dem Gebiet der Langzeitpflege wird sie sich um deine Tante kümmern. Der Mann versteht etwas von Kraftfahrzeugen und restauriert Oldtimer, weshalb er einige von den Autowracks reparieren kann, die dein Vater und Gavar ja unbedingt sammeln müssen. Außerdem haben die beiden ihre Sklavenzeit gerade erst angetreten und kommen nicht aus einer der Sklavenstädte, was bedeutet, dass sie …« – seine Mutter hielt einen Moment inne, als suchte sie nach der richtigen Formulierung – »… dass sie noch keine falschen Vorstellungen entwickelt haben.«

»Mit anderen Worten: Sie haben noch nicht gelernt, uns zu hassen.« Silyen warf Lady Thalia einen Blick aus seinen dunklen Augen zu, die so dunkel waren wie die seiner Mutter. Dann schob er eine dunkle Locke beiseite – ein weiteres, charakteristisches Erbe der Parvas, seiner Vorfahren mütterlicherseits. »Du hast von einer ganzen Familie gesprochen. Also was ist mit den Kindern?«

Lady Thalia machte eine abschätzige Handbewegung, worauf eines der Dienstmädchen einen Schritt vortrat, um ihre Anweisungen entgegenzunehmen. Doch dann wurde ihr bewusst, dass sie sich geirrt hatte, und sie zog sich wieder zurück. Ein ermüdender Unterwürfigkeitstanz, den die Sklaven, die die Familie Jardines bedienten, täglich viele Male aufführten.

»Nun ja, da wäre zunächst ein intelligentes Mädchen, das vor kurzem achtzehn geworden ist. Jenner hat um eine zusätzliche Bürohilfe gebeten, deshalb werde ich sie ihm zuteilen.«

»Achtzehn? Wirst du ihnen erzählen, was mit dem letzten Mädchen passiert ist, die mit achtzehn nach Kyneston gekommen war, um ihre Sklavenzeit abzudienen?«

Das makellose Make-up seiner Mutter kaschierte jede aufsteigende Röte, aber Silyen sah, wie die Dokumente in ihrer Hand zitterten.

»Du solltest so etwas nicht sagen. Beim Gedanken an das arme Mädchen könnte ich sofort in Tränen ausbrechen. Welch ein schrecklicher Unfall – und wie grausam, dass ausgerechnet dein Bruder sie erschossen hat. Er leidet noch immer darunter. Ich glaube, er hat sie sehr geliebt, auch wenn es sich um eine törichte Vernarrtheit gehandelt hat. Das arme kleine Ding, das jetzt ohne Mutter oder Familie dasteht.«

Silyens Lippen zuckten. Ein Glück, dass Gavar nicht da war und sich diese Verleugnung seines Kindes anhören musste. Widerstrebend hatten seine Eltern gestattet, dass die Kleine den Nachnamen Jardine tragen durfte – schließlich ließ sich an ihrer Herkunft nicht rütteln. Ihre Fülle kupferroter Haare zeugten von ihrer eindeutigen Verwandtschaft mit Gavar und seinem Vater, Whittam. Aber darüber hinaus hatte man dem Kind keine weiteren Privilegien zuteilwerden lassen.

»Ich habe mir gedacht, dass diese netten Leute sich um das arme Kind kümmern können«, fuhr seine Mutter vor.

Normalerweise interessierte Silyen sich sehr für das uneheliche Kind seines ältesten Bruders. Obwohl Sklavenmischlinge in den bedeutenden Familien des Landes keine Seltenheit waren, wurden sie gewöhnlich zusammen mit der schuldigen Mutter verstoßen. Glücklicherweise hatte Leahs Tod der kleinen Libby ein solches Schicksal erspart, was Silyen die Möglichkeit verschaffte, sie genau im Auge behalten zu können.

Da das Kind nicht zwei Ebenbürtige als Eltern besaß, hätte sie nach den Regeln der Vererbungslehre eigentlich *geschicklos* sein müssen. Aber man konnte nie wissen. Die Ereignisse am Tor, damals in der Nacht von Leahs Fluchtversuch, übten noch immer eine starke Faszination auf Silyen aus. Und auch davor hatten sich schon merkwürdige Dinge auf Kyneston ereignet – wie etwa Jenners Mangel an *Geschick*, trotz des tadellosen Stammbaums seiner Eltern.

Aber die Vereinbarungen für Libbys Betreuung interessierten Silyen eher weniger. Im Moment beschäftigten ihn ganz andere Dinge.

Schon bald würde der Kanzler auf Kyneston eintreffen: Winterbourne Zelston persönlich. Sein Besuch galt Mamas Schwester, mit der er früher verlobt gewesen war. Vermutlich waren sie noch immer verlobt, da Zelston seine Jugendliebe noch immer zu sehr liebte und viel zu viele Schuldgefühle hatte, um die Verbindung aufzulösen. Aber Tante Euterpe war nicht in der Verfassung, den Weg zum Altar anzutreten. Genau genommen war sie während der vergangenen fünfundzwanzig Jahre nicht in der Verfassung gewesen, irgendetwas anderes zu tun, als zu atmen und zu schlafen.

Doch Silyen hatte zu diesem Thema ein paar interessante Neuigkeiten. Für Zelston würde dieser Besuch unvergesslich werden.

Silyen brannte vor Ungeduld: Sein Bein zuckte unter dem Tisch, und er drückte eine Hand auf sein Knie, um es zu beruhigen. An Tagen wie diesen konnte er regelrecht spüren, wie sein *Geschick* in seinen Adern pulsierte, auf der Suche nach einem Ventil. Das Kanalisieren des *Geschicks* ließ sich mit dem Spielen einer Geige vergleichen, mit jenem Moment, in dem sich die Vibrationen der Saiten als Musik äußerten: exquisite, unwiderstehliche Musik. Er sehnte sich danach, diese Fähigkeit endlich einzusetzen.

Ihm war schleierhaft, wie seine Familie scheinbar unberührt von diesem ständigen Drang durchs Leben gehen konnte. Und er verstand überhaupt nicht, wie Jenner, ohne jedes *Geschick*, sein Leben überhaupt ertragen konnte.

»Diese Leute sehen ehrlich und zuverlässig aus«, sagte seine Mutter jetzt und tupfte sich ein paar Krümel vom Mund, ohne dabei ihren Lippenstift zu verwischen. »Sie kommen gegen vier Uhr hier an, was bedeutet, dass du dann gebraucht wirst.

Jenner wird sich um ihre Unterbringung kümmern. Hier, wirf mal einen Blick darauf.«

Sie schob ihm ein Foto über die polierte Nussbaumfläche des Frühstücktischs zu. Die Aufnahme zeigte fünf Personen an einem windgepeitschten, englischen Strand. Ein Mann mittleren Alters mit Stirnglatze und einem stolzen Lächeln hatte den Arm um eine adrette Frau in einem sportlichen Top gelegt. Vor ihnen stand ein kleines Mädchen mit Sommersprossen, das eine Grimasse zog. Zwei ältere Geschwister rahmten das Trio: ein großgewachsenes Mädchen mit langen rotblonden, zu einem Zopf geflochtenen Haaren, das sich nicht entscheiden konnte, ob es lächeln sollte oder nicht, und ein blonder Junge, der verlegen grinste.

Das ältere Mädchen sah nicht nach Gavars Typ aus, was eine Erleichterung war. Aber der Junge verdiente einen zweiten Blick. Er schien in Silyens Alter zu sein, was interessante Möglichkeiten versprach.

»Wie alt ist der Sohn?«

»Fast siebzehn, denke ich. Aber er kommt nicht mit. Es wollte mir partout keine sinnvolle Tätigkeit für ihn einfallen. Und Jungen in diesem Alter können ja so schwierig und störend sein. Du natürlich nicht, mein Lieber. Du nicht.«

Lady Thalia hob ihre winzige Teetasse, ein Salut an ihren Lieblingssohn – auch wenn es eigentlich keine große Konkurrenz gab. Silyen schenkte ihr ein gleichmütiges Lächeln. Allerdings war es ziemlich frustrierend, dass der Junge nicht hierherkam. Aber vielleicht würde sich eine seiner Schwestern als ebenso nützlich erweisen.

»Ich wüsste nicht, welche sinnvolle Aufgabe die jüngste Schwester hier übernehmen könnte.«

»Da bin ich ganz deiner Meinung. Aber Jenner hat darauf bestanden. Er wollte die ganze Familie hierherholen, weil er meinte, wir könnten die Kinder doch nicht von ihren Eltern trennen. Deshalb bin ich ihm auf halbem Weg entgegengekommen und habe ihm zugesichert, das kleine Mädchen dürfe die Eltern begleiten, aber der Junge nicht. Damit war Jenner zwar immer noch nicht zufrieden, aber er weiß, dass ich das letzte Wort habe. Ich mache mir Sorgen, dass er sich aufgrund seiner Art zu sehr mit dieser Sorte von Leuten identifiziert. Eine Eigenschaft, die dein Vater und ich keineswegs zu fördern wünschen.«

Jenners bedauerlicher Mangel an *Geschick* und seine unangemessene Sympathie für die Gewöhnlichen waren ein weiteres, vieldiskutiertes Gesprächsthema innerhalb der Familie, weshalb Silyen seine Aufmerksamkeit wieder auf die Birne auf seinem Teller richtete. Er hatte sie fast vollständig seziert, als die Türglocke draußen ertönte, begleitet von einem schrecklichen, erstickten Jaulen.

Großtante Hypatia musste ihr Haustier mitgebracht haben. Während Silyen auf das Geräusch lauschte, verwandelte sich das Jaulen in ein leises Winseln. Eines nicht allzu fernen Tages würde er diesem Tier den Gnadenschuss geben – obwohl es möglicherweise amüsanter wäre, es freizulassen.

»Das sind bestimmt der Kanzler und deine Großtante«, sagte Lady Thalia und überprüfte rasch ihr Erscheinungsbild in der glänzenden Oberfläche eines silbernen Sahnekännchens, bevor sie sich erhob. »Dein Vater hat sie herbestellt, um mit ihr über Gavars Hochzeit zu reden. Als sie erfuhr, dass Winterbourne ebenfalls hierherkommen würde, hat sie sich einfach in seine Staatskarosse eingeladen. Nur Hypatia schafft es, den mächtigsten Mann des Landes dazu zu bewegen, ihr eine Mitfahrgelegenheit anzubieten.«

Die Besucher warteten in der Eingangshalle, direkt hinter Kynestons kunstvoll geschnitzter Eichentür. Kanzler Winterbourne Zelston machte eine stattliche Figur, während Großtante Hypatia sich in einen prächtigen Mantel aus Fuchspelzen gehüllt hatte – allesamt von Tieren, die sie persönlich erlegt hatte. Zwischen ihnen kauerte eine dritte Gestalt, hager und mit zitternden Flanken. Das Wesen kratzte sich gelegentlich, als hätte es Flöhe, aber vermutlich juckten eher die Geschwüre auf seinen hervortretenden Rippen. Seine ungeschnittenen Nägel wölbten sich unter den Gliedmaßen und schabten über die glatten Steinplatten.

»Lordkanzler«, sagte Lady Thalia und machte einen Knicks.

Als der Kanzler huldvoll nickte, fiel ein Sonnenstrahl durch die riesigen Fenster der Eingangshalle und beleuchtete die kostbaren Perlen in den ordentlichen Flechtreihen seiner dunklen Haare. Der Schmuck warf leuchtende Muster auf Kynestons Wände. Silyen hatte den Verdacht, dass der Mann die Kunst der Selbstinszenierung seit vielen Jahren kultivierte.

Zelston umklammerte Lady Thalias Hand; Platinringe glitzerten an seinen dunklen Fingern. Eine makellos gestärkte weiße Manschette schaute unter dem schweren schwarzen Stoff seines Mantels hervor. Sein Kleidungsstil deutete auf einen Mann mit unumstößlichen Wertvorstellungen hin. Aber seine Politik war weit weniger entschieden. Vater, der vorherige Amtsinhaber des Kanzlerpostens, schwang beim Abendessen gern lange Schmähreden über die Unzulänglichkeiten seines Nachfolgers.

»Es ist mir eine Ehre, wieder auf Kyneston zu Gast zu sein«, murmelte Zelston. »Ich bedaure es sehr, dass mich die Amtsgeschäfte so lange Zeit ferngehalten haben. Mir haben die Besuche gefehlt.«

»Und Sie haben meiner Schwester Euterpe gefehlt«, erwiderte Mama. »Dessen bin ich mir sicher, auch wenn wir das natürlich nie mit absoluter Gewissheit sagen können. Bitte gehen Sie doch gleich zu ihr.«

Der Kanzler verschwendete keine Zeit. Er wünschte Großtante Hypatia noch kurz einen »Guten Tag« und schritt dann auf den hinteren Bereich des Anwesens zu. Silyen drückte sich von der Wand ab, um ihm zu folgen, und trat sorgfältig über die zitternde Kreatur auf dem Boden. Seine Großtante begrüßte er auf die übliche Weise – mit anderen Worten: gar nicht.

Zelston brauchte keine Wegbeschreibung, während er durch die breiten, von Familienporträts gesäumten Gänge eilte. Er hatte Kyneston schon lange vor Silyens Geburt viele Male besucht.

Am Ende des Flurs befanden sich zwei Türen. Die linke stand offen und gab den Blick frei auf einen schlichten Raum mit einem Ebenholzklavier, einem Spinett und Regalen mit Notenbüchern. Silyens Musikzimmer, wo er sich jedoch nicht nur in der Kunst des Musizierens übte.

Diese Tür ignorierte Zelston natürlich. Stattdessen griff er nach dem vertrauten Griff der zweiten, geschlossenen Tür, hielt dann inne und drehte sich zu Silyen um. Vor dem Hintergrund seiner dunklen Haut wirkten seine Augen blutunterlaufen. Hatte er geweint, als er Silyens Brief gelesen hatte?

»Wenn du mich belogen hast«, setzte Zelston mit heiserer Stimme an, »werde ich dich vernichten.«

Silyen unterdrückte ein Grinsen. Das klang schon eher nach dem Kanzler.

Die Augen des Mannes streiften über sein Gesicht, auf der Suche nach … wonach? Angst? Empörung? Unaufrichtigkeit? Silyen schwieg und lud den Kanzler damit ein, ihn in Ruhe zu betrachten. Zelston knurrte und öffnete dann die Tür.

Im Verlauf von Silyens Leben hatte sich fast nichts in Tante Euterpes Zimmer verändert – einschließlich der Frau, der das Zimmer gehörte. Sie lag in dem breiten weißen Bett, die langen Haare sorgfältig auf den Kissen ausgebreitet. Ihre Augen waren geschlossen, und ihr Atem ging ruhig und gleichmäßig.

Die Rautenfenster, die auf einen kleinen, ordentlich gestutzten Garten hinausgingen, standen einen Spalt offen. Spitzen hoher Stockmalven und wippender Schmucklilien streiften die Brüstung, und eine Glyzine hatte sich um die Fensterlaibung gewunden, als versuchte sie, das stattliche Anwesen niederzureißen. Dahinter lag der Obstgarten. Birnbäume wuchsen an Spalieren vor der Ziegelsteinmauer, ihre Äste sorgfältig gespreizt wie die Glieder einer Messerwerferassistentin.

Auf einem Nachttisch stand eine ganze Sammlung von Medikamentenfläschchen, flankiert von einem Wasserkrug und einer Porzellanschüssel. Daneben ragte ein einzelner Stuhl mit hoher Lehne auf. Zelston ließ sich schwer auf die Sitzfläche fallen, als wäre sein Körper eine schreckliche Last. Jemand hatte der Schlafenden, die mit einem Nachthemd bekleidet war, die Bettdecke bis zur Brust hinaufgezogen; ein Arm ruhte auf dem Seidengewebe. Silyen sah, wie der Kanzler die bleichen Finger zwischen seine Hände nahm und fester drückte, als jede Krankenschwester gestattet hätte.

»Dann haben Sie meinen Brief also erhalten«, wandte er

sich an Zelstons gesenkten Kopf. »Sie wissen, was ich Ihnen anbieten kann. Und Sie kennen meinen Preis.«

»Dein Preis ist zu hoch«, entgegnete der Kanzler, ohne Tante Euterpes Hand freizugeben. »Wir haben hier nichts mehr zu besprechen.«

Die Vehemenz des Mannes verriet Silyen alles, was er wissen musste.

»Ach, ich bitte Sie«, erwiderte er milde und umrundete das Bett, bis er in Zelstons Blicklinie stand. »Wir wissen doch beide, dass es nichts gibt, was Sie nicht für sie tun würden.«

»Es würde mich meinen Posten kosten«, sagte der Kanzler und ließ sich herab, Silyen in die Augen zu schauen. »Hat dein Vater dich dazu angestachelt? Du weißt, dass er das Amt des Kanzlers kein zweites Mal bekleiden kann.«

Silyen zuckte die Achseln. »Was ist wohl die größere Tragödie: eine verlorene Karriere oder eine verlorene Liebe? Sie erscheinen mir wie ein Mann, der über solchen Dingen steht. Und ich bin mir sicher, dass meine Tante das Gleiche gedacht haben muss.«

Einen Moment herrschte Stille im Raum. Ein leises Brummen bildete das einzige Geräusch, gefolgt vom hörbaren Klatschen einer pollentrunkenen Biene, die gegen die Fensterscheibe flog.

»Seit fünfundzwanzig Jahren liegt sie so da«, sagte Zelston. »Seit dem Tag, an dem Orpen Mote bis auf die Grundmauern niederbrannte. Ich habe versucht, sie aus diesem Zustand zu holen; deine Mutter hat es versucht und sogar dein Vater. Die *Geschicktesten* unter uns haben es versucht und sind gescheitert. Und jetzt kommst du daher, ein siebzehnjähriger Junge, und willst mir erzählen, dass du es schaffen kannst. Warum sollte ich dir glauben?«

»Weil ich bei ihr war, an dem Ort, an dem sie sich befindet. Ich brauche sie lediglich zurückzuführen.«

»Und wo befindet sie sich?«

»Aber das wissen Sie doch.« Silyen lächelte. Er hatte das gleiche Lächeln wie seine Mutter – was angesichts der großen Familienähnlichkeit bedeutete, dass er auch das gleiche Lächeln wie Tante Euterpe hatte. Zelston musste den Anblick hassen. »Sie ist exakt dort, wo Sie sie zurückgelassen haben.«

Zelston sprang vom Stuhl auf, der daraufhin mit einem so lauten Knall umkippte, dass er Tote hätte wecken können – aber natürlich nicht die Frau im Bett. Der Kanzler packte Silyen an dem abgewetzten Revers seiner Reitjacke – eine unerwartete Reaktion. Silyen hörte, wie das Samtgewebe riss. Aber er brauchte ohnehin eine neue Jacke. Der Atem des Kanzlers schlug ihm heiß ins Gesicht.

»Du widerst mich an«, fauchte der Mann. »Der monströse Sohn eines monströsen Vaters.«

Zelston stieß Silyen gegen die Fensterlaibung, so dass dessen Kopf gegen die bleiverglaste Scheibe stieß. Ein paar Vögel flatterten aus den Bäumen auf.

»Ich bin der Einzige, der Ihnen Ihren Herzenswunsch erfüllen kann«, sagte Silyen und ärgerte sich darüber, wie dünn seine Stimme klang. Andererseits musste man damit rechnen, wenn einem die Hand eines Mannes die Luftröhre zudrückte. »Und ich verlange nicht viel als Gegenleistung.«

Der Kanzler machte ein angewidertes Geräusch und löste seinen Griff um Silyens Hals. Als Silyen seinen zerrissenen Kragen würdevoll glattzog, räusperte sich der ältere Mann.

»Das Privileg der Kanzlervorlage gestattet es mir, unserem Parlament jedes Jahr einen neuen Gesetzesentwurf vorzulegen, der während der drei Großdebatten besprochen wird. Und du verlangst, dass ich dieses Vorrecht in diesem Jahr missbrauche, indem ich die Abschaffung der Sklavenzeit vorschlage – das Fundament unserer Gesellschaftsordnung. Ich weiß, dass eine Handvoll unter uns Ebenbürtigen der Überzeugung ist, dass die Sklavenzeit irgendwie falsch sei und nicht einfach nur Teil der natürlichen Ordnung. Aber ich hätte nie gedacht, dass du zu ihnen zählen würdest.

Dir muss doch bewusst sein, dass ein solcher Vorschlag niemals umgesetzt und verabschiedet würde. Nicht einmal dein eigener Vater und dein Bruder würden dafür stimmen. Die beiden am allerwenigsten. Und ein solcher Vorschlag würde nicht nur mich ruinieren, er könnte unser gesamtes Land in den Ruin treiben. Wenn die Gewöhnlichen davon erfahren – wer weiß, was dann passiert? Das Ganze könnte Großbritanniens Landfrieden gefährden.

Ich bin bereit, dir alles in meiner Macht Stehende zu geben. Beispielsweise könnte ich einen der kinderlosen Ebenbürtigen dazu bewegen, dich als seinen Erben zu benennen. Und als Erbe eines Anwesens – und später als Lord – hättest du einen eigenen Sitz im Parlament und damit die Möglichkeit, eines Tages selbst Kanzler zu werden. Etwas, das du als dritter Sohn von Lord Jardine niemals erreichen wirst. Aber diese Abschaffung der Sklavenzeit ergibt keinen Sinn. Überhaupt keinen Sinn.«

Silyen betrachtete den Mann vor ihm. Zelstons dunkles Gesicht glänzte vor Schweiß, seine makellos weiße Seidenkrawatte saß schief. Es war bemerkenswert, welch starke Emotionen der Kanzler zeigte. War das die Gewohnheit eines Politikers und alles nur Show? Oder unterlagen manche Leute tatsächlich solch konstanten Gefühlsstürmen? Bei Gavar schien das der Fall zu sein, überlegte Silyen. Zumindest musste das Ganze sehr anstrengend sein.

Er machte eine Handbewegung in Richtung des umgekippten Stuhls neben dem Nachttisch, woraufhin der Stuhl in die Höhe schwebte und sich wieder auf seine vier Beine stellte. Erfreulicherweise verstand Zelston den Hinweis und setzte sich. Der Kanzler ließ den Kopf hängen und fuhr mit den Fingern über seine enggeflochtenen Zöpfe. Diese Geste erinnerte Silyen an ein Gebet. Allerdings hätte er nicht sagen können, zu wem der Mann betete oder wofür.

»Ich hätte da mal eine Frage an Sie, Kanzler: Was ist *Geschick?*«

Silyen wusste, dass Zelston in seinem früheren Leben als Anwalt tätig gewesen war. Bevor der unerwartete Tod seiner älteren Schwester ihn vom Reservesohn zum Erben hatte aufsteigen lassen und er plötzlich ungeahnte politische Ambitionen gezeigt hatte. Anwälte schätzten Fragen – und sie schätzten es noch mehr, wenn sie superkluge Antworten darauf geben konnten.

Misstrauisch schaute Zelston zwischen seinen Fingern zu Silyen hoch und reagierte prompt. Dabei bezog er sich auf eine Definition, die bedeutende Gelehrte vor Jahrhunderten erstellt hatten.

»Es ist eine Fähigkeit von unbekannter Herkunft, die sich nur bei einem sehr geringen Teil der Bevölkerung zeigt und von diesen Personen weitervererbt wird. Einige Begabungen sind universell, wie etwa die Kunst der Genesung, also der Heilung. Andere Begabungen wie etwa Veränderungsfähigkeit, Überzeugungskraft, Auffassungsgabe und Schadenszufügung manifestieren sich von Person zu Person unterschiedlich.«

»Also könnte man auch von *Magie* sprechen?«, schlug Silyen vor.

Er sah, wie der Kanzler zusammenzuckte. Das Wort galt als überholt, aber Silyen fand, es traf die Sache sehr gut. Dagegen erschienen ihm diese traditionellen Kategorien als zu trocken und unzulänglich definiert. *Geschick* war nicht nur der Sammelbegriff für mehrere belanglose Talente – es war ein Leuchten, das die Adern jedes Ebenbürtigen strahlen ließ.

Aber er musste mit dem Kanzler in einer Sprache reden, die dieser auch verstand: der Sprache der Politik.

»Vielleicht könnte man sagen, dass das *Geschick* uns …« – Silyen zeigte auf sich selbst und Zelston – »… von ihnen unterscheidet.« Er deutete auf das Fenster, durch das zwei Gartensklaven zu erkennen waren, die sich murmelnd über Apfelblütenstecher und andere Schädlinge unterhielten. »Aber verraten Sie mir eines: Wann war das letzte Mal, dass Sie Ihr *Geschick* genutzt haben? Abgesehen vom Heilen einer Papierschnittwunde nach dem Öffnen eines Briefes. Oder wenn Sie in politischen Angelegenheiten etwas Überzeugungskraft eingesetzt haben. Wann haben Sie Ihr *Geschick* zuletzt genutzt, um damit tatsächlich etwas zu erledigen?«

»Wir haben Sklaven, damit sie für uns alles erledigen«, erwiderte Zelston verächtlich. »Der eigentliche Sinn und Zweck der Sklavenzeit besteht darin, uns von jeglicher körperlicher Arbeit zu befreien, damit wir regieren können. Und du willst dieses System niederreißen?«

»Aber viele Länder werden von Gewöhnlichen regiert: Frankreich, wo sich die Menschen gegen die *geschickten* Aristokraten erhoben und sie in den Straßen von Paris niedergemetzelt haben. Oder China, wo sich unseresgleichen vor langer

Zeit in Gebirgsklöster zurückgezogen haben. Oder die Unionistischen Staaten von Amerika, die uns als feindliche Ausländer betrachten und uns den Zugang zu ihrem ›Land der Freien‹ verwehren, obwohl ihre Verwandten in den Konföderierten Staaten genauso leben wie wir. Regierungsgewalt ist nicht das, was uns definiert, Kanzler. Und auch nicht Macht. Oder Reichtum. Aber unser *Geschick* – das definiert uns. Und die Sklavenzeit hat uns das vergessen lassen.«

Zelston starrte ihn an und rieb sich dann die Augen. Er zeigte alle Anzeichen eines Mannes, der kurz davorstand nachzugeben. Ungeachtet seiner noblen Worte über den gefährdeten Frieden des Landes würde er all das sofort über den Haufen werfen, wenn sich ihm die Chance bot, seine verlorene Jugendliebe zurückzugewinnen. Eine fast bewundernswerte Bereitschaft – sofern man dazu neigte, derartige Dinge zu bewundern. Aber Silyen neigte nicht dazu.

»Und du glaubst also, dass diese Kanzlervorlage uns irgendwie wieder daran erinnern würde?«

»Ich denke, sie würde dabei helfen«, sagte Silyen.

Was gewissermaßen auch der Wahrheit entsprach.

Zelston warf einen langen Blick auf Tante Euterpes Gesicht, streckte dann den Arm aus und strich ihr über die Haare.

»Also gut. Ich werde dem Parlament diese Vorlage unterbreiten. Wir werden auf Esterby Castle darüber sprechen und danach auf Grendelsham. Und wenn im Frühling die dritte Großdebatte auf Kyneston stattfindet, wirst du dein Versprechen einlösen. Euterpe wird zu mir zurückkehren, noch bevor ich zur Abstimmung aufrufe. Die natürlich gegen dich ausfallen wird. Und jetzt geh mir aus den Augen.«

Silyen verneigte sich kurz und konnte dabei der Versuchung

nicht widerstehen, die Hacken laut zusammenzuschlagen. Bevor er den Raum verließ, drehte er sich noch einmal um.

»Ach, übrigens, Kanzler: Sie hätten eben keine Hand an mich legen können, wenn ich es nicht gestattet hätte.«

Dann zog er die Tür hinter sich ins Schloss.

Silyen ging in das angrenzende Musikzimmer. Nur das Klavier würde jetzt reichen: Nur dieses Instrument war groß und laut genug, um das Dröhnen des unablässig in seinen Adern rauschenden *Geschicks* wenigstens etwas übertönen zu können.

Er klappte den Deckel des Instruments auf. Als seine Finger über der Klaviatur schwebten, hörte er, wie Kanzler Winterbourne Zelston im Nebenraum zu schluchzen begann.

# 3

## *Abi*

Sie hatten benommen im Wagen gesessen und nur gesprochen, um wütend zu schimpfen, zu weinen oder – in Abis Fall – einen Plan nach dem anderen zu schmieden, wie sie Lukes Zwangsverschickung nach Millmoor wieder rückgängig machen konnten. Dad hatte die meiste Zeit geschwiegen, und Mum hatte die Fahrerin gebeten, kurz am Straßenrand anzuhalten, damit sie nachsehen konnte, ob er eine Gehirnerschütterung hatte. Ihre Versicherung, dass alles in Ordnung war, hatte Daisy etwas beruhigt und es Abi ermöglicht, sich auf Luke zu konzentrieren. Während der restlichen Fahrt drehten sich all ihre Gedanken ausschließlich um ihren Bruder.

Bis sie die Mauer erreichten.

»Kyneston liegt links von uns«, sagte die Frau vom Arbeitszuteilungsamt, die hinter dem Steuer saß. Sie hatte während der gesamten Fahrt geschwiegen – nachdem sie der Familie eindeutig zu verstehen gegeben hatte, dass ihre Gehaltsstufe keinen Kommentar zu den katastrophalen Ereignissen am Morgen erlaubte.

»Dabei handelt es sich um die älteste und längste Mauer des Landes: acht Million Ziegelsteine. Die meisten Ebenbürtigen haben sich nicht die Mühe gemacht, ihre gesamten Anwesen mit einer Mauer zu umgeben, sondern nur das Haus und den unmittelbar anschließenden Bereich eingefasst. Aber das gilt nicht für die Parva-Jardines. Diese Familie hat um alles eine Mauer gezogen, um den Wald, die Ländereien, einfach alles. Sehen Sie selbst.«

Abis Aufmerksamkeit verlagerte sich unwillkürlich von Luke zu der Mauer. Sie ließ die Fensterscheibe hinunterfahren, als würde sie das der endlosen Reihe von Ziegelsteinen irgendwie näher bringen. Diesem Wall, der sich um üppig grüne Felder wand und die englische Landschaft wie das rote Band eines Geschenks umschloss – eines Geschenks, das nur von Ebenbürtigen zu öffnen war.

»Die Mauer ist nicht sehr hoch«, stellte sie überrascht fest. »Ich hab immer angenommen, sie wäre viel höher. Sie macht nicht den Eindruck, als könnte sie das Rotwild an der Flucht hindern, ganz zu schweigen von Sklaven.«

Die Frau lachte kurz und schnaubend, als hätte sie einen guten Witz gehört. »Die Mauer erfüllt schon ihren Zweck. Aber nicht die Ziegelsteine sorgen dafür. Nicht mal die Ebenbürtigen können diesen Ort verlassen oder betreten – es sei denn, der junge Herr lässt sie passieren.«

»Der junge Herr?«

Das musste der jüngste Sohn der Jardines sein: Silyen.

Abi wusste, dass die Mauern der meisten Anwesen mit *Geschick* durchwirkt waren – ein Resultat von Black Billys Aufstand im Jahr 1802. Diese Revolte hatte begonnen, als ein Schmied eine Armee von Arbeitern gegen ihre Herrschaften auf Ide angeführt hatte, und damit geendet, dass der Schmied zu Tode gefoltert wurde mit Hilfe monströser Werkzeuge, die er unter dem Einfluss von *Geschick* zuvor selbst hatte schmieden müssen. Unmittelbar darauf hatten die Ebenbürtigen damit begonnen, Mauern um ihre Anwesen zu errichten. Es hieß, dass die mächtigsten Familien zusätzlich spezielle Torwächter hatten, um die jahrhundertealten Schichten aus schützendem *Geschick* aufrechtzuerhalten. Und die Jardines waren die mächtigste Familie im Land – die Gründerfamilie.

Ob die Geschichten über die Torwächter wohl stimmten? Und wenn ja, dann stellte Silyen Jardine – gerade mal siebzehn Jahre alt – definitiv eine merkwürdige Wahl für solch eine verantwortungsvolle Aufgabe dar. Fast so, als würden sie Luke den einzigen Hausschlüssel anvertrauen, dachte Abi – und spürte im gleichen Moment einen scharfen Stich, als ihr die Abwesenheit ihres Bruders wieder bewusstwurde.

In der Zwischenzeit hatte die Frau vom AZA Abis Neugier peinlicherweise falsch verstanden.

»Du solltest dich nicht zu sehr für den jungen Herrn interessieren, Mädchen. Nach allem, was ich gehört habe, ist der Junge ziemlich merkwürdig, selbst für die Ebenbürtigen. Fährt nie Auto; legt jede Strecke auf seinem Pferd zurück.«

Abi errötete. Sie fing den Blick der Frau im Rückspiegel auf und entdeckte darin etwas Unerwartetes: Sorge.

»Nein, nein, am besten hältst du dich von all diesen feinen Pinkeln fern. Das ist die einzig sichere Vorgehensweise für unsereins. Man sieht nichts, hört nichts und erledigt nur seine Arbeit. Viele Leute glauben, sie könnten es sich einfach machen, indem sie ihre Sklavenzeit auf einem dieser Anwesen abdienen. Aber ich könnte dir Geschichten erzählen, da würde dir das Blut in den Adern gerinnen. Wenn ich eines Tages meinen Dienst antreten muss, ist Millmoor für mich gut genug, schön unter meinesgleichen.«

Abi ließ sich gegen die Sitzlehne sinken, verärgert und peinlich berührt. Welcher vernünftige Mensch würde schon eine

Sklavenstadt dieser üppigen, weiten Landschaft vorziehen? Die Luft, die ihr durch das geöffnete Fenster entgegenwehte, duftete frisch und einladend. Nein, sie hatte die richtige Entscheidung getroffen, als sie ihre Familie für Kyneston angemeldet hatte; da war sie sich sicher. Und sie würde dafür sorgen, dass auch Luke hierherkommen konnte.

Die Reifen knirschten über ein paar Kieselsteine, als die Frau den Wagen am Straßenrand zum Stehen brachte. Abi schaute sich um. Die Stelle hatte eigentlich nichts Ungewöhnliches an sich – die Straße und die Mauer führten einfach nur weiter, genau wie während der vergangenen zehn Minuten. Kyneston musste riesig sein.

»Wir sind da«, sagte die Frau vom AZA. »Alle Mann aussteigen. Und viel Glück. Wir sind zwar eine halbe Stunde zu früh, aber ich kann die Zeit für den Rückweg in den Norden gut gebrauchen. Nachdem ihr euch so bemüht habt, auf dieses Anwesen zu kommen, bin ich mir sicher, dass ihr nicht daran denkt, euch aus dem Staub zu machen.«

»Aber hier ist doch gar nichts«, wandte Abi ein. »Was sollen wir jetzt tun? Einfach warten? Wird irgendjemand kommen und uns abholen?«

»Ich bin genauso schlau wie du, Herzchen. Meine Anweisung lautet, euch um vier Uhr hier abzusetzen. Und laut GPS ist das der richtige Ort.«

»Na, dann muss sich das GPS eben irren.«

Aber die Frau wollte nichts davon wissen. Sie war wieder in die Rolle der Funktionärin zurückgekehrt, die nur ihre Befehle ausführte. Da es keinen Sinn hatte, noch länger mit ihr zu diskutieren, öffnete Abi die Tür, half Daisy beim Aussteigen, ging dann zum Kofferraum und hievte ihr Gepäck heraus.

»Ich wünsche euch schnelle zehn Jahre«, sagte die Fahrerin.

Dann schloss sie die Fenster derartig zügig, dass man glauben konnte, die Luft wäre vergiftet. Steinchen spritzten unter den Reifen auf, als sie den Wagen wendete und davonraste.

Mum ließ sich auf die zusammengestapelten Gepäckstücke sinken, anscheinend mut- und kraftlos. Dad stand neben ihr und starrte in die Ferne, noch immer gekränkt und gedemütigt, weil er seinen Sohn nicht hatte retten können. Zumindest hoffte Abi, dass es sich darum handelte und nicht um die Folgen einer Gehirnerschütterung. Aber wie auch immer: Ihre Eltern mussten sich langsam zusammenreißen, sonst würden die Jardines einen einzigen Blick auf sie werfen und die ganze Familie nach Millmoor schicken, zu Luke.

Daisy setzte sich auf den Grünstreifen und bastelte eine Kette aus Gänseblümchen. Als Abi sie ermahnte, nicht auf die Straße zu laufen, erntete sie dafür einen *Ich-bin-doch-nicht-blöd*-Blick. Nachdem sie kurz auf ihre Uhr gesehen hatte, beschloss Abi, dass ihr genügend Zeit blieb, um sich ein wenig umzusehen. Wenn sie zehn Minuten in die Richtung weiterging, in die sie gefahren waren, und zehn Minuten für den Rückweg kalkulierte, würde sie noch rechtzeitig vor vier Uhr zurück sein.

Aber das Ganze entpuppte sich als ziemlich fruchtlos. Die niedrige Mauer erstreckte sich ohne besondere Kennzeichen weiter in die Ferne; kein Unterschied zu dem Abschnitt, an dem sie vorbeigefahren waren. Als es Zeit zur Umkehr war, blieb Abi kurz stehen, um sich das Mauerwerk genauer anzusehen, und stellte verblüfft fest, dass die Steine ein schwaches Licht abgaben. Kaum wahrnehmbar im Schein der Sonne. Aber bei Nacht würde die Mauer glühen.

Abi nahm all ihren Mut zusammen und berührte einen der Steine. Dabei zuckte ihre Hand unwillkürlich zurück – Abi hatte so etwas wie einen Stromschlag erwartet, aber nichts passierte. Ermutigt fuhr sie mit den Fingern über das alte, gesprenkelte Mauerwerk. Doch die Mauer wirkte vollkommen normal, abgesehen von ihrem schwachen Glanz. Handelte es sich dabei um *Geschick*? Abi fragte sich, ob sie vielleicht über die Mauer klettern konnte. Aber vermutlich war das jetzt nicht der beste Zeitpunkt, um es auszuprobieren.

Sie schaffte es rechtzeitig zu ihrer Familie zurück und stellte erleichtert fest, dass ihre Eltern endlich miteinander redeten. Die restlichen Minuten verbrachte sie damit, Daisy bei ihrer Blütenkette zu helfen. Abi schlang ihr die Kette um den Hals. Sollten ihre neuen Herren doch sehen, dass ihre Schwester noch ein kleines Kind war und verdiente, als solches behandelt zu werden.

»Pferde!«, rief Daisy, als das gedämpfte Klappern von Hufen zu ihnen drang. Neugierig schaute sie in beide Richtungen der Straße.

»Nein, nicht hier«, sagte Abi. »Die Pferde sind auf dem Gras, auf der anderen Seite der Mauer. Anscheinend kommt jemand.«

Vielleicht der junge Herr, der jede Strecke auf seinem Pferd zurücklegte?

Sie rappelte sich auf, und gemeinsam starrten die vier auf die Mauer.

Was total dämlich ist, dachte Abi, denn hier ist nichts außer massiven Ziegelsteinen. Es sei denn, die Jardines sprengen ein Loch in die Mauer – oder fliegen darüber.

Aber trotz dieser absurden Vorstellung konnte sie sich kein

Lächeln abringen, denn in Wahrheit hatte sie keine Ahnung, wozu die Ebenbürtigen fähig waren. Niemand wusste das. Man bekam sie immer nur im Fernsehen oder im Internet oder in irgendwelchen Promi-Hochglanzmagazinen zu sehen. Ehrlich gesagt wirkten die Ebenbürtigen genau wie alle anderen. Natürlich extrem gepflegt und umwerfend, aber dafür brauchte es nur Geld und kein *Geschick*.

Es existierten schlichtweg keine Informationen zu den wahren Fähigkeiten der Ebenbürtigen. Abgesehen von den berühmten Geschichten während des Aufstands der Ebenbürtigen – Lycus Parva, der König Charles auf übernatürliche Weise getötet hatte, und Cadmus Parva-Jardine, der mit der Großen Demonstration seine Fähigkeiten vorgeführt und dabei das Haus des Lichts errichtet hatte –, beschäftigten sich die Geschichtsbücher hauptsächlich mit den Staatsangelegenheiten, nicht mit dem *Geschick* der Ebenbürtigen. In Abis Lieblingsromanen ließen sexy Ebenbürtige Ferraris in die Luft gehen oder steuerten die Gedanken irgendwelcher Bösen, aber Abi hatte große Zweifel, was die Genauigkeit dieser Romane anging.

Die besten Hinweise auf die Fähigkeiten der Ebenbürtigen fanden sich in den Reportagen über die Handvoll Länder, die genau wie Großbritannien von *Geschickten* regiert wurden. Beispielsweise Japan, wo sämtliche Kirschbäume des Landes jeden Frühling im selben Moment erblühten – eine öffentliche Demonstration der Macht des Kaiserhauses. Auf den Philippinen wehrten *geschickte* Priester regelmäßig irgendwelche Schlechtwetterfronten ab, die die Sicherheit ihrer Inseln gefährdeten. Doch wozu waren Großbritanniens Ebenbürtige fähig? Abi hatte keine Ahnung.

Aber sie würde es schon bald herausfinden. Eine Mischung

aus Aufregung und Sorge schnürte ihr die Kehle zu. Für dieses Wissen hatte sie ihre Zukunft auf die lange Bank geschoben. Konnte es das wirklich wert sein?

Dann geschah alles so schnell, dass für Verwunderung kaum Zeit blieb. Daisy quietschte auf.

Direkt vor den Hadleys tauchte ein kunstvoll geschmiedetes Eisentor mit einer Fülle vergoldeter Vögel und Blüten im Gitterwerk auf, das zu der doppelten Höhe der Mauerkrone aufragte und in einem seltsam leuchtenden Licht erstrahlte. Durch das elegante, offene Filigranmuster waren zwei männliche Gestalten auf Pferden zu sehen.

Verblüfft stellte Abi fest, dass die beiden ungefähr in ihrem Alter waren. Einer der beiden trug einen marineblauen Strickpullover und saß kerzengerade auf einem wunderschönen Fuchs. Seine Haare leuchteten im gleichen Rot wie das Fell seines Pferdes – das berühmte Merkmal der Familie Jardine –, und sein Gesicht wirkte offen und attraktiv. Das andere Pferd erschien dagegen weniger bemerkenswert: ein schlichter Rappe. Sein Reiter trug eine schlammbespritzte schwarze Jeans und zerknitterte hellbraune Reitstiefel. Das Revers seiner Reitjacke war eingerissen und flatterte im Wind. Bestimmt handelte es sich bei dem Rotschopf um den jungen Herrn, und der andere war vermutlich sein Lieblingssklave – möglicherweise ein Stallbursche.

Aber der Reiter des Rappen dirigierte als Erster sein Pferd in ihre Richtung. Dann schnippte er beiläufig mit den Fingern, worauf das wuchtige Tor aufschwang. Die beiden Reiter ritten unter den miteinander verschlungenen Initialen hindurch, die den Bogen des Tors krönten: das Monogramm der Familie Parva-Jardine. Abi hatte den Eindruck, als würde der obere

Bereich des P sich zum J hinneigen und es zärtlich küssen, während die Rundung des J das P umarmte.

Der schmuddelige junge Reiter schwang ein Bein über den Sattel und sprang leichtfüßig auf den Boden. Dann reichte er seinem Begleiter die Zügel und schlenderte zu den Hadleys. Abi spürte, dass eine besondere Kraft von ihm abstrahlte, wie Elektrizität; sie sorgte dafür, dass ihr die Haare an den Armen und im Nacken zu Berge standen. Und in diesem Moment wusste sie sofort, dass sie sich total geirrt hatte.

Dieser Junge hier – und nicht der andere – war der junge Herr.

Er wirkte nicht besonders beeindruckend. Etwa im gleichen Alter wie Luke, wenn auch größer und hagerer als ihr Bruder. Außerdem musste er sich dringend mal die Haare schneiden lassen. Doch als er sich der Familie näherte, spürte Abi, wie ihr eine unerklärliche Furcht die Eingeweide zusammenschnürte.

Der Junge blieb vor ihrem Vater stehen. Dad öffnete den Mund, schloss ihn aber wieder, sichtlich entmutigt.

Dann streckte der Junge eine Hand aus und berührte Dad an der Schulter. Die Geste wirkte leicht und sanft, aber Steve Hadley sackte leicht in sich zusammen, als hätte ihm etwas den Atem geraubt, und stieß ein leises Ächzen aus. Die Miene des jungen Herrn wirkte fast gelangweilt, aber Abi sah, dass er die Augen unter seinen dichten Haaren vor Konzentration zusammenkniff. Was machte er da?

Daisy war die Nächste in der improvisierten Aufstellung der Hadleys. Abi war stolz auf die Furchtlosigkeit ihrer kleinen Schwester, als der Junge seine Hand noch leichter auf ihre Schulter legte. Daisy blinzelte und schwankte wie eine Blume im Wind. Als er Mum berührte, senkte sie lediglich den Kopf und zuckte zusammen.

Dann stand Silyen Jardine vor Abi, und sie musste schlucken, als er die Hand ausstreckte …

Es fühlte sich an wie der schwindelerregende Sog, den ein Blick von einem hohen Standort in die Tiefe auslöste. Und wie das Übelkeit auslösende Angstgefühl nach einem Ladendiebstahl, einer einmaligen Mutprobe. Und wie die Millisekunde nach dem Hinunterkippen eines dreifachen Sambucas an ihrem achtzehnten Geburtstag. Wie die sprachlose Freude angesichts ihrer Examensergebnisse, an jenem Tag in ihrer Küche, bevor sie sich wieder daran erinnert hatte, dass sie ihre Sklavenzeit abdienen und nicht zur Uni gehen würde. Ihr Herz raste wie wild – und setzte dann für einen Sekundenbruchteil aus.

Plötzlich spürte sie, wie sich eine Eiseskälte in ihrem Körper ausbreitete, und sie fühlte sich auf eine Weise nackt, die nichts mit ihrer Kleidung zu tun hatte. Es schien, als hätte irgendetwas ihr Innerstes umgestülpt und alles, was sich darin befand, sorgfältig inspiziert. Aber als sich dort nichts finden ließ, was von Nutzen oder Interesse gewesen wäre, hatte man sie wieder in ihren Originalzustand zurückversetzt – zumindest äußerlich.

Als der Junge schließlich die Hand von ihrer Schulter nahm, schauderte Abi und hatte das Gefühl, sich gleich übergeben zu müssen.

Der junge Herr saß bereits wieder im Sattel und tauschte kurz ein paar Worte mit dem zweiten Reiter, bevor er dem Pferd die Sporen gab und zurück durch das Tor galoppierte. Abi bedauerte nicht, ihn davonreiten zu sehen. Die Worte der Frau vom AZA fielen ihr wieder ein – die Tatsache, dass sie es vorgezogen hatte, unter »ihresgleichen« zu sein. Weder Abi noch ihre Familie waren jetzt noch unter ihresgleichen.

Der zweite Reiter kam auf sie zu, wobei er seinen glänzenden Fuchs am Zügel führte.

»Ihr müsst die Hadleys sein«, sagte er lächelnd. »Ich bin Jenner Jardine. Herzlich willkommen auf dem Anwesen meiner Familie.«

»Sind Sie netter als der andere?«, fragte Daisy.

Abi wünschte, der Boden würde sich auftun, während ihre Mutter erbleichte. Aber erstaunlicherweise lachte der junge Mann vor ihnen einfach nur.

»Ich gebe mir Mühe«, sagte er. »Und ich entschuldige mich für das, was gerade eben passiert ist. Es fühlt sich unangenehm an, ist aber notwendig. Ich bitte Silyen jedes Mal, die Leute zumindest zu warnen, aber er denkt nicht daran. Er sagt, er findet ihre Reaktionen interessant.«

»Das war grässlich«, sagte Daisy. »Warum machen Sie das nicht? Dann wäre es vielleicht nicht so schlimm.«

Abi hätte ihrer kleinen Schwester am liebsten eine Hand vor den Mund gehalten, bevor sie noch unklugere Dinge sagen konnte.

»Das kann ich nicht«, lautete die unerwartete Antwort. »Ich meine, niemand von uns könnte das so gut wie Silyen, aber ich bin überhaupt nicht dazu in der Lage. Ich verfüge über so viel *Geschick* wie du, Daisy Hadley. Ich vermute doch mal, dass du Daisy bist«, fügte er galant hinzu. »Es sei denn, du bist Abigail und ein bisschen klein für dein Alter, während diese großgewachsene, junge Daisy hier …«

Jenner Jardine wandte sich Abi zu, während Daisy prustete

und ihm kichernd versicherte: Nein, nein, er hatte sie schon richtig eingeschätzt.

Abi hatte sich bei dem Kyneston-Nachkommen für Daisys große Klappe entschuldigen wollen. Und sie hatte ihn fragen wollen, was er damit gemeint hatte, er habe kein *Geschick*? Schließlich besaßen alle Ebenbürtigen *Geschick*.

Aber ihr erstarben die Worte auf den Lippen, als sie Jenner Jardine ansah – nicht von weitem auf seinem Pferd oder mit einem Auge auf ihre kleine, taktlose Schwester, sondern direkt.

Er hatte warme braune Augen und kupferrotes Haar. Sein Gesicht war mit Sommersprossen übersät, und obwohl sein Mund für einen Mann ungewöhnlich breit war, besaß er zum Ausgleich kräftige Wangenknochen. Abi sah jedes einzelne Detail, aber nichts davon drang zu ihr durch. Ihr war wieder schwindlig. Und sie fühlte sich erneut nackt.

Aber das hatte nichts mit *Geschick* zu tun. Und es ließ sie auch nicht kalt. Nein, ganz im Gegenteil.

Jenner warf ihr einen merkwürdigen Blick zu, und Abigail wurde bewusst, dass sie ihn angestarrt hatte. Ihre Wangen liefen feuerrot an.

Eine Woge der Scham brach schwer und demütigend über ihr zusammen. Vor diesem Mann stand sie nicht als das clevere, aufgeweckte, einigermaßen attraktive Mädchen da, für das sie normalerweise durchging, sondern als Sklavin. Und das erschien Abi in diesem Moment als das Schlimmste und Grausamste, was die Sklavenzeit bewirken konnte. Sie konnte einem alles nehmen, was einen ausmachte. Und einen dann vor jemanden platzieren, den zu lieben man sich unter anderen Umständen vielleicht gestattet hätte – und der diese Liebe möglicherweise sogar erwidert hätte.

Jenners Worte waren freundlich, aber sie sollte sich besser nichts vormachen. Er war ein Ebenbürtiger. Und ungeachtet seiner unerklärlichen Behauptung, kein *Geschick* zu besitzen, war er ein Jardine. Er würde Abi niemals als das Mädchen sehen, das sie tatsächlich war. Es war genau so, wie dieser Millmoor-Schlägertyp gesagt hatte: Für die Ebenbürtigen waren sie alle einfach nur Leibeigene. Ein Ding, das sie benutzen konnten – oder als nutzlos wegwerfen.

Das Gefühl der Beschämung löste sich in einer Mischung aus lodernder Wut und schlechtem Gewissen gegenüber ihrem jüngeren Bruder auf. Ihr eigener, sorgfältig geschmiedeter Plan hatte Luke dem mitleidlosen Urteil der Jardines ausgeliefert. Seine Verbannung nach Millmoor war ganz allein ihre Schuld. Abi schüttelte den Kopf, und die Wucht der Erkenntnis bereitete ihr ein Schwindelgefühl.

»Ist alles in Ordnung?«

Eine feste Hand umfasste ihren Ellbogen. Jenner. Dann legte sich ein Arm um ihre Schultern. Ihr Vater. Sofort gab die Hand sie frei.

»*Geschick* kann manchmal einen negativen Effekt erzeugen«, sagte Jenner. »Wenn man das noch nie zuvor erlebt hat, muss man sich erst langsam daran gewöhnen. In Silyens Nähe ist diese Wirkung am stärksten, aber möglicherweise wirst du es erneut spüren, wenn mein Vater und mein älterer Bruder aus London zurückkehren. Am besten bringe ich euch jetzt zu eurer Unterkunft. Ich habe euch in einem der Cottages untergebracht; es wird euch bestimmt gefallen.«

Jenner zeigte ihnen den Weg. Doch statt sich auf sein Pferd zu schwingen, führte er es am Zügel neben ihnen her. Dad hievte sich seine und Abis Reisetasche auf die Schultern, während Mum ihr und Daisys Gepäck trug. Daisy lief ein paar Schritte vor und wieder zurück, bewunderte das Pferd und bombardierte Jenner mit Fragen über seinen Fuchs. Abi ging ein paar Schritte abseits und versuchte, all das zu verstehen, was ihr durch den Kopf wirbelte.

»Oh!«, rief Daisy so laut, dass die kleine Gruppe besorgt stehen blieb. »Seht mal«, sagte sie und zeigte in die Richtung, aus der sie gekommen waren. »Es ist weg. Ist es vielleicht unsichtbar?«

An der Stelle, wo das hoch aufragende Tor geleuchtet hatte, befand sich eine durchgehende Mauerfläche. Sprachlos starrten die Hadleys auf die Ziegelsteine.

»Du hattest recht mit ›weg‹«, wandte Jenner sich an Daisy und brachte sein Pferd zum Stehen. »Das Tor existiert nur, wenn ein Mitglied unserer Familie es herbeiruft. Und es kann an jedem beliebigen Punkt der Mauer erzeugt werden. Deshalb gibt es auch keine Auffahrt oder Straßen innerhalb unseres Anwesens. Und das ist auch der Grund dafür, weshalb mein Vater dauernd die Aufhängung an seinen heißgeliebten Oldtimern ruiniert und warum Sil und ich lieber reiten. Gavar bevorzugt sein Motorrad. Das Tor kann allerdings nur von jemandem mit *Geschick* geöffnet werden, weshalb im Moment …«

Er verstummte.

»Warum erzählen Sie uns das alles?«, fragte Abi. »Zählt das nicht zu den Dingen, die … keine Ahnung … so was wie ein Staatsgeheimnis sind?«

Jenner fummelte am Zaumzeug seines Pferdes herum und schwieg einen Moment, bevor er antwortete.

»Der Aufenthalt auf Kyneston ist nicht immer angenehm.

Manchmal führt das dazu, dass jemand darüber nachdenkt, von hier … fortzugehen.« Er wandte sich an Abi. »Mein Bruder hat mir erzählt, dass du dich vor unserer Ankunft auf der anderen Seite der Mauer ein wenig umgesehen hast. Nein, mach dir keine Sorgen.« Denn Panik hatte sich bereits mit fester Hand um Abis Kehle gelegt und schnürte sie nun zu. »Du hast nichts Falsches getan. Aber es wäre besser, wenn du versuchst, kein allzu großes Interesse zu zeigen. Das ist wesentlich leichter.«

Seine Stimme klang gedämpft, und Abi hatte den Verdacht, dass seine Worte nicht nur allgemein gemeint waren, sondern sich auf ein ganz bestimmtes, bedrückendes Erlebnis bezogen. War es lächerlich, dass sie ihn am liebsten in den Arm genommen und getröstet hätte?

Ja, es war lächerlich.

»Versuch, kein allzu großes Interesse zu zeigen?«, fragte sie in leicht spitzem Ton. »Lautet das Motto Ihrer Familie nicht ›Sapere aude‹, ›Wage es, weise zu sein‹?«

»Glaub mir«, sagte Jenner, die braunen Augen auf sie geheftet. »Es gibt hier ein paar Dinge, die man besser nicht wagt.«

Er wandte sich ab, und sie setzten ihren Weg schweigend fort. Etwa eine Viertelstunde später – Abi konnte an Daisys Gesicht erkennen, dass sie kurz davorstand, »Sind wir bald da?« zu fragen – führte der Weg eine kleine Anhöhe hinauf. Als sie die Kuppe erreichten, raubte ihr der Anblick fast den Atem.

Kyneston.

Natürlich hatte sie Bilder davon gesehen: in Büchern, im Fernsehen und online. Der Sitz der Gründerfamilie. Einst das Heim von Cadmus Parva-Jardine, Cadmus der Herzens-Reine, Friedensstifter und Verfasser des Sklavenzeit-Vertrags.

Der vorrevolutionäre Baukörper des Anwesens bestand aus

hellem, honigfarbenem Stein: drei Geschosse mit hohen Fenstern und einer kleinen Kuppel, umgeben von einer Brüstung mit zahlreichen Statuen.

Aber der Rest des Anwesens strahlte so hell, dass der Anblick fast nicht zu ertragen war. Zwei große, gläserne Flügel erstreckten sich auf beiden Seiten des ursprünglichen Baukörpers, jeweils so breit wie dessen Front. Diese hatte Cadmus mit Hilfe von *Geschick* erschaffen, genau wie das Haus des Lichts, das Parlamentsgebäude der Ebenbürtigen. In der tiefstehenden Nachmittagssonne wirkten die beiden Seitenflügel wie Gewächshäuser mit exotischen Blüten aus Feuer und Licht. Abi hielt sich zuerst eine Hand über die Augen, musste dann aber den Blick abwenden.

»Es ist wunderschön«, sagte Daisy. »Und sehr glänzend. Wohnen Sie hier?«

»Ja«, bestätigte Jenner Jardine. »Es ist glänzend, und ich wohne hier.«

Er lächelte, aufrichtig erfreut über Daisys Begeisterung. Er liebte diesen Ort, erkannte Abi. Aber wenn das, was er über das Tor und seinen Mangel an *Geschick* gesagt hatte, tatsächlich stimmte, dann war er hier ebenso ein Gefangener wie sie und ihre Familie.

»Sieh mal«, sagte der junge Ebenbürtige und lenkte Daisys Blick auf eine zierliche Gestalt, die hinter einer sorgfältig gestutzten Hecke hervorkam. »Das da ist meine Mutter, Lady Thalia. Wir beide kümmern uns um das Haus und die Ländereien. Sie übernimmt alle *geschickten* Aufgaben und ich alle anderen.«

»Und wer ist das?«, fragte Daisy, als eine zweite Person auftauchte.

Im nächsten Moment keuchte sie auf – ein kleiner, bestürzter Laut, der dazu führte, dass Abi sich kurz fragte, ob Jenner sie vielleicht gekniffen hatte.

Abi schaute in Daisys Blickrichtung, zu der zweiten Gestalt, die nun hinter der Hecke hervorkam. Es handelte sich um eine weitere Frau; ihre Haare erinnerten an eine stahlgraue Haube, und um ihre Schultern lag ein Mantel, der aus einem Dutzend Fuchspelze zu bestehen schien. Sie hatte eine Leine um ihre behandschuhte Hand geschlungen.

Und am anderen Ende der Leine kauerte ein nackter Mann.

# 4

## *Luke*

Luke schaute durch das zerkratzte und schmierige Seitenfenster des Minivans und sah die Sklavenstadt Millmoor, die unter einer selbstproduzierten Wolke lag. Er kurbelte die winzige Scheibe hinunter, um besser sehen zu können, aber das machte keinen großen Unterschied. Der Dreck befand sich nicht auf dem Glas – er hing in der Luft. Das Licht über der Stadt wirkte fahl und schmutzig.

Inzwischen waren sie zwanzig Minuten von seinem Elternhaus in Manchester entfernt, aber selbst dort hatte man Millmoor schmecken können. Manchmal handelte es sich um einen beißenden chemischen Gestank aus dem Industriegebiet. An anderen Tagen wehte ein fauliger Verwesungsgeruch herüber, der von der Fleischfabrik stammte. Und wenn man Pech hatte und ein besonders kräftiger Wind stürmte, bildete sich aus beidem eine Mischung, die einem den Magen umdrehte. An solchen Tagen hielt Mum alle Fenster im Haus geschlossen.

Aber jetzt konnte Luke Millmoor nicht länger entkommen. Die Straße führte einen Hang hinab und anschließend einen Hügel hinauf – und dann kam sie wieder zum Vorschein: die Sklavenstadt. Dieses Mal doppelt so groß, von Horizont zu Horizont. Schornsteine bohrten sich in den Himmel, stießen brutal in den schlaffen Unterbauch des Smogs. In der Ferne spie eine Gasfackel hohe Flammen aus.

Der Minivan wurde durch einen äußeren Sicherheitszaun gewinkt und hielt dann vor einem zweiten Kontrollpunkt, wo sie alle aussteigen mussten. Ein junger Soldat mit leerem Blick und gut sichtbarem Gewehr vor der Brust fragte Luke nach seinem Namen.

»Luke Hadley«, erwiderte er, aber die letzte Silbe kam ihm nur keuchend über die Lippen, da Kessler ihm seinen Schlagstock in die Rippen rammte.

»Du bist Hadley E-1031«, schnauzte der Mann. »Und jetzt sag ihm deinen Namen.«

»Hadley E-1031«, wiederholte Luke benommen, allerdings nicht nur wegen des Schmerzes.

Vom Kontrollpunkt aus marschierten sie über den Parkplatz einer Fahrzeughalle. Auf der anderen Seite lag ein flaches, breites Gebäude mit einer schmuddelig weißen Kunststofffassade – ein Gesundheitszentrum.

»Auf das, was jetzt kommt, könnte ich wirklich verzichten«, sagte einer der Typen, die zusammen mit Luke eingetroffen waren – ein übergewichtiger, bleicher Kerl mit Stoppelbart. »Das muss echt die Hölle sein.«

»Was meinst du?«, fragte Luke.

»Hast du die Broschüre etwa nicht gelesen?«, fragte der Mann. »Mensch, weiß du denn gar nichts über diesen Ort, Kleiner?«

»Ich sollte eigentlich nicht hier sein«, murmelte Luke, erkannte jedoch zu spät, dass das keine clevere Antwort war.

»Stimmt«, bestätigte Kessler, der wieder aufgetaucht war und Luke mit seinem Schlagstock vorwärtsstieß. »Hadley E-1031 hier hält sich nämlich für was Besseres. Er glaubt, er sollte unten im Süden sein, bei seinen Ebenbürtigen. Denkt, dass es sich um ein *Versehen* handelt.«

Er äffte Luke nach und verlieh seinen Worten dabei einen zickigen, mädchenhaften Ton, woraufhin der teigige Typ lachte – sämtliche möglichen Sympathien waren verflogen.

Der Gedanke an die »Hölle« bereitete Luke Übelkeit, aber er hatte inzwischen den Verdacht, dass Millmoor ihm noch ein paar weitere Dinge vorsetzen würde, die dem Konkurrenz machen konnten. Eine Krankenschwester rollte seinen Ärmel hoch, stupste kurz gegen die Haut seines Unterarms und nahm dann etwas von einem Tisch, das wie ein Tacker aussah. Allerdings mit dem Unterschied, dass aus dem Ding nicht nur eine Nadel hervorschoss, sondern gleich ein ganzes Dutzend, die sich tief in Lukes Arm bohrten. Als die Krankenschwester das Gerät entfernte, zeichnete sich auf seiner Haut ein ordentliches Muster aus hervorquellendem Blut ab. Da Kessler sich nicht in der Nähe befand, wagte Luke eine Frage.

»Das ist dein ID-Chip, Kleiner«, antwortete die Schwester. »Er sitzt hübsch tief unter deiner Haut. Damit man dich identifizieren kann.«

Sie klebte ein großes Pflaster auf seinen Arm und scannte die Stelle dann mit einem kleinen, rechteckigen Lesestift. Luke konnte das Display nicht sehen, aber er nahm einen Piepton und ein grün aufblitzendes Licht wahr.

»So, fertig. Hier, nimm dir eins.« Die Frau holte ein kleines Glas mit Süßigkeiten aus einer Schublade. »Die halte ich normalerweise für die kleinen Kinder bereit, aber vermutlich hast du dir einen Lolli verdient. Gerade mal sechzehn und ohne deine Familie hier. Ich hätte nicht gedacht, dass das erlaubt ist.«

Luke nahm einen Lutscher und musste dabei an seine kleine Schwester denken. Daisys dünnes Ärmchen wäre kaum groß genug für den Tacker. Luke hätte hier Tag und Nacht auf sie aufgepasst. Und er wusste, dass Abi das Gleiche auf Kyneston tun würde.

Vom Gesundheitszentrum aus trieb Kessler sie zu Fuß durch Millmoors Straßen. Außer langsam rollenden Bussen und glänzenden Jeeps mit den Insignien der Sklavenstadt und der purpurroten Aufschrift »Sicherheitsdienst« waren keinerlei Fahrzeuge zu sehen. An den Straßenecken standen uniformierte Männer. Ihre Hände ruhten auf den Griffen ihrer Schlagstöcke und den Kolben ihrer Elektroschockpistolen. Alle anderen Personen trugen unförmige Kittel und Overalls und trotteten mit gesenktem Kopf über den Gehweg, wodurch sich ihr Alter und ihr Geschlecht nur schwer bestimmen ließen.

Aber selbst wenn es Luke gelang, zu jemandem Blickkontakt herzustellen, wandte derjenige rasch den Kopf ab. Luke konnte es einfach nicht fassen. Die Bewohner Manchesters galten eigentlich als ziemlich lebhaft – wie konnte es sein, dass sie so eingeschüchtert wirkten? Luke schwor sich, ganz gleich, wie lange er in Millmoor bleiben musste, er würde niemals darauf verzichten, anderen in die Augen zu schauen.

Sein neues Zuhause bestand aus einem Sechsbettzimmer in einem hoch aufragenden Plattenbau. Mehrere Overalls hingen an Haken, wie schrumpelige Häute – als hätte Millmoor den Körpern, die sie trugen, jede Substanz aus den Knochen gesaugt. In einem der Betten wälzte sich ein Mann und zog sich eine Decke über den Kopf, um das Licht auszublenden. Vermutlich handelte es sich um einen Nachtschichtarbeiter, denn Luke bezweifelte, dass Blaumachen in Millmoor toleriert wurde. Ein abgestandener, scharfer Geruch hing in der Luft.

Zu viel Schweiß, zu wenig Seife, hätte seine Mutter jetzt gesagt.

Luke warf seine Reisetasche auf das Bett mit der nackten Matratze und riss den Umschlag auf, der auf dem danebenstehenden Spind lag. Seine Arbeitszuteilung: die Bauteilhalle im Maschinenpark, Zone D. Arbeitsschicht: Montag bis Samstag, von 8.00 bis 18.00 Uhr. Arbeitsbeginn: 3. September. Morgen früh. Ungläubig starrte er auf den Zettel.

Dieser Nachmittag war alles, was ihm noch an Freizeit blieb – bis zum nächsten Sonntag, der noch sechs Tage entfernt war. Wo lag der Maschinenpark? Wie sollte er dahin kommen? Und wo konnte er hier was zu essen auftreiben? Sehnsüchtig dachte er an den Proviant, den Mum eingepackt hatte – für jeden die Lieblingssandwiches. Die Mädchen würden ihre bestimmt in diesem Moment gierig verschlingen, auf halber Strecke nach Kyneston. Luke hoffte inständig, dass das, was sie am Ende ihrer Reise erwartete, besser war als das, was er hier vorgefunden hatte.

Am Eingang des Wohnheims saß ein Hausmeister in einem dämmrigen Kabuff: ein alter Mann, ein sogenannter ›Drückeberger‹ – jemand, der sich bis zum letzten Moment davor gedrückt hatte, seine Sklavenzeit zu absolvieren, und mit fünfundfünfzig hierhergekommen sein musste. Freundlicherweise skizzierte er für Luke einen rudimentären Lageplan. Damit bewaffnet und begleitet von vagen Erinnerungen an Filme, die er im Staatskundeunterricht gesehen hatte, machte Luke sich auf den Weg. Er konnte regelrecht spüren, wie sich jedes einzelne Lungenbläschen in seinen Lungen aus Protest zusammenzog, als er auf die smogerfüllte Straße hinaustrat.

Millmoor war die älteste Sklavenstadt des Landes, so alt wie das industrielle Zeitalter. Kaum hatte irgendein Genie Fertigungsmaschinen entwickelt, als die Ebenbürtigen die Bevölkerung auch schon in die Fabriken schickten, wo sie Knochenarbeit leisten mussten. Bis zu diesem Zeitpunkt hatte die Sklavenzeit dem Feudalismus geähnelt: Jeder Bewohner des Landes hatte unter seinem regionalen Lord als Farmarbeiter, Handwerker oder Haussklave gedient. Die Abbildungen in den Schulbüchern hatten das Ganze so dargestellt, dass es fast romantisch wirkte – dankbare Bauern in von Kerzen beleuchteten Cottages oder vor der glühenden Mauer eines großen Anwesens versammelt. Aber seit dreihundert Jahren sah die Realität anders aus – nämlich so wie Millmoor und alle anderen Sklavenstädte, die nach deren Vorbild entstanden waren und zu jeder britischen Großstadt gehörten.

Luke warf einen Blick auf seinen Lageplan. Der alte Kauz hatte etwas gezeichnet, das an eine Dartscheibe erinnerte, kreisrund und geviertelt. Das Verwaltungszentrum bildete Millmoors Herz, ringförmig von Plattenbausiedlungen umgeben. Und weiter außen lagen die Industriegebiete: der Maschinenpark, das Kommunikationszentrum (etliche hangargroße Callcenter, an denen Luke und die anderen nach ihrer Ankunft vorbeigekommen waren), dann der Fleischverarbeitungsbezirk und das älteste Viertel, wo jene ersten Spinnereien und Webfabriken gestanden hatten. Der Hausmeister hatte dieses Areal schwarz schraffiert und Luke erklärt, dass dieser Bereich von Millmoor verfallen sei.

Lukes Wohnheim befand sich im Westbezirk, wohingegen der Maschinenpark – Luke bezweifelte, dass er in diesem »Park« einen Teich mit Enten und Schilder mit der Aufschrift »Betreten des Rasens verboten« finden würde – auf der anderen Seite von Millmoor im Ostbezirk lag. Also machte er sich auf den Weg in der Hoffnung, dass die Richtung stimmte. Aber die Straßen entwickelten sich schon bald zu einem Labyrinth und verzweigten sich immer weiter, bis Luke sich rettungslos verlaufen hatte.

Irgendwann bog er in ein Sackgassengewirr aus Hinterhöfen ein, das sich auf der Rückseite mehrerer heruntergekommener Plattenbauten erstreckte. Eine rostige Plakette an einer Häuserwand verkündete »Ost 1–11-11«, was Luke ganz und gar nicht weiterhalf. Dann entdeckte er zwei Typen am hinteren Ende eines Hofes, kurz vor einer Reihe großer Heizungsrohre und hoher Lüftungsschächte. Wartungstechniker. Sie würden ihm bestimmt sagen können, wie er hier wieder rauskam.

Doch irgendetwas hinderte ihn daran, sie anzusprechen. Die Männer unterhielten sich nicht untereinander, sondern mit einer dritten Person, die von ihren breiten Rücken verborgen wurde und zwischen ihnen, den Rohren und dem verwahrlosten Gebäude eingekeilt war. Luke schlich sich näher heran.

»… weiß, dass du was bei dir hast«, sagte der größere der beiden Männer in diesem Moment. »Ich hab gesehen, wie du damit rumläufst. Nach jedem deiner Besuche stellt die alte Kuh ihr Jammern für eine Weile ein, was toll ist. Aber ein paar Ampullen Morphin für unseren persönlichen Gebrauch wären noch besser. Also her damit.«

War Luke auf eine Art Schwarzmarkt gestoßen? Er wollte sich gerade zurückziehen, als der andere Typ seine Position veränderte und Luke einen Blick auf die Person werfen konnte, mit der die Männer sprachen. Es handelte sich um ein Mädchen – und ihrem winzigen, vogelartigen Äußeren nach zu urteilen, konnte sie kaum älter sein als Daisy.

Seine Schuhe schienen plötzlich wie auf den Straßenbelag festgeklebt: Er würde nirgendwohin gehen, bis er dieses Kind vor den beiden doppelt so großen Typen in Sicherheit gebracht hatte.

»Ich hab nix, was ich euch geben werd«, erwiderte das Mädchen grimmig. »Außer das hier.«

Und während Lukes Hirn noch an einem Plan tüftelte, stürzte sie auf einen der Männer zu, der im nächsten Moment aufschrie.

»Die Schlampe hat ein Messer!«, brüllte er, während der andere Kerl seine wuchtige Faust in Richtung des Mädchens schwang – und ins Leere traf.

Dann entdeckte Luke das Mädchen. Sie hatte sich auf den Boden fallen lassen und quetschte sich bäuchlings in den schmalen Spalt unter einem Heizungsrohr, um dann auf der anderen Seite hervorzukriechen und sich aus dem Staub zu machen. Der Mann, den sie verletzt hatte, ging in die Hocke und tastete nach ihr, um sie festzuhalten. Sein Kumpel hatte inzwischen kapiert, dass er das Mädchen nur erwischen konnte, wenn er auf dem Absatz kehrtmachte und um das Gebäude herumlief, weshalb er herumwirbelte und losstürmte – direkt auf Luke zu.

Seinem Instinkt folgend, duckte Luke sich und griff blindlings nach dem Typ, als dieser an ihm vorbeirannte. Die Handvoll grobes Gewebe, die er zu fassen bekam, wurde ihm sofort darauf aus den Fingern gerissen, als der Mann zu Boden ging. Luke taumelte rückwärts und verlor das Gleichgewicht.

Eine Sekunde später gruben sich kleine Finger in seine Achseln und hievten ihn hoch.

»Komm schon!«

Das Mädchen sprintete mit fliegenden Haaren los, als der Kerl mit der Schnittwunde aufschaute und knurrte. Blut tropfte von seiner Hand. Doch Luke hatte nicht vor, sich weiter über die Wunde Gedanken zu machen.

Für die vielen Trainingsstunden, die er jedes Wochenende bei Wind und Wetter in kurzen Sporthosen auf dem Fußballplatz verbracht hatte, war er noch nie so dankbar gewesen wie in diesem Augenblick. Denn die Kleine war schnell: Sie flitzte durch Gassen und Durchgänge, schlüpfte zwischen Gebäuden hindurch, sprang über zerbrochene Backsteinmauern oder aufgeplatzte Müllsäcke, die ihren unappetitlichen Inhalt auf den Gehweg ergossen.

»Ups«, rief das Mädchen, als sie durch eine Straße liefen, die sich als Sackgasse entpuppte. Dann warf sie sich gegen die Mauer am hinteren Ende, und ihre Finger fanden an Stellen im Mauerwerk Halt, die so klein waren, dass Luke sie nicht mal sehen konnte. Er versuchte sein Glück mit einem schnellen Anlauf, bevor er hochsprang und fast mit dem Gesicht gegen die Mauer gekracht wäre. Er spürte, wie seine Schuhspitzen über die Steine rutschten, und griff verzweifelt nach der Mauerkrone, bis es ihm schließlich gelang, sich darüberzuhieven.

Das Mädchen erwartete ihn auf der anderen Seite, die Hände in die Hüften gestemmt. Trotz der ganzen Anstrengung hob und senkte sich ihre schmale Brust nur leicht.

»Nur die Ruhe«, sagte sie. »Wir haben sie schon vor sieben Straßen abgehängt.«

»Wer zum Teufel waren die Typen?«, fragte Luke schnaufend und mit hängenden Schultern. »Und was haben die von dir gewollt? Okay, den Teil hab ich mitbekommen. Morphin.

Aber wie alt bist du? Elf? Zwölf? Was machst du mit Morphin?«

Das Mädchen schnaubte verächtlich.

»Ich bin dreizehn. Und das geht dich überhaupt nichts an. Obwohl eine Frau in dem Plattenbau da hinten jetzt ein paar harte Tage überstehen muss, bis ich den Doc zu ihr bringen kann.«

»Den Doc?«

»Ich wär den beiden Typen auch so entkommen, aber danke für deinen Rettungsversuch. Nicht jeder riskiert es, sich die zwei zu Feinden zu machen. Also bist du entweder sehr mutig oder sehr blöd. Welches von beidem trifft auf dich zu?«

Ihre dunkelbrauen Augen musterten ihn.

»Ach, weder noch. Du bist einfach nur sehr neu hier.« Sie brachte ein heiseres Gackern hervor, das sie um Jahre älter erscheinen ließ. »Willkommen in Millmoor. Wie heißt du?«

»Hadley E-1031. Und ich bin tatsächlich erst heute hier angekommen. Woher hast du das gewusst?«

»Ich hab *Geschick*, was denkst denn du?«, erwiderte das Mädchen, hielt sich zwei Finger an die Stirn und wackelte damit hin und her. »Nee, nee, war nur Spaß. Dein Pflaster. Du hast gerade erst deinen Chip eingepflanzt bekommen. Und vergiss diese ganzen Zahlen – wie heißt du richtig?«

»Luke.« Er streckte die Hand aus, in bester *Schön-dich-kennenzulernen*-Manier. Seine Mum wäre so stolz auf ihn gewesen.

»Renie«, sagte das Mädchen mit einem belustigten Blick auf seine ausgestreckte Hand. Luke ließ sie sinken. In Millmoor legte man vermutlich keinen großen Wert auf gute Manieren.

»Reimt sich auf ›Genie‹. Du weißt schon, diese unheimlichen Schlauköpfe, die jedes Problem lösen und so. Okay, dann pass mal gut auf dich auf, Luke Hadley. Ich wünsch dir schnelle zehn Jahre.«

»Moment. Warte mal!«, rief Luke, als sie sich zum Gehen wandte. »Ich versuche, einen bestimmten Ort zu finden: Maschinenpark Zone D, die Bauteilhalle. Das ist mein Arbeitsplatz. Weißt du, wo das ist?«

»Zone D? Du armes Schwein.« Renies zusammengekniffene Gesichtszüge entspannten sich einen Moment. »Ja, da drüben. Kann man gar nicht übersehen.«

Sie zeigte über die Plattenbauten hinweg auf ein riesiges, eingerüstetes Gebäude, in dessen Innerem nichts als lodernde Flammen zu hausen schienen. Sie züngelten aus jedem einzelnen Fenster, als wollten sie jeden Moment ausbrechen. Hohe Schornsteine, aus denen dichter schwarzer Rauch quoll, umgaben das Gebäude auf allen Seiten wie Pfähle, die ein Ungeheuer einpferchten. Entsetzt stellte Luke fest, dass das Bauwerk die Ursache für das Dröhnen und Getöse bildete, das selbst hier, mehrere Straßen entfernt, deutlich zu hören war.

»Viel Glück. Du wirst es da drin brauchen.«

Renie-reimt-sich-auf-Genie nickte ihm kurz zu und zockelte los. Wenige Sekunden später hatte die Dämmerung, die in Millmoor auf allen Straßen zu herrschen schien, das Mädchen verschluckt.

Wie sich herausstellte, gab es eine Busverbindung zwischen den Wohnheimen im Westbezirk und dem Maschinenpark. Also stand Luke – bekleidet mit dem Overall und den Arbeitsschuhen, die er neben seinem Bett gefunden hatte – am nächsten Morgen pünktlich am Tor von Zone D.

Abi hatte ihm einmal eine Abbildung vom Kyneston-Tor gezeigt – nur eine Skizze, da keinerlei Fotos davon existierten. Es handelte sich um eine verschnörkelte, schmiedeeiserne Monstrosität. Seine Familie musste sich inzwischen auf der anderen Seite des Tors befinden. Luke hatte in der Nacht lange wach gelegen, an sie gedacht und dabei gehofft, dass seine Eltern sich vor Sorge und Schuldgefühlen nicht selbst zerfleischten. Gehofft, dass Abi einen Plan schmieden würde, um ihn hier rauszuholen. Gehofft, dass die Jardines Daisy eine anständige und keine erniedrigende Aufgabe zuteilen würden. (Heutzutage konnte man kleine Kinder doch nicht mehr dazu zwingen, auf Dächer zu klettern und Schornsteine zu fegen, oder?)

Das Tor von Zone D war vollkommen anders: ein Stahlbogen mit eingebautem Scannerstreifen, der jeden Chip der passierenden Sklaven erfasste. Luke holte tief Luft und trat einen Schritt vor. Als sein ID-Kennzeichen auf dem Display des Tors aufblitzte, kam ein kräftiger Mann mit fliehendem Kinn auf ihn zu und stellte sich als Williams L-4770 vor, Lukes Arbeitskollege.

»Wie heißt du richtig?«, fragte Luke.

Aber Williams entblößte scheinbar ängstlich die hervorstehenden Zähne und schwieg. Dann führte er Luke tief in die Industrieanlage. Sie durchquerten einen höhlenartigen Backsteinbau nach dem anderen, passierten wuchtige Laderampen und machten einen weiten Bogen um das feurige Herz der Gießerei. Das Getöse schwoll mit jedem Schritt an, als ob sich die größten Lärmerzeuger der Welt hier unter einem Dach versammelt hätten. Aus dem Gebäude vor Luke drang ihm ein

Höllenlärm entgegen, den er nicht nur hören, sondern regelrecht spüren konnte, wie das erderschütternde Stampfen eines brutalen Riesen.

»Bauteilhalle«, formulierte Williams L-4770 stumm mit den Lippen.

Was für eine Demütigung, überlegte Luke, dass ihm das Putzen der Klos auf Kyneston plötzlich wie der reinste Spaziergang vorkam.

Sein neuer Arbeitsplatz umfasste eine Reihe komplexer Winden und Flaschenzüge, die von einem Krangerüst hingen und neugegossene Halbzeuge von der Schmiedepresse (der Quelle des dröhnenden Stampfens) zur Vorverarbeitungsmaschine und wieder zurücktransportierten. Williams' Einführung war gründlich und vollständig pantomimisch durchgeführt. Seine Darstellung des Schicksals, das sein vorheriger Arbeitskollege erlitten hatte – zertrümmertes Rückgrat, nachdem ein heruntergerutschter Kettenflaschenzug eine Turbine wie eine riesige Abrissbirne gegen ihn geschleudert hatte –, erschien Luke als allzu wirklichkeitsnah. Ihre Overalls und verschlissenen Arbeitsschuhe boten nicht den geringsten Schutz.

Aber nicht nur der Lärm sorgte dafür, dass Luke und Williams schweigend miteinander kommunizierten. Die Arbeit war so anstrengend, dass Luke jedes bisschen Atemluft für seine Muskeln brauchte. Wenn Abi ihn nach Kyneston holte, würde er Millmoor mit dem gestählten Körper eines Superhelden verlassen, so wie die Stars in den verbotenen unionistisch-amerikanischen Filmen. Vorausgesetzt, er geriet den Maschinen nicht in die Quere – denn in diesem Fall würde er überhaupt nicht mehr laufen können.

Man gestattete ihnen zwei Pausen: eine hastige Mittagspause in einer Kantine, die das Unappetitliche mit einer Beilage Ungenießbarem servierte, sowie eine zehnminütige Arbeitspause am Nachmittag. Am Ende seiner ersten Schicht schleppte Luke sich mit vor Erschöpfung zitternden Gliedern aus der Bauteilhalle zur Bushaltestelle. Als er sein Wohnheim erreichte, humpelte er – gleichermaßen müde wie hungrig – die Treppe zur schmuddeligen Gemeinschaftsküche hinauf. Er brauchte dringend etwas zu essen, damit er die Kraft aufbrachte, den nächsten Tag zu überstehen.

»Luke?«

Er drehte sich vom Schrank weg, den er gerade auf der Suche nach etwas Essbarem durchstöbert hatte – zum Beispiel eine Konservendose, deren Inhalt er irgendwie zubereiten konnte, sofern er die Dose aufbekam. Vor ihm stand jemand, dessen Gesicht er vage wiedererkannte.

»O'Connor B-780«, sagte der Mann, kurz bevor Lukes versagendes Gedächtnis wirklich peinlich werden konnte. »Ich meine, Ryan. Ich war an der Henshall Academy ein paar Jahre über dir. Hab meine Sklavenzeit direkt nach meinem Schulabschluss angetreten.«

»Tut mir leid«, murmelte Luke. »Natürlich erinnere ich mich an dich. Aber ich bin erst gestern hier angekommen. Muss mich noch zurechtfinden.«

»Ist schon okay«, erwiderte Ryan. »Kein Wunder, dass du ziemlich durcheinander bist. Warte, ich mach uns beiden schnell was zu essen.«

An diesem Punkt hätte Luke seine eigenen Socken vertilgen können, weshalb er sich wie ein Besessener über das Toastbrot mit Bohnen hermachte, das Ryan vor ihm auf den Tisch stellte. Er hatte nichts dagegen, dass Ryan das Reden übernahm – obwohl sich herausstellte, dass es über die vergangenen beiden Jahre, die Ryan inzwischen hier verbracht hatte, nicht viel zu berichten gab. Sein ehemaliger Schulkamerad dachte daran, eine militärische Laufbahn einzuschlagen: drei Jahre Sklavenarbeit, gefolgt von sieben Pflichtjahren als »Traktierer« und mindestens zehn Jahren als Soldat. Traktierer waren zwar noch immer Sklaven und erhielten weder Lohn noch sonstige Vergütungen, hatten aber einen deutlichen Vorsprung gegenüber allen anderen, die sich beim Militär bewerben wollten.

»Der einzige Nachteil ...«, sagte Ryan mit vollem Mund, »besteht darin, dass die Traktierer alle gefährlichen Aufträge ausführen müssen. Aber ohne Anspruch auf Entschädigung, wenn man verletzt oder getötet wird.«

Ein nicht zu unterschätzender Nachteil, überlegte Luke. Kyneston erwähnte er nicht, da cr sich an Kesslers höhnische Bemerkung und an die Reaktion der Männer erinnerte, mit denen er nach Millmoor gekommen war. Aber er musste irgendetwas zu ihrem Gespräch beisteuern, also erzählte er Ryan von dem Mädchen, dem er begegnet war. Die Kleine, die Medizin ausliefern wollte. Ryan runzelte die Stirn.

»Morphin? Da stimmt was nicht. Ein Mädchen in ihrem Alter kann unmöglich auf legalem Weg darangekommen sein. Sie muss es gestohlen und dann damit gehandelt haben. Du solltest sie melden.«

»Melden?«

»Das wäre am sichersten«, sagte Ryan. »Der Sicherheitsdienst hier ist brutal. Schon für kleinste Vergehen werden brutale Strafen verhängt, bei schwereren Verstößen brummen sie dir weitere Jahre auf die Sklavenzeit drauf. Und bei Kapitalverbrechen droht lebenslängliche Sklavenzeit. Im Vergleich zu den Lagern mit den Lebenslänglichen soll das hier ein reiner Freizeitpark sein. Aber das Ganze hat zwei Seiten. Wenn du irgendwelche zwielichtigen Dinge meldest, erkaufst du dir damit Vergünstigungen beim Sicherheitsdienst.«

Luke dachte darüber nach. Er war sich ziemlich sicher, dass das Mädchen die Medizin nicht verkauft hatte. Es hatte eher danach geklungen, dass sie das Morphin jemandem bringen wollte, der es dringend brauchte. Und obwohl Ryans Bericht über den Ablauf der Dinge in Millmoor durchaus Sinn ergab, erinnerte ihn das Ganze zu sehr an das Verpfeifen anderer Schüler beim Klassenlehrer.

»Also, wo hast du das Mädchen beobachtet?«, fragte Ryan.

Vor seinem inneren Auge konnte Luke deutlich das rostige Schild an der Mauerwand sehen, dazu das Wort »Ost« und die Reihe mit den fünf Einsen.

»Tut mir leid, aber ich hab keine Ahnung«, sagte er. »Schließlich war das mein allererster Tag. Ich find mich ja jetzt noch kaum zurecht. Allerdings weiß ich, dass mein Bett ein paar Stockwerke weiter oben steht. Danke für das Essen, aber ich werd mich jetzt auf's Ohr hauen. Bis bald.«

Luke schob seinen Stuhl zurück und verließ die Gemeinschaftsküche. Und trotz der Millionen Gedanken, die ihm durch den Kopf wirbelten, schlief er in dem Moment ein, als sein Kopf das dünne, klumpige Kissen berührte.

Am Mittwoch stand er auf, und sein Tagesablauf spielte sich von vorne ab. Das Gleiche galt für Donnerstag. Und Freitag. Am Samstag schlang er das eklige Grausen, das hier als Mittagessen aufgetischt wurde, in Rekordzeit hinunter und nutzte gerade die restliche Pausenzeit dazu, sich ein noch unbekanntes Areal von Zone D anzusehen (schmutzig und laut, genau wie alle anderen Bereiche, die er bisher erkundet hatte), als ihn eine Stimme aus den Schatten ansprach.

»Na, wie läuft's denn so, Luke Hadley?«

Soweit Luke wusste, kannten in Millmoor gerade mal vier Personen seinen Namen – und nur eine davon war ein Mädchen.

»Wie bist du hier reingekommen?«, fragte er Renie, die sich in einer Ecke hinter einem Geräteschuppen versteckt hielt. »Und was noch viel wichtiger ist: Warum bist du hier?«

»Kleiner Einkaufsbummel«, sagte Renie. »Und Freundschaftsbesuch. Wollte mal nachsehen, wie du hier zurechtkommst. Und da du noch alle Glieder hast, scheinst du dich ja ganz tapfer zu schlagen.«

Sie ließ den Kopf in den Nacken fallen und stieß wieder dieses unangemessen heisere Lachen aus. Es klang, als würde sie täglich fünfzig Zigaretten rauchen. Oder als hätte sie ihr ganzes Leben in Millmoor verbracht und diesen Teer eingeatmet, der hier als Luft durchging.

»Einkaufsbummel? Was suchst du denn, etwa eine neue Turbine?«

»Nein, nichts so Ausgefallenes.« Renie grinste und zog ihren Kittel ein paar Zentimeter hoch. Darunter kam meterweise Kabel zum Vorschein, das sie um ihre Taille gewickelt hatte. Das Kabel war rotweiß gestreift – die teure, extrem belastbare Sorte. (Es war erstaunlich, wie viel man innerhalb einer Woche über Kabel lernte, wenn das eigene Leben davon abhing.)

Also stahl Renie doch. Hatte Ryan etwa recht?

»Aber deswegen bin ich nicht hier. Ich wollte dich um deine Hilfe bitten. Schätze, du bist mir noch was schuldig, weil ich dir in Bezirk Ost-1 aus der Klemme geholfen habe.«

Luke setzte zu einem Protest an, aber Renie fuhr ungerührt fort.

»Der Tochter von einem deiner Arbeitskollegen ist letzte Woche die Brille heruntergefallen. Das Mädel ist so blind wie ein Maulwurf, aber für ihre Arbeit als Packerin in der Agrofabrik braucht sie nicht gut zu sehen, und solche Dinge wie Brillen stehen in Millmoor nicht unbedingt auf der Prioritätenliste. Na jedenfalls … ta-da! Würdest du für mich den Lieferanten machen?«

Sie zog ein flaches Kunststoffetui aus ihrer Gesäßtasche und hielt es ihm entgegen. Luke öffnete das Etui. Eine Brille. Er nahm das kleine Tuch heraus, in das sie eingewickelt war und tastete den Kunststoff nach Geheimfächern ab, die möglicherweise Drogen enthielten. Aber es handelte sich einfach nur um ein ganz normales Hartschalenetui.

»Bist ziemlich misstrauisch, was?«, meinte Renie. »Ist auch richtig so. Also, lieferst du die Brille für mich ab?«

»Worum geht's hier eigentlich genau?«, fragte Luke. »Denn du wirkst auf mich nicht gerade wie eine gute Fee. Und ich glaub auch nicht, dass du berechtigt bist, dieses Kabelmaterial mitzunehmen. Ich mag zwar noch nicht lange hier sein, aber ich bin nicht total blöd.«

»Ich halte dich überhaupt nicht für blöd. Ich denke, du bist jemand, der anderen gern was Gutes tut. Millmoor verändert die Menschen, Luke Hadley. Aber den meisten wird nie bewusst, dass man selbst bestimmen kann, auf welche Weise es einen verändert.«

Luke zögerte. Seine Finger krümmten sich um das kleine Etui, das sich jetzt auf einmal seltsam und unverhältnismäßig schwer anfühlte.

Dann schob er das Etui in die Hosentasche seines Overalls. Renie zeigte ein breites, zahnlückiges Lächeln, worauf Luke einfach zurückgrinsen musste.

Hastig ratterte sie eine Wegbeschreibung hinunter, wirbelte dann auf einem Zeh herum und verschmolz wieder mit den Schatten.

»Sag ihnen, der Doc lässt schön grüßen«, krächzte ihre Stimme. Und dann war sie auch schon verschwunden.

# 5

## *Bouda*

Das Haus des Lichts – auch bekannt als der Neue Westminster-Palast, in dem das Parlament der Ebenbürtigen tagte – war vierhundert Jahre alt. Dennoch wirkte es so alters- und makellos wie am Tag seiner Entstehung.

Als der Chauffeur den Rolls-Royce unter dem Tor des Letzten Königs hindurchsteuerte, reckte Bouda Matravers den Hals und spähte um die füllige Gestalt ihres Vaters herum, um das Gebäude zu bewundern. Die zinnenartigen Türme wirkten so imposant wie die einer französischen Kathedrale, und sein vergoldetes Dach schimmerte wie ein russischer Palast. Aber nur diejenigen, die das Bauwerk näher kannten, bemerkten diese Details. Touristen und Schüler auf einem Tagesausflug bestaunten in der Regel die Wände des Gebäudes, die allesamt aus riesigen, scheinbar nahtlosen Glasflächen bestanden.

Im Inneren befand sich die Abgeordnetenkammer, die acht gestufte Reihen mit Doppelsitzen umfasste – 400 Parlamentssitze insgesamt. Hier nahmen der Lord oder die Lady jedes Anwesens Platz, begleitet von ihren jeweiligen Erben. Bouda zählte ebenfalls zu diesen Erben. Aber niemand, der von außen ins Gebäude schaute, konnte die Abgeordneten sehen.

Denn die Fenster im Haus des Lichts blickten auf einen völlig anderen Ort: eine glänzende Welt, in der sich nichts deutlich ausmachen ließ. Und noch seltsamer war die Tatsache, dass der Blick durch die Fenster aus dem Inneren des Gebäudes exakt dasselbe Bild zeigte – ein Umstand, den nur die Parlamentarier und ein Dutzend Gewöhnliche Parlamentarische Beobachter, denen der Zutritt gestattet war, bezeugen konnten. Ganz gleich, auf welcher Seite der Scheiben man auch stand: Auf der anderen Seite sah man immer dieselbe unheimliche, strahlende Landschaft.

Cadmus Parva-Jardine hatte genau gewusst, was er tat, als er das Gebäude damals im Jahr 1642 mit Hilfe seines *Geschicks* aus dem Nichts erschaffen hatte, überlegte Bouda, während sie ihre Beine aus dem Wagen schwang. Die Große Demonstration, wie es in den Geschichtsbüchern hieß. Die Gewöhnlichen verstanden diesen Begriff oft falsch und glaubten, dass es sich lediglich um eine Zurschaustellung seines unfassbaren *Geschicks* handelte – eine Demonstration seiner Stärke. Doch Bouda wusste, dass es dabei um viel mehr ging: Das Haus des Lichts war ein Zeugnis für die Macht, die Rechtschaffenheit und die erhabene Unabwendbarkeit der Herrschaft der Ebenbürtigen.

Nichts brachte diese Herrschaft besser zum Ausdruck als der heutige Sondertermin im parlamentarischen Kalender. Aufregung ergriff von Bouda Besitz, während sie ihrem Vater, Lord Lytchett Matravers, in das Gebäude und durch die mit roten Seidenpaneelen geschmückten Gänge half. Papa war ein wenig unsicher auf den Beinen; ihre Schwester Dina hatte ihn wieder auf irgendeine Gesundheitsdiät gesetzt. Aber Bouda hatte den Verdacht, dass es sich bei den Gläsern Tomatensaft, die Daddy zum Frühstück getrunken hatte, in Wahrheit um Bloody Marys gehandelt hatte – mit reichlich Wodka.

Andererseits war heute der Tag der Kanzlervorlage, also ließ sich gegen ein Gläschen zur Feier des Tages sicherlich nichts einwenden.

Die erste Kanzlervorlage war von Cadmus persönlich eingebracht worden. Sie hatte dafür gesorgt, dass Großbritannien zur Republik ernannt wurde, regiert auf unbegrenzte Dauer von den *Geschickten*. In den darauffolgenden Jahrhunderten reichte die Bandbreite der Kanzlervorlagen von notwendigen Anpassungen – wie etwa im Jahr 1882, als die Aussetzung aller Rechte der Gewöhnlichen während ihrer Sklavenzeit beschlossen wurde – bis hin zu kühnen, aufsehenerregenden Vorschlägen. Unter den Letzteren rangierte die sogenannte ›Vernichtungsvorlage‹ aus dem Jahr 1789 an allererster Stelle. Darin wurden Großbritanniens Ebenbürtige aufgefordert, die Stadt Paris dem Boden gleichzumachen und die Revolution der französischen Gewöhnlichen, die sich gegen ihre *geschickten* Herren aufgelehnt hatten, niederzuschlagen. Diese Vorlage war jedoch mit knapper Mehrheit abgelehnt worden – ein unverzeihlicher Akt der Feigheit, fand Bouda.

Die erste Kanzlervorlage, die sie persönlich gehört und über die sie abgestimmt hatte, war gleichzeitig Lord Whittam Jardines letzter Antrag gewesen. Das war inzwischen sieben Jahre her, zum Ende seiner zehnjährigen Amtszeit als Kanzler. Damals hatte er erwartungsgemäß vorgeschlagen, die einmalige Amtszeit aufzuheben und die Möglichkeit der Wiederwahl einzuführen.

Bouda war zu diesem Zeitpunkt gerade achtzehn geworden und ganz frisch zur Erbin des Appledurham-Anwesens ernannt worden. Allerdings hatte sie schon damals ihr Ziel – eine Heirat mit Gavar Jardine – fest vor Augen gehabt und die Kanzlervorlage daher unterstützt, ebenso wie ihr Vater. (Daddy war noch nie in der Lage gewesen, ihr oder Dina irgendetwas abzuschlagen.) Bei der Abstimmung wurde Whittams Antrag jedoch abgelehnt. Aber Bouda hatte schließlich doch ihr Ziel erreicht und war jetzt mit dem Erben von Kyneston verlobt.

Dabei war sie im Grunde an Gavar selbst kaum interessiert – ein Umstand, der Bouda erneut bewusstwurde, als sie ihren Verlobten erblickte, während sie mit ihrem Vater die hohen Doppeltüren der Abgeordnetenkammer passierte und das Prickeln der *Geschick*-Schutzschranken auf ihrer Haut spürte. Gavar stand in direkter Sichtlinie, unter der Marmorstatue seines Vorfahren Cadmus.

Er war so attraktiv, wie sich ein Mädchen ihren Zukünftigen nur wünschen konnte, aber jetzt schien seine Haut vor Zorn gerötet, und sein Mund war zu einer missmutigen Grimasse verzogen. Neben ihm stand sein Vater, ebenfalls großgewachsen und mit dem charakteristischen kupferroten Haar ihrer Familie. Beide standen steif und angespannt da, aber während Gavars Gesicht die Emotionen deutlich anzusehen waren, gab die Miene seines Vaters keinerlei Gefühle preis. Bouda konnte ihrer Haltung lediglich entnehmen, dass sie alles andere als zufrieden waren und auf jemanden warteten.

Auf sie, erkannte sie plötzlich, als Lord Jardine ihren Blick auffing.

Eine eisige Kälte rann durch ihre Adern. Was war passiert? Sie war ihrem Ziel – der Einheirat in die Gründerfamilie – inzwischen so nahe, dass sie nicht wusste, was sie tun würde, wenn irgendetwas ihre Pläne durchkreuzen sollte.

Rasch ging sie alle potentiellen Probleme durch. Soweit sie wusste, war nichts geschehen, das diese Verbindung in Gefahr bringen könnte. Sie war weder eines Tages ohne ihre Schönheit oder ihr *Geschick* aufgewacht, noch hatte sich das riesige Vermögen ihres Vaters in Luft aufgelöst. Genau genommen hatte nur Gavar einen Stolperstein auf ihren Weg zum Altar platziert – in Gestalt eines unehelichen Kindes, das er mit irgendeinem Sklavenmädchen gezeugt hatte. Boudas Kränkung angesichts der Existenz dieses Görs war nur von Lord Jardines Zorn übertroffen worden, aber sie hatte ihre Gefühle eisern im Zaum gehalten. Ihr zukünftiger Schwiegervater war von Boudas kühler Reaktion auf die ganze geschmacklose Angelegenheit beeindruckt gewesen.

Jetzt nickte sie Vater und Sohn kurz zu und schaute sich dann im Saal um. Glücklicherweise wartete Lord Rix – Daddys bester Freund und ihr und DiDis Patenonkel – bereits bei den Sitzen der Matravers. Er würde Daddy mit seinen üblichen weitschweifigen Anekdoten über Rennpferde unterhalten können. Bouda winkte Rixy zu, gab ihrem Papa einen Kuss auf die Wange, flüsterte »Ich bin gleich wieder zurück« und schubste ihn sanft in die richtige Richtung.

Dann eilte sie zu Whittam und Gavar, um sich anzuhören, was die beiden zu sagen hatten.

Bouda hätte niemals erraten können, was sie jetzt zu hören bekam.

»Das kann nicht Ihr Ernst sein?!«, zischte sie.

»Silyen hat uns erst gestern Abend davon in Kenntnis gesetzt«, sagte ihr zukünftiger Schwiegervater. Während er redete, warf Gavar einen Blick durch den Saal, ob irgendjemand sie beobachtete, doch lediglich Rix schaute mit besorgter Miene in ihre Richtung. »Beim Abendessen. Während er sich Butter auf ein Brötchen schmierte. So beiläufig wie nur was.

Ich versichere dir, die Sache ist für mich eine ebenso große Überraschung, wie sie es für dich zu sein scheint.«

»Zu sein scheint?« Bouda gefiel die Anspielung nicht. Aber sie konnte in Lord Jardines Worten einfach keinen Sinn erkennen. »Silyen hat Euterpe Parva benutzt, um einen Handel mit dem Kanzler abzuschließen – und Zelston aufgefordert, die *Abschaffung der Sklavenzeit* vorzuschlagen? Wenn das herauskommt, werden wir zum Gespött des gesamten Parlaments werden. Wie konnten Sie diesen Handel zulassen?«

»Ich soll das zugelassen haben?« Whittam musterte sie prüfend. »Bist du dir auch sicher, dass deine Schwester nichts damit zu tun hat?«

»Meine Schwester?«

Und hier war er wieder, überlegte Bouda, der einzige Aspekt in ihrem Leben, den sie nicht steuern konnte: ihre dumme kleine Schwester Bodina. Dina war eine Fashionista, ein Partygirl, und neigte dazu, Daddys Kohle freigebig unter die Leute zu bringen. Für so lächerliche Zwecke wie Tierschutz, Bekämpfung der Armut – und die Abschaffung der Sklavenzeit.

Es war bezeichnend für Bodinas Naivität, dass das Geld, das sie mit vollen Händen ausgab, zu hundert Prozent durch Sklavenarbeit erwirtschaftet wurde. Das Vermögen der Familie Matravers blieb durch Daddys Marke »BB« – benannt nach seinen Töchtern – auf konstant hohem Niveau. Unter diesem Markenzeichen ließ er Elektrogeräte im Wert von Millionen produzieren und nach Fernost exportieren. Es hieß, dass die Hälfte aller chinesischen Haushalte mit Föhnen, Fußsprudelbädern sowie Reis- und Wasserkochern von BB ausgestattet waren. Und gerade der Einsatz von Sklavenarbeitern – das Unternehmen unterhielt Fabriken in verschiedenen Sklavenstädten – sorgte dafür, dass die Preise konkurrenzlos niedrig blieben.

Die Tatsache, dass Bodina trotz ihrer Skrupel gegenüber der Sklavenarbeit dennoch nur zu bereit war, von deren Erlösen zu leben, bildete für Bouda einen nie versagenden Quell liebevoller Verzweiflung. Mit ihrer Begeisterung für Reisen und Haute Couture warf DiDi das Geld mit vollen Händen zum Fenster hinaus.

»Warum um alles in der Welt sollte Silyen irgendetwas auf Dinas Geheiß tun? Die beiden kennen sich doch kaum.«

Ein Muskel in Whittams Gesicht zuckte; darauf hatte er keine Antwort. Also war das Ganze reine Spekulation. Erleichterung strömte durch Boudas Körper. Ihre Übereinkunft mit den Jardines würde nicht heute enden – jedenfalls nicht wegen dieser Geschichte.

»Deine Schwester ist durchaus anziehend.« Der Lord von Kyneston zuckte die Achseln. »Sie hat einen gewissen, attraktiven Charme, der einem Jungen den Kopf verdrehen kann.«

»Wenn Sie glauben, dass das irgendeine Wirkung auf Silyen hätte, Mylord, dann kennen Sie Ihren jüngsten Sohn sehr schlecht.«

Gavar, der noch immer neben seinem Vater stand, schnaubte verächtlich. Bouda und ihr zukünftiger Ehemann mochten nicht viel gemein haben, aber eines verband sie durchaus: ihre Abneigung gegenüber Silyen.

»Nein«, fuhr sie entschlossen fort, empört über den eklatanten Versuch ihres zukünftigen Schwiegervaters, ihrer Familie die Schuld für Silyens ungeheuerliches Verhalten zuzuschieben. »Bodina denkt zurzeit an nichts anderes als an ihr gebrochenes Herz und die nächste Party, die ihr dabei hilft, darüber hinwegzukommen. Da müssen Sie schon in Ihrem eigenen Umfeld nach einer möglichen Erklärung suchen. Es war ohnehin nur eine Frage der Zeit: Jenner, eine grotesk-*geschicklose* Figur. Gavar, Vater eines Sklavengörs. Und jetzt Silyen, ein Verfechter der Abschaffung der Sklavenzeit. Herzlichen Glückwunsch, Sie haben da in der Tat drei prachtvolle Söhne.«

Das hätte sie wirklich nicht sagen sollen. Kühle und Contenance in jeder Situation, Bouda.

Eine hässliche Röte breitete sich oberhalb von Lord Whittams salamanderbedrucktem Halstuch aus und kroch zu seinem Gesicht hoch. Gavar hatte die Hände zu Fäusten geballt. Diese Jardine-Männer und ihr aufbrausendes Naturell.

»Ich entschuldige mich vorbehaltlos«, sagte Bouda rasch, senkte den Kopf und entblößte unterwürfig ihren Nacken. »Verzeihen Sie mir.«

Sie ließ ein paar Sekunden vergehen, um die Ernsthaftigkeit ihrer Entschuldigung zu unterstreichen. Dann schaute sie auf und blickte Whittam in die Augen. Neben ihm erweckte Gavar den Eindruck, als wollte er sie am liebsten erwürgen, doch zu ihrer großen Erleichterung wirkte die Miene seines Vaters gefasst.

»Du entschuldigst dich wie eine wahre Politikerin, Bouda«, sagte er nach einem Moment, während Bouda nicht zu atmen wagte. »Prompt und gewandt. Eines Tages wirst du vermutlich feststellen, dass das nicht reicht, aber für heute gebe ich mich damit zufrieden. Wir werden später darüber reden, sobald wir uns sicher sein können, dass mein jüngster Sohn keinen bemerkenswert geschmacklosen Witz gemacht hat. Komm, Gavar.«

Er wandte sich zum Gehen, und Gavar folgte ihm zu Kynestons Doppelsitz in der Mitte der ersten Reihe. Die Plätze befanden sich direkt gegenüber der geschnitzten Erhabenheit des Kanzlerstuhls. Im Parlament ging der alte Scherz um, dass diese Position den Jardines den kürzesten Weg zu ihrem bevorzugten Sitz im Saal verschaffte.

Lord Whittam plante, Gavar eines Tages auf diesem Kanzlerstuhl Platz nehmen zu lassen. Bouda wusste, dass ihr Reichtum sie zu einer passenden Gemahlin machte; aber in ihrer Arroganz war es den Jardines nie in den Sinn gekommen, sich zu fragen, warum Bouda eine solche Verbindung anstrebte.

Jetzt holte sie tief Luft, um sich zu sammeln, und schritt dann zum Doppelsitz des Appledurham-Anwesens in der Mitte der zweiten Reihe, direkt hinter den Jardines. Die exzellente Lage dieser Sitze war nicht ererbt, sondern das Ergebnis harter Arbeit. Niemand von Boudas Vorfahren war an jenem Tag anwesend gewesen, an dem das Haus des Lichts aus der Asche des Westminster-Königspalasts schimmernd aufgestiegen war.

Nein, das Vermögen von Boudas Familie beruhte auf jüngeren Ereignissen. Ein paar Jahrhunderte zuvor hatte Harding Matravers, Erbe einer mittellosen und unbedeutenden Familie, den Beschluss gefasst, sein von anderen belächeltes *Geschick* für günstige Wetterlagen zu nutzen. Er schockierte die feine Gesellschaft der Ebenbürtigen der damaligen Zeit, indem er als Kapitän eines Handelsschiffes in See stach. Einige Monate darauf kehrte er als schwerreicher Mann zurück – und als er im darauffolgenden Jahr erneut nach Indien segelte und noch reicher heimkam, verlor niemand mehr auch nur ein Wort darüber.

Im dritten Jahr hatte die Hälfte aller bedeutenden Familien

Großbritanniens Schulden bei ihm, und kurze Zeit später – als einer dieser verschwenderischen Lords seinen Kredit nicht ablösen konnte – wechselte der Matravers-Sitz als Pfand von der siebten in die deutlich günstiger gelegene zweite Reihe.

Doch selbst nach all dieser Zeit hing dem Namen der Familie Matravers noch immer der üble Beigeschmack eines Handels an. Und es gab nur eine einzige Möglichkeit, diesen Makel auszulöschen, dachte Bouda.

Ihr Blick wanderte an den Jardines vorbei zu den rechteckigen Konturen des Kanzlerstuhls. Der flache Sitz mit der hohen Rückenlehne ruhte auf vier geschnitzten Löwen. Darunter lag ein zertrümmerter Stein: der alte Krönungsstein der Könige von England. Lycus Parva, der Königsmörder, hatte ihn in zwei Hälften zerschlagen. Das hier war einst der Thron des Letzten Königs gewesen – das einzige Objekt, das verschont blieb, als Cadmus den alten Westminster-Palast dem Erdboden gleichgemacht hatte.

In all den Jahrhunderten seit der Großen Demonstration hatte nicht eine einzige Frau auf diesem Stuhl gesessen.

Bouda hatte die Absicht, die erste zu sein.

Als sie ihren Vater erreichte, der breitbeinig auf seinem Sitz saß, die Hände über der weinroten Samtweste verschränkt, beugte Bouda sich zu ihm hinab, küsste ihn auf die Wange und stupste ihn leicht in den Bauch. Lord Lytchett warf seine wallenden, elfenbeinweißen Haare zurück und hievte sich hoch, um seiner geliebten Tochter Platz zu machen. Mühelos schlüpfte Bouda durch die schmale Lücke und wandte sich dem Erbenstuhl zu seiner Linken zu.

Während sie sich setzte und ihren Rock glättete, hallte ein donnerndes Geräusch durch den Saal – das Pochen des Amtsstabs, der von außen gegen die dicken Eichentüren geschlagen wurde. Denn die Türen öffneten sich nur für die Personen, die sich gleichermaßen durch *Geschick* wie Abstammung auszeichneten: Lords, Ladys und ihre jeweiligen Erben. Nicht einmal Silyen wäre trotz seiner angeblichen Begabung in der Lage gewesen, einfach hier hereinzuspazieren. Aber Cadmus hatte eine Vorkehrung getroffen – eine, die nach Boudas Ansicht längst reformiert gehörte: Ein Dutzend Gewöhnliche durften den Sitzungen des Parlaments als Beobachter beiwohnen.

»Wer ersucht um Einlass?«, fragte der betagte Hengist Occold, der Parlamentsälteste, mit zitternder und so leiser Stimme, dass man sie auf der anderen Seite der Tür bestimmt kaum hören konnte.

»Die Gewöhnlichen Großbritanniens bitten ergebenst um Einlass zum Parlament der Ebenbürtigen«, ertönte die formelle Antwort, in einer klaren, weiblichen Stimme.

Die Hände des alten Mannes wirbelten mit erstaunlicher Gewandtheit durch die Luft, woraufhin die Türen nach innen aufschwangen und eine Gruppe von Männern und Fraucn hereinließen.

Äußerlich unterschieden sich die zwölf elegant gekleideten Neuankömmlinge nicht von den übrigen Anwesenden im Saal. Aber bei ihnen handelte es sich lediglich um die »PB«, die Parlamentsbeobachter. Stimmlos. *Geschicklos*. Gewöhnliche. Auch wenn man das anhand des Erscheinungsbilds der Sprecherin nicht vermuten würde, überlegte Bouda – diese Schlampe Dawson war doch tatsächlich nach der neuesten Shanghaier Mode gekleidet.

Rebecca Dawson, eine dunkelhaarige Frau Mitte fünfzig, führte die Gruppe zu ihren zugeteilten Sitzplätzen: die letzte

Reihe entlang der westlichen Saalwand, gegenüber den Reihen mit Doppelsitzen und hinter dem Kanzlerstuhl. Trotz der turmhohen Stilettoabsätze ihrer Pumps hielt sie sich kerzengerade. Die Sprecherin und Bodina könnten vermutlich stundenlang über Schuhe reden, dachte Bouda. Schuhe und die Abschaffung der Sklavenzeit. Beides gleichermaßen sinnlose Gesprächsthemen.

Während die PB Platz nahmen, verkündeten Trompeten die Ankunft des Kanzlers. Der Klang begeisterte Bouda noch genauso wie bei ihrer ersten Sitzung. Dann betrat der derzeitige, unwürdige Inhaber dieses bedeutenden Amtes den Saal, und die dicken Eichentüren schlossen sich nach einer letzten Geste des Parlamentsältesten.

Die schwarzweiße Gestalt von Winterbourne Zelston bewegte sich langsam die Stufen zum Kanzlerstuhl hinunter, in das brillante Licht der schimmernden Welt getaucht, die durch das Südfenster zu sehen war. Zelston öffnete die Schnalle seines schweren, hermelinbesetzten Samtumhangs und überreichte ihn mit einer schwungvollen Geste dem bereits wartenden Parlamentskind, dem jüngsten der anwesenden Erben.

Der Kanzler nahm Platz. Die Sitzung des Parlaments war eröffnet.

Doch vor der Kanzlervorlage standen zuerst die üblichen Parlamentsgeschäfte auf der Tagesordnung. Normalerweise interessierte Bouda sich selbst für routinemäßige Staatsangelegenheiten, doch heute ließ sie sich durch die Gedanken an die bevorstehende Ankündigung ablenken.

Dawson hatte sich inzwischen auf die Hinterbeine gestellt und kläffte in einem fort. Sie protestierte gegen ein absolut logisches Programm, das Langzeitarbeitslosen helfen und ihnen einen Aufschub gewähren würde, indem es sie für einen Zeitraum von zwölf Monaten wieder zu Sklaven machte. Also blendete Bouda die Sprecherin der PB aus und dachte über die Kanzlervorlage nach. Konnte Silyen seine Behauptung wirklich in die Tat umsetzen und Euterpe Parva aus dem Koma holen? War es möglich, dass Zelston diese Frau noch immer so sehr liebte, dass er seine politische Karriere mit einem solch irrwitzigen Antrag aufs Spiel setzte?

Und dann gab es da noch etwas, das Bouda überhaupt nicht verstand: Warum wollte Silyen diese Vorlage überhaupt einbringen lassen – wenn man bedachte, dass der Antrag ganz bestimmt abgeschmettert werden würde?

Sie überlegte, was sie alles über den Jungen wusste, und musste zu ihrer Überraschung feststellen, dass es nicht gerade viel war. Silyen nahm nur selten an den gesellschaftlichen Veranstaltungen auf Kyneston teil – den Gartenpartys, den Jagden oder Lady Thalias unendlich langen Kammermusikabenden. Gelegentlich ließ er sich bei einem Familienessen blicken, wobei er in den Speisen herumstocherte und schlaue, bissige Bemerkungen machte. Die meisten gingen auf Kosten seines ältesten Bruders, und Bouda musste sich oft ein Lachen verkneifen. Die gesamte Familie behauptete zwar, dass Silyen über großes *Geschick* verfügte, aber bis jetzt hatte Bouda noch keinerlei Beweis dafür gesehen.

Allerdings hatte es gewisse Momente gegeben. Seltsame Gefühle. Bouda hatte es nie genau benennen können, aber manchmal hatte sie auf Kyneston den Eindruck gehabt, dass sie gerade irgendetwas erlebt hatte, das nicht mit rechten Dingen zuging. Gespräche, an die sie sich nicht mehr klar erinnern konnte. Gegenstände, die sich in ihrer Hand nicht richtig anfühlten. Selbst die Luft schmeckte manchmal merkwürdig, irgendwie schal und schwer.

Normalerweise führte sie diese Erlebnisse auf Gavars großzügigen Umgang mit dem Weinkeller seines Vaters zurück. Und sie hatte sich sogar gefragt, ob es vielleicht an der Spannung liegen konnte, die durch Kynestons riesige, mit Hilfe von *Geschick* erschaffene Gebäudeflügel vibrierte.

Aber sie war sich nicht sicher.

Als der Pausengong ertönte, stemmte Daddy sich aus seinem Sitz, um wie die meisten Parlamentsmitglieder den Salon mit dem Kuchenbüfett aufzusuchen. Sein Abgang verschaffte Bouda die Gelegenheit, ein längst fälliges Gespräch zu führen. Rasch hielt sie nach ihrer Beute Ausschau. Und da saß sie auch schon: Lady Armeria Tresco. In der letzten Sitzreihe. Allein.

Der Sitz der Trescos entsprach der Lage ihres Anwesens Highwithel: am äußersten Rand. Wenn der Erbe von Highwithel nicht ihrer Schwester das Herz gebrochen hätte, dann wäre Bouda eines Tages vermutlich regelmäßig dorthin gereist. Aber sie war froh, dass das jetzt nicht mehr wahrscheinlich schien. Das Anwesen der Familie Tresco umfasste ein Eiland im Zentrum einer ganzen Gruppe von Inseln – die Scilly-Inseln. Sie bildeten den südlichsten Punkt der Britischen Inseln, vor der Küste Cornwalls. Jenseits von Land's End.

Und das war definitiv der beste Platz für diesen unzuverlässigen Erben Meilyr und seine schreckliche Mutter. Wenn sie doch bloß dort geblieben wären.

Lady Tresco schaute auf, als Bouda sich ihr näherte. Sie hatte in einer abgewetzten Lederhandtasche herumgewühlt. Vermutlich auf der Suche nach einer Haarbürste, ihrem ungepflegten Erscheinungsbild nach zu urteilen. Andererseits erschien es

Bouda recht unwahrscheinlich, dass diese Frau überhaupt eine Bürste besaß.

Armeria schenkte Bouda ein freundliches Lächeln, schloss die Handtasche und stellte sie auf den angrenzenden Erbensitz. Auf den unübersehbar leeren Erbensitz.

»Wie ich sehe, ist Meilyr noch immer nicht zurückgekehrt«, sagte Bouda. »Gibt es irgendwelche Nachrichten von Ihrem verlorenen Sohn?«

»Ich fürchte, nein«, erwiderte die ältere Frau. »Glaub mir, deine Schwester wäre die Erste, die davon erfahren würde. Aber inzwischen ist er seit über sechs Monaten fort. Bodina müsste inzwischen über ihre größte Enttäuschung hinweg sein, oder?«

»Aber ja«, versicherte Bouda. »Sie ist vollkommen darüber hinweg. Was sie anbelangt, könnte er längst nach Highwithel zurückgekehrt sein. Ich frage lediglich aus eigenem Interesse, da ich demnächst die Hochzeitseinladungen verschicken werde. Dann also nur eine einzige Einladung für die Trescos?«

»Man kann nie wissen«, sagte Lady Tresco wenig hilfreich. »Dann findet die Hochzeit also bald statt? Herzlichen Glückwunsch. Dein Stern scheint tatsächlich steil aufzusteigen.«

»Danke«, erfolgte Boudas automatische Antwort. »Ja, die Hochzeit findet im März auf Kyneston statt, direkt nach der Dritten Großdebatte und der Abstimmung.«

»Nach der Dritten Debatte? Wie passend für solch eine politische Verbindung. Nun ja, ich sehe dich dann ja noch davor, während der Ersten Debatte auf Esterby.«

Und damit nahm Armeria Tresco ihre Handtasche wieder an sich und begann erneut, darin herumzusuchen.

Verblüfft stand Bouda einen Moment da. Hatte Armeria sie

etwa gerade wie ein kleines Kind behandelt und das Gespräch einfach beendet? Es sah danach aus. Wenigstens hatte niemand diesen Affront beobachtet. Und dennoch: Bouda spürte, wie ihr das Blut in die Wangen schoss, als sie sich abwandte und die Stufen zur zweiten Reihe hinabstieg. Bestimmt war ihr Gesicht so gerötet wie das ihres lieben Papas.

Zumindest hatte sie Neuigkeiten für Dina. Oder besser gesagt, keine Neuigkeiten – was nach Boudas Ansicht definitiv gut war. Die Gefühle, die ihre kleine Schwester für Meilyr Tresco entwickelt hatte, waren aufrichtig gewesen, aber auch schrecklich deplatziert. Meilyr war durchaus ein umgänglicher Charakter, aber er vertrat die gleichen absurden politischen Ansichten wie seine Mutter. Bouda verdächtigte ihn, dass er DiDis Köpfchen mit diesem abolitionistischen Unsinn gefüllt hatte.

Selbst die Art und Weise, in der er seine Beziehung zu Dina beendet hatte, war vage und unbefriedigend gewesen. Er hatte der armen DiDi einfach erklärt, er wolle »sich selbst finden« – das hatte ihre untröstliche Schwester ihr zumindest erzählt. Aber jetzt, da Meilyr nicht mehr im Weg stand, konnte endlich ein geeigneterer Ehemann für Dina gesucht werden. Ihre kleine Schwester brauchte jemanden, der solide und zuverlässig war und der die Interessen der Familie wahren würde. Bouda hatte da schon ein paar Kandidaten ins Auge gefasst.

Papa war zu seinem Platz zurückgekehrt und hatte ein in eine Serviette gewickeltes Kuchenstück als Notreserve neben sich in den Sitz geklemmt. Nimmersatter alter Daddy! Nachsichtig kniff Bouda ihn in die Wange und flüsterte ihm ins Ohr: »Nach allem, was ich vorhin von Lord Jardine gehört habe, könnte dieser Teil der Sitzung sehr interessant werden.«

Dann ertönten die Trompeten erneut, und der Kanzler schritt ein weiteres Mal die Stufen hinab. Eine erwartungsvolle Stille senkte sich über den Saal.

Zelston ging zu seinem Stuhl, setzte sich aber nicht. Seine Miene wirkte grimmig. Er hielt einen einzelnen Papierbogen in der Hand und kam gleich zur Sache.

»Als Kanzler ist es mein Vorrecht, dem Parlament eine Vorlage meiner Wahl zur Abstimmung zu unterbreiten. Sie alle werden sich der Tatsache bewusst sein, dass die Verlesung einer Kanzlervorlage nicht notwendigerweise bedeutet, dass der Kanzler diese auch unterstützt. Es könnte sich schlicht und einfach um einen Antrag handeln, den er für diskussionswürdig hält. Und genau das ist bei der heutigen Kanzlervorlage der Fall.«

Diese Verleugnung seiner eigenen Vorlage bescherte ihm Pfiffe und Buhrufe von einigen gegnerischen Parlamentsmitgliedern. »Was für eine Empfehlung!«, rief einer von seinem Platz in der sechsten Reihe. »Warum machen Sie sich dann überhaupt die Mühe?«, höhnte ein anderer, in deutlich größerer Nähe zur Schaltstelle der Macht.

Der Kanzler würdigte sie nicht einmal einer Antwort. Er sah sich im Saal um, ruhig und gefasst, obwohl Bouda erkennen konnte, dass das Papier in seiner Hand zitterte.

»Am Ende dieser Sitzung wird allen Parlamentsbeobachtern Stillschweigen auferlegt, und sämtliche Mitglieder dieses Hauses werden die Grabesstille akzeptieren.«

Ein überraschtes und unwilliges Raunen ging durch die Reihen. Bouda rückte an den Rand ihres Sitzes, angespannt und aufgeregt. Nie zuvor hatte sie erlebt, dass die beiden uralten Maßnahmen des Stillschweigens und der Grabesstille öffentlich auferlegt wurden.

Natürlich war die Bezeichnung »Stillschweigen« irreführend. Diese Maßnahme brachte eine Person nicht wirklich zum Schweigen; sie nahm dem Betroffenen vielmehr das Gedächtnis und versteckte dessen Erinnerungen. Deshalb war es verboten, diese Maßnahme an einem Ebenbürtigen durchzuführen – obwohl bloßes Üben natürlich nicht zählte, wie Bouda schon vor langer Zeit beschlossen hatte. Denn wie sonst sollte man diese Kunst jemals beherrschen lernen? Jeder Kanzler musste in der Lage sein, eine solche Maßnahme zu ergreifen. Weshalb Bouda seit ihrer Kindheit mit ihrer kleinen Schwester geübt hatte. Und die liebe DiDi hatte nichts dagegen gehabt.

Der einzige Ort, an dem diese Maßnahme legal durchgeführt werden durfte, war das Haus des Lichts – wenn der Kanzler den Gewöhnlichen, den Parlamentsbeobachtern, Stillschweigen verordnete. Denn gelegentlich wurden sie Zeugen von Vorschlägen oder anderen Tagesordnungspunkten, die zu heikel, zu aufwiegelnd waren, um an die Öffentlichkeit zu gelangen. Sobald der Kanzler den PB Stillschweigen auferlegt hatte, würden sie sich an seinen Vorschlag nicht mehr erinnern – bis er diese Gedächtnissperre wieder aufhob.

Dagegen würden die Parlamentarier die Grabesstille akzeptieren – eine weniger harte, aber trotzdem effektive Maßnahme. Die Ebenbürtigen behielten ihre Erinnerungen, konnten aber mit niemandem außerhalb der betroffenen Gruppe – in diesem Fall die Parlamentsmitglieder – darüber reden oder auf anderem Wege kommunizieren. Es ging das Gerücht, dass so manches Familiengeheimnis nur mit Hilfe einer Erb-Grabesstille bewahrt wurde.

Die Sprecherin der PB machte den Eindruck, als wollte sie

protestieren. Bouda verdrehte die Augen. Natürlich war das Stillschweigen im Lauf der Geschichte in Situationen eingesetzt worden, die vielleicht weniger erstrebenswert waren. Und möglicherweise war das ja noch immer der Fall. Gavar und seine Kumpel hatten in Oxford einen zweifelhaften Ruhm für ihre Partys erlangt, unter deren Gästen sich auch Gewöhnliche Mädchen befanden – die sich am nächsten Tag merkwürdigerweise an nichts mehr erinnern konnten. Doch hier, im Haus des Lichts, waren beide Maßnahmen absolut legal.

Der Kanzler stand reglos da, bis sich die Aufregung legte. Dann warf er einen letzten Blick auf das Papier in seiner Hand, als könnte er selbst kaum glauben, was dort geschrieben stand.

Bouda beobachtete ihn gebannt, eine Hand vor den Mund geschlagen.

Selbst ihr Vater hatte sich aufgesetzt und hörte interessiert zu.

Zelston räusperte sich und verkündete:

»Hiermit schlage ich die umfassende und sofortige Abschaffung der Sklavenzeit vor.«

# 6

## *Luke*

Es war erstaunlich, was sich in zehn Minuten alles erledigen ließ.

Luke warf einen Blick auf seine Uhr – ein billiges Plastikding mit dem protzigen BB-Logo, mit dem alle Millmoor-Sklaven ausgestattet waren. Dann schlüpfte er in den Schatten neben dem Hangar und trabte los. Obwohl die nachmittägliche Pause nur kurz war, sorgten die durch den Maschinenpark laufenden Arbeiter dafür, dass dieses Zeitfenster die perfekte Gelegenheit für alle möglichen Aktivitäten bildete, die besser unbemerkt abliefen.

Das und noch viel mehr hatte Luke inzwischen unter Renies Anleitung gelernt. Nachdem er für sie die Brille abgeliefert hatte, war sie ein paar Tage später mit einer weiteren Bitte zurückgekehrt. Und dann noch einer. Und Luke hatte festgestellt: Egal wie erschöpft er am Ende seiner knochenharten Schicht in der Bauteilhalle auch sein mochte, irgendwie schaffte er es immer, seine letzten Reserven zu mobilisieren und Renies Aufträge zu erledigen.

»Ich bin mir ziemlich sicher, dass ich den Gefallen, den ich dir angeblich schulde, inzwischen abgearbeitet habe«, hatte er ihr eines Tages mitgeteilt, nachdem er ein paar Ersatzteile für eine defekte Belüftungsanlage im Westen von Millmoor abgeliefert hatte. Die Bewohner des schäbigen Wohnblocks hatten seit Monaten vergebens um eine Reparatur der Anlage gebeten, und inzwischen hatten die Ersten ernsthafte Atemwegsprobleme entwickelt. Als Luke die Ersatzteile abgab, hatte er das Gefühl, er würde an einem Auspuff saugen und sich anschließend die Lunge aus dem Leib husten – so schlecht war die Luft im Inneren des Gebäudes.

»Klar hast du das«, grinste Renie zahnlückig. »Aber jetzt machst du's, weil es dir gefällt.«

Und Luke hatte festgestellt, dass es ihm tatsächlich gefiel.

Soweit er es beurteilen konnte, war Renie-reimt-sich-auf-Genie tatsächlich so etwas wie eine gute Fee, die Wünsche in Erfüllung gehen ließ – oder weniger Wünsche als vielmehr schlichte, alltägliche Dinge, um die Millmoors Behörden sich einfach nicht kümmerten. Okay, Renie agierte jenseits des offiziellen Dienstwegs. Aber ihre Informationen über die dringendsten Bedürfnisse der Bevölkerung stammten hauptsächlich von einem Arzt in Millmoor, was das Ganze dann wieder halbwegs legal machte. Und trotz Ryans Warnung konnte es doch nicht sein, dass man zu lebenslänglicher Sklavenzeit verurteilt wurde, nur weil man den Menschen Medikamente, Bücher und Lebensmittel brachte.

Inzwischen hatte Luke die Kantine erreicht. Ihm blieben noch sechseinhalb Minuten: drei, um das Gewünschte zu finden, und dreieinhalb, um zu seinem Arbeitsplatz zurückzukehren.

Luke hatte gelacht, als Renie ihm diesen Auftrag erklärt hatte – Lebensmittel aus dem Vorratslager von Zone D entwenden. Was die Kantine dort anbot, ließ sich kaum herunterbringen. Im Grunde profitierten die Arbeiter in Zone D sogar davon, wenn er das Zeug klaute und sie diesen Mist nicht länger essen mussten.

»Eure Nahrung hat mehr Kalorien und zusätzliches Eiweiß«, hatte Renie erklärt. »Damit ihr schwer schuftenden Kerle länger reinhauen könnt. Du solltest mal sehen, was die Leute in den anderen Zonen vorgesetzt bekommen. Den gleichen Dreck, aber nicht annähernd so nahrhaft. Und den Schrott, der in den Gemeinschaftsküchen herumsteht, kennst du ja selbst. Die Menschen kriegen hier drinnen Skorbut, Luke. Und das ist kein Witz.«

Luke fragte sich, ob Renie auch davon betroffen war. Selbst für eine Dreizehnjährige war sie winzig – dürr und hohlwangig. Ihre dunkle Haut konnte die noch dunkleren Ringe unter ihren Augen nicht verbergen. Sie wirkte auf eine Weise unterernährt, die im heutigen Großbritannien eigentlich nicht mehr möglich sein sollte. War sie mit zehn nach Millmoor gekommen? War das hier das Ergebnis von drei Jahren Sklavenzeit in dieser Stadt?

Wie so oft während des vergangenen Monats sprach Luke erneut ein stummes Dankesgebet, dass kein Mitglied seiner Familie hier an diesem albtraumhaften Ort war. Vor allem Daisy nicht.

Leise schlüpfte er in das Vorratslager. Die Regale ragten weit über seinen Kopf hinaus bis an die Decke. Jedes Fach war mit einem Etikett versehen, aber nach einem System, das Luke nicht sofort durchschauen konnte. So viele Kartons, so viele Schachteln. Ratlos lief er an einer Reihe entlang, musterte die Regale von oben bis unten und überflog die Etiketten.

Und dann krachte irgendetwas so heftig gegen die Rückseite seines Schädels, dass er mit der Stirn gegen eine Regalkante prallte.

Halbblind vor Schmerz sackte Luke in sich zusammen. War

irgendetwas von einem der hohen Regale hinter ihm heruntergestürzt und auf seinen Kopf gefallen?

Eine Stahlkappe schob sich unter seine Schulter und drehte ihn um.

Die Neonröhren an der Decke leuchteten mit einem pulsierenden Lichtkranz und bildeten einen übelkeiterregenden, bunten Heiligenschein um den Kopf der Gestalt, die über ihm aufragte. Luke blinzelte, um besser sehen zu können. Doch das, was er jetzt ausmachen konnte, stellte keine Verbesserung dar.

»Na, haben wir einen kleinen Spaziergang gemacht, Hadley E-1031?«

Die Stahlkappe drückte sein Kinn hoch. Lukes Blick wanderte über ein Bein hinauf zu einer gewölbten Brust, dann zu einem Stiernacken und einem breiten Kopf, der von einem zuckenden Lichtkranz umgeben war.

Lukes persönlicher Engel der Qual: Kessler.

»Hatten wir Besuch vom kleinen Hunger?«, fuhr Kessler fort und warf einen Blick auf die gefüllten Lagerregale. »Ist die Ernährung hier in Millmoor nicht zu deiner Zufriedenheit, E-1031? Bist du enttäuscht, dass du nicht mit deinen Hochwohlgeborenen auf Kyneston geschmorten Schwanenbraten speist?«

Die Spitze seines Schlagstocks rammte sich tief in das weiche Gewebe unter Lukes Rippen. Obwohl die Arbeit in Zone D Lukes Oberkörper mit mehreren Muskelschichten versehen hatte, reichten diese nicht als Schutz gegen Kesslers Misshandlungen. Der Sicherheitsmann winkelte den Schlagstock an, suchte – Kesslers Anatomiekenntnisse waren mindestens so gut wie die von Lukes Mum – und stieß erneut zu. Lukes Körper krümmte sich zusammen, während er sich auf die Seite drehte und die bröckligen Überreste seines Mittagessens hochwürgte.

Luke stöhnte und wischte sich mit dem Overallärmel klebrige Speichelfäden vom Mund. Selbst diese winzige Bewegung löste rasende Kopfschmerzen aus. Er erinnerte sich daran, wie sich seine Mutter in der Auffahrt neben seinen Dad gekniet hatte. Was hatte sie noch mal gebrüllt? Irgendetwas über stumpfe Gewalteinwirkung. Luke schloss die Augen.

»Ich hoffe, du hast nichts geklaut, E-1031«, fuhr Kessler fort. »Denn hier in Millmoor hält man nichts von Dieben. Stehlen wird mit zusätzlichen Jahren Sklavenzeit bestraft. Ich schau mal schnell nach, einverstanden?«

Raue Hände griffen grob nach Lukes Gliedmaßen, klopften seinen Overall ab, rissen an Taschen. Und gerade in dem Moment, in dem Luke schon dachte, es wäre überstanden, packte der Sicherheitsmann Lukes Kiefer und öffnete seinen Mund mit brutaler Gewalt.

»Ich erledige meine Arbeit gern gründlich«, sagte Kessler und rammte ihm Zeige- und Mittelfinger in die Mundhöhle. Luke würgte und als sich Speichel in seinem Mund bildete, nahm er den Geschmack von Seife und beißendem Antiseptikum wahr. Waren Kesslers Hände das einzig Saubere in ganz Millmoor?

Kessler zog seine Finger wieder zurück und wischte sie an Lukes Overall ab.

»Sieht so aus, als wärst du ein braver Junge, E-1031. Aber es war sehr nachlässig von dir, auf dem Weg durch den Maschinenpark zu stolpern und zu stürzen. An einem Ort wie diesem kann das gefährlich sein.«

»Gestolpert?«, krächzte Luke. Wut kochte in ihm hoch,

als die Übelkeit nachließ. »Sie haben mich geschlagen, Sie Dreckskerl.« Er hustete und hoffte auf etwas Gallenflüssigkeit, um den Geschmack von Kesslers Fingern in seinem Mund loszuwerden.

»Du bist gestolpert«, wiederholte Kessler. »Und offensichtlich brauchst du eine kleine Lektion, damit du in Zukunft vorsichtiger bist.«

Der Schlagstock schwang in die Höhe. Licht blitzte entlang des Schaftes auf.

Ein solcher Schlag kann tödlich sein, erinnerte sich Luke plötzlich wieder. Stumpfe Gewalteinwirkung kann zum Tode führen, wenn das Gehirn anschwillt.

Aber der Schlag traf ihn weiter unten. Luke hörte ein – oder besser ein mehrfaches – Knacken und keuchte auf. Er hatte das Gefühl, als würde er ein Messer einatmen. Dann sah er nadelstichartige Lichtblitze. Und verlor das Bewusstsein.

Als er wieder zu sich kam, war der antiseptische Geruch noch immer da. Aber nachdem er die Augen geöffnet hatte, war Kessler nirgends zu sehen. Irgendjemand hatte Luke auf einem Stuhl deponiert, in einer Ecke einer Art Krankenhauswartezimmer.

Sein gesamter Körper stand vor Schmerz regelrecht in Flammen, als hätte jemand seine Organe herausgerissen und durch Glasscherben ersetzt. Schwankend beugte er sich vor und übergab sich erneut auf den Boden. Dieses Mal war nicht mehr viel in seinem Magen, und das Erbrochene schimmerte rosa. Mit roten Flecken. Er konnte kaum atmen.

»Wie ist das passiert?«

Eine Stimme ganz in der Nähe. Leise. Wütend.

Eine Gestalt hockte sich neben Luke, und eine Hand griff nach seiner Stirn. Luke zuckte zurück, aber er konnte nirgendwohin ausweichen.

Die Berührung fühlte sich kühl an, die Hand war sanft. Luke ließ seinen Kopf dagegensinken und schluchzte vor Erleichterung auf.

»Ich bin Doktor Jackson, und ich möchte, dass du jetzt einmal versuchst aufzustehen«, sagte die Stimme. »Am besten denkst du nicht an den Schmerz, dann tut es auch gar nicht so weh. Komm bitte mit.«

Und unfassbarerweise stellte Luke fest, dass er tatsächlich aufstehen konnte. Während er sich schwer auf den Arm des weißkitteligen Mediziners stützte, schlurfte er so langsam durch den Flur, als wäre er gerade um hundert Jahre gealtert. Der Arzt führte ihn in einen kleinen Raum und bat ihn, sich gegen eine Krankenbahre zu lehnen.

»Ich möchte mir deine Verletzungen jetzt einmal ansehen. Dabei werde ich so vorsichtig vorgehen wie nur möglich. Darf ich?«

Er deutete auf die Knöpfe an Lukes Overall, woraufhin Luke nickte. Verstohlen musterte er den Mann, um sich von dem Schmerz abzulenken, der jeden Moment einsetzen musste. Die Haare des Arztes waren an den Seiten kurzgeschnitten, und er hatte einen sauber gestutzten Bart. Dazu Lachfältchen um die Augen, die sich hell vor seiner gebräunten Haut abzeichneten. »Jackson J-3646« stand in blaugestickten Buchstaben auf der Brusttasche seines Kittels. Eigentlich wirkte er für einen Arzt viel zu jung.

Er musste seine Sklavenzeit direkt nach der Uni angetreten

haben, überlegte Luke. Abi hatte ihm erzählt, dass das unter frischgebackenen Medizinern, die mehr Ehrgeiz als Skrupel besaßen, nichts Ungewöhnliches war. Man wurde zwar ins tiefe Wasser geworfen, konnte aber in den Sklavenstädten jede Menge Erfahrungen sammeln, ohne dass sich irgendjemand allzu sehr um eventuelle Behandlungsfehler kümmerte.

Allerdings schien dieser Mann hier zu wissen, was er tat. Seine Hände zogen Lukes T-Shirt vorsichtig hoch; dann hob er Lukes Haar behutsam zur Seite, um einen Blick auf seinen Schädel zu werfen. Bei jeder Berührung erwartete Luke, dass die Schmerzen explodieren würden, aber er spürte lediglich ein dumpfes Pochen.

»Lass mich raten«, sagte der Arzt und gab Lukes T-Shirt frei, so dass es wieder über seinen Oberkörper fiel. »Ein Arbeitsunfall. Du bist gestolpert und gefallen. Direkt auf einen Gegenstand, der wie ein, hm, wie ein Schlagstock geformt war?«

Verblüfft sah Luke den Arzt an. War das eine Falle? Vorsicht, Luke.

Vielleicht war Jackson ja der Kumpan von diesem Sicherheitsmann. Flickte der lächelnde Mediziner möglicherweise alle Empfänger von Kesslers »kleiner Lektion« wieder zusammen, damit sie den Mund hielten?

»Arbeitsunfall«, pflichtete Luke ihm bei. Aber Jackson runzelte die Stirn.

»Natürlich war das ein Arbeitsunfall. Und ich sag dir noch etwas: Es ist nicht annähernd so schlimm, wie es sich anfühlen muss. Ich glaube, du hast dir bei dem Sturz den Kopf gestoßen, wodurch deine Nervenbahnen jetzt überempfindlich sind. Aber es ist nichts, was ich nicht mit einem guten Schmerzmittel beheben könnte. Einen Moment.«

Jackson drehte sich weg und kramte in einem Spiegelschrank.

Der Doc hatte recht: Luke fühlte sich schon viel besser als nach dem Aufwachen im Wartezimmer. Er hatte gedacht, Kessler hätte ihm mehrere Rippen zertrümmert, aber als er einen Blick auf seinen Brustkorb riskierte, sah er nur ein paar bläulich schimmernde Blutergüsse. Und auf eine total verdrehte Weise ergab das auch Sinn. Kessler konnte nicht einfach herumlaufen und Leute halb zu Tode prügeln. Sklaven mochten zwar Leibeigene des Staates sein, aber das bedeutete auch, dass sadistische Sicherheitsleute sie nicht einfach kaputtmachen konnten. Kessler musste genau gewusst haben, was er da tat – jeder Hieb war so gezielt, dass er so viel Schmerz wie möglich zufügte und dabei so wenig Schaden wie nötig anrichtete.

Jackson drehte sich mit einem großen Salbentiegel in der Hand zu Luke um. Während er die Salbe vorsichtig auf Lukes Oberkörper verteilte, lösten sich auch die letzten Schmerzen in Luft auf. Luke hätte vor Erleichterung in Tränen ausbrechen können und bedankte sich stotternd.

»Keine Ursache«, sagte Jackson, richtete sich auf und sah Luke in die Augen. »Das ist das mindeste, das ich für den Freund eines Freundes tun kann.«

Und erneut machte Lukes Herz einen Satz und pochte wie wild gegen seinen doch nicht zertrümmerten Brustkorb. Was meinte der Doc damit? Luke hatte in Millmoor keine Freunde, nur einen stummen Arbeitskollegen, einen ehemaligen Schulkameraden und eine strenge Lehrmeisterin, die kaum aus den Windeln war.

Der Doc.

*Der Doc*. Derjenige, der all diese Informationen hatte. Der Renie die Aufgaben zuteilte.

»Ein Freund? Könnte das einer Ihrer, äh, jüngeren Patienten sein? Vielleicht ein Mädchen?«

Jackson lachte. Ein tiefes, beruhigendes Lachen.

»Renie war nie meine Patientin. Dieses Mädchen hat mehr Leben als eine Katze. Man könnte sie von einem Dach werfen, und sie würde immer auf den Füßen landen. Nach allem, was du für uns getan hast, war diese ärztliche Versorgung deiner Verletzungen das mindeste, was ich für dich tun konnte, Luke Hadley.«

Luke errötete über dieses unerwartete Lob.

»Ich hab doch kaum was gemacht. Jedenfalls nichts, was nicht jeder andere auch tun würde.«

»Ich fürchte, das stimmt nicht ganz«, sagte Jackson. »Es gibt nicht viele Menschen, die begreifen, was an diesem Ort wirklich passiert. Und noch weniger Menschen sind sich der Tatsache bewusst, dass die Sklavenzeit keineswegs ein unvermeidbarer Teil des normalen Lebens ist, sondern ein brutaler Verstoß der Ebenbürtigen gegen die Freiheit und die Würde aller Menschen.«

Luke starrte den Arzt an. Dachte er selbst ähnlich? Luke war sich nicht sicher. Natürlich fürchtete er sich vor der Sklavenzeit – vor dem Jahrzehnt, das noch vor ihm lag. Und er verachtete und beneidete die Ebenbürtigen gleichermaßen. Er hasste Millmoor und die Misshandlungen und Erniedrigungen, die er hier tagtäglich erlebte. Aber genau wie Abi und der Rest seiner Familie hatte er den Umstand, dass er eines Tages seine Sklavenzeit abdienen musste, nie hinterfragt.

»Ich sollte dich nicht mit so etwas Schwerwiegendem belasten«, sagte Jackson, der Lukes Verwirrung offenbar spürte. »Der Nachmittag war schon schlimm genug für dich. Am besten kehrst du jetzt in dein Wohnheim zurück und ruhst dich aus. Aber hier in Millmoor gibt es noch ein paar andere Menschen, die wie Renie und ich denken, und wir treffen uns gelegentlich in unserem ›Millmoorer Gesellschafts- und Spieleverein‹. Wir würden uns freuen, wenn du Lust hättest, unserer Gruppe beizutreten. Renie kann dir sagen, wann und wo.«

Und damit öffnete Jackson die Tür und rief den nächsten Patienten herein.

Zu seiner Überraschung erwachte Luke am nächsten Morgen vollkommen schmerzfrei. Lediglich ein paar gelb angelaufene Blutergüsse zeigten noch die Stellen, an denen Kessler ihn geschlagen hatte. Und das war auch gut so, denn Luke hatte eine Aufgabe zu erledigen. Während der nachmittäglichen Arbeitspause marschierte er direkt zum Vorratslager der Kantine. Kessler würde nicht damit rechnen, dass er so früh – oder überhaupt – wieder zurückkehrte. Rasch stopfte Luke so viele Lebensmittelpackungen in die Taschen seines Overalls, wie er gefahrlos verbergen konnte. Am Abend ging er zum Treffpunkt, den er mit Renie für den vorherigen Abend vereinbart hatte, mit der Absicht, die Packungen dort für sie zu deponieren. Doch Renie erwartete ihn bereits.

»Ich hab gewusst, dass du heute kommen würdest«, sagte sie und schnalzte einen in Millmoor definitiv nicht erlaubten Kaugummi. »Der Doc meinte, wenn du aufkreuzt, soll ich dir sagen, dass das nächste Vereinstreffen an diesem Sonntag stattfindet. Wenn du willst, treffen wir uns um elf Uhr am Tor 9 der Fahrzeughalle im Südbezirk.«

Sie verstaute die geklauten Lebensmittel in ihrer Kapuzenjacke und verschmolz wieder mit den Schatten.

»Warte!«, zischte Luke. »Dieser Verein. Was hat Jackson damit gemeint … Gesellschafts- und Spieleverein? Was macht ihr denn wirklich?«

Das Gesicht des Mädchens tauchte wieder aus der Dunkelheit auf und schien im spärlichen Schein einer Straßenlaterne losgelöst zu schweben.

»Schach. Scrabble.« Sie zuckte die Achseln. »Wir hatten sogar mal Cluedo, aber das hat man uns abgenommen, weil es angeblich zu staatsgefährdend war. Schickeria in einer Villa abmurksen, und der Täter könnte einer der Dienstboten gewesen sein.«

Als sie Lukes enttäuschte Miene sah, warf sie den Kopf in den Nacken und gackerte los.

»War nur ein Scherz. Du findest schon früh genug heraus, worum es dabei geht. Und vergiss nicht: Niemand wird dich zum Spielen zwingen. Wir mögen uns zwar für dich entschieden haben, aber du musst dich für das Spiel entscheiden.«

Und dann war sie auch schon verschwunden.

In dieser Nacht lag Luke lange wach und dachte an seine Familie und Doc Jacksons Verein. Luke war sein ganzes Leben lang vom Lärm seiner Schwestern und Eltern umgeben gewesen – ein Geräusch, das so vertraut war, dass es wie die eigene Atmung unbemerkt an ihm vorbeirauschte. Bis zu dem Moment, wo es nicht mehr da war. Deshalb redete er einfach mit ihnen in Gedanken. Was überhaupt nicht merkwürdig war.

Frühestens im Dezember würde er von ihnen hören, sobald

die dreimonatige Sperrzeit für jegliche Kommunikation mit der Außenwelt vorbei war, die für alle neuen Sklaven galt. Aber auch dann konnte er ihnen nicht in einem Brief von Jacksons Verein berichten. Also musste die einseitige Diskussion in seinem Kopf genügen.

Was würden sie von der Art und Weise halten, wie er seine ersten Wochen in Millmoor verbracht hatte? Was würden sie zu seinem Plan sagen, sich am Sonntag mit Renie zu treffen?

Luke war sich ziemlich sicher, dass die Aktivitäten des Vereins nichts mit Gesellschaftsspielen zu tun hatten.

»Vergiss es, Junge«, würde Dad ihm raten, halb unter der Haube eines Austin-Healey und eine Hand nach einem Schraubenschlüssel ausgestreckt. »Verhalte dich möglichst unauffällig und erledige einfach nur deine Arbeit.«

»Lass dich nicht in irgendwelchen Ärger hineinziehen«, konnte Luke seine Mum antworten hören. Und Abi würde ihn bestimmt ermahnen, dass er über diese Leute, mit denen er sich da einließ, rein gar nichts wusste.

Daisy mochte das Ganze vielleicht für cool halten. Sie hatte noch nie zu den Menschen gezählt, die immer taten, was man ihnen sagte. (Obwohl Luke hoffte, dass sie auf Kyneston gehorsamer sein würde.) Hätte Millmoor seine kleine Schwester in jemanden wie Renie verwandelt, gewieft und trotzig?

Luke erkannte, dass all seine Überlegungen auf eine einzige Frage hinausliefen: War der Beitritt in diesen Verein es wert, eine erneute Tracht Prügel von Kessler zu riskieren – oder noch Schlimmeres? Gefährdete er damit möglicherweise seine Verlegung nach Kyneston?

Mum und Dad würden diese Frage mit *Nein, das war es nicht wert* beantworten, ohne auch nur eine Sekunde zu zögern.

Aber die beiden waren nicht hier und wussten nicht, wie das Leben an diesem Ort aussah. Luke erkannte, dass seine Eltern das nicht mehr beurteilen konnten. Wie Renie schon gesagt hatte: Die Entscheidung lag bei ihm.

Aber diese Erkenntnis sorgte nicht dafür, dass er jetzt besser schlafen konnte.

Am Sonntagmorgen traf Luke eine halbe Stunde vor dem vereinbarten Termin an der Fahrzeughalle ein. Neugierig lief er am Stacheldrahtzaun entlang. Mehrere Allradfahrzeuge mit dem Logo des Sicherheitsdienstes standen aufgebockt auf Hydraulikhebern, damit die Mechaniker von unten daran arbeiten konnten. Luke wusste, was sein Dad dazu gesagt hätte: ohne zusätzliche Stützböcke unfassbar gefährlich. Waren die Behörden, die Millmoor leiteten, so unwissend, oder interessierten sie sich einfach nicht für die Menschen, die hier arbeiteten?

Oder gab es einen noch viel schlimmeren Grund? Waren die zahlreichen Unfälle in Millmoor – wie etwa das, was Simons Onkel Jimmy zugestoßen war oder dem Mann, der Lukes Arbeit gemacht hatte – mehr als nur fahrlässige Einzelfälle? Vielleicht war diese Vorgehensweise ja Teil des Systems, mit dem die Sklavenstädte betrieben wurden. Riskante Arbeit und harte Lebensumstände sorgten dafür, dass sich die Menschen auf sich selbst und ihre eigenen Probleme konzentrierten – und damit nicht fähig waren, das große Ganze im Blick zu behalten.

Hatte Doc Jackson versucht, ihm das zu vermitteln?

Entwickelte Luke allmählich einen Blick dafür, was Millmoor tatsächlich war?

Wie aus dem Nichts tauchte Renie an Lukes Seite auf. Sie nickte anerkennend, als sie sah, wie er das Werksgelände inspizierte, und musste grinsen, als Luke erzählte, dass er zusammen mit seinem Dad ein Auto restauriert hatte.

»Ist ja nicht so, als ob ich hier Gelegenheit hätte, das Gelernte auch einzusetzen«, sagte Luke wehmütig. »Ich werde nächsten Monat siebzehn. Eigentlich sollte ich längst Fahrunterricht haben. Ich meine, ich kann zwar fahren. Aber in nächster Zeit werd ich wohl kaum hinter ein Lenkrad oder unter eine Motorhaube kommen.«

»Man sollte nie nie sagen, Luke Hadley«, erwiderte Renie, deren Kiefer eifrig auf einem Kaugummi kaute. »Komm. Der Verein wartet schon auf dich.«

Luke schaltete sein mentales Navi ein im Versuch, sich den Weg zu merken. Aber nach fünfzehn Minuten hatte er völlig den Überblick verloren, da Renie Abkürzungen nahm und durch Gebäude und Hinterhöfe schlüpfte, wodurch sich der Verlauf der Straßen und Gassen unmöglich nachvollziehen ließ. Vertraute sie ihm vielleicht nicht, was den Versammlungsort betraf?

»Nehmen wir die Panoramastrecke?«, fragte er, etwas schärfer als beabsichtigt.

»Nein, die am wenigsten überwachte«, erwiderte sie und hastete weiter. Kurz darauf tauchte sie unter dem halbgeschlossenen Gatter eines Lieferanteneingangs hindurch und lief zu einer Tür am hinteren Ende der riesigen Lagerhalle.

Luke blieb keine Zeit, um sich mit der Hand durch die Haare zu fahren und sein bestes Begrüßungslächeln aufzusetzen. Allerdings hätte er sich keine Sorgen zu machen brauchen. Der »Millmoorer Gesellschafts- und Spieleverein« bestand offenbar nur aus einem halben Dutzend Personen in einem Hinterzimmer.

Sie hockten auf überdimensionierten Bürostühlen, um einen Schreibtisch mit Rollen versammelt, auf dem mehrere Getränkedosen und eine leere Obstschale standen. Das Ganze erinnerte Luke an die Jury der miesesten Fernsehtalentshow der Welt.

Ganz außen saßen zwei grauhaarige Frauen, bei denen es sich um »Drückebergerinnen« handeln musste. Und selbst für deren Maßstäbe wirkten sie ziemlich alt – bestimmt Mitte sechzig. Ein dünner Typ wirbelte voller nervöser Energie auf seinem Bürostuhl herum. Ein kräftiger Schwarzer mit kahlgeschorenem Schädel saß neben einer zierlichen Frau mit Pferdeschwanz und fahler Haut. Waren das vielleicht Renies Eltern? Aber das Mädchen begrüßte sie nicht anders als den Rest der Gruppe. Dann folgte Doc Jackson. Und neben ihm standen zwei leere Stühle.

»Hallo, Luke«, sagte der Doc. »Willkommen beim ›Millmoorer Gesellschafts- und Spieleverein‹.«

Anschließend stellten sich die anderen vor: Hilda und Tilda, Asif, Oswald – »Nenn mich Oz« – und Jessica. Die beiden Frauen mit den ähnlichen Namen waren Schwestern, aber Oz und Jessica schienen nicht mit Renie verwandt zu sein.

»Und das hier ist Luke Hadley«, sagte Jackson und schlug Luke beruhigend auf die Schulter, als er sich setzte. Trotz der seltsam zusammengewürfelten Gruppe von Personen verspürte Luke ein Gefühl der Aufregung.

»Du hast ja bereits gesehen, auf welche Weise wir hier in Millmoor zur Gesellschaft beitragen, Luke«, sagte der Doc lächelnd. »So etwas wie Lebensmittel und Ersatzteile für Belüftungsanlagen zählen zu den kleinen Dingen, um die wir uns tagtäglich kümmern. Dazu kommen andere Aufgaben, die über die Grundbedürfnisse hinausgehen. Ein Buch oder Musik oder ein Liebesbrief von jenseits der Stadtgrenze, der nicht zuerst durch die Hände eines Zensors gegangen ist – im Grunde alles, was das Leben hier drin erträglicher macht.

Aber obwohl diese Dinge wichtig sind, ändert nichts davon die derzeitige Situation. Und genau darum geht es in diesem Verein, Luke – um Veränderung. Das ist das Spiel, das wir hier spielen. Wir zeigen dir gleich, wie das abläuft.«

Luke nickte, angespannt, aber fasziniert.

»Falls du beschließen solltest, lieber nicht mitspielen zu wollen, würden wir das verstehen«, fuhr Jackson fort. »Allerdings bitten wir dich in diesem Fall, dass du weder den Verein noch unsere Aktivitäten gegenüber irgendjemandem erwähnst. Jessica, warum machst du nicht den Anfang und zeigst Luke, worum es hier geht?«

Wie sich herausstellte, war die Obstschale gar nicht leer, denn Jessica griff hinein und holte einen kleinen, zusammengefalteten Zettel hervor. Stirnrunzelnd warf sie einen Blick auf das Papier.

»Also ehrlich, Jack, du hast eine furchtbare Handschrift.«

Jackson hielt beide Hände hoch. »Was soll ich sagen? Ich bin schließlich Arzt.«

»Der Spielauftrag ist allerdings gut«, fuhr Jessica fort, als sie den Zettel las. »›Identifiziere und vernichte alle sicherheitstechnischen Beweismittel, die Evans N-2228 belasten.‹ Ich nehme Hilda und Oz mit: Hilda zum Identifizieren und Oz zum Vernichten.«

Sie schaute zu Oz hoch. Sie mochten zwar nicht Renies Eltern sein, aber zwischen den beiden lief definitiv etwas – was Luke irgendwie süß fand.

»Erzähl uns mehr, Doc«, brummte Oz.

Jackson verschränkte die Finger und machte plötzlich einen nüchternen Eindruck.

»Barry Evans hat bei einem Unfall in der Geflügelfabrik eine Hand verloren. Monatelang hatte er seinen Vorgesetzten darauf aufmerksam gemacht, dass die Anlage defekt war, doch nichts geschah. Am Tag nach seiner Entlassung aus dem Krankenhaus ist er in der Nacht in die leerstehende Fabrik eingestiegen und hat die Hälfte der Anlage zertrümmert. Zwar hat ihn dabei niemand persönlich beobachtet, aber die Überwachungskameras haben ihn aufgezeichnet – was dazu führt, dass man ihn zu lebenslänglicher Sklavenzeit verurteilen wird. Also findet die Aufzeichnungen und zerstört sie. Achtet darauf, dass sie auch auf eventuellen Backup-Servern gelöscht werden. Und falls ihr irgendwelches anderes Beweismaterial finden solltet, lasst auch das verschwinden.«

Die beiden Frauen sahen einander an, und Hilda schlug mit der Hand auf die Tischplatte. Handelte es sich um Begeisterung für ihre Aufgabe? Oder um Abscheu über das, was mit Evans passiert war? Luke konnte es einfach nicht sagen. Genau genommen konnte er das, was er gerade gehört hatte, kaum glauben. Aber inzwischen war der Nächste an der Reihe, und Tilda griff in die Schale. Sie pfiff, als sie ihren Zettel auseinanderfaltete und las.

»›Live-Interview mit ABC A.M., am nächsten Dienstag um 23.15 Uhr. Thema: die Lebensbedingungen in den britischen Sklavenstädten.‹ Sind das diese australischen Radioleute, Doc? Asif, du übernimmst das Reden, und ich organisiere uns eine sichere Verbindung über NoBird.«

»Ausgezeichnet«, sagte Jackson. »Ihr werdet das großartig

machen. Was bedeutet, dass diese Woche nur noch ein Spielauftrag übrig bleibt.«

Stille senkte sich über den Raum. Asif wirbelte nicht länger auf seinem Stuhl herum, wodurch dieser nicht mehr quietschte; sogar Renie stellte ihr Kaugummikauen ein. Alle sieben Augenpaare waren auf Luke gerichtet.

Also überhaupt kein Druck.

»Du musst wissen, dass das, was wir hier tun, Konsequenzen hat«, sagte Jackson und wandte sich Luke direkt zu. »Die Strafen für die gerade erwähnten Aktivitäten können viele weitere Jahre Sklavenzeit umfassen. Aber wir führen sie trotzdem durch, weil wir glauben, dass die Konsequenzen für alle anderen sonst sehr viel schlimmer wären.

Ich würde mich freuen, wenn du dich uns anschließt, Luke. Denn ich bin davon überzeugt, dass du großartige Dinge für den Verein leisten könntest. Aber nur du kannst entscheiden, ob du dieses Spiel spielen möchtest. Denn dabei gibt es keine Gewinner – jedenfalls nicht bis ganz zum Schluss. Und der Gegner ist immer derselbe.«

Luke warf einen Blick auf die Obstschale, die vor Tilda stand. Auf dem Boden lag ein einziger Zettel, auf Daumennagelgröße zusammengefaltet.

Schweigend schaute er Jackson an, wischte sich die verschwitzten Handflächen an den Beinen seines Overalls ab und legte sie dann auf die Tischkante.

Er hatte schon immer gern gespielt. Und dieses Spiel war den Einsatz wert.

Entschlossen griff Luke in die Obstschale.

# 7

## *Abi*

Daisy war von ihrer neuen Aufgabe in Kyneston begeistert. Selbst Mum und Dad hatten das Ganze schließlich akzeptiert, nachdem sie gesehen hatten, dass ihre jüngste Tochter damit nicht überfordert war.

Aber Abis bescheidener Meinung nach würde diese Geschichte nicht gut enden.

Als Jenner die Familie in ihrem neuen Cottage herumgeführt hatte, war Abi das Kinderbett sofort aufgefallen. Und sie hatte ihn gefragt, was dieses Bettchen hier machte – im dritten Schlafzimmer, das Luke eigentlich hätte bewohnen sollen.

Jenner hatte eine verlegene Miene gezogen und versprochen, alles zu erklären, wenn er ihnen am nächsten Tag ihre Aufgaben zuteilte. Als er am darauffolgenden Morgen ihre Küche betreten hatte, war Abi aufgestanden, um den Tisch abzuräumen und so zu verhindern, dass Daisy sich mit weiteren Toastscheiben vollstopfte. Schließlich war es extrem wichtig, dass sie alle einen möglichst guten Eindruck machten – wenn sie erreichen wollten, dass Luke schnell nachkommen durfte.

Da Jenner sich den einzig freien Stuhl neben ihrem genommen hatte, kehrte Abi lieber nicht an ihren Platz zurück, weil sie sich selbst nicht über den Weg traute. Stattdessen blieb sie an der Spüle stehen, während er die verschiedenen Jobs erklärte. Ihre Eltern würden genau die Aufgaben erledigen, die Abi sich beim Ausfüllen der Anträge für die Landgutdienstleistungsagentur erhofft hatte. Mum würde eine ältere Dame im Herrenhaus pflegen und sich um die Sklaven des Anwesens kümmern. Und Dad würde Lord Whittams Oldtimersammlung unter seine Fittiche nehmen und alle anderen Fahrzeuge auf Kyneston warten.

»Und ich denke, dass du als Verwaltungsassistentin perfekt geeignet wärst«, hatte Jenner gesagt und dabei Abi mit seinem wundervollen Lächeln direkt angesehen. »Ich hoffe, das klingt nicht zu anspruchslos für jemanden, der so intelligent ist wie du. Denn diese Tätigkeit stellt wirklich hohe Anforderungen. Als ich letztes Jahr von der Universität zurückgekehrt bin, habe ich die Verwaltung des Anwesens übernommen, und du würdest nicht glauben, um wie viele Dinge man sich dabei kümmern muss. Ich brauche jemanden, bei dem ich sichergehen kann, dass auch wirklich alles erledigt wird.«

Abi war feuerrot angelaufen. Sie würde also mit ihm zusammenarbeiten. Ein Albtraum und ein Traum zugleich – zu einem prickelnden, aber auch extrem peinlichen Paket verpackt, auf dessen Geschenkanhänger das Wort »verknallt« stand. Sie hörte Daisy kichern und warf ihr einen bösen Blick zu.

Doch dann zog Daisys Aufgabe die Aufmerksamkeit aller Anwesenden auf sich und lenkte sogar Abi ab.

Daisy würde ein Kleinkind babysitten. Ein Kind von einem Sklavenmädchen hier auf Kyneston. Das Mädchen hatte sich unpassenderweise mit seinem ältesten Bruder eingelassen, hatte Jenner erklärt, war dann aber vor ein paar Monaten bei einem tragischen Unfall ums Leben gekommen.

Abi und ihre Eltern hatten jede Menge Fragen dazu, aber es war offensichtlich, dass Jenner nicht weiter darüber reden wollte.

In leicht angespanntem Tonfall verkündete er: »Mehr kann ich dazu nicht sagen.« Und Abi schaute eindringlich zu Daisy und formulierte stumm mit den Lippen: »Halt die Klappe.«

Kurz darauf tauchte der Erbe von Kyneston, Master Gavar, auf. Er musterte sie alle mit finsterer Miene, als wollte er sie des Diebstahls bezichtigen. Gavar war noch größer und kräftiger als seine Brüder, mit breiten Schultern. Das kleine Mädchen, das in seiner Armbeuge lag, wirkte winzig. Aber sie schlief vollkommen friedlich, und Gavar hielt sie so behutsam, als handelte es sich um eine Porzellanpuppe.

»Ist das die Babysitterin?«, wandte er sich an Jenner und zeigte auf Daisy. »Das soll ein Scherz sein, oder? Sie ist doch selbst noch ein Baby.«

»Fang nicht wieder davon an«, sagte Jenner müde. »Du weißt genau, wie das Ganze abzulaufen hat.«

Der Erbe von Kyneston murmelte irgendetwas Ordinäres, woraufhin Dad ruckartig aufstand und seinen Stuhl zurückschob, als wollte er Gavar für seine Flüche abmahnen. Doch dann besann er sich eines Besseren. Und die arme Daisy sah so aus, als würde sie gleich vor Angst sterben.

Gavar rief sie mit einem kurz angebundenen »Komm her« zu sich, aber Daisy war starr vor Schreck und rührte sich nicht von der Stelle.

»Geh schon«, sagte Mum und schubste sie sanft in seine Richtung. »Er wird dich schon nicht fressen.«

Mit stolzerfüllter Brust sah Abi zu, wie ihre kleine Schwester das Mutigste tat, was sie je getan hatte: Sie ging zu Gavar Jardine und blieb vor ihm stehen. Er musterte sie mit einem derart finsteren Blick, als wollten seine Augen Löcher in ihre kleine Gestalt bohren.

»Das hier ist meine Tochter, Libby«, sagte er und winkelte seinen Arm leicht an. Das Baby war hinreißend, mit rosa Bäckchen, kupferroten Locken und langen, dunklen Wimpern.

»Sie ist das mit Abstand Wichtigste in meinem Leben. Und ab jetzt wird sie auch das Wichtigste in deinem Leben sein. Du wirst sie keine Sekunde aus den Augen lassen. Und wenn ich auf Kyneston bin, will ich sie jeden Tag sehen. Ich weiß dich schon zu finden. Rede mit ihr – aber anständig, kein dummes Geplapper. Spiel mit ihr. Zeig ihr neue Dinge. Ihre Mutter war eine intelligente Frau, und Libby ist ein intelligentes Kind. Du wirst sie ausschließlich mit ›Miss Jardine‹ anreden. Sollte ihr irgendetwas zustoßen, werden du und deine ganze Familie dafür bezahlen. Hast du das verstanden?«

»Ja«, versicherte Daisy und nickte nachdrücklich. Dann fügte sie hinzu: »Ja, Sir.«

»Gut«, sagte Gavar.

Und hielt ihr das Baby entgegen.

In den darauffolgenden Wochen wurde Daisy immer sicherer im Umgang mit ihrem winzigen Schützling. Und Abi leistete ein wenig Detektivarbeit, um mehr über Libby Jardine und ihre Mutter in Erfahrung zu bringen.

Sie fand heraus, dass eine der älteren Küchensklavinnen sich vor der Ankunft der Hadleys um das Kind gekümmert hatte. Die Köchin war freundlich und erwies sich als redselig, als Abi unter dem Vorwand, die Bestände der Speisekammer zu erfassen, bei ihr vorbeischaute.

»Der richtige Name der Kleinen ist ›Liberty‹«, sagte die Köchin und schüttelte den Kopf. »Ihre Mutter hat diesen Namen ausgesucht. Leah war ein gutes Mädchen und sehr verliebt in Master Gavar. Aber als sie feststellte, dass sie schwanger war, haben sie sich furchtbar gestritten, und er war sehr grausam zu ihr. Also gab Leah der Kleinen diesen Namen, um ihn zu ärgern und es so richtig reinzureiben, dass sie nur eine Sklavin war.

Master Gavar wollte, dass das Würmchen einen erhabenen und eleganten Namen bekam, wie alle Ebenbürtigen – Amelia oder Cecilia oder Eustacia oder irgendetwas in der Art. Aber seine Eltern waren strikt dagegen. Natürlich gefiel ihnen ›Liberty‹ auch nicht. Lord Jardine meinte, der Name sei ›geschmacklos‹. Also kam Lady Thalia, die Gütige, eines Tages mit der Lösung. Und seitdem heißt die Kleine Libby.

Allerdings betrachten sie Libby nicht als eine der Ihren. Kein *Geschick* – obwohl ihre Mutter fest vom Gegenteil überzeugt war. Armes Mädchen. Ich glaube, sie war am Ende ein bisschen verrückt. Aber Libby kann natürlich gar kein *Geschick* haben; das weiß schließlich jeder. Deshalb lebt die Kleine auch nicht oben im Herrenhaus, sondern wird von uns versorgt. Aber Master Gavar liebt sie über alles.«

Was sie nicht sagte.

Keiner von den Hadleys wusste, wann Gavar bei ihnen auftauchen würde, um seine Tochter zu sehen. Manchmal stand er plötzlich in der Küche, während Daisy gerade warmen Brei in Libbys klebrigen Mund löffelte und dazu Kinderlieder trällerte. Und wenn Abi aus ihrem Bürofenster schaute, konnte sie ihn oft dabei beobachten, wie er zum See marschierte, wo Daisy zusammen mit Libby die Enten fütterte.

Eines Tages lief Abi gerade durch den Dienstbotengang, als sie plötzlich Gavar brüllen hörte, der wütend mehr Respekt gegenüber seiner Tochter einforderte. Da Abi das Schlimmste befürchtete, bog sie in Richtung Hauseingang ab, um sich zwischen ihn und Daisy zu werfen. Doch als sie die versteckte Tür öffnete, sah sie eine besonders hochnäsige Haussklavin vor einem Wandteppich kauern. Vor ihren Füßen lag ein zerknitterter Stapel frisch gebügelter Bettwäsche. Gavar stach mit einem seiner kräftigen Finger in Richtung ihres Gesichts. Seine andere Hand lag beschützerisch auf Daisys Schulter, auf der Babytrage, in der sie Libby herumtransportierte.

»Und entschuldige dich gefälligst bei Miss Hadley«, knurrte Gavar. »Denk daran: Selbst wenn du sie allein antriffst, kümmert sie sich gerade um die Pflege meiner Tochter. Also hast du ihr aus dem Weg zu gehen und nicht umgekehrt. Und jetzt will ich eine Entschuldigung hören.«

»Es… es tut mir leid, Miss Hadley«, stammelte das Dienstmädchen. »Es wird nie wieder vorkommen.«

Gavar grunzte, und Daisy neigte anerkennend den Kopf, wie eine kleine Königin. Erstaunt schloss Abi die Tür geräuschlos und widmete sich wieder ihrer Arbeit.

Aber die verblüffendste Situation ereignete sich in der darauffolgenden Woche. Inzwischen waren sie seit fast einem Monat auf Kyneston. Als sich die Familie an diesem Abend zum Essen an den Tisch setzte, war Daisy ungewöhnlich bedrückt. Und daran änderte sich auch nichts, als Mum die Backofentür öffnete und eine Überraschung hervorzauberte: Apfelstreuselkuchen.

»Was ist los, Herzchen?«, fragte Dad.

Daisy schniefte theatralisch und wischte sich die Nase mit dem Handrücken.

»Mir fehlt Gavar«, sagte sie mit dünner Stimme. »Ich glaub, ich geh mal nach oben und seh nach Libby.«

Und genau in dem Moment, in dem Mum die Nachspeise vor ihr auf den Tisch stellte, stand Daisy auf und verschwand im Obergeschoss.

Sprachlos sahen Abi und ihre Eltern sich an.

»Wo ist Master Gavar?«, fragte Mum nach einem Moment.

Abi seufzte und nahm sich ein Stück Kuchen.

»Er und Lord Jardine sind in den Norden gereist«, erklärte sie. »Zum Esterby Castle. Dort findet zurzeit die Erste Großdebatte statt – ihr wisst schon: wenn die Parlamentarier die Kanzlervorlage besprechen. Die erste ist immer im Herbst, die zweite mitten im Winter, und die dritte folgt dann im Frühling, hier auf Kyneston.

Jenner meint, dass sie normalerweise mit der ganzen Familie über die Kanzlervorlage diskutieren. Aber dieses Jahr sind sein Vater und Gavar total verschlossen. Silyen hängt auch in der ganzen Geschichte mit drin, aber ich weiß noch nicht, wie. Jenner sagt, sein Vater behauptet, der diesjährige Antrag sei so lächerlich, dass es sich nicht lohnen würde, darüber zu sprechen. Aber ich denke nicht, dass Jenner ihm glaubt.«

»Jenner meint dies, Jenner sagt jenes«, bemerkte Dad. »Sind jetzt etwa meine beiden Mädchen wegen dieser Jardine-Jungen völlig plemplem geworden?« Sein Ton war leicht, aber seine Miene wirkte finster.

»Pass auf, was du tust, junges Fräulein«, mahnte Mum.

Da jede Antwort darauf nur einen gewaltigen Familienstreit vom Zaun gebrochen hätte, biss Abi sich auf die Lippe. Ihre Eltern verhielten sich einfach lachhaft. Sie erwähnte Jenner doch kaum.

Nein – Daisy war diejenige, um die sie sich besser Sorgen machen sollten. Master Gavar mochte zwar charismatisch sein, aber er war auch ein großspuriger Rohling, der ständig herumbrüllte. Und der mit allem und jedem unzufrieden war, bis auf seine Tochter.

Und das war noch nicht das Schlimmste. Auf Kyneston ging das Gerücht, dass er für den Tod von Libbys Mutter Leah verantwortlich sei. Sie war versehentlich von einem Schuss getroffen worden, als Gavar eines Nachts jagen war.

Warum sollte Leah nach Anbruch der Dunkelheit auf dem Landsitz herumgelaufen sein? Abi konnte sich einfach kein überzeugendes Szenario zusammenreimen.

Was zwangsläufig zu der Frage führte: Hatte es sich wirklich um einen Unfall gehandelt?

Auf jeden Fall konnte es für Daisy nicht gut sein, zu viel Zeit mit Kynestons Erben zu verbringen. Ihre anfängliche Furcht vor Gavar war einer Art glühender Verehrung gewichen. Aber sie war erst zehn Jahre alt, und obwohl sie hervorragend auf Libby aufpasste, musste irgendwann einmal der Punkt kommen, an dem sie etwas versäumte oder einen Fehler machte. Und wie würde Gavar dann reagieren? Nein, das Ganze war zu riskant. Abi musste dafür sorgen, dass Jenner ihrer kleinen Schwester eine andere Aufgabe zuteilte.

Bei diesem Gedanken verspürte Abi erneut eine Woge von Schuldgefühlen. Sie war ihrem Ziel, Luke nach Millmoor zu holen, noch keinen Schritt nähergekommen. Bei ihren ersten Versuchen, den Namen ihres Bruders in das Gespräch einfließen zu lassen, hatte Jenner geschwiegen. Damals hatte Abi noch angenommen, er sei einfach nur mit anderen Dingen beschäftigt. Aber bei der dritten Gelegenheit hatte er sich ihr zugewandt und sie mit einem bedauernden Ausdruck in seinen freundlichen braunen Augen angesehen.

»Es tut mir sehr leid, Abigail, aber es gab einen guten Grund dafür, dass dein Bruder nicht nach Kyneston kommen konnte. Und daran hat sich nichts geändert. Bitte sprich mich nicht mehr darauf an.«

Und dann hatte er zugemacht – genau wie am Tag ihrer Ankunft oder wie in dem Moment, als sie ihn mit Fragen nach Libby bombardiert hatten.

Seine Worte klangen sanft, aber seine abschlägige Antwort traf Abi schwer. Sie musste ihn einfach weiterhin fragen. Der Gedanke, dass Luke noch weitere Monate in Millmoor feststeckte und der Gnade solcher Leute wie dieses brutalen Sicherheitsmannes ausgeliefert war, erschien ihr schrecklich. Die Vorstellung, dass er vielleicht nie zu ihnen kommen würde, war vollkommen undenkbar. Als der einzige Sohn der Familie mochte Luke sich vielleicht als der Beschützer seiner Schwestern fühlen, aber Abi war die Älteste. Es war ihre Aufgabe, sich um ihre Geschwister zu kümmern.

Was auch immer dieser »gute Grund« sein mochte – sie musste einen Weg finden, ihn zu überwinden.

Und in der Zwischenzeit musste sie sich Gedanken um Daisy machen.

Am darauffolgenden Tag, einem Samstag, brach der Morgen sonnig und klar an, auch wenn das Wetter jetzt, Ende September, sehr viel kühler geworden war. Abi ging zu Daisy, die gerade Libbys Windeln wechselte, und schlug einen Spaziergang durch den Wald vor: die perfekte Gelegenheit, um Daisy eine freundliche Standpauke über ihre enge Beziehung zu Libby und ihrem Vater zu halten.

»Wir können Libby das Herbstlaub zeigen und mit den Füßen ein paar Blätter aufwirbeln«, sagte sie. »Babys lieben Farben und Geräusche; das stimuliert ihr Gehirn.«

»Gavar würde das gefallen«, sagte Daisy zustimmend, während Abi versuchte, nicht die Augen zu verdrehen. »Ich such schnell ihre Mütze und Handschuhe.«

Der Wald war aus der Nähe genauso atemberaubend schön wie aus der Ferne. In der Nähe des Sees stand ein protziger Minitempel. (Vor ein paar Jahrhunderten hatten sich derartige nutzlose Pavillons bei den Ebenbürtigen großer Beliebtheit erfreut, denn offensichtlich war ein riesiges Herrenhaus noch nicht protzig genug.) Dahinter ragten hohe Bäume auf, so weit das Auge reichte.

Kyneston war tatsächlich so riesig, wie es auf Abi am ersten Tag gewirkt hatte.

Abi ging vor, unter den Zweigen hindurch. Ihre Stiefel raschelten durch das knöchelhoch liegende Herbstlaub. Sonnenstrahlen fielen durch die Baumkronen und ließen das bereits bunte Laub noch stärker leuchten – wie Buntglas, erschaffen von jemandem, der nur die erste Hälfte des Regenbogens mochte.

»Dieses Blatt hier ist rot«, sagte Daisy. Sie bückte sich, hob ein Blatt auf und reichte es Libby, die es prompt fallen ließ. »Und dieses hier ist orange.«

Ein Stück weiter stand ein hoher Baum mit dreieckiger Krone, dessen Blätter leuchtend gelb schimmerten. Abi bückte sich und wühlte im Laub, um Libby ein besonders schönes Exemplar zu zeigen.

Plötzlich stieß ihre Hand auf einen festen Widerstand, etwas, das dann nachgab. Und sich pelzig anfühlte.

Hastig wich sie zurück, packte Daisy an der Schulter und schob sie und das Baby hinter sich, in Richtung Baumstamm.

Was war sie doch für ein Idiot! In diesen Wäldern konnte alles Mögliche lauern. Angeblich sollte es in England ja keine Wölfe und Bären mehr geben. Aber nackte Männer an Leinen sollte es eigentlich auch nicht geben – und trotzdem hatte Lady Hypatia einen nach Kyneston mitgebracht.

Aber Abi sprang nichts vom Waldboden entgegen. Keine lechzenden Fangzähne, die nach ihr schnappten, und auch keine Krallen, die durch die Luft schlugen. Nichts.

Abi wartete. Ihre Hände zitterten.

Nichts.

Warum bewegte sich das Tier nicht? Sie war so hart dagegengestoßen, dass jedes Lebewesen davon aufgewacht wäre – selbst Luke.

Äußerst vorsichtig schlich Abi zum Blätterhaufen zurück – obwohl sie kaum glauben konnte, dass sie das wirklich tat. Mit angehaltenem Atem streckte sie eine Hand aus und tastete nach dem Tier.

Ein grobes Fell, das sich aber kalt anfühlte. Und reglos. Man brauchte keine Medizinstudentin zu sein, um sich zusammenzureimen, was das bedeutete.

Kühner geworden, wischte Abi das restliche Laub beiseite. Die Kreatur – ein Reh, wie Abi schon bald feststellte – rührte sich nicht. Seine Augen waren weit aufgerissen und glasig. Das Tier war tot.

Aber wieso? Nichts deutete auf eine Krankheit und Verletzung hin. Das tote Reh wirkte in jeder Hinsicht perfekt: Sein Fell war noch immer dicht und glänzend. Und es roch überhaupt nicht nach Verwesung.

Genau genommen war der Geruch in dieser Ecke des Waldes sogar sehr angenehm: süß und duftend. Abi hob den Kopf und schaute sich schnüffelnd um. Und dann entdeckten ihre Augen die Duftquelle, zeitgleich mit ihrer Nase.

Nicht weit entfernt stand ein Baum auf einer Lichtung. Ein Kirschbaum, der Fülle rosaroter Blüten nach zu urteilen. Seine Zweige bogen sich unter dem Gewicht der Blütenblätter bis zum Waldboden. In der klaren Herbstluft war der Geruch unverkennbar.

Der Anblick hatte etwas Faszinierendes an sich. Abi ging darauf zu und spürte, dass Daisy ihr folgte. Sie streckte die Hände aus, strich über die Blüten und erfreute sich an den dichten Blütenblättern. Daisy hatte Libby die Handschuhe ausgezogen und ermunterte sie ebenfalls, die Blüten zu berühren.

»Sie sind so hübsch«, gurrte Daisy. »Sind sie nicht hübsch?«

Aber sie waren nicht nur hübsch, wie Abis Hirn jetzt mit Verspätung meldete, sondern auch vollkommen fehl am Platz. Der Baum blühte Ende September. Im Herbst. Und nicht im Frühling, wenn diese Blüten normalerweise zum Vorschein kamen.

Plötzlich fuhr ihr ein eisiger Schauer durch die Adern, der nichts mit dem frischen Wind zu tun hatte. Das Reh war tot, sah aber nicht danach aus. Der Baum blühte zu einem Zeitpunkt, an dem er längst nicht mehr blühen sollte.

»Okay, Süße«, wandte sie sich an Libby, nahm ihr sanft den Zweig aus den Händen und warf Daisy einen Blick zu, der besagte: Vertrau mir. »Wir gehen jetzt besser zurück. Und machen unser Picknick in der Nähe des Herrenhauses.«

Erst als Abi sich umdrehte, sah sie ihn.

Er saß ein paar Meter entfernt auf dem Boden, die Beine

ausgestreckt und den Rücken gegen einen Baumstamm gelehnt. Seine Haare waren zerzaust, und er hatte sie sich aus dem Gesicht gefegt, das hager und erschöpft wirkte. Aber seine Augen leuchteten voller Neugier, während er sie beobachtete. Der junge Herr.

Einen Moment saß er schweigend da, und auch Abi sagte nichts. Dann sprang er mit einer schnellen, geschmeidigen Bewegung auf und schlenderte zu ihnen. Langsam streckte er seine Hand aus und bot Libby einen Finger an, die ihn sofort ergriff und begeistert darauf herumkaute. Abi spürte, wie Daisy neben ihr unruhig wurde. Am liebsten wäre sie einfach gegangen, was aber nicht möglich war, ohne den Kontakt zwischen den beiden zu unterbrechen.

»Gefällt euch mein Baum?«, fragte Silyen Jardine.

»Dein Baum?«, hakte Abi törichterweise nach.

»Ja.« Silyen lächelte. Ein Lächeln, das so strahlend und kalt war wie dieser Herbsttag. »Oder, um genauer zu sein, mein Experiment. Dem Laut nach zu urteilen, den du eben gemacht hast, hast du mein anderes Experiment vermutlich ebenfalls gefunden. Aber dieses hier ist hübscher, hab ich recht?«

Er streckte die andere Hand aus und strich nachdenklich über die Blütenblätter.

»Das tote Reh«, sagte Daisy empört. »Sie haben das getan?«

»Der Tod. Das Leben«, sagte Silyen und wackelte mit dem Finger im zahnlosen Mund seiner Nichte, während sie kleine Blasen darumblubberte. »Die üblichen Partytricks. Genau genommen hat mich die kleine Libby dazu inspiriert. Oder vielmehr ihre Mutter, als Gavar sie mit einem Schuss niedergestreckt hat und sie vor unseren Augen gestorben ist. Es gab nichts, was ich daran ändern konnte – was irgendwie … faszinierend war. Ich mag keine Probleme, die ich nicht lösen kann. Und ich bin mir sicher, du weißt genau, was ich meine, Abigail.«

Die Art und Weise, wie er ihren Namen aussprach, jagte ihr einen Schauer über den Rücken. Aber die Worte, die er davor gesagt hatte, waren viel wichtiger. Silyen hatte zugesehen, wie Gavar geschossen hatte und wie Leah gestorben war. Das klang nicht nach einem Jagdunfall.

»Was?« Daisys Wangen hatten eine beunruhigend rote Farbe angenommen. »Nein, das kann nicht sein. So was würde Gavar niemals tun. Er hat Libbys Mum geliebt. Das hat er mir selbst gesagt.«

»Du willst ihn also in Schutz nehmen? Gavars Schlag bei den Frauen ist legendär, aber ich hätte nicht gedacht, dass das schon so früh anfängt. Allerdings weiß deine Schwester ganz genau, dass ich die Wahrheit sage.«

»Abi?« Daisys Stimme klang schrill.

Verärgert biss Abi die Zähne zusammen. Sie hatte ihre kleine Schwester sanft an den Gedanken gewöhnen wollen, dass Gavar Jardine möglicherweise kein Held war. Und sie nicht mit diesem bestürzenden Wissen schockieren wollen. Daisy hatte nicht einmal gewusst, dass er in Leahs Tod verwickelt war – von Silyens deutlich dramatischerer Schilderung der Ereignisse ganz zu schweigen.

»Wir reden später darüber«, sagte sie. »Wir wollten ohnehin gerade zurück. Wenn Sie uns also entschuldigen würden, Master Silyen.«

Sie senkte den Kopf und wollte Daisy fortziehen, aber Silyen Jardine war noch nicht mit ihnen fertig.

»Verrat mir eines«, sagte er, entzog Libby seinen Finger und betrachtete sie nachdenklich. »Vollbringt sie manchmal irgendetwas … Besonderes? Irgendwelche ungewöhnlichen Dinge?«

»Meinen Sie *geschickte* Sachen?«, fragte Daisy. »Nein. Sie ist einfach nur ein Baby.«

»Aber das schränkt uns keineswegs ein.« Silyen lächelte. »Im Gegenteil: Bei Babys kommt das *Geschick* viel stärker zum Ausdruck, weil es unkontrollierter ist. Offenbar hat Gavar früher jede Menge Teller zertrümmert, wenn unsere Mutter versuchte, ihn mit etwas anderem als Bananenbrei zu füttern. Das ist dreiundzwanzig Jahre her, und er hat sich kaum geändert.«

»Ich glaube Ihnen kein Wort«, erwiderte Daisy. »Sie sind doch nur eifersüchtig, weil er der Erbe ist.«

Bitte, dachte Abi. Bitte mach, dass wir unversehrt aus diesem Wald herauskommen, weg von toten Tieren, Silyen Jardines Partytricks und Daisys total unterentwickeltem Selbsterhaltungstrieb.

Doch Silyen zuckte nur die Achseln und wandte sich wieder dem Baum zu. Er griff nach einem Zweig, schüttelte ihn – genau wie Daisy wenige Minuten zuvor – und beobachtete, wie die Blüten zu Boden rieselten. Plötzlich runzelte er die Stirn.

Er nahm seine Hand fort, aber die Blütenblätter fielen weiterhin herab, schneller und schneller. Schließlich lösten sich ganze Blüten von den Zweigen, bis er, Abi und Daisy knöcheltief in rosa Blättern standen. Vom Waldboden stieg ein überwältigend süßer Duft auf. Dann bildeten sich grüne Triebe an den Zweigen und entfalteten sich. Sekunden später war der Baum in Blätter gehüllt, so dicht und üppig wie die Blüten kurz zuvor. Trotz des Drangs, am liebsten die Flucht zu ergreifen, stand Abi wie gebannt da, als hätte sie selbst Wurzeln geschlagen.

Die Blätter rollten sich nun an den Rändern. Der Baum verlor an Leuchtkraft, während die Blätter verschrumpelten, sich gelb verfärbten und schließlich abfielen. Totes Laub sammelte sich auf den rosa Blüten.

Schon bald war der Baum vollkommen kahl. Seine schwarzen, skelettartigen Zweige hingen auf den Boden herab, wie lange Finger, die traurig durch seine herabgefallene Schönheit und Lebenskraft streiften – als sehnten sie sich danach, alles wieder zusammenzuraffen.

Silyen Jardine schwieg. Daisy schwieg. Die kleine Libby strampelte mit den Beinen und machte einen glucksenden Laut.

Plötzlich legte Silyen den Kopf auf die Seite, als würde er auf ein Geräusch lauschen.

»Mein Vater und mein Bruder sind zurück«, wandte er sich an Daisy. »Gavar kann es kaum erwarten, seine Tochter wiederzusehen. Er wird direkt zu dir kommen. Es wäre besser, wenn er dich nicht in meiner Gesellschaft sieht. Dort drüben gelangt ihr auf dem schnellsten Weg aus dem Wald.«

Er zeigt auf die andere Seite der Lichtung, wo ein Pfad zwischen zwei hohen Eichen zu erkennen war. Weder Abi noch Daisy ließen sich das zweimal sagen.

Eilig marschierte Daisy los; die ersten herabgefallenen Eicheln knackten unter ihren Schuhen, während Libbys weiche Hacken gegen ihre Hüften wippten. Abi folgte ihr auf dem Fuß. Dabei sah sie sich nicht mehr um, weder nach dem jungen Herrn noch nach dem abgestorbenen Kirschbaum oder dem Waldstück, in dem das tote Reh lag. Kurz darauf trat sie unter den Bäumen hervor und blinzelte gegen das grelle Sonnenlicht an. Ihr Herz pochte, als wäre sie gerade einer lebensbedrohlichen Gefahr entkommen, auch wenn sie diese nicht genau benennen konnte.

Als sie den Minitempel hinter sich ließen, hörte Abi das weit entfernte Röhren eines Motorrads. Daisy klatschte vor Begeisterung in die Hände, woraufhin Abi zusammenzuckte. Sie hatte nicht gewusst, dass Menschen so etwas tatsächlich taten.

Aber was viel entscheidender war: Wieso konnte sich Daisy noch immer so auf Gavar freuen – jetzt, da sie doch wusste, was mit Libbys armer Mutter passiert war?

Im nächsten Moment tauchte das Motorrad vor ihnen auf und kam schlitternd zum Stehen, wobei die Räder tiefe Rillen im Gras hinterließen. Kynestons Erbe hievte die Maschine auf den Ständer und marschierte auf sie zu.

»Du hast dich ziemlich weit vom Haus entfernt«, wandte er sich in strengem Ton an Daisy. Abi schien er gar nicht wahrzunehmen.

Er musterte sie mit dieser finsteren Miene, die normalerweise dafür sorgte, dass sich die Haussklaven vor Angst in die Hose machten. Aber ihre kleine Schwester grinste nur.

»Wir haben uns gut eingepackt und alles dabei, was wir brauchen«, sagte sie, löste die Schnallen der Babytrage und reichte Libby ihrem Vater. Gavar herzte die Kleine ein paar Sekunden, rieb seine Nase an ihrer und brachte sie zum Lachen. Dann schaute er Daisy an – mit einem fast sanften Gesichtsausdruck.

»Sie hat mir gefehlt«, sagte er. »Aber ich wusste, dass sie bei dir in sicheren Händen war. Wie wär's, wenn wir uns auf die Bank am See setzen und du mir erzählst, was ihr zwei alles gemacht habt?«

Er drückte Libby an seine Brust, legte Daisy eine Hand auf die Schulter und schob sie in Richtung der Holzbank am Seeufer.

»Du«, sagte er über die Schulter, ohne Abi eines Blickes zu würdigen, »bring das Motorrad in die Garage.«

Als er sich abwandte, zog Abi eine finstere Miene, im sicheren Wissen, dass *Geschick* zwar vieles möglich zu machen schien, aber keine Augen im Hinterkopf verlieh.

Das Motorrad war ein Albtraum, eine unbegreifliche Metallmasse, die nach Benzin und heißem Leder stank. Abi hatte keine Ahnung, wie sie es in Bewegung setzen sollte. Luke hätte das garantiert gewusst.

»Tolle Idee!«, hörte sie Daisy seufzen, mit schwärmerischer Anerkennung im Ton.

Abi drehte sich um, um nachzusehen, was Gavar der Wundervolle jetzt schon wieder vollbracht hatte. Ein langes, flaches Boot glitt über den See; am anderen Ufer standen die Tore des Bootshauses sperrangelweit offen. Die Ruder lagen im Boot, parallel zum Rumpf. Aber es saß niemand darin, und Abi konnte auch keine Anzeichen für irgendein anderes Antriebssystem erkennen. Das Boot steuerte direkt auf die Holzbank mit Daisy, Gavar und dem Baby zu, wie von einer Schnur gezogen.

Libby, die von ihrem Vater aufrecht gehalten wurde, drückte ihre kleinen Füße in seine Oberschenkel und patschte die Händchen zusammen.

Das Boot verursachte ein leises Plätschern, während es durch das Wasser trieb. Ein Moorhuhn fühlte sich anscheinend in seiner Ruhe gestört und flatterte gackernd davon; ansonsten herrschte völlige Stille. Weswegen Abi Gavars Worte deutlich hören konnte:

»Ich habe gar nichts gemacht.«

Abi erstarrte, eine Hand nutzlos um den Griff des Motorradlenkers geklammert. Sie warf einen Blick auf den Waldrand, auf der Suche nach Silyen. Denn obwohl er nirgends zu sehen war, bedeutete das noch lange nicht, dass er nicht dort lauerte und irgendetwas ausheckte. Aber nur ein paar Krähen kreisten über den Bäumen.

Der Bug stieß sanft gegen das Seeufer, direkt vor der Sitzbank. Ein leises Klappern ertönte, als die Ruder durch den Aufprall gegen den Holzrumpf rumpelten. Dann schwang das Boot herum, bis es der Länge nach am Ufer anlegte.

Mit viel gutem Willen war es vielleicht denkbar, dass sich das Boot von seiner Vertäuung im Bootshaus gelöst hatte und über den See getrieben war. Aber diese Bewegung hier war unnatürlich. Gezielt.

Abi hörte Gavars nächste Worte, voller Verwunderung und Stolz … und einem Hauch Unglauben.

»Das bin ich nicht, Daisy. Das hier hat sie getan.«

Und Libby Jardine wand sich in den Händen ihres Vaters und gluckste.

# 8

## *Luke*

Von seinem Sitzplatz auf der Dachbrüstung konnte Luke ganz Millmoor überschauen. Aber so bald würde niemand irgendwelchen Touristen zehn Pfund dafür abknöpfen, dass sie die Aussicht genießen konnten.

Allerdings lag das weniger am Ausmaß und an der Größe der Sklavenstadt als vielmehr an ihrer Farbe – beziehungsweise dem Mangel daran. Alles wirkte trüb und verblasst, vor allem jetzt, da die Abenddämmerung den Himmel mit Schlieren überzog. Was sich zum Teil darauf zurückführen ließ, dass sämtliche Gebäude aus Beton und Metall errichtet waren und jeder Sonnenstrahl die Luftverschmutzung über der Stadt sofort in einen Dauersmog verwandelte. Aber Luke hatte inzwischen erkannt, dass die graue Wolke im eigenen Kopf den Hauptgrund dafür bildete.

Ehrlich gesagt war das hier nicht die Umgebung, die er sich für seinen siebzehnten Geburtstag gewünscht hätte. Und auch den Ablauf dieses Abends hätte er so nicht für seine Geburtstagsfeier geplant.

Doch während er dort saß, auf Renie wartete und die Mischung aus Angst und Aufregung in seinen Eingeweiden zu ignorieren versuchte, wurde ihm bewusst, dass es nichts gab, was er jetzt lieber getan hätte, als Doc Jacksons Spiel zu spielen. Mit jedem Tag, der verstrich, konnte er die Ungerechtigkeit der Sklavenzeit und die Stärke derjenigen, die sie ertragen mussten, deutlicher erkennen.

»Schau immer auf den einzelnen Menschen und nicht auf die Massen«, hatte Jackson ihm geraten. »Auf ein Gesicht, nicht auf die Menge. Schau in die Welt und nicht auf den Boden. Jedes Detail, das du erkennen kannst, ist ein kleiner Sieg.«

Und jetzt, da Luke untätig auf der Dachbrüstung herumsaß, bemühte er sich genau darum: Er blickte über die flachen Bürogebäude hinweg in Richtung der dahinterliegenden Hochhäuser. Auf einer Fensterbank konnte er die Silhouette einer Topfpflanze ausmachen. Über einer Tür hing ein buntes Handtuch mit den leuchtenden Farben eines Fußballvereins. Im gelblichen Licht eines Wohnheimtreppenhauses lehnte ein knutschendes Paar an einer Wand. Rasch ließ Luke seinen Blick weiterschweifen. An einem Fenster saß ein Mädchen und las. Der Anblick erinnerte ihn an seine Schwestern – das Mädchen musste ungefähr in Daisys Alter sein, und Abi war nur selten ohne ein Buch in der Hand anzutreffen.

Säße er jetzt auch hier oben, wenn seine Familie mit nach Millmoor gekommen wäre? Luke war sich nicht sicher. Es war eine Sache, durch seine Aktivitäten den eigenen Kopf zu riskieren, aber es war etwas völlig anderes, dadurch das Leben derjenigen in Gefahr zu bringen, die er liebte.

In dem Monat, der seit seinem Griff in die Obstschale verstrichen war, hatten diese Aktivitäten – die er alle rund um seine Knochenarbeit in Zone D organisieren musste – überraschend stark zugenommen. Glücklicherweise gingen die Männer in seinem Wohnheim unterschiedlichen Schichtdiensten nach, so dass durch das ständige Kommen und Gehen zu allen Tages- und Nachtzeiten niemand davon Notiz nahm, ob er fehlte oder nicht. Wenn es Zeit zum Schlafen war, zog man sich einfach die dünne Decke über den Kopf, drückte das klumpige Kopfkissen um die Ohren und versuchte, die Unruhe um einen herum zu ignorieren.

Genau genommen gehörte das Ignorieren der Umgebung zu den Fähigkeiten, die jeder Bewohner von Millmoor schnell entwickelte. Und Luke war klargeworden, dass dies den Behörden der Sklavenstadt in die Hände spielte. Wenn das eigene Überleben davon abzuhängen schien, dass man sich um sich selbst kümmerte, neigte man weniger dazu, anderen zu helfen.

Aber das, was Renie und er für diesen Abend geplant hatten, würde sich nicht so leicht ignorieren lassen.

Ein leiser Pfiff ließ Luke derartig zusammenzucken, dass er fast vom Dach gefallen wäre. Leise fluchend klammerte er sich an die Brüstung. Hinter ihm brachte Renie einen Laut hervor, für den der Begriff »Gackern« bestimmt eigens erfunden worden war.

»Vorsicht!«, lachte sie. »Ein Freiflug über zehn Stockwerke ist nicht gerade der beste Weg, seinen Geburtstag zu feiern.«

Luke wirbelte zu ihr herum, schwang seine Beine aufs Dach und funkelte sie aufgebracht an.

»Sehr lustig«, murrte er. »Haha. Ich hab wenigstens alles dabei, was ich brauche. Und was ist mit dir?«

Mit der Schuhspitze kickte er gegen ein Bündel vor seinen Füßen: ein langes, aufgewickeltes Seil, das in einem Fadenspiel aus Gurten und Metallklammern endete. Er hatte die Kletterausrüstung aus einem Schuppen im hinteren Bereich der Gussanlage geklaut. Die Wartungsteams von Zone D nutzten sie bei der Innenreinigung einiger der größeren Maschinen. Aber Luke und Renie hatten an diesem Abend einen anderen Verwendungszweck für den Klettergurt.

»Ich hab meine Sachen alle hier drin«, erklärte Renie und klopfte auf die ausgebeulte Vordertasche ihres Kapuzenpullovers, die daraufhin rasselte. »Lass mich mal 'nen Blick auf das Seil werfen. Hoffentlich hast du dir auch alle Knoten gemerkt, Pfadfinder.«

»Und du hast dir hoffentlich die Buchstaben gemerkt«, entgegnete Luke, ziemlich verärgert über ihren Drang, ihn zu kontrollieren. »Ich nehm doch mal an, dass du lange genug in der Schule warst, um wenigstens das Alphabet zu lernen, oder?«

»Autsch«, sagte Renie und zeigte ihm den Mittelfinger. »Ich war nie in 'ner Schule. Aber ich kann drei popelige Buchstaben schreiben.«

»Nie in der Schule?«, wiederholte Luke ungläubig. »Geht das überhaupt? Ist das Schulamt denn nicht bei euch aufgekreuzt?«

»Welches Schulamt?«, fragte das Mädchen, hielt sich mit einer Hand an Lukes Ärmel fest und beugte sich vorsichtig über die Brüstung, um die sonntäglich stillen Straßen tief unter ihnen zu sondieren. »Hier gibt's kein Schulamt.«

»Was?«

In Gedanken ging Luke alle Möglichkeiten durch, kam aber zu keinem befriedigenden Ergebnis.

»Ist 'ne lange Geschichte«, sagte Renie. »Erzähl ich dir später, falls du mich nicht fallen lässt. Aber jetzt sollten wir los. Hier entlang.«

Mit katzenartiger Sicherheit lief sie über das Dach. Luke schwang sich das Seil über die Schulter und folgte ihr. Er konnte kaum erkennen, wo er entlanglief, was ziemlich beunruhigend war; andererseits war es vermutlich besser, den jähen Abgrund neben ihm erst gar nicht wahrzunehmen. Der Himmel verdüsterte sich von Minute zu Minute. Zwar war es noch früh am Abend, doch Anfang November senkte sich die Dunkelheit schnell über die Stadt.

Da es ein Sonntag war, lag der Verwaltungsbezirk menschenleer unter ihnen. Im MAD – dem Spitznamen für die Zentrale von Millmoors administrativem Dienst – durften keine Sklaven arbeiten; also handelte es sich bei den Angestellten ausnahmslos um freie Bürger aus weit entfernten Regionen des Landes, um erst gar keine Günstlingswirtschaft aufkommen zu lassen. Diese Mitarbeiter verließen die Sklavenstadt am Ende jedes Arbeitstages. Und am Wochenende wurden die Bürogebäude abgeschlossen und vom Sicherheitsdienst überwacht. Aber Renie kannte jede ihrer Bewegungen. Sie und Jackson hatten das Ganze zeitlich perfekt ausgeklügelt.

»Au!«

Luke war versehentlich gegen Renies Rücken gestoßen, und angesichts ihres riskanten Wegs hatte sie jedes Recht, eine verärgerte Miene zu ziehen. Inzwischen hatten sie die relative Sicherheit des Dachs hinter sich gelassen und befanden sich auf einem schmalen Gittersteg ohne Geländer, der das Gebäude mit dem Nachbarbau verband. Vom Abgrund trennte sie nur eine niedrige Metallkante auf beiden Seiten des Stegs.

»Konzentrier dich mal lieber auf deine Aufgabe«, schimpfte Renie und klang dabei weniger wie eine Dreizehnjährige als vielmehr wie seine Mutter. Luke musste ein ziemlich beschämtes Gesicht gezogen haben, denn kurz darauf ließ sie sich erweichen. »Ich wollte nich' gemein sein. Aber wir können es uns nicht leisten, wie Schlafwandler durch die Gegend zu laufen, verstehst du? Jedenfalls nicht, bis das hier erledigt ist.«

»Geht klar – kommt nicht wieder vor«, sagte Luke. »Tut mir leid … auch wegen eben … das mit der Schule. Aber ehrlich gesagt hab ich im Moment ziemlich Schiss.«

»Kein Thema«, erwiderte Renie, und ihre verkniffenen Züge entspannten sich etwas. »Geht mir genauso. Das hier ist 'ne echt große Sache.«

Sie zeigte auf die Dunkelheit vor ihnen. »Da drüben ist es: das oberste Stockwerk, mit dem Büro der Oberaufseherin, diesem Obermiststück. Und da drunter sind die Büros ihrer Kumpane. Genau da werd' ich mich abseilen und die Fassade ein wenig neu gestalten.«

Renie drehte sich zur Seite und spuckte demonstrativ über den Rand des Stegs; dann lief sie auf die Stelle zu, auf die sie gezeigt hatte. Luke folgte ihr und achtete sorgfältig darauf, immer zwei Schritte hinter ihr zu bleiben – nicht mehr, aber auch nicht weniger.

Was hatte Renie damit gemeint, dass sie nie eine Schule besucht hatte? Und weshalb kannte sie sich in jedem Winkel der Sklavenstadt so gut aus? War es wirklich denkbar, dass sie schon seit Jahren in Millmoor lebte? Das würde eine Menge erklären – nicht zuletzt ihren wilden Charakter und ihre dürre Gestalt.

Bei der Lagebesprechung hatte sie dem Doc geholfen und detailliert beschrieben, wie Luke ungesehen auf das Dach steigen konnte. Außerdem hatte sie die Route erläutert, die Oz und Jessica nehmen sollten. Die beiden befanden sich auf der anderen Seite von Millmoor, in der Nähe der Fahrzeughalle. Asifs und Jacksons Ziel war das größte Callcenter der Stadt. Luke fragte sich, wie die anderen wohl zurechtkamen.

Nein, er durfte sich nicht wieder ablenken lassen.

Konzentrier dich, Luke.

Renie wartete bereits auf ihn und wippte auf den Fußballen. Das Ding in ihrer Tasche verursachte ein gedämpftes Klackern.

Luke stellte fest, dass das Dach dieses Gebäudes keine Brüstung besaß, sondern lediglich eine etwa kniehohe Einfassung. Wenn er hier das Gleichgewicht verlor, würde diese Begrenzung ihn nicht daran hindern, in die Tiefe zu stürzen.

Er nahm die Kletterausrüstung von der Schulter, wickelte alles auseinander und machte sich daran, die Gurte und Seile zu sortieren. Als er fertig war und Renie rief, stieg sie anstandslos in das Geschirr. Natürlich war das Ding viel zu groß für sie, aber Luke straffte die Gurte, bis sie einigermaßen sicher verpackt war. Dann sah er sich kurz um und entdeckte einen guten Befestigungspunkt für sein Seilende – eine Art Wartungsluke im Dach. Die Mitarbeiter des MAD brauchten vermutlich nie lange darauf zu warten, dass ein defekter Filter in ihrer Belüftungsanlage ausgetauscht wurde.

Anschließend knüpfte Luke die Knoten, die er sorgfältig gelernt hatte – wie etwa den gesteckten Achterknoten zur Sicherung von Rennies Geschirr, mit einer Schlaufe an seinem Seilende, damit er ihren Abstieg besser steuern konnte. Dann überprüfte er alle Teile und testete, ob sich das Seil auch reibungslos abwickeln ließ. Als Nächstes strich er mit der Hand über die Kante der Dacheinfassung, um sicherzugehen, dass dort nichts war, an dem sich das Seil verhaken oder durchscheuern konnte. Renie beobachtete ihn.

»Sehr gründlich«, sagte sie anerkennend. »Wie ich sehe, wirst du immer besser.«

Luke grinste und fuhr sich mit der Hand über den fast kahlgeschorenen Schädel – einer seiner Mitbewohner hatte ihm ein paar Tage zuvor mit einem Rasierer die Haare geschnitten. Das Ergebnis hätte bei seiner Mum garantiert eine Krise ausgelöst, aber Luke fand die Frisur cool.

»Ich kann dich ja wohl schlecht fallen lassen, oder? Nicht mal der Doc wäre dann noch in der Lage, dich wieder zusammenzuflicken.«

»Da wär ich mir nicht so sicher.« Renie warf einen Blick auf ihre Uhr. »Komm schon, Kleiner, es wird Zeit.«

Luke wollte dagegen protestieren, von einer Dreizehnjährigen »Kleiner« genannt zu werden. Aber Renie umging jede Erwiderung, indem sie einfach rückwärts von der Dacheinfassung stieg.

Einen Moment lang taumelte Luke, als sich das Seil straffte. Doch es hielt. Sein Herz wummerte in seinem Brustkorb: Hätte-das-Seil-noch-mal-prüfen-sollen-hab-ich-es-auch-genügend-gesichert-was-ist-wenn-sich-der-Knoten-löst-was-wäre-wenn …

»Mehr Seil!« Renies Stimme schwebte ihm aus der Dunkelheit unter ihm entgegen. »Drei Meter. Aber langsam.«

Luke gab weiteres Seil nach, Hand für Hand. Jenseits der Dachkante ertönte ein klackerndes Geräusch, als Renie die Spraydose aus ihrer Tasche holte und schüttelte. Luke hörte das Klicken der Plastikkappe und dann ein Zischen, als sie den Buchstaben möglichst großflächig aufsprühte. Er fragte sich, welche Farbe Renie wohl geklaut hatte. Ein Neonton wäre gut. Oder Rot, wie Blut. Luke stellte sich vor, wie die Farbe langsam an der Fassade herabtropfte. Ja, das wäre ein Supereffekt.

»Weiter runter!«, rief Renie.

Luke verlagerte sein Gewicht, während er weiteres Seil ablaufen ließ, und zuckte zusammen, als es über die Dachkante schürfte. Erneut hörte er das Klackern der Mischkugeln und das Zischen des Treibgases. Er spürte, wie sich das Seil zwischen Renie und ihm anspannte, als sie ihren Körper drehte. Das Seil grub sich in seine Handfläche, schnitt aber nicht in die Haut. Und als Renie rief, gab er weiteres Seil nach. Renie hing jetzt fünfzehn Meter unter ihm, und trotz ihres Fliegengewichts stand das Seil unter starker Spannung.

Der dritte Buchstabe. Luke hörte ein angestrengtes Schnaufen, als sich das Mädchen streckte, um den Buchstaben mit einer langgezogenen, geschmeidigen Bewegung aufzusprühen. Dann setzte sie die Plastikkappe wieder auf, und der Geruch von feuchter Farbe und Aerosol stieg in der Dunkelheit auf und kitzelte Luke in der Nase.

»Hoch!«, hörte er.

Luke stemmte einen Fuß gegen die Dacheinfassung und machte sich daran, Renies volles Gewicht wieder nach oben zu hieven. Oz hatte bestimmt keinerlei Probleme, Jessica hochzuziehen. Aber er fragte sich, ob der Doc und Asif vielleicht eine Münze geworfen hatten, um darüber zu entscheiden, wer in ihrem Team den Gewichtheber spielen musste.

Natürlich nicht – in Millmoor gab es keine Münzen. Noch so eine bizarre Besonderheit des Lebens in der Sklavenstadt, überlegte er, während er das Seil ächzend einholte. Kein Bargeld. Früher hatte er sich immer über die Geschichten in den Zeitschriften seiner Mutter gewundert – über Frauen, die sich nach Beendigung ihrer Sklavenzeit in den finanziellen Ruin geritten hatten. Sie hoben sämtliche Sparguthaben aus ihrem früheren Leben ab und verpulverten das Geld für Handtaschen,

Schuhe und ähnlichen Mist. Luke hatte das Gefühl, dass er den Kaufrausch dieser Frauen inzwischen etwas besser verstand.

Mittlerweile verstand er viele Dinge besser. Er war zwar gerade erst siebzehn geworden, fühlte sich aber mindestens zehn Jahre älter.

Aber das Alter war nicht die einzige Veränderung, über die er nachdachte, während er dort stand und das Seil Hand für Hand langsam einholte, bis er Renies Finger sah, die sich an die Dachkante krallten. Inzwischen war er deutlich stärker, seine Muskeln kräftiger. Wer hätte gedacht, dass man für einen Waschbrettbauch nichts weiter als regelmäßige Portionen exquisiter Kantinenküche und eine tägliche Schicht Sklavenarbeit brauchte? Diese Diät war ein garantierter Erfolg – auch wenn sie wohl nicht viele Anhänger finden würde.

Millmoor veränderte ihn, innerlich wie äußerlich. Und Luke erinnerte sich an Renies Worte, als er den ersten Auftrag für sie erledigt hatte: *Millmoor verändert die Menschen. Aber man kann selbst bestimmen, auf welche Weise es einen verändert.* »O-kay!«, sagte das Mädchen jetzt, als Luke ihre Handgelenke packte, sie mit Schwung in die Höhe hievte und auf dem sicheren Dach absetzte. Renie kauerte sich einen Moment auf den Boden und wischte sich mit dem Handrücken übers Gesicht.

»Komm, wir machen uns auf den Weg zum Hauptquartier«, sagte sie. »Ich will, dass Jackson uns haarklein erklärt, warum wir Millmoors attraktivste Wahrzeichen farblich verziert haben.«

Sie stieg aus dem Geschirr, dann liefen sie los. Zurück über den Gittersteg, die Feuerleiter hinunter, durch das muffig riechende Wartungstreppenhaus und hinaus ins Freie.

Die Straßenbeleuchtung war sporadisch und trüb, aber Renie wusste, wo jede Laterne stand. Sobald Luke und sie um eine Ecke bogen, befanden sie sich immer auf der unbeleuchteten Straßenseite. Dabei murmelte das Mädchen irgendwelche sarkastischen Kommentare vor sich hin, wie die schlechteste Reiseleiterin der Welt: Abkürzungen hier, Überwachungskameras dort. Aber Luke interessierte sich nicht für Millmoor, sondern für Renies Geschichte.

»Woher weißt du das alles?«, fragte er. »Wie lange lebst du schon hier? Kinder dürfen ihre Sklavenzeit doch erst mit zehn antreten und auch dann nur in Begleitung ihrer Eltern. Deine Eltern müssen dich also mit hierhergebracht haben, aber du hast sie noch nie erwähnt.«

In dem Moment, in dem ihm die Worte über die Lippen kamen, drängte sich ein furchtbarer Gedanke in den Vordergrund. Luke hätte sich selbst einen Tritt verpassen können. Was wäre, wenn Renies Eltern tot waren, beide bei einem schrecklichen Unfall ums Leben gekommen?

Aber tatsächlich war es sogar noch schlimmer.

Renies Unterkiefer stellte seine unablässigen Kaugummikaubewegungen ein, als sie sich Luke zuwandte und ihn mit grimmiger Miene musterte. Er war froh, dass die Dunkelheit ihr Gesicht wenigstens teilweise verbarg.

»Diese ganzen Sprüche«, setzte sie an, zog die Schultern hoch und stopfte die Hände tief in die Taschen, »das sind alles Regeln und Vorschriften, die man dir einbläut. Regeln für jemanden wie dich – aber nicht die Regeln für uns andere.

Meine Mama und mein Dad waren anständige Leute, und sie haben für uns Kinder alles getan, was sie konnten. Mama war jung – sie war in deinem Alter, als sie den Ersten von uns zur Welt gebracht hat. Und Dad hatte keine großartige Schulbildung. Aber sie haben sich und uns geliebt, meine Brüder und mich. Dad hat für uns gesorgt, so gut er konnte. Auch wenn das nicht immer auf eine Weise ablief, die die Polizei gutheißen würde.

Bei uns sind regelmäßig irgendwelche Sachen aufgetaucht, schöne Sachen, die er irgendwo hatte mitgehen lassen. Mama hat uns dauernd ermahnt, die Finger davon zu lassen, damit wir nichts kaputtmachten und die Sachen dann nicht mehr verkauft werden konnten. Damals sind wir oft umgezogen, vermutlich damit Dad nicht allzu stark auffiel. Aber schließlich muss doch jemand was gemerkt haben. Jedenfalls war ich gerade mal sechs, als sie uns hochgenommen haben.«

Renie verstummte und starrte in die Dunkelheit, als suchte sie in den tiefen Schatten nach ihrer Familie.

»Ich hatte keine Ahnung, was mit den anderen passiert war, bis Asif mir bei einem unserer Spiele dabei geholfen hat, meine Unterlagen zu durchsuchen. Dad war in eines dieser Lager für Lebenslängliche verfrachtet worden; Mama, meine Brüder und ich sind überallhin verteilt worden. Ich bin in Millmoor gelandet, in einem Wohnheim mit ein paar anderen Umus. Das sind Kinder«, fügte sie hinzu, als sie Lukes verständnislosen Blick sah. »Unbegleitete Minderjährige unter sechzehn. Klingt nett, oder? War es aber nich. Ich bin vor etwa zwei Jahren abgehauen. Hab seitdem für mich selbst gesorgt, bin aber nie geschnappt worden. Ich hab mich im alten Teil der Stadt versteckt, in den Häusern, die alle verfallen sind und wo sich niemand hintraut.

Aber um an Essen und andere Sachen heranzukommen, musste ich mich frei bewegen können, also hab ich mir den

ID-Chip rausgeschnitten. Was mir aber nicht so gut gelungen ist.« Das Mädchen zog einen Ärmel hoch, und beim Anblick des wulstigen Narbengewebes zuckte Luke unwillkürlich zurück. Das Ganze sah so aus, als hätte Renie sich ein Filet aus dem Arm gesäbelt. »Die Wunde hat sich entzündet, und ich hab gedacht, ich würde sterben. Aber wenigstens wäre ich als freier Mensch gestorben. Ich hatte keine Lust, ins Krankenhaus zu gehen und mich wieder schnappen zu lassen. Und dann hat Doc Jackson mich gefunden.«

Luke stand wie versteinert da. Die Behörden erzählten dauernd, dass es in den Sklavenstädten keine sich selbst überlassenen Kinder gäbe. Und dass man nur für wirklich üble Verbrechen, wie Mord oder Vergewaltigung, lebenslänglich bekam. Gab es denn keine Pflegestellen für kleine Kinder wie Renie?

»Pflegestellen sind was für Kinder, die nicht verkorkst sind«, erwiderte sie bitter. »Kinder wie du, falls den Eltern was passiert. Aber nicht für Kinder wie mich, die von Geburt an verkorkst sind. Du hast noch 'ne Menge zu lernen.«

Was sie nicht sagte.

Da hatte er die ganze Zeit gedacht, er würde allmählich kapieren, wie der Hase hier lief. Und dass er mit dem Verein einen Weg gefunden hätte, um gegen Millmoors bagatellartige Grausamkeiten zu kämpfen.

Aber wie sich herausstellte, verbargen sich hinter den Bagatellgrausamkeiten größere Grausamkeiten. Wesentlich schlimmere. Wussten die Erwachsenen etwa von den Dingen, die hier vorgingen – zum Beispiel von den kleinen Kindern, die allein in den Sklavenstädten lebten –, redeten aber nicht darüber? Oder waren wirklich alle ahnungslos?

Luke war sich nicht sicher, ob Renie es vielleicht bereute,

dass sie ihm all das erzählt hatte. Denn auf dem restlichen Rückweg war sie sehr schweigsam. Als sie schließlich den Unterschlupf erreichten, der an diesem Abend als ihr Hauptquartier diente und wo der Doc und Asif bereits warteten, kletterte Renie stumm auf einen Stapel aus Kisten. Luke war derjenige, der auf Jacksons Frage nach dem Verlauf ihres Auftrags mit einem hochgereckten Daumen reagierte.

»Und erzählst du uns jetzt, worum es bei dieser ganzen Aktion ging?«, fragte Luke. »Warum jetzt das Wort ›YES‹ in drei Meter hohen Buchstaben auf dem MAD-Gebäude steht?«

»Und auf Kommunikationszentrum 1«, fügte Asif hinzu. »Er hat kein Wort rausgerückt, nicht mal, als wir vor Ort waren.«

»Ich schlage vor, wir warten, bis Jessica und Oz zurückkommen«, erwiderte Jackson lächelnd. »Das dürfte nicht mehr lange dauern. Und ich kann euch versichern, dass Hildy und Tildy in der Zwischenzeit nicht untätig waren.«

Er deutete auf die Kisten, die bei der Einsatzbesprechung ein paar Stunden zuvor noch nicht dort gestanden hatten.

Die »Drückeberger«-Schwestern schwankten mit einer weiteren Kiste durch die Tür und ließen sich dann auf die billigen Stapelstühle fallen. Hilda legte den Kopf in den Nacken und starrte an die Decke, während Tilda sich mit beiden Händen den Hals massierte. Sie wirkten beide total geschafft. Kurz darauf platzten Jessica und Oz in den Raum. Sie waren verschwitzt und keuchten, als hätten sie einen Sprint hingelegt, aber schauten mit triumphierendem Grinsen in die Runde.

»Alles erledigt, Doc«, sagte Jessica und knallte eine Sprühdose auf das Regal neben Jackson.

»Und jetzt raus damit«, forderte Oz. »Da steht jetzt das

Wort ›YES‹ über die gesamte Fahrzeughalle gesprüht – einmal in Schwung gekommen, hat Jessie sich nicht mehr bremsen können – und wir wollen wissen, warum. Hat das Obermiststück dir einen Heiratsantrag gemacht und die Fassadenneugestaltung ist deine Art, ihr zu zeigen, wie sehr du sie liebst?«

Selbst Renie, die noch immer bedrückt wirkte, schnaubte bei dieser Bemerkung.

»Nette Idee«, erwiderte Jackson trocken. »Aber die Antwort lautet nein. Und das gilt auch für deine Theorien, Asif. Für all deine Theorien. Vor allem die mit den Außerirdischen. Hilda, wärst du so freundlich und würdest uns zeigen, was ihr beide in der Zwischenzeit getan habt?«

Hilda nickte und stand auf. Dann nahm sie den Deckel von einer der Kisten, holte ein bedrucktes Banner hervor und hielt es hoch.

»Meine Damen und Herren«, verkündete sie, »darf ich vorstellen: die diesjährige Kanzlervorlage – die Abschaffung der Sklavenzeit.«

Jessica schnappte keuchend nach Luft. Sogar Asif hampelte nicht mehr nervös herum.

Das konnte doch nur ein Scherz sein, oder?

»Natürlich sind die Parlamentsmitglieder der Ebenbürtigen die Einzigen, die über die Kanzlervorlage abstimmen dürfen«, sagte Jackson. »Und bis auf ein paar wenige Ausnahmen werden alle mit ›Nein‹ stimmen. Aber ich glaube nicht, dass ihnen klargeworden ist, was sie allein mit dieser Debatte ins Rollen gebracht haben. Es bedarf nicht viel, um der Sklavenzeit ein Ende zu setzen. Dazu braucht es lediglich ein paar hundert Ebenbürtige, die ihren Mund öffnen und ›ja‹ sagen. Ein einziges kleines Wort am Ende der Dritten Debatte, nächsten Frühling im Ostflügel von Kyneston – und der Verlust der Freiheit, die Misshandlungen und die Plackerei wären mit einem Schlag vorbei.«

Jessica justierte ihren Pferdeschwanz und ließ dabei das Haargummi kräftig schnalzen – eine Geste, die Luke schmerzhaft an Abi erinnerte. Als sie sich zu Wort meldete, klang auch ihre Stimme kräftig.

»Ich will ja kein Spielverderber sein, Jackson, aber bist du dir auch sicher? Woher weißt du das alles?«

Der Doc schwieg einen Moment und schaute die anderen an. Er fragt sich gerade, ob er uns vertrauen kann, erkannte Luke.

Und in dem Augenblick ging ihm noch etwas auf: Loyalität war keine Einbahnstraße.

Am Anfang dieser ganzen Geschichte hatte Luke schlaflose Nächte verbracht, weil er nicht wusste, ob er Jackson vertrauen durfte. Und ob der Verein nicht vielleicht eine kunstvolle Falle darstellte. Aber nachdem er ein paar Spiele gespielt hatte und Kessler nicht mitten in der Nacht bei ihm aufgetaucht war und ihn grob aus dem Bett gezerrt hatte, hatte er sich gezwungen, sich ein wenig von dieser Angst zu lösen. Der Doc meinte es wirklich ernst.

Aber umgekehrt konnte jeder hier im Raum Jackson verraten – jederzeit.

Na ja, Luke nicht. Luke auf keinen Fall.

»Ich habe Kontakt zu jemandem jenseits der Stadtgrenze«, sagte Jackson schließlich. »Einem Ebenbürtigen. Aber mehr als nur das – er ist jemand mit Verbindungen zu den höchsten Regierungskreisen.«

Renie beugte sich so ruckartig vor, dass es an ein Wunder grenzte, dass sie nicht von den Kisten fiel. Hilda und Tilda tauschten verblüffte Blicke. Jessica schob sich eine Haarsträhne in den Mund und kaute auf den Spitzen, wie ein kleines, nervöses Mädchen und nicht wie eine erwachsene Frau. Schließlich fasste Oz sich als Erster.

»Mensch, Doc!«, stieß er hervor. »Das ist ja 'ne echte Überraschung. Kannst du das mal näher erklären?«

Jackson legte die Handflächen auf den Tisch und schaute einen Moment in die Runde.

»Er sieht jeden Schatten im Haus des Lichts«, erklärte der Doc, als würde er auf jemanden zeigen, der sich auf der anderen Seite eines Partyraums befand. »Er glaubt an diese Sache – an unsere Sache.«

»Und du vertraust ihm?«, fragte Hilda unverblümt.

»Ja«, bestätigte Jackson und öffnete den Mund, als wollte er noch etwas hinzufügen, entschied sich dann aber wohl dagegen.

»Warum hat bisher niemand von dieser Kanzlervorlage erfahren?«, erkundigte sich Asif. »Weil das Thema zu heikel ist? Wurde eine Nachrichtensperre verhängt?«

Jackson machte den Eindruck eines Mannes, der zu lächeln versuchte, aber vergessen hatte, wie das ging.

»Etwas Ähnliches«, antwortete er schließlich. »Es gibt zwei *Geschick*-Anwendungen, die als ›das Stillschweigen‹ und ›die Grabesstille‹ bezeichnet werden. Das Stillschweigen sorgt dafür, dass man Dinge vergisst. Am Ende der letzten Parlamentssitzung hat der Kanzler alle Gewöhnlichen, also die Parlamentsbeobachter, damit belegt. Die parlamentarischen Ebenbürtigen mussten wiederum die Grabesstille akzeptieren. Dabei behalten sie zwar ihr Gedächtnis, können aber über die Kanzlervorlage mit niemandem reden außer mit anderen Parlamentsmitgliedern – nicht einmal mit der eigenen Familie. Ich will nur so viel dazu sagen: Wir haben einen Weg gefunden, diese Kommunikationssperre zu umgehen.«

Stille breitete sich im Raum aus.

Luke war entsetzt. Die Ebenbürtigen konnten anderen die Erinnerungen nehmen? Sie mit ihrem *Geschick* zum »Stillschweigen« bringen? Das war unvorstellbar. Natürlich machten sie das in Abis Romanen ständig – niederträchtige Erben, die einfache Mädchen verführten und ihnen dann mit einem Fingerschnippen das Gedächtnis raubten. Aber Luke hätte im Leben nicht geglaubt, dass da was Wahres dran wäre.

Wie konnte man auch nur hoffen, gegen Leute zu gewinnen, die dazu fähig waren?

Andererseits schien Jackson davon überzeugt zu sein, denn er beugte sich zu ihnen vor wie ein General, der seinen getreuen Offizieren die aktuellsten Gefechtspläne mitteilte.

Und genau das war der Doc auch, erkannte Luke in diesem Moment. Ihm war schwindlig, als hätte er gerade einen Cocktail hinuntergestürzt – ein Teil Aufregung und zwei Teile panische Angst, auf Eis.

»Ich bin froh, dass ihr geschockt seid«, sagte Jackson und sah jeden von ihnen mit seinen klaren blauen Augen an. »Denn das bedeutet, dass ihr alle über die vor uns liegende Aufgabe nachdenkt. Wirklich nachdenkt. Jeder Bewohner dieser Sklavenstadt muss von der Kanzlervorlage erfahren. Jedem muss klar sein, dass die Abschaffung der Sklavenzeit in solch großer Nähe ist, dass wir einfach die Hand danach ausstrecken und sie uns greifen können – sofern wir den Mut dazu haben. Das hier könnte die größte Chance dazu sein, die größte, die wir jemals in unserem Leben bekommen.«

Er schaute Luke direkt an, und Luke stellte fest, dass er den Blick nicht abwenden konnte.

»Wir verfolgen hier eine langfristige Strategie«, sagte der Doc. »Und wenn das Spiel endet, müssen wir auf der Gewinnerseite stehen.«

# 9

## *Abi*

Wenn Abi herausfinden wollte, warum Luke auf Kyneston nicht willkommen war, blieb ihr nur eine Chance: Jenner. Aber er hatte sie ermahnt, ihn nicht mehr zu fragen.

Also wie konnte sie ihn dazu bewegen, ihr den Grund zu verraten?

Vielleicht indem sie sein Vertrauen gewann. Seine Bewunderung. Vielleicht sogar seine Zuneigung?

Bei diesem Gedanken schnaubte Abi und widmete sich dann wieder dem Berg ungeöffneter Briefe auf ihrem Schreibtisch. Wahrscheinlich gab es niemand Dümmeren als ein verliebtes Schlauköpfchen, wie ihre Mum zu sagen pflegte. Aber Abi machte sich nichts vor. Natürlich sehnte sie sich nach Jenners Zuneigung, doch das wäre auch dann der Fall gewesen, wenn Luke hier bei ihnen auf Kyneston wäre.

Sie nahm den Brieföffner, ein schweres Silbermesser mit dem Familienwappen der Jardines – ein feuerspeiender Salamander in einem runden, ummauerten Garten – und stürzte sich auf die Briefumschläge.

Der vierte Brief trug eine Handschrift, die sie wiedererkannte. Ihre eigene.

Es handelte sich um die Geburtstagskarte, die sie Luke geschickt hatten. Allerdings war sie ungeöffnet zurückgekommen. »Unzustellbar«, hatte jemand daraufgestempelt. Abi knurrte frustriert. Der Umschlag trug noch nicht mal ein Zensurzeichen. Die Behörde in Millmoor hatte sich nicht die Mühe gemacht, den Brief zu öffnen und festzustellen, dass er nichts Staatsgefährdenderes enthielt als eine von Daisy gebastelte Glückwunschkarte. Die dreimonatige Sperrzeit für jegliche Kommunikation mit der Außenwelt, die für alle neuen Bewohner der Sklavenstadt galt, war noch nicht vorbei, also hatten sie Lukes Karte einfach zurückgeschickt.

Aber es würde nicht mehr lange dauern. Abi warf einen Blick auf den Kalender, auf den roten Kreis, den sie um einen Tag Anfang Dezember gemalt hatte. Nur noch wenige Tage bis dahin. Dann waren die drei Monate vorbei, und sie würden endlich erfahren, wie es Luke ging – vorausgesetzt, er war so versessen darauf, ihnen zu schreiben, wie sie darauf versessen waren, von ihm zu hören.

Abi hoffte, dass er sich vernünftig verhielt und nicht aus der Reihe tanzte. Bestimmt war das Leben in Millmoor nicht viel schlimmer, als wenn man in der richtigen Welt einen miesen Job hatte und sich mit anderen eine lausige Wohnung teilen musste. Wahrscheinlich verbrachte Luke seine Tage damit, in einer Fabrik Kartons zu packen, und hatte inzwischen jede Menge Freunde.

Zumindest versuchte sie, sich das einzureden. An den Sicherheitsmann, diesen Kessler, und den Tag, an dem er ihnen Luke aus den Händen gerissen hatte, wollte sie lieber nicht denken. Auch nicht an die Tatsache, dass Luke – wie sie alle – nur ein Leibeigener des Staates war, ohne jegliche Rechte. Und die Erinnerung an Dad, der mit blutüberströmtem Gesicht auf dem Asphalt kniete, während Luke mit einem Schlagstock in den Transporter gezwungen wurde, versuchte sie zu verdrängen.

Abi war bereit, alles zu tun – was auch immer es erforderte, Jenner Jardine dazu zu bewegen, Luke nach Kyneston zu holen. Und es erschien ihr am sinnvollsten, mit dem zu beginnen, was sie am besten konnte: mit ihrer Arbeit.

Während der vergangenen drei Monate hatte sie bereits eine Reihe von Verbesserungen bei der Verwaltung des Anwesens durchgeführt. Sie hatte eine Jahrestabelle erstellt, mit farblich koordinierten Terminen und Hinweisen. Außerdem hatte sie einige der wichtigsten Mitarbeiter – falls man Sklaven als solche bezeichnen konnte – gebeten, Monatsberichte zu verfassen.

Dabei hatte sie sich bemüht, nicht zu sehr als besserwisserischer Emporkömmling aufzutreten, und die meisten hatten zugehört, als Abi ihnen erklärte, dass ein besserer Organisationsablauf in ihrer aller Interesse war: Je glatter die Verwaltung von Haus und Anwesen funktionierte, desto geringer war das Risiko, dass bei Lord Jardine oder Master Gavar die Sicherungen durchbrannten. Die anderen Mitarbeiter waren so oft Zeugen dieser unschönen Szenen gewesen, dass sie ihren Vorschlägen bereitwillig zugestimmt hatten. Vor allem die Haushälterin erwies sich als besonders freundlich, und Abi war herzlich eingeladen, jederzeit zu Tee und Gebäck zu ihr in die Küche zu kommen. Allerdings wusste Abi auch, dass es dem grauhaarigen Hundemaster überhaupt nicht gefiel, dass sie – ein Mädchen aus dem Norden Englands – neue Ideen und Vorstellungen für sein uraltes südenglisches Anwesen entwickelte.

Und was Jenner betraf … na ja, er war einfach traumhaft.

Er war süß und witzig, tüchtig und aufmerksam. Eine Auflistung all seiner wundervollen Eigenschaften würde noch länger ausfallen als Abis Aufgabenliste.

Gavar war vermutlich der Typ von Mann, auf den die meisten Mädchen standen. Aber sein hitziges Temperament bedeutete, dass seine muskulöse Statur eher einschüchternd als attraktiv wirkte. Und der junge Herr war einfach zu unheimlich, um in dieser Hinsicht auch nur einen Gedanken an ihn zu verschwenden. Also war Jenner der Einzige der drei Brüder, der ihr keine Angst einjagte. Was an sich nicht unbedingt ein Vertrauensbeweis war. Aber wenn man all seine Pluspunkte hinzunahm, stand ziemlich klar fest, dass Miss Abigail Amanda Hadley fürchterlich verknallt war.

Aber empfand er auch das Gleiche für sie? Der vernunftbetonte Teil von Abis Hirn bestand darauf, dass das vollkommen unmöglich sei. Doch der unlogische Teil (der offensichtlich viel größer war, als sie je gedacht hätte) hortete fleißig kleine Momentaufnahmen, so wie sich lose Stiftkappen und Büroklammern im hinteren Teil ihrer Schreibtischschublade ansammelten. Ein verstohlener Blick hier, eine Frage nach dem Wohlergehen ihrer Familie dort. Ein fadenscheiniger Vorwand, damit sie nach Büroschluss noch länger blieb; eine Hand auf ihrem Arm, während er ihr irgendetwas zeigte.

Für sich betrachtet, hatte keine dieser Handlungen eine besondere Bedeutung. Aber wenn man sie alle zusammennahm, ließen sich dann vielleicht andere Schlüsse ziehen?

Deshalb war Abi auch etwas enttäuscht, als Jenner sie eines Morgens in den Großen Salon rief und sie bei ihrer Ankunft feststellte, dass sich fast die gesamte Belegschaft von Kynestons Haussklaven in diesem Raum versammelt hatte. Eine ihrer Freundinnen aus der Küche erklärte ihr, dass es sich um den alljährlichen vorweihnachtlichen Hausputz handelte, bei dem jeder mit anpacken musste. Widerstrebend nahm Abi sich einen Staubwedel, als Jenner plötzlich an ihrer Seite auftauchte.

»Du nicht, Abi. Ich hatte gehofft, dass du mir vielleicht in der Bibliothek helfen könntest.«

Er führte sie in den anderen Raum und schien zu zögern, ob er die Tür schließen sollte oder nicht. Abi war zwar keine Expertin im »Erkennen der Zeichen«, wie eine frühere, einem Flirt nie abgeneigte Schulfreundin es einmal formuliert hatte. Aber die Situation erschien ihr irgendwie vielversprechend.

Um ihre Verwirrung zu verbergen, wandte Abi sich den Objekten zu, die auf dem Bibliothekstisch ausgebreitet waren. Drei Gemälde und ein ungerahmtes Bild lagen auf einem dicken grauen Filztuch, zusammen mit mehreren Dokumentenmappen und ein paar handgefertigten Buchkassetten.

»Ich dachte, das wäre vermutlich interessanter, als Staub zu wischen«, sagte Jenner, der schließlich doch die Tür geschlossen und sich zu ihr gesellt hatte. »Da Ende März nicht nur die Dritte Debatte, sondern auch die Vermählung meines Bruders mit Bouda Matravers stattfindet, hat meine Mutter vorgeschlagen, unseren Gästen ein paar Familienschätze zu präsentieren. Schließlich kommt es nur einmal pro Generation vor, dass ein Erbe heiratet. Deshalb habe ich hier verschiedene Dinge zusammengetragen, die eventuell in Frage kommen.«

Abi betrachtete die Gemälde, bei denen es sich allesamt um Porträts handelte. Die Personen auf den beiden größten Bildnissen erkannte sie, aber die beiden anderen sagten ihr nichts. Das eine zeigte eine junge Frau – deren Kleid den gleichen Bronzeton besaß wie ihre Haare – mit langem Hals und einem großen Salamander auf dem Arm. Aus dem anderen, ungerahmten Bild schaute ihr ein melancholischer Junge mit schwarzen Augen entgegen, der ungefähr sieben oder acht Jahre alt sein musste.

»Hier auf dem großen Gemälde … das ist Cadmus Parva-Jardine, der Herzens-Reine«, sagte sie bestimmt und berührte den vergoldeten Rahmen, der wie ein Lorbeerkranz gestaltet war. Jenner nickte.

Abis Finger wanderten zum nächsten Gemälde. Sie wusste, was dieser hier Mann alles getan hatte. Lag es also nur an diesem Wissen, dass ihr seine Miene sowohl stolz als auch skrupellos erschien, oder spiegelten sich seine Taten wahrhaftig in seinem Gesicht wider?

»Cadmus' Vater, Lycus Parva. Lycus der Königsmörder. Er hat Charles den Ersten und Letzten getötet.«

Sie schauderte. Lycus hatte nur sein *Geschick* eingesetzt, um den Letzten König zu töten, und in den Geschichtsbüchern stand, dass Charles erst nach ganzen vier Tagen auf dem Schafott von Westminster gestorben war. Dieses Schauspiel musste so grauenhaft gewesen sein, dass anwesende schwangere Frauen eine Fehlgeburt erlitten und mehrere Männer dem Wahnsinn verfielen.

»Das hier ist Cadmus' Mutter, Clio Jardine«, sagte Jenner und zeigte auf die Frau in dem bronzefarbenen Kleid. »Das Porträt wurde anlässlich ihrer Heirat mit Lycus angefertigt. Siehst du den ummauerten Garten hinter ihr? Das ist das Wappenbild der Familie Jardine. Außerdem hält sie einen Salamander auf dem Arm, das Wappentier der Parvas. Unser heutiges Wappen vereint beide Elemente, auch wenn das Motto der Familie Parva nicht übernommen wurde. Silyen schätzt es, aber es ist etwas zu zurückhaltend für den Geschmack der Jardines.«

Abi studierte das aufgemalte Banner. *Uro, non luceo.* Ich leuchte nicht, ich brenne. Ein passender Spruch für den Salamander, jene sagenhafte Kreatur, die angeblich Feuer spucken und unbeschadet aus Flammen hervorgehen konnte.

Clio schaute seitlich von der Leinwand. Ihr Gesicht wurde von kunstvoll gelegten Löckchen gerahmt, während der Maler ihre Augenbrauen mit kühn gewölbten Strichen wiedergegeben hatte. Dagegen hatte Abi ihre Züge und ihre Haarfarbe schon einmal gesehen. Sie entsprachen denen des jungen Mannes, der neben ihr stand.

Abis Blick wanderte von Clio zu Jenner, und in diesem Moment hatte sie das Gefühl, als würde sich eine Mauer zwischen ihnen errichten, so undurchdringlich wie die von Kyneston. Jenner mochte zwar kein *Geschick* haben, aber er besaß die richtige Abstammung. Diese unfassbaren Namen aus den Geschichtsbüchern waren seine Vorfahren. Seine Familie. Seine Ur-Ur-Urahnen.

Jenner hatte ihre Reaktion nicht bemerkt und fuhr mit seinem Bericht fort.

»Clio war die einzige Nachfahrin in der direkten Jardine-Linie. Damals war die weibliche Erbfolge noch nicht gestattet, so dass sie Kyneston nicht erben konnte. Haus und Anwesen wären an einen ihrer Cousins gegangen. Doch als das unglaubliche *Geschick* ihres Sohnes Cadmus deutlich wurde, nahm die Familie Jardine ihn als ihren Erben an, und er erhielt den Doppelnamen Parva-Jardine.

Cadmus war ein gelehrter Mann und führte ein zurückgezogenes Leben. Er heiratete jung, und als seine erste Frau starb, war er so von Gram erfüllt, dass er sich in seiner Arbeit vergrub. Was als Nächstes geschah, ist ja hinlänglich bekannt: die Revolution. Lycus, der Vater, tötete den König. Und Cadmus, der Sohn, stellte den Frieden wieder her. Er riss den Palast nieder und errichtete das Haus des Lichts, in seiner Großen Demonstration. Und nachdem man ihn zum ersten Kanzler ernannt hatte, heiratete er erneut. Der älteste Sohn aus dieser Ehe, Ptolemy Jardine, erbte Kyneston als Nächster. Aber eigentlich hätte das so nicht passieren dürfen.«

»Warum nicht?«, fragte Abi, von der sich entwickelnden Geschichte fasziniert. »Wer hätte Kyneston denn dann erben sollen?«

»Jemand, über den wir nicht mehr reden«, sagte Jenner und zeigte auf das letzte Bildnis. »Er.«

Der Junge hatte die gleichen großen schwarzen Augen wie Lady Thalia und der junge Herr, aber weder ihren Glanz noch seine Arroganz. Seine Miene wirkte sanft und traurig. Das Gemälde war nicht besonders gut ausgeführt – die Kleidung erschien Abi zweidimensional, und seine Hände waren völlig falsch dargestellt. Aber dem Künstler war es gelungen, den tiefen Kummer des Kindes einzufangen.

»Vater lässt nicht zu, dass dieses Porträt bei uns aufgehängt wird«, fuhr Jenner fort, mit einem seltsamen Unterton in der Stimme. »Es wäre schon vor Jahren vernichtet worden, wenn es nicht das einzige von Cadmus persönlich angefertigte Gemälde wäre, das wir besitzen.«

»Und wer ist dieser Junge nun?«

Das Geheimnis, von dem Abi trotz ihrer umfangreichen Lektüre über Kyneston und die Jardines noch nie gehört hatte, hatte sie in seinen Bann geschlagen. Und ein anderer, beschämender Teil von ihr freute sich sehr darüber, dass Jenner ihr diese Geschichte, die ihm offensichtlich viel bedeutete, erzählen wollte.

»Der Junge ist wie ich. Er ist der einzige andere verdorbene

Apfel im Stammbaum der Familie. Der Einzige in unserer großartigen und glanzvollen Geschichte, der kein *Geschick* besaß – bis ich auf die Welt kam.«

Was sollte man dazu sagen? Abi zermarterte sich das Hirn auf der Suche nach einer Antwort, fand aber keine. Sie hatte keine Ahnung von Menschen, verdammt nochmal. Sie interessierte sich für Bücher. Ein himmelweiter Unterschied.

In Gedanken kehrte sie zu ihrem Ankunftstag in Kyneston zurück, als Daisy ihre große Klappe geöffnet und gefragt hatte, warum der junge Herr sie durch das Tor hereingelassen hatte und nicht Jenner. Sie erinnerte sich an seine beiläufige, galante Antwort bezüglich seines fehlenden *Geschicks*. Wie viele Jahre hatte er geübt, bis ihm die Worte so einfach über die Lippen kamen? Als ob ihm das Ganze überhaupt nichts ausmachte, während sein Leben durch diesen schrecklichen, unerklärlichen Mangel doch bereits im Ansatz vergiftet war.

»Sieh mal genauer hin«, drängte Jenner jetzt.

Der Junge auf dem Gemälde war von verschiedenen Objekten umgeben. Ein leerer, geschlossener Vogelkäfig. Eine aufrechte Tulpe in einer Vase, allerdings trist und grau, als wäre sie schon vor einer Woche verwelkt. Ein Blatt Papier mit Notenlinien, jedoch ohne Noten. Eine Geige ohne Saiten. Abi warf einen Blick auf das Wort, das über dem leeren Notenblatt stand. Das nichtexistente Musikstück trug einen lateinischen Titel: *Cassus*.

»Das bedeutet ›hohl‹ oder ›leer‹«, sagte Jenner. »Alternativ auch ›unnütz‹ oder ›unzureichend‹. Mit anderen Worten: ohne *Geschick*. All das hier …« – er zeigte auf die Tulpe und den Vogelkäfig – »macht deutlich, wie meine Welt in den Augen meiner Familie aussieht.«

Abi wusste noch immer nicht, was sie sagen sollte. Vorsichtig formulierte sie eine Frage.

»Wenn er Kyneston nach Cadmus' Tod hätte erben sollen, dann muss er … Cadmus' ältester Sohn gewesen sein, richtig?«

Zur Belohnung schenkte Jenner ihr den Hauch eines Lächelns.

»Ich hab gewusst, dass du es gleich verstehen würdest, Abigail. Der Junge war Cadmus' Sohn aus erster Ehe. Sein Name lautete Sosigenes Parva, aber den wirst du in Geschichtsbüchern vergebens suchen.«

So-si-je-nies? Ein ziemlicher Zungenbrecher, selbst nach den Maßstäben der Ebenbürtigen.

»Geht einem nicht unbedingt geschmeidig über die Lippen, oder?«, bemerkte sie und errötete dann über ihre Vermessenheit. Aber Jenner lachte, und seine Miene hellte sich etwas auf.

»Keine Sorge«, sagte er. »Da stimme ich dir voll und ganz zu. Wenn es nach Vater ginge, würde dieser Name nie wieder erwähnt werden. Aber nachdem Cadmus' Tagebücher im Orpen-Feuer verlorengingen, ist dieses kleine Gemälde unser einziger Beweis dafür, dass Sosigenes überhaupt existiert hat.«

Abi hatte von dem verheerenden Feuer auf Orpen gehört. Das Brandunglück hatte sich lange vor ihrer Geburt ereignet, aber sie hatte wacklige Videobilder gesehen, aufgenommen aus einem Hubschrauber, der die Mauer des Anwesens entlanggeflogen war.

Orpen Mote war der Stammsitz der Familie Parva gewesen – der Ort, an dem Lady Thalia und ihre Schwester Euterpe zur Welt gekommen und aufgewachsen waren. Das Anwesen war in einer einzigen Nacht bis auf die Grundmauern niedergebrannt. Die beiden Schwestern hatten sich in jener Nacht nicht im Haus aufgehalten, aber Lord und Lady Parva sowie sämtliche Haussklaven waren von den Flammen im Schlaf überrascht worden. Euterpe war durch den Schock über den Tod ihrer Eltern in das Koma gefallen, in dem sie noch heute lag.

Damals waren nicht nur ein Herrensitz und seine Bewohner verlorengegangen. Die Familie Parva hatte jahrhundertelang einen Ruf als hervorragende Gelehrte genossen, und auf Orpen Mote hatte sich die weltweit bedeutendste Sammlung von Büchern zum Thema *Geschick* befunden – einschließlich Cadmus' Privatbibliothek. All das war im Feuersturm zerstört worden.

Allerdings hatte Abi bisher nichts von irgendwelchen Tagebüchern gewusst, die der Herzens-Reine geführt hatte. Was für sensationelle Dokumente das gewesen sein mussten! Und wie grausam, von ihrer Existenz im selben Atemzug zu erfahren wie von ihrer Vernichtung.

Jenner betrachtete nachdenklich die Kisten auf dem Tisch. Er zog eine zu sich heran und klappte den Deckel auf. Darin lag eine dicke Lage Schaumstoff mit einer Vertiefung, die perfekt auf die Maße des kleinen Gemäldes zugeschnitten war. Jenner hielt den Blick gesenkt, während er fortfuhr:

»In all den Jahrhunderten hat sich niemand vorstellen können, dass jemals noch ein weiteres *geschickloses* Kind auf die Welt kommen würde. Cadmus war so mächtig, dass die Familie den Beschluss fasste, Sosigenes' Mutter die Schuld am Zustand ihres Sohnes zu geben. Sie war im Kindbett gestorben, weshalb man schnell zu dem Schluss kam, dass sie schwach gewesen sein musste. Genau genommen bedeutet ›Sosigenes‹ ›sicher geboren‹, also war die Geburt vermutlich auch für ihn traumatisch verlaufen. Eine schlüssige Erklärung.«

»Könnte da etwas Wahres dran sein?«, fragte Abi, unsicher, ob sie sich auf gefährliches Terrain begab, aber zu neugierig, um sich die Frage zu verkneifen. »Und könnte eine schwierige Geburt auch Ihren Zustand erklären?«

Jenner lächelte erneut, sah sie aber noch immer nicht an.

»Mutter hat mich innerhalb von fünf Minuten herausgepresst, falls du das meinst. Anscheinend war Gavar ein riesiges Baby, so dass Sil und ich ziemlich mühelos auf die Welt gekommen sind.« Er verzog das Gesicht. »Aber ich habe nie den Drang verspürt, mehr darüber zu erfahren.

Das Merkwürdige ist, dass anfangs keiner etwas gemerkt hat – bei mir, meine ich. Einige Babys zeigen ihr *Geschick* schon sehr früh. Silyen hat offenbar die Vorhänge im Kinderzimmer in Flammen aufgehen lassen, als er gerade mal ein paar Tage alt war. Und unser Kindermädchen hat ständig kleine Vögel auf dem Rand seiner Krippe gefunden, die ihm ein Lied geträllert haben. Silyen musste rund um die Uhr überwacht werden. Andererseits ist es auch vollkommen normal, wenn sich bis zum Alter von vier, fünf Jahren keine Anzeichen von *Geschick* zeigen.

Mutter schwört, dass ich ein paar Dinge vollbracht habe, die an *Geschick* erinnerten. Aber es muss sich wohl um Zufälle gehandelt haben, denn bis zu meinem vierten Geburtstag tat sich nichts. Und auch mein fünfter und sechster Geburtstag vergingen ohne irgendeine Spur von *Geschick*. Ich kann mich zwar nicht mehr daran erinnern, aber offenbar habe ich damals verkündet, dass ich ab jetzt keine Geburtstage mehr feiern würde. Ich muss gespürt haben, dass jeder dieser Tage ein wichtiger Meilenstein war, den ich einfach nicht erreichen konnte.«

Er tastete nicht länger an der Kiste herum. Das Gemälde

war wieder eingewickelt, der Deckel geschlossen und gesichert. Jenners Hände ruhten auf der Kiste, ballten sich um leere Luft. Schließlich schaute er auf. Seine Augen glänzten verdächtig.

»Die Mauer erkennt mich noch immer, weil ich ein Mitglied der Familie bin. Das Tor erscheint also für mich, aber ich kann es nicht öffnen. Das Gleiche gilt für die kleine Libby. Als ich noch jünger war, hatte es eine Weile sogar einigen Wirbel um die Frage gegeben, ob ich wirklich der Sohn meines Vaters sei. Als ob das je bezweifelt werden könnte.«

Jenner fuhr sich mit den Fingern durch die Haare, die die gleiche Farbe besaßen wie die seines Vaters. Er zupfte an einer Strähne, als wollte er sich ein paar Haare ausreißen und sie Abi zeigen als Beweis für seine Herkunft.

»Na, jedenfalls weiß ich, dass du dir deswegen Gedanken gemacht hast. Das konnte ich deinem Gesicht ansehen. Also, jetzt weißt du Bescheid. Kein großes Geheimnis.« Er zwang sich zu einem Lächeln. »Auf meine eigene Art und Weise bin ich sogar noch bemerkenswerter als Silyen.«

Abi hatte das Gefühl, als hätte man ihr Herz durch eines ersetzt, das für ihre Brust mehrere Nummern zu groß war. Sie trat einen Schritt näher.

»Ja, das sind Sie. Sie sind bemerkenswert. Phantastisch«, sagte sie.

»Phantastisch?«

Vorsichtig berührte Abi seine Wange, mit einer Mischung aus Schuldgefühl und Dankbarkeit für die Tatsache, dass er kein *Geschick* besaß. Andernfalls hätte er sie für ihre Zudringlichkeit bestimmt in die Bücherregale geschleudert. Doch er rührte sich nicht von der Stelle, hob nur seine eigene Hand und legte sie über ihre Finger, als wollte er sich bestätigen, dass ihre Geste echt war.

Und im nächsten Moment hätte Abi ihn fast geohrfeigt – so heftig zuckte sie zurück, als die Bibliothekstür geöffnet wurde.

Die Kiste fiel vom Tisch, und Jenner bückte sich, um sie aufzuheben. Das bedeutete, dass Abi sich mit glühenden Wangen, die so leuchteten wie der Salamander der Familie Parva, demjenigen zuwandte, der sie unterbrochen hatte.

Es hätte schlimmer kommen können – aber auch deutlich besser. Lady Thalia spazierte auf sie zu; der Saum ihres Seidenmorgenrocks schwang um ihre Knöchel, wohingegen Lady Hypatia Vernay im Türeingang wartete.

Während Lady Thalia ihrem Sohn zugurrte, wie sehr sie sich freue, dass der Hausputz so reibungslos vonstattengehe, musterte die ältere Frau Abi mit hartem Blick. Als sie ihren Arm ausstreckte, erkannte Abi mit einem mulmigen Gefühl, dass die ältliche Ebenbürtige in ihrer behandschuhten Klaue das Ende einer Leine hielt.

»Du da, bring das Tier zum Zwinger«, kommandierte sie. Und als Abi zögerte, blaffte sie: »Sofort!«

Abi wagte es nicht, Jenner anzuschauen, und machte einfach nur einen Knicks. Mit gesenktem Kopf nahm sie die Leine entgegen. Der Hunde-Mann lag im Korridor vor der Bibliothek. Abi trat in den Gang und hörte, wie hinter ihr die Tür fest ins Schloss gedrückt wurde.

Seit der Begegnung am Tag ihrer Ankunft hatte sie Lady Hypatias Hund mehrere Male gesehen, aber immer nur aus der Ferne. Sein Anblick aus dieser Nähe ließ sie vor Schreck fast erstarren.

Er kauerte seltsam krumm auf dem Teppich, den Rücken

tiefer gesenkt als ein Mensch auf vier Beinen – als versuchte er, die Gangart eines Hundes zu imitieren. Sein Brustkorb war ausgemergelt, und obwohl seine Beine und Arme sehnig wirkten, erschienen seine Muskeln irgendwie falsch proportioniert. Er war splitterfasernackt; dichtes schwarzes Haar bedeckte seine Beine, sein Gesäß und seinen unteren Rücken. Die Haare auf seinem Kopf wirkten schütter und reichten als striemiges Fell seinen Hals hinab. Sein Alter ließ sich unmöglich bestimmen.

»Hallo«, setzte Abi an, als sie ihre Stimme wieder unter Kontrolle hatte. »Wie heißt du?«

Der Mann winselte und zitterte. Wenn er wirklich ein Hund gewesen wäre, hätte er jetzt die Ohren flach angelegt und den Schwanz zwischen die Beine geklemmt.

»Wie lange läufst du schon so herum? Und warum?«

Seine Hände trappelten auf den Teppich, und seine Nägel verfingen sich hörbar in den Schlingen. Dann zog er den Kopf ein und duckte sich noch tiefer, genau wie ein verängstigter Hund.

»Kannst du überhaupt reden? Was hat man dir angetan?« Abis Kehle fühlte sich vor Entsetzen wie ausgetrocknet an.

Das Winseln ertönte jetzt wieder, lauter und eindringlicher, fast schon ein Jaulen. Abi wollte auf keinen Fall in dieser Situation gesehen werden – als wäre sie diejenige, die den Mann quälte. Angst bewegte sie zu einem Verhalten, das ihre Vernunft nicht zugelassen hätte: Sie zog an der Leine.

»Okay, dann komm mit. Wir bringen dich zum Zwinger.«

Als sie den Salon durchquerten, spürte Abi, wie die anderen Sklaven die Köpfe drehten und ihr nachstarrten. Schließlich blieb sie vor Kynestons großer Eingangstür stehen. Obwohl die Tür geschlossen war, strömte eisige Luft über die Türschwelle. Abi wusste, dass draußen Bodenfrost herrschte. Der Mann würde sich bei der Kälte doch bestimmt den Tod holen, oder?

Unschlüssig stand sie da, bis der Hunde-Mann selbst an der Tür kratzte, als bettelte er darum, ins Freie gelassen zu werden. Es erschien Abi zwar unwahrscheinlich, aber vielleicht zog er den Aufenthalt im Zwinger ja der Behandlung vor, der Lady Hypatia ihn unterwarf.

Der Frost hatte nicht nachgelassen, und beim Verlassen des Hauses raubte die Kälte Abi einen Moment den Atem. Als sie sich umschaute, stellte sie fest, dass das Gebäude fast vollständig von Nebel verschluckt wurde, der sich wie eine riesige weiße Staubdecke darüberlegte. Selbst Geräusche wirkten gedämpft. Abi und Hypatias Hund hätten die letzten Lebewesen auf dieser Welt sein können.

Entmutigt hastete Abi in die Richtung, in der sie die Stallungen vermutete. Die Temperatur lag kaum über null Grad, und der Mann zitterte so heftig, dass die Leine in ihrer Hand zuckte. Voller Abscheu blickte sie auf die Lederschlaufe. Was wäre, wenn sie sie einfach fallen ließe? Wenn sie ihm die Chance zur Flucht gab und später berichtete, dass sie ihn im Nebel verloren hätte?

Nur wohin sollte er fliehen? Die Mauer stand noch immer, und das Tor blieb verborgen, solange kein Jardine anwesend war.

Als sie schließlich die Gruppe von Nebengebäuden erreichten, durchströmte Erleichterung sie wie eine warme Woge. Abi überquerte den kopfsteingepflasterten Innenhof und betrat das langgestreckte, niedrige Zwingergebäude, das im rechten Winkel zu den Stallungen stand. Hier drin war es wärmer, und ihr schlug ein überwältigender Hundegeruch entgegen.

Eine Gestalt tauchte aus den Schatten auf: der Hundemaster. Er kam auf sie zu, allerdings ohne freundliche Willkommensmiene.

»Sieh mal einer an: Wenn das nicht Miss Klugscheißerin ist«, höhnte er. Im nächsten Moment sah er den Hunde-Mann. »Dann ist Lady Hypatia also wieder da.«

Abi hielt ihm die Leine entgegen, aber der Hundemaster rührte sich nicht von der Stelle.

»Steck ihn in Nummer 20. Ich halte ihn wegen der Laute, die er ausstößt, von den anderen getrennt.«

Nummer 20 war ein Metallverschlag – einer von vier in einem baufälligen Teil des Zwingergebäudes, das ansonsten ungenutzt wirkte. Der Verschlag war mit Maschendraht abgedeckt und mit einer von außen verriegelbaren Tür versehen. Im Inneren verdeckte eine dünne Lage schmutzigen Strohs den kahlen Betonboden.

Abis Hand schwebte einen Moment zögernd über dem Hundehalsband, dann löste sie die Leine, und der Hunde-Mann kroch in den Verschlag. Er rollte sich auf dem Stroh zusammen und drückte den Kopf an die nackte Brust. Seine Fußsohlen waren schmutzig und gerissen, und seine Haut war von der Wanderung durch die Kälte gerötet und gesprungen.

Der Hundemaster brachte zwei Metallschüsseln herein; eine enthielt Wasser und die andere eine Mischung aus trockenen Brocken und einem rötlich braunen Gelee. Hundefutter. Er stellte die Schüsseln auf den Boden, schob sie mit der Stiefelspitze in den Verschlag, zog dann die Tür zu und verriegelte sie.

»Hast du die Leine?« Abi reichte sie ihm, woraufhin er sie an einen Nagel hängte. »Die können wir ihm schließlich nicht überlassen. Wer weiß, was er damit versuchen würde, stimmt's? Nicht, dass ich ihm irgendwelche Vorwürfe machen würde – als Hund von so einem Miststück wie Hypatia.«

Ausdrucksvoll spuckte er neben den Verschlag. Dessen Bewohner trank jetzt das Wasser. Allerdings hob er die Schüssel nicht mit beiden Händen an, sondern beugte sich darüber und schlabberte die Flüssigkeit wie ein richtiger Hund. Der Hundemaster sah, dass Abi den Mann beobachtete.

»Dann hast du wohl noch nie Lord Crovans Machwerk gesehen, was? Lord Jardine meint, dass der Mann selbst mir noch etwas beibringen könnte, wenn es um das Abrichten von Tieren geht.«

Er lachte dreckig, und Abi konnte ihre Abscheu nicht verbergen.

»Erspar mir den Seitenblick, junge Dame. Der Kerl wurde verurteilt, und das zu Recht. Seine Herrin mag zwar grausam sein, aber er hat es verdient.«

Der Hundemaster rüttelte ein letztes Mal an der Tür, um sicherzugehen, dass der Pferch verriegelt war, schob ein Vorhängeschloss durch den Riegel und drückte es zu. Anschließend holte er einen Schlüsselbund aus seiner Tasche, suchte einen kleinen Aluminiumschlüssel, löste ihn aus dem Bund und ließ ihn in Abis Handfläche fallen. Und dann schlenderte er pfeifend davon. Als er um die Ecke bog, begrüßte die Hundemeute die Rückkehr ihres Königs mit Bellen und Kläffen.

Abi warf einen Blick auf den Schlüssel und zögerte, auch nur die Hand darum zu schließen. Sie wollte nicht die Hüterin dieser Kreatur sein – dieses Mannes, berichtigte sie sich schnell.

Sie würde den Schlüssel zum Haus zurückbringen und Lady Hypatia übergeben. Sollte die doch damit machen, was sie wollte.

Vielleicht war die alte Frau ja noch in der Bibliothek. Vielleicht war Jenner ja ebenfalls noch dort.

Dankbar gestattete Abi ihren Gedanken, zum *geschicklosen* Sohn der Jardines zurückzuwandern. Sie dachte darüber nach, was er ihr gezeigt hatte – und was das bedeutete. Und was zwischen ihnen passiert war. Oder möglicherweise noch passiert wäre, wenn man sie nicht unterbrochen hätte.

Abi war so in Gedanken verloren, dass sie aufschrie, als sich plötzlich eine Hand um ihr Fußgelenk legte. Die Finger waren eiskalt und dürr, aber kräftig. Viel kräftiger, als sie je angenommen hätte.

»Psst…«

Der Laut war fast nicht als menschliche Stimme zu erkennen. Wenn Wölfe sprechen könnten, würden sie so klingen – nachdem sie die ganze Nacht geheult hatten. Das Geräusch bewirkte, dass sich Abi die Nackenhaare aufrichteten. Der Griff um ihr Fußgelenk verstärkte sich, und scharfe Nägel bohrten sich durch ihre Socken bis in ihre Haut.

Die Stimme krächzte erneut.

»Hilf mir.«

# 10

## *Euterpe*

Er hatte ihr gesagt, dass sein Name Silyen sei.
Euterpe konnte nicht mit Sicherheit sagen, wie lange er sie schon hier auf Orpen besuchen kam. Aber als er zum ersten Mal aufgetaucht war, war er noch ein kleiner Junge gewesen.

An jenem Tag hatte sie auf einem Liegestuhl in der Sonne gesessen und nach Puck Ausschau gehalten, der wohl wieder einmal auf Kaninchenjagd sein musste. Plötzlich hörte sie den weichen Klang einer Geige, die nicht weit von ihr gespielt wurde. Es schien eine halbe Ewigkeit her zu sein, dass sie jemanden gesehen hatte, deshalb rief sie nach dem Musiker und lud ihn in ihren Garten ein. Kurz darauf erschien ein dunkelhaariger Junge zwischen den Rosensträuchern, und als sie ihm zuwinkte, folgte er dem Pfad zu ihrem Sitzplatz.

Dann stand er vor ihr und betrachtete sie leicht überrascht – und sie selbst war nicht weniger erstaunt. Er musste etwa zehn Jahre alt sein, und seine Ähnlichkeit mit Thalia und ihr war verblüffend. Sie hatte fast das Gefühl, eine männliche Version ihrer selbst zu sehen. Und einen flüchtigen, verwirrenden Moment lang fragte Euterpe sich, ob dieses Kind vielleicht ihr Bruder sei. Aber wie sollte man einen Bruder haben, ohne etwas davon zu wissen?

Ein dumpfes Pochen meldete sich an ihrer Schädelbasis – sie hatte wohl zu lange ohne Hut in der Sonne gesessen. Allerdings vergaß sie ihre körperlichen Beschwerden, als der Blick des fremden Jungen zum Haus hinter ihr wanderte. Vor Verblüffung leuchtete seine Miene auf.

»Ist das Orpen?«, fragte er. »Orpen Mote?«

»Ja. Kennst du das Anwesen nicht?«

Sie drehte sich um und folgte seinem Blick zu ihrem geliebten Elternhaus. Der Himmel leuchtete blau, und der Wassergraben erschien eher wie ein Spiegel, der eine perfekte Reflexion des Hauses zeigte. Orpens untere Gebäudeteile, die im Wasser verschwanden, bestanden aus massivem Stein; dagegen war die obere Hälfte aus Holz gezimmert und verputzt. Kleine Sprossenfenster waren hier und dort verteilt und bildeten ungerade Linien auf der Hauswand. Über dem Nordtrakt ragte der breite Schornstein auf, acht Kaminzüge in einer Reihe. Aber es stieg kein Rauch daraus hervor. Genau genommen wirkte das gesamte Anwesen ungewöhnlich still.

»Aber Orpen ist doch verlorengegangen«, sagte der Junge, der offenbar den Blick nicht von dem Gebäude abwenden konnte. »Es existiert nicht mehr.«

»Existiert nicht mehr?«, fragte sie verwirrt. »Nun ja, du scheinst es aber mühelos gefunden zu haben. Hat dich jemand am Tor hereingelassen?«

»Ja, du«, sagte das Kind und streckte seine Hand aus. »Ich heiße Silyen – Silyen Jardine. Und du bist Euterpe Parva. Allerdings bist du jünger.«

»Jünger? Ich bin vierundzwanzig, was bedeutet, dass ich doch ein klein wenig älter bin als du«, teilte Euterpe ihm mit. Dieses Kind war wirklich merkwürdig.

Der Junge – Silyen – runzelte die Stirn und machte den Anschein, als wollte er sie berichtigen, weshalb sie rasch seine ausgestreckte Hand nahm und sie schüttelte. Seine Hand war klein und feingliedrig, aber sein Griff erschien ihr sehr fest, und sie konnte die rauen Schwielen fühlen, die sein Geigenbogen hinterlassen hatte.

»Du bist ein Jardine?«, fragte sie. »Dann werden wir bald miteinander verwandt sein. Meine Schwester Thalia ist mit Whittam verlobt, Lord Garwodes Erben.«

Whittam war Euterpes Meinung nach ein Tier und Garwode ein Tyrann, aber das würde sie ihrem jungen Jardine-Besucher nicht auf die Nase binden.

»Dann sind sie noch nicht verheiratet?«, fragte Silyen. Diese Nachricht schien ihn zu verwirren; allerdings fasste er sich schnell wieder und machte eine abschätzige Handbewegung – so wie nur kleine Jungen auf eine Hochzeit reagierten. »Es spielt keine Rolle. Wir sind auch jetzt schon verwandt.«

Vermutlich hatte er damit recht, überlegte Euterpe. Die Jardines und die Parvas verbanden seit Jahrhunderten verwandtschaftliche Beziehungen – durch Cadmus Parva-Jardine persönlich und seinen Vater Lycus, den Königsmörder. Beide Männer hatten hier auf Orpen Mote gelebt, und ihre Bildnisse hingen noch an den Wänden. Ihre Gesichter waren Euterpe so vertraut wie die ihrer Eltern und ihrer Schwester. Genau genommen besaß Silyen mehr als nur eine flüchtige Ähnlichkeit mit ihnen – viel mehr sogar als mit seiner eigenen Familie, den rothaarigen und grünäugigen Jardines.

»Möchtest du gern einen Blick in das Haus werfen?«, fragte Euterpe den Jungen. »Ich könnte mir vorstellen, dass dir ein paar der Porträts gefallen würden.«

Unerwarteterweise war sein Lächeln genauso verschmitzt wie das ihrer Schwester.

Als sie durch das Haus gewandert waren, hatte Silyen sich mit großen Augen umgesehen und seine Finger über jeden Gegenstand streifen lassen. Er hatte mit den Knöcheln gegen die Rüstungen in der Eingangshalle geklopft und an den Fäden der Wandteppiche gezupft, bis Euterpe mit ihm geschimpft hatte. Er war sogar stehen geblieben, um an den Blumen zu schnuppern, die sie an diesem Morgen geschnitten und im Speisezimmer in eine Vase gestellt hatte. Der Junge war eindeutig intelligent, und Euterpe hatte eine starke Vermutung, welcher Raum ihm am besten gefallen würde.

Als sie die schwere Eichentür der Bibliothek öffnete, stürmte der Junge förmlich hinein. Atemlos drehte er sich im Kreis, das erhobene Gesicht in das gedämpfte Sonnenlicht getaucht, das durch die Holzjalousien hereinfiel. Dann schlenderte er durch den Raum, nahm hier und dort ein Buch aus einem Regal und öffnete es, wobei er jedes Exemplar sorgfältig am Rücken festhielt. Nachdem er ein paar Sekunden darin geblättert hatte, stellte er es wieder an seinen Platz und ging zum nächsten Regal.

Es hatte Euterpe nicht überrascht, dass Silyen Jardine sie nach diesem ersten Besuch noch viele Male aufgesucht hatte. Bei diesen Gelegenheiten las sie ihm aus ihren Lieblingsbüchern vor, wie etwa aus den *Geschichten des Königs*. Oder sie spazierten durch den Garten, und Euterpe zeigte ihm interessante Pflanzen oder Orpens architektonische Besonderheiten. Silyen mochte es sehr, wenn sie ihm Begebenheiten aus ihrer Kindheit erzählte oder von dem Ärger, den sie sich, angestiftet von ihrer verwegenen jüngeren Schwester, oft eingehandelt hatte.

»Erzähl mir noch mal, wie Thalia und du Schlittschuhlaufen wart«, bat er.

Also erzählte sie ihm erneut von ihrem liebsten Freizeitvergnügen: Eislaufen im Hochsommer. Am heißesten Tag des Jahres erschien Thalia schon morgens an Euterpes Zimmertür, mit zwei weißen Schlittschuhpaaren in den Händen, und zog ihre Schwester die Treppe hinunter, vorbei an ihren belustigten Eltern und hinaus zum Wassergraben. Dort gab Thalia dann ihrer Schwester Halt, während Euterpe sich vom Ufer aus zum Graben hinabbeugte und mit den Fingern im Wasser planschte. Ein paar spannende Augenblicke später gefror das Wasser bis hinab zum Grund, wie eine dicke, grüne Glasplatte, und die Mädchen schnürten ihre Schlittschuhe zu und verbrachten den Augusttag hin und her sausend auf dem kühlenden Eis.

Aber im Laufe der Zeit erkundigte sich Silyen immer seltener nach Euterpes Kindheitserinnerungen. Euterpe bemerkte auch Veränderungen an seinem Körperbau. Er wurde größer. Außerdem hatte seine Stimme bei mehreren Besuchen gekrächzt, bis er Euterpe eines Tages mit der Stimme eines Mannes angesprochen hatte.

Offenbar verging also die Zeit, und Euterpe fragte sich manchmal, warum in ihrem Leben so wenig geschah. Die Hochzeit ihrer Schwester hatte noch immer nicht stattgefunden, und auch ihre eigene Vermählung mit dem lieben Winterbourne war nicht näher gerückt.

Allerdings sah sie nie jemanden, den sie nach dem Grund hätte fragen können. Und jedes Mal, wenn sie versuchte, sich selbst mit dieser Frage zu beschäftigen, wurde das Ganze nur noch verwirrender. Dann meldete sich ein dumpfer Schmerz in ihrem Hinterkopf. Da war es wesentlich leichter, einfach nur dazusitzen, die Brise zu genießen, die Schmetterlinge zu beobachten und sich zu fragen, wo um alles in der Welt ihr ungezogener Puck denn dieses Mal wieder stecken mochte.

Silyen und sie entwickelten eine gewisse Routine. Zuerst spazierten sie durch den Garten und am Wassergraben entlang, wo es immer sonnig und warm war. Dann gingen sie ins Haus, und ihr Besucher setzte sich an den langen Bibliothekstisch und blätterte in einem Buch, das er aus einem der Regale genommen hatte. Währenddessen ließ Euterpe sich am Fenster nieder, mit einem Roman oder ihrem Skizzenbuch.

Ihre Familie war während Silyens Besuchen nie anwesend. Dabei hätte sie ihn so gern Thalia vorgestellt. Denn sie wusste, dass ihre Schwester bestimmt genauso überrascht wie sie auf die große Ähnlichkeit reagieren würde, die dieser seltsame junge Mann mit ihnen beiden besaß. Und welch ein Jammer, dass sie Silyen auch nicht mit Winterbourne hatte bekannt machen können.

Der Mann, dem sie ihr Herz geschenkt hatte, war außergewöhnlich und enorm begabt, erzählte sie Silyen stolz. Winterbourne hatte in Oxford zu den besten Absolventen seines Jahrgangs gezählt und befand sich am Anfang einer brillanten Karriere als Jurist, da war sie sich absolut sicher. Zwar interessierte er sich außerordentlich für Politik, aber als Zweitgeborener würde er niemals einen Sitz im Haus des Lichts innehaben.

Dazu hatte Silyen gelächelt und bemerkt, dass Winterbourne sich bestimmt gut als Kanzler eignen würde. Und er wusste auch – wie eigentlich jeder im Land, versicherte er ihr –, wie sehr Zelston Miss Euterpe zugetan war.

Kurze Zeit später, an einem schönen Sommernachmittag – wie lang dieser Sommer gewesen war! –, schloss Silyen das Buch, in dem er gelesen hatte. Er ließ sich gegen die Lehne des

Bibliotheksstuhls sinken, hob die Arme über den Kopf und reckte sich. Das unverwechselbare Verhalten eines Menschen, der entweder ein anspruchsvolles Rennen absolviert oder ein anspruchsvolles Buch beendet hatte.

»Fertig?«, fragte Euterpe.

»Fertig, und zwar mit jedem Einzelnen«, sagte Silyen und dehnte die Finger. Euterpe hörte die feinen Knöchel knacken, wie die eines Vogels in Pucks kleiner Schnauze. »Das war das Letzte.« Er schob das Buch von sich fort.

»Das Letzte?«, spottete Euterpe. »Nicht mal ein Bücherwurm wie du könnte alle Bücher gelesen haben, die diese Bibliothek enthält. Du gibst auf. Was ich dir nicht verübeln kann – dieses Buch da ist ziemlich langweilig.«

»Ja, das dachte ich mir«, sagte Silyen. »Du hast es nur bis zur Hälfte des ersten Kapitels geschafft.«

Erstaunt sah Euterpe ihn an.

»Woher um alles in der Welt weißt du das?«

Silyen hielt das Buch hoch und schlug es auf. Die erste Seite zeigte das gestochene Titelbild mit lateinischer Inschrift, die das Werk als eine niederländische Abhandlung aus dem achtzehnten Jahrhundert deklarierte, über die Nutzung von *Geschick* bei der Beschwörung von Passatwinden.

Es handelte sich um das Buch, das Harding Matravers zu seiner berühmt-berüchtigten Reise nach Indien inspiriert hatte, erinnerte Euterpe sich nun. Sie hatte gedacht, dass es vielleicht interessant sein könnte; aber es hatte sich als extrem weitschweifig erwiesen. Ein paar Seiten lang hatte sie noch durchgehalten, ermutigt von Matravers' Bericht über die Insel Java. Doch als die Lektüre immer technischer wurde, hatte sie aufgegeben. Die Parvas mochten zwar den Ruf einer gelehrten

Familie haben, aber Euterpe hatte sich nie für die Wirkungsweise von *Geschick* interessiert. Die starke Kraft, die sie in ihrem Inneren wahrnahm, machte ihr Angst, so dass sie sie möglichst selten nutzte.

Silyen blätterte die Seiten um: Jedes Blatt war mit derart dicker Druckerschwärze gedruckt, dass sich die Buchstaben tief in das Papier gegraben hatten. Doch plötzlich verschwand die Schrift, und es folgten nur noch leere Seiten vergilbten Papiers. Euterpe blinzelte überrascht.

»Hier hast du aufgehört zu lesen«, erklärte Silyen. »Auf Seite …« – er blätterte zur letzten bedruckten Seite zurück – »dreiundzwanzig. Und dieses Buch hier hast du überhaupt nicht gelesen, stimmt's? Welch ein Jammer.«

Er beugte sich über den Tisch und zog einen ansprechenden, in grünes Leder gebundenen Wälzer zu sich heran. Die Beschriftung auf dem Buchrücken war in Altgriechisch verfasst – eine Sprache, die Euterpe nicht beherrschte, auch wenn sie das Werk selbst wiedererkannte. Sie hatte es nicht ein einziges Mal geöffnet.

»Der Titel verrät, dass es darum geht, ob bestimmte griechische Mythen tatsächliche Berichterstattungen oder reine Allegorien des *Geschicks* darstellen«, sagte der Junge. »Klingt faszinierend, aber …«

Er öffnete das Buch wie einen Fächer. Nicht eine einzige Seite war bedruckt. Allesamt leer.

»All diese Bücher …«, setzte er an, und die Frustration war seiner Stimme deutlich anzuhören. »Zuerst der Welt abhandengekommen und jetzt ein zweites Mal, nämlich mir.«

Was meinte er damit? Euterpe stand auf und ging zum Tisch, um einen Blick auf das Buch zu werfen.

Und plötzlich war da wieder dieser Schmerz. Ein starker Druck an ihrer Schädelbasis, als würde sie jemand fest im Nacken packen, wie ein Kätzchen, das von seiner gleichgültigen Mutter herumgeschleift wurde. Euterpe rieb sich die Stelle. Sie wünschte, Silyen würde gehen; sie brauchte Ruhe, Zeit für sich.

Doch der Junge machte keine Anstalten, das Anwesen verlassen zu wollen. Er lehnte sich auf seinem Stuhl zurück und musterte sie unter halbgesenkten Lidern, mit diesen glänzend schwarzen Augen, die ihren eigenen so sehr ähnelten.

»Aber das sind nicht die einzigen Bücher, die diese Bibliothek umfasst, habe ich recht?«, bemerkte er. »Es gibt noch ein paar andere Werke, in einem Kästchen verschlossen. Und du hast sie alle gelesen, stimmt's? Die Tagebücher von Cadmus Parva-Jardine.«

Unwillkürlich griff Euterpe sich an die Kehle. Ihre Finger schlossen sich um ein dünnes Samtband. Und am Ende dieses Bandes, tief versteckt in den Falten ihres Kleides, hing ein kleiner, eiserner Schlüssel.

»Woher weißt du das?«, fragte sie. »Um diese Bibliothek und ihren Inhalt ranken sich zahlreiche Gerüchte. Die Gewöhnlichen glauben, dass die Hälfte der Bücher mit ihrem Blut auf Pergament aus Menschenhaut verfasst wurde. Aber niemand außerhalb meiner Familie – nicht einmal die Mitglieder deiner Familie – weiß von diesen Tagebüchern. Das Wissen um ihre Existenz ist durch eine Erb-Grabesstille geschützt. Wir Parvas können nur unseren Kindern davon erzählen, und ausschließlich die Kinder des Erben können das Geheimnis weitergeben.«

Silyen betrachtete sie eine ganze Weile, bevor er reagierte –

als überlegte er sorgfältig, was er sagen sollte. Als er sich schließlich räusperte und antwortete, klang seine Stimme bedächtig. Er musterte sie mit leicht zur Seite geneigtem Kopf.

»Meine Mutter hat mir von den Tagebüchern erzählt.«

Ein heißer Schmerz schoss durch Euterpes Kopf. Er sandte Funken über ihr Sichtfeld, so wie der offene Kamin in der Eingangshalle, wenn die Scheite endlich brannten und winzige, brennende Holzfasern den Schornstein hinaufflogen. Euterpe schwankte und presste eine Hand an ihre Schläfe, während die andere den Schlüssel umklammerte. Ihr Atem ging jetzt schnell und flach, und es fiel ihr schwer, sich zu beruhigen.

Eine Frage bildete sich in ihrem Kopf. Eine absurde, verrückte Frage, die sie aber dennoch stellen musste.

»Bin ich deine Mutter?«

Natürlich war sie nicht die Mutter dieses Jungen. Wie sollte das auch möglich sein? Der Altersabstand zwischen ihnen war nicht groß genug. Sie war vierundzwanzig, und Silyen sah aus wie fünfzehn. Andererseits: Bei ihrer ersten Begegnung war er zehn Jahre alt gewesen, was bedeutete, dass sie neunundzwanzig sein musste. Aber so alt war sie nicht, da war sie sich absolut sicher. Sie war Euterpe Parva und vierundzwanzig Jahre alt. Ihre Schwester hieß Thalia Parva. Ihr Verlobter war Winterbourne Zelston. Ihr Jack-Russell-Terrier, Puck, war der ungezogenste Hund der Welt. Und sie lebte hier auf Orpen Mote, zusammen mit ihren lieben Eltern.

Und irgendetwas Schreckliches war passiert. Etwas, das zu furchtbar war, um darüber nachzudenken.

Sie taumelte rückwärts und sank auf ihren Lieblingsplatz am Fenster.

Denk einfach nicht darüber nach. Denk nicht darüber nach.

Euterpe schloss die Augen. Sie hörte, wie Silyens Stuhl zurückgeschoben wurde, dann das Knarren einer Diele, als er zu ihr kam. Sie spürte eine kühle Hand auf ihrer Stirn – definitiv nicht mehr die Hand eines Kindes. Dann schlang sich ein Arm um ihre Schultern, ein anderer schob sich unter ihre Knie, und sie wurde hochgehoben und getragen. Eine Tür schwang nach einem Fußtritt auf, dann eine weitere und schließlich noch eine. Dann wurde ihre Haut in warmes Sonnenlicht getaucht. Sie hörte die Bienen und roch die Blumen. Vor Erleichterung wäre Euterpe Parva fast in Tränen ausgebrochen, und sie ließ ihre Empfindungen jeden Gedanken fortspülen.

Als sie einige Zeit später aufwachte, lag sie auf ihrem Liegestuhl. Und sie war wieder allein.

Bei Silyens nächstem Besuch führte sie ihn direkt in die Bibliothek. Dort, in der Mitte des Tischs, wartete ein Kästchen aus Zedernholz. Sie hatte es extra für Silyen hervorgeholt – eine Entscheidung, die sie sich nicht leichtgemacht hatte. Aber aus irgendeinem Grund, den sie selbst nicht ganz verstand, schien es auf einmal furchtbar wichtig, dass noch ein anderes Augenpaar einen Blick auf die Tagebücher warf.

Silyen hielt im Türrahmen inne. Sein Gesichtsausdruck beim Anblick des Kästchens erinnerte sie an den Jungen, der er bei ihrer ersten Begegnung gewesen war. Damals hatte er Orpen Mote angestarrt, als hätte sie es aus einem Märchenbuch hervorgezaubert. Empfand er jetzt das Gleiche, das Euterpe empfunden hatte, als Winterbourne ihr an jenem Tag im Garten ein Glas Champagner gereicht und sie auf dem Boden des Glases einen funkelnden Diamantring gefunden hatte? Silyen wirkte verzückt, als würde das Kästchen die Erfüllung seiner geheimsten Wünsche und Träume bedeuten.

Plötzlich fehlte Zelston Euterpe so sehr, dass es weh tat.

»Ich wünschte, Winterbourne wäre hier«, sagte sie; sie konnte einfach nichts dagegen machen. »Oder meine Schwester. Ich habe das Gefühl, dass ich sie seit einer Ewigkeit nicht mehr gesehen habe. Und ich kann mich nicht einmal mehr erinnern, wann ich meine Eltern zuletzt gesehen habe. Du kommst und gehst, aber wo sind all die anderen?«

Silyens Miene ließ sich schwer entschlüsseln. Aus dem Ausdruck sprach Besorgnis, aber mit einer seltsamen Teilnahmslosigkeit. Wie ein Arzt im Gespräch mit einer Patientin, die verkündet, dass sie sich schon viel besser fühlt, während er genau weiß, dass ihre Krankheit unheilbar ist.

War sie krank? Der Gedanke kam ihr nicht zum ersten Mal. Das würde zumindest erklären, warum sie so oft verwirrt war und wieso sie so viel Zeit an der frischen Luft verbrachte, allein und von den anderen in Ruhe gelassen. War sie krank gewesen und befand sich jetzt auf dem Weg der Genesung? Vielleicht war Silyen ja eine Art Arzt.

Nein, er war ein fünfzehnjähriger Junge und einfach nur der Verwandte, als der er sich ausgab. Und sie hatte etwas, das sie ihm zeigen wollte. Ja, genau.

Euterpe führte ihn zum Kästchen auf dem Tisch, hob das Samtband über ihren Kopf und schob den kleinen Schlüssel ins Schloss. Sie hörte, wie der komplizierte Mechanismus klickte und einrastete. Dann öffnete sie den Deckel und nahm die Tagebücher vorsichtig und der Reihe nach aus dem Kästchen. Elf schlanke, in helles Pergament gebundene Bände, jeder Rücken tief gefurcht und mit einer schwarzen Ziffer graviert. Sie rochen schwach nach altem Leder, modriger Tinte – nur der Himmel wusste, woraus sie angerührt worden war –

und einem Hauch von Zedernholz. Die Einbände glänzten fast wie Elfenbein, da sie im Laufe der Jahrhunderte durch unzählige Hände gegangen waren.

Auch Euterpes Hände hatten diese Bücher gehalten. Sie hatte sie seit ihrer Kindheit geliebt. Jetzt öffnete sie eines und zeigte es Silyen. Die Zeilen waren in einer gedrängten, krakeligen Handschrift verfasst. Es hatte den Anschein, als hätte der Autor versucht, möglichst viele Wörter auf jede Seite zu quetschen – als befürchtete er, dass es in der ganzen Welt nicht genug Papier gab, um jeden seiner Gedanken festzuhalten.

Euterpe verstand nicht viel von dem, was die Tagebücher beschrieben, aber sie schätzte die Verbindung, die sie zu ihrem berühmten Ahnen darstellten. Außerdem liebte sie die gelegentlichen Verse, die Cadmus im Gedenken an seine tote Frau verfasst hatte, und seine Beobachtungen zur Natur und zum Ablauf der Jahreszeiten. Und seine lebendigen Pflanzen- und Tierskizzen entzückten sie immer wieder.

Doch am meisten mochte sie die Abschnitte, die von seiner schuldbewussten, tiefbetrübten Liebe zu seinem *geschicklosen* kleinen Sohn Sosigenes erzählten. Der Junge, über den eisern geschwiegen wurde, der ein Geheimnis darstellte, das wie ein zusammengefalteter Liebesbrief verborgen am Busen ihrer Familie ruhte. Dabei hatte Sosigenes' missliche Lage Cadmus erst zu seinen schonungslosen Experimenten und unermüdlichen Analysen seines eigenen *Geschicks* und dessen Fähigkeiten angetrieben.

Während ihrer gesamten Kindheit hatte Euterpe auf ihrem Lieblingsplatz auf der Fensterbank gesessen und Cadmus' Tagebücher gelesen. Sie hatte sich in ihren Mehrfach-Urgroßvater hineinversetzt und ihm sowohl die Taten vergeben, die man ihm öffentlich zur Last gelegt hatte, als auch die Dinge, die er im Verborgenen getan hatte. Und sie hatte jede einzelne Seite seiner Tagebücher verschlungen.

Jetzt sah sie, dass Silyens Hände zitterten, nachdem er die Bücher inspiziert und den letzten, schmalen Band auf die Tischdecke gelegt hatte.

»Danke«, sagte er und wandte sich ihr zu. Seine Stimme klang ungewöhnlich heiser. »Vielen, vielen Dank. Du ahnst nicht, wie viel mir das bedeutet.«

Und danach hatten sie ihre Routine wiederaufgenommen – nur mit dem Unterschied, dass Silyen nun keine Bibliotheksbücher mehr las, sondern Cadmus Parva-Jardines Tagebücher.

Und noch ein paar andere Dinge hatten sich geändert. Bei ihren Spaziergängen entlang des Wassergrabens zeigte Silyen Euterpe jetzt bestimmte Dinge oder erzählte ihr eine Anekdote aus den Tagebüchern. Er berichtete von Familienbegebenheiten, wies auf Veränderungen an Haus und Garten hin, die Cadmus vorgenommen hatte, und gab dessen geistreiche Bemerkungen zum Besten, die meistens auf Kosten der Mitglieder anderer bedeutender Familien gingen. Silyens Gedächtnis war sagenhaft, und als Euterpe ihn deswegen aufzog, gestand er, dass er große Teile der Bücher auswendig lernte.

Silyen wuchs nach wie vor, allerdings entwickelte er nicht die kräftige Statur der Jardines. Euterpe musste an Whittam, den Verlobten ihrer Schwester Thalia, denken und erschauderte. Inzwischen waren sie vermutlich verheiratet. Aber wenn das stimmte, warum hatte man sie dann nicht zur Hochzeit eingeladen?

Nach einer Weile bemerkte sie, dass Silyen alle Tagebücher gelesen hatte. Eines Tages saß er in der Bibliothek und betrachtete schweigend die einzelnen Bände, die vor ihm auf dem Tisch ausgebreitet lagen. Nervös beobachtete Euterpe ihn von ihrem Fensterplatz aus. Was konnte sie ihm noch zeigen, damit er sie weiterhin auf Orpen besuchte?

Aber sie hätte sich gar keine Sorgen machen müssen. Er begann einfach erneut mit der Lektüre, wählte die Tagebücher dieses Mal jedoch offenbar willkürlich aus. Oder er legte zwei oder drei nebeneinander und blätterte darin vor und zurück, als würde er sie miteinander vergleichen und Schlüsse ziehen.

»Was machst du da?«, fragte sie, nachdem mehrere seiner Besuche auf diese Weise verlaufen waren. »Inzwischen musst du die Tagebücher doch bestimmt zehnmal gelesen haben.«

Überrascht schaute Silyen auf. Euterpe sprach ihn nur selten an, wenn sie in der Bibliothek waren.

»Ich versuche herauszufinden, was Cadmus richtig gesehen hat und wo er sich geirrt hat«, erklärte Silyen.

Euterpe schnaubte, gar nicht mal unfreundlich.

»Cadmus hat mehr über *Geschick* gewusst als jeder andere auf dieser Welt.«

»Tatsächlich? Möglicherweise hat er gründlicher darüber nachgedacht. Aber hat er auch mehr gewusst? Da wäre zum Beispiel eine wichtige Sache, die er definitiv nicht gewusst hat – wie aus diesen Büchern deutlich hervorgeht.«

Euterpe starrte ihren jungen Freund an. Da er offensichtlich auf ihre Nachfrage hoffte, kam sie seinem Wunsch seufzend nach.

»Er hat nicht gewusst, warum sein Sohn kein *Geschick* hatte«, antwortete Silyen.

Verwundert blinzelte sie ihn an. Gerade diese Abschnitte zählten zu den Bereichen der Tagebücher, die sie am besten kannte – und die sie zu Tränen rührten. Was hatte Silyen entdeckt, das ihr nicht aufgefallen war? Das jedes andere Mitglied der Familie Parva ebenfalls überlesen hatte?

»Findest du nicht auch, dass es ein merkwürdiger Zufall ist, dass der Mann mit dem stärksten *Geschick* in der Geschichte der Menschheit ein Kind zeugt, das nicht die Spur von *Geschick* besitzt?«, sagte Silyen.

Seine Worte hingen zwischen ihnen im Raum. Euterpe konnte fast sehen, wie sie im harzgelben Sonnenlicht umherwirbelten und sich drehten. In Bernstein eingefangene Ideen, perfekt und unveränderlich.

»Wenn es kein Zufall ist, was soll denn dann die Ursache sein?«, fragte sie. »Große Mengen von *Geschick* in einer Generation brauchen die Ressourcen der nächsten Generation auf?«

Bestimmt hätte der Junge missbilligend mit der Zunge geschnalzt, wenn er nicht so gut erzogen gewesen wäre.

»Cadmus' andere Kinder sind alle vollkommen normal. Nein, die Sache ist viel einfacher: Cadmus hat das *Geschick* an sich genommen.«

»An sich genommen?« Euterpe sprang auf, zitternd vor Empörung angesichts dieser Verleumdung ihres Vorfahren. »Mach dich nicht lächerlich. Er hat seinen Jungen mehr geliebt als alles andere auf der Welt. Du hast seine Worte doch gelesen: Seines Sohnes Mangel an *Geschick* hat ihn sein ganzes Leben lang gequält. Außerdem: Wie soll man überhaupt *Geschick* ›an sich nehmen‹? Ich fasse es nicht, dass du nach deiner stundenlangen Lektüre zu keinem besseren Schluss kommen konntest als zu dieser absurden Idee.«

»Du machst den Eindruck, als fühltest du dich in die Defensive gedrängt«, erwiderte Silyen auf jene gefühllose Weise, die er manchmal an den Tag legte. Dann schien der neugierige, schwarzäugige Teenager fast zu verschwinden, und es blieben nur die mechanischen Vorgehensweisen eines analytischen Verstandes zurück. »Ich frage mich, wieso. Deine Schwester Thalia … ihr *Geschick* ist eher armselig, stimmt's? Sie kann kaum den Tee in einer Tasse zum Kochen bringen. Was mich zu der Frage veranlasst, was mit dir ist.«

Euterpe konnte es nicht länger ertragen. Sie würde diese lächerliche Diskussion nicht führen. Auf keinen Fall. Wütend warf sie ihr Skizzenbuch auf den Boden und stürmte aus der Bibliothek. Als Silyen ein paar Stunden später auf dem Weg zum Gartentor an ihrem Liegestuhl vorbeikam, presste sie die Lippen zusammen und verabschiedete sich nicht von ihm.

Weitere Zeit verstrich. Aber Winterbourne besuchte sie noch immer nicht. Und auch Thalia tauchte nicht wie früher mit einem Teller Gebäck in einer Hand und einer Kanne kühler Limonade in der anderen bei ihr im Garten auf. Nicht einmal ihr ungezogener Puck kam schwanzwedelnd angesprungen, mit einem Bündel geborstener Federn zwischen den kleinen, scharfen Zähnen.

Euterpes Kopfschmerzen wurden von Tag zu Tag schlimmer. Selbst wenn sie einfach nur ruhig auf ihrem Liegestuhl im Garten saß. Das Summen der Bienen erschien ihr unerträglich laut. Ihr wurde oft schwindlig, wenn sie aufstand. Eines Tages warf sie einen Blick in den Spiegel im Salon, einfach nur um zu überprüfen, wie schlecht sie aussehen musste. Aber das Gesicht, das ihr entgegenstarrte, wirkte noch immer blühend, mit rosiger, faltenloser Haut. Sie war noch immer vierundzwanzig und schön.

Vierundzwanzig, auf immer und ewig.

Angst glitt ihr Rückgrat hinab, wie ein kalter Schlüssel, und raubte ihr den Atem.

»Was ist mit mir passiert?«, fragte sie Silyen bei seinem nächsten Besuch, als er von einem Gartentor aus – das sich immer gerade außerhalb ihrer Sicht befand – über den von Buchsbaumhecken gesäumten Pfad schlenderte. »Warum werde ich nicht älter? Warum bekomme ich außer dir niemanden mehr zu Gesicht? Es fühlt sich an, als wäre immer Sommer. Und mein Kopf wird schlimmer und schlimmer. Ich kann kaum noch einen klaren Gedanken fassen.«

Sie musterte sein Gesicht: Emotionen huschten darüber, so unwirklich wie Wolken am Himmel. Dann blitzte endlich sein Lächeln auf, wie die Sonne – das gleiche Lächeln, das er ihr an jenem ersten Tag vor all diesen Jahren gezeigt hatte. Er hatte Thalias Lächeln; daran bestand kein Zweifel. Und es waren tatsächlich Jahre vergangen, seit Silyen diesen Garten zum ersten Mal betreten hatte. Das erkannte Euterpe jetzt schlagartig.

Jahre, in denen er sich vom Jungen zum Mann verändert hatte. Aber sie hatte sich kein bisschen verändert.

Euterpes Schädel fühlte sich an, als würde er zerbrechen, wie ein Ei, das von innen aufplatzte. Und sie hatte schreckliche Angst vor diesem seltsamen neuen Leben, das daraus hervorkriechen mochte, nackt und missgebildet.

»Das wird jetzt weh tun«, verkündete Silyen und streckte beide Hände aus, um sie auf die Beine zu ziehen. »Aber es wird Zeit. Außerdem bin ich ziemlich gespannt. Mutter hat mir davon erzählt, aber nicht die ganze Geschichte. Und Zelston hat kein einziges Wort darüber verloren.«

Er legte seine Hände auf Euterpes Schultern, um sie zu stützen. Dann drehte er sie langsam in Richtung Haus.

Orpen Mote war eine ausgebrannte Ruine.

Ihr Elternhaus. Alles, was sie je gekannt hatte: zu Asche verbrannt. Und jetzt erinnerte sie sich wieder. Es war ein Unfall gewesen: ein Stück Glut, das aus dem offenen Kamin gefallen war, während sämtliche Bewohner des Hauses schliefen.

Thalia und sie waren in jener Nacht nicht zu Hause gewesen, sondern bei einem Ball im Lincoln's Inn. Winterbourne hatte sie in den frühen Morgenstunden in ihrem kalten Gästezimmer aus dem Schlaf gerüttelt. Sie erinnerte sich noch gut, wie sie sich in jenem Moment gefühlt hatte: atemlos vor Sehnsucht – endlich war er zu ihr gekommen, statt auf die Hochzeitsnacht zu warten.

Bis sie an seinem schrecklichen Gesichtsausdruck erkannt hatte, dass das nicht der Grund seines Besuchs war.

Ihre Eltern waren im Schlaf durch den Rauch gestorben – ihr *Geschick* nutzlos und unfähig, sie, ihre Sklaven oder ihr Haus zu retten.

Euterpe keuchte auf, als die Erinnerungen über sie hereinstürzten. Nur Silyens Hände hielten sie aufrecht, während sie hilflos schwankte.

»Sieh mal«, flüsterte er ihr ins Ohr. »Dort drüben.«

Sie schaute in die Richtung, in die er zeigte. Dort standen drei Personen dicht beieinander, und ein kleiner, weiß-braun gefleckter Hund umkreiste winselnd ihre Beine. Euterpe erkannte Thalias anmutige Gestalt und Winterbournes große, kräftige Statur – und dazwischen, gestützt von ihrer Schwester und ihrem Verlobten, sich selbst. Tränen strömten über das Gesicht ihres anderen Ichs. Ihre Haare hatten sich aus der kunstvollen Frisur gelöst und hingen wirr herab. Und sie schien sich unter dem Gewicht ihrer Verzweiflung kaum aufrecht halten zu können.

Während Euterpe zusah, versagten dem gramgebeugten Mädchen die Beine. Winterbourne fing sie in seinen Armen auf und setzte sie sanft auf den Boden.

Euterpe beobachtete, wie sie sich krümmte und das Gesicht auf die mit Aschepartikeln übersäte Erde drückte. Sie hörte, wie sie einen untröstlichen Schrei ausstieß und mit den Fingern im grauen Dreck wühlte, als hoffte sie, dadurch ihre Eltern auf wundersame Weise unversehrt ans Licht holen zu können.

Und dann fiel der erste Vogel vom Himmel herab.

Keiner der drei Personen, die Silyen und sie beobachteten, bemerkten seinen Sturz. Sie waren bereits von zu großer Verwüstung umgeben. Aber Euterpe und Silyen sahen, was dem Trio entging.

Sie sahen, wie der Wind durch die stille Luft peitschte und wie ein schmutzspeiender Geysir eine Aschewolke in Richtung Himmel sandte. Schutt und Trümmer wirbelten spiralförmig in die Höhe, und ein verkohlter, vom Feuer ausgehöhlter Baumstamm krachte zu Boden.

Ein weiterer Vogel fiel herab: eine Stockente, die vom See herübergeflogen kam. Der Himmel über den Ruinen von Orpen verfinsterte sich zunehmend, und ein Knäuel Wolken wurde von einer unsichtbaren Hand zu Sturmsträngen verdrallt. Regen peitschte herab. Und weitere kleine, gefiederte Gestalten klatschten auf den Boden.

Euterpe hörte, wie Silyen scharf die Luft anhielt.

»Du«, sagte er schließlich. Er klang fast begeistert. »Dein *Geschick*. Unfassbar.«

Euterpe war nicht begeistert. Sie war zu Tode betrübt. Ihr *Geschick* jagte ihr Angst und Abscheu ein.

»Sieh mal!«, hörten Silyen und sie Thalia rufen, als sie Winterbournes Blick in eine andere Richtung lenkte. Die beiden starrten in Richtung der Wiese auf der anderen Seite des Flusses, der den Wassergraben speiste.

Der Fluss hatte für eine natürliche Brandschneise gesorgt, und die Wiesen am anderen Ufer waren vom Feuer unversehrt geblieben, auch wenn das Haus vollkommen niedergebrannt war. Doch jetzt bogen sich die Grashalme und Blumen, wie unter einem herannahenden Wind – und dort, wo sie sich bogen, starben ihre Stängel ab.

»Das macht sie!«, rief Thalia mit erhobener Stimme, um sich über den prasselnden Regen verständlich zu machen. »Allerdings kann sie es nicht steuern; es passiert einfach. Ich habe das schon ein- oder zweimal miterlebt, als sie furchtbar aufgeregt war. Aber das war nicht annähernd so schlimm wie das hier. Wir müssen sie aufhalten.«

Puck stieß ein schrilles Jaulen aus und drängte sich dichter an die Röcke des verzweifelten Mädchens. Dann verließ ihn der Lebensatem, und seine Beine versagten ihren Dienst. Im Tod schmiegte er sich an sein Frauchen, genau wie er es zu Lebzeiten immer getan hatte.

An ihrem Aussichtspunkt im sonnigen Garten schluchzte Euterpe auf. Heiße Tränen strömten ihr über die Wangen.

»Halt sie auf!«, brüllte Thalia Winterbourne zu; inzwischen wirkte sie selbst fast geistesgestört. Der tosende Regen hatte ihr die Haare durchs Gesicht gepeitscht. Über ihr ließen Flächenblitze den dunklen Himmel aufleuchten. »Ich bin nicht dazu in der Lage – mir fehlt die nötige Kraft. Aber du kannst sie aufhalten.«

Euterpe sah, wie ihr Verlobter sich über ihr zusammengekrümmtes anderes Ich beugte. Das Mädchen zitterte wie Espenlaub, während ihr außer Kontrolle geratenes *Geschick* durch ihren Körper jagte und sich durch Verwüstung und Zerstörung ein Ventil suchte. Dennoch hob Winterbourne sie hoch, zog sie fest an seine Brust und drückte ihr einen sanften Kuss auf die Stirn.

Die Worte, die er dann sprach, waren zu leise, als dass Euterpe und Silyen sie hätten hören können. Aber Euterpe wusste genau, was er gesagt hatte.

Sie erinnerte sich an seine Worte.

»Psst«, sagte er, die Stimme erfüllt von *Geschick*. »Ich liebe dich. Sei still, mein Herz.«

Und das Mädchen in seinen Armen erschlaffte. Mit bestürzender Plötzlichkeit erstarb der Sturm. Thalia rieb sich mit den Händen durchs Gesicht und schob ihre Haare nach hinten. Mit fassungsloser Miene starrte sie auf die Verwüstung um sich herum und schaute dann zum klaren, blauen Himmel hinauf.

Im sonnenüberfluteten Garten brachen Euterpes Erinnerungen sich Bahn. Eine schreckliche Erkenntnis kroch aus den Scherben hervor.

Sie spürte Silyens Hände auf ihren Schultern. Der junge Mann – das Kind ihrer Schwester – drehte sie zu sich, und sie schaute hinauf in sein Gesicht.

»So, jetzt weißt du Bescheid«, sagte er. »Und schon bald wird es Zeit, diesen Garten zu verlassen. Sie erwarten dich bereits. Alle beide warten seit vielen Jahren auf dich.«

# II

## *Gavar*

Die Sklavenstadt Millmoor mochte zwar in Flammen stehen, aber Gavar Jardine sah beim besten Willen nicht ein, warum das sein Problem sein sollte. Und schon gar nicht um acht Uhr morgens.

Wie konnte es sein, dass ein paar Vorfälle und Verhaftungen oben im Norden eine Eilsitzung des Justizrats erforderten? Was war so wichtig, dass Gavar sich so kurz vor Weihnachten von Kyneston und seiner Tochter losreißen musste? Schlimm genug, dass bald diese lange Reise zur Zweiten Großdebatte in Grendelsham anstand – da konnte er auf zusätzliche Versammlungen in London gut verzichten.

Gavar schaute durch die Bleiglasfenster des überheizten Ratszimmers und sah, dass es schneite. Er fragte sich, ob das Sklavenmädchen Daisy wohl mit Libby auf der Wiese vor Kyneston spielte. Und vielleicht einen Schneemann baute. Wehe, wenn sie nicht beide warm angezogen waren.

»Hör gefälligst zu.«

Die Stimme seines Vaters an seinem Ohr war wie ein kalter Windstoß, der von draußen hereinwehte, und Gavar musste sich zusammenreißen, um nicht die Schultern hochzuziehen oder den Kragen hochzuschlagen. Er schauderte und versuchte, sich auf die Rednerin am anderen Ende des Tischs zu konzentrieren. Das Ganze wäre ihm deutlich leichter gefallen, wenn die Frau nicht so eine monotone Stimme gehabt hätte und ihr Gesicht nicht so rettungslos unscheinbar gewesen wäre.

»… staatsgefährdende Pamphlete«, sagte sie in diesem Moment, »über die ganze Stadt verteilt, einschließlich Wohnheime, Arbeitsstätten und sogar in Sanitäranlagen. Also Toiletten«, erläuterte sie.

Gavar schnaubte. Glaubten die Gewöhnlichen etwa, dass die Ebenbürtigen keine »Sanitäranlagen« benutzen mussten? Andererseits hatte er tatsächlich ein paar Gewöhnliche kennengelernt, die die Ebenbürtigen für übermenschlich zu halten schienen. Und er hatte nichts unternommen, um diesen Irrtum aufzuklären. Unwissenheit erzeugte Furcht, wie Vater zu sagen pflegte, und Furcht erzeugte Gehorsam.

Nur mit dem Unterschied, dass bei dieser prägnanten Maxime irgendetwas schiefgelaufen sein musste, wenn man den Worten der Frau da vorn Glauben schenken wollte.

Während der ersten Minuten der Sitzung hatte Gavar noch aufmerksam zugehört. Offenbar waren Teile von Zelstons idiotischer Kanzlervorlage trotz des auferlegten Stillschweigens nicht nur nach außen gedrungen, sondern hatten sogar mindestens eine der Sklavenstädte erreicht. Die Bewohner von Millmoor hatten Krach geschlagen und forderten dreist, dass das Parlament zugunsten der Vorlage abstimmte.

Das Ganze war einfach nur lachhaft. Was um alles in der Welt glaubten sie, damit zu erreichen? Nichts, außer einer Verlängerung ihrer Sklavenzeit. Und die Rädelsführer würden lebenslängliche Sklavenzeit erhalten und eine umfassende Umerziehung durch Lord Crovan. Jeder, der so verrückt war, dieses Risiko einzugehen, stellte vermutlich ohnehin eine Gefahr für die Gesellschaft dar.

Crovan war ein Ehrenmitglied des Justizrats, nahm aber glücklicherweise an keiner der Sitzungen teil. Nur selten verließ er sein Anwesen in den schottischen Highlands – Eilean Dòchais, eine Burg auf einer kleinen Insel in einem großen See. Hier lebte er allein, abgesehen von einer Handvoll Haussklaven … und den zur Verbannung Verurteilten: dem schlimmsten Abschaum unter den Lebenslänglichen.

Was auch immer Crovan mit den Verurteilten anstellen mochte – und niemand hinterfragte seine Methoden –, es schien ihn jedenfalls auf Trab zu halten. Er tauchte nur einmal im Jahr in Westminster auf, zur Parlamentseröffnung – was nach Ansicht der anderen Ebenbürtigen bereits einmal zu viel war. Selbst das Haus des Lichts wirkte dunkler, wenn er sich darin aufhielt. Und selbstverständlich nahm er immer an der Dritten Großdebatte auf Kyneston teil.

Wenn man Gavar eines Tages zum Kanzler ernannte, würde er zwangsläufig mit Crovan zu tun haben, dachte er unglücklich und blendete die Litanei der Millmoor-Oberaufseherin aus. Das Urteil zur Verbannung wurde stets vom Kanzler persönlich verkündet, bevor man den Gefangenen direkt seinem neuen Herrn und Meister übergab.

Gavar wusste nicht, wann dieses Verfahren, diese Übereignung der Verurteilten an Crovan, erstmals eingeführt worden war. Hatte sein Vater damit begonnen? Jedenfalls war der Mann bei jeder Urteilsverkündung anwesend, begierig darauf, sein neues Eigentum in Besitz zu nehmen. Das Ganze war irgendwie geschmacklos und ein weiterer Grund, warum Gavar sich fragte, ob dieser höchste Staatsposten wirklich so toll war, wie immer behauptet wurde – trotz Vaters beharrlicher Behauptungen, dass das Kanzleramt das Geburtsrecht der Familie Jardine sei.

Schließlich bestand der Sinn eines Geburtsrechts doch darin, dass es einem automatisch zufiel, dachte Gavar verärgert – und das nicht zum ersten Mal. Eigentlich brauchte man überhaupt nichts zu tun und einfach nur der zu sein, der man war. Wenn man Vater reden hörte, dann war das Kanzleramt ebenso ein Vorrecht der Jardines wie der Studienplatz am Oxforder Domus College. Wenn ihm dieses Amt eines Tages ohnehin zufiel, warum musste er dann diese ermüdende politische Lehrzeit absolvieren? Musste er wirklich an all diesen endlosen Versammlungen, Sitzungen und Debatten teilnehmen?

Lustlos schweifte sein Blick über die Anwesenden am Tisch. Sämtliche üblichen Verdächtigen waren versammelt. Sein zukünftiger Schwiegervater, Lytchett Matravers, hatte die Augen geschlossen, zweifellos im Versuch, einen hochkonzentrierten Eindruck zu erwecken; aber vermutlich litt er nur unter Blähungen, verursacht durch ein hastig hinuntergeschlungenes Frühstück. Neben Lytchett saß sein Kumpel Lord Rix, der mindestens so gelangweilt wirkte, wie Gavar sich fühlte. Als er Gavars Blick sah, verdrehte er komplizenhaft die Augen.

Rix war ganz in Ordnung, aber direkt neben ihm hockte Bouda, dieses Miststück von einer Verlobten. Sie machte sich eifrig Notizen, als ob irgendein Aspekt dieser ganzen Angelegenheit tatsächlich wichtig wäre. Bouda hatte neben Zelston am Kopfende des Tischs Platz genommen. Falls Vater sich also irrte und die Besetzung des Kanzleramts selbst für den Jardine-Erben doch ein Mindestmaß an Einsatz erforderte, würde seine zukünftige Frau schon entsprechend nachhelfen – da war Gavar sich ziemlich sicher.

Irgendeinen Vorteil musste die Ehe mit einer Hexe wie Bouda doch haben. Schließlich war es nicht so, als ob die Jardines auf die Millionen der Matravers angewiesen wären – das hatte Vater Bouda gegenüber noch an jenem Tag betont, als Zelston die Bombe platzen ließ und seine Kanzlervorlage unterbreitet hatte. Und in den Genuss irgendwelcher anderen Vorteile kam Gavar im Moment auch nicht: Bouda hatte ihm beinahe eine Ohrfeige verpasst, als er im Anschluss an das Dinner nach der Ersten Großdebatte einen absolut vernünftigen Vorschlag gemacht hatte. Diese Sache lief mit den gewöhnlichen Mädchen so viel einfacher ab, wo man sich gar nicht erst um eine Erlaubnis zu scheren brauchte.

Es sei denn, es lag einem etwas an dem Mädchen.

Gavar ballte unter dem Tisch die Hände zu Fäusten. Er würde jetzt nicht über Leah nachgrübeln. Denn das machte ihn nur wütend – und genau das hatte schließlich zu diesem ganzen Schlamassel geführt.

Er holte tief Luft und spürte dabei, wie seine Brust sein frisch gebügeltes weißes Hemd dehnte. Dann entspannte er sich und rollte mit den Schultern.

Hier in London war es leichter. Dagegen nahm seine Wut auf Kyneston jedes Mal enorm zu. Keine Ahnung, wieso. Vielleicht lag es an den hohen Erwartungen, die auf ihm lasteten. Da war unter anderem das Haus, das er erben würde; dann die Porträts seiner toten Vorfahren, denen er ebenfalls gerecht werden musste. Und wozu das alles? Damit er seinem eigenen Erben dabei zusehen konnte, wie der den gleichen Pfad entlangtrottete, und er ihm dann das Anwesen vermachen konnte. So wie Vater ihm eines Tages Kyneston vererben würde; so wie sein Großvater Garwode es Whittam vermacht hatte.

Das Ganze war so sensationell sinnlos.

»Und was können Sie uns über die Täter erzählen?«, fragte eine Stimme in diesem Moment.

Rix hatte sich zu Wort gemeldet. Nie zuvor hatte Gavar jemanden erlebt, der derart wenig Interesse an der Antwort auf eine Frage zeigte, die er selbst gestellt hatte. Der Mann tat vermutlich alles, nur um sich die Langeweile zu vertreiben.

»Wir haben einen der Täter in Gewahrsam«, berichtete die Millmoor-Oberaufseherin, zog ein Foto aus einem braunen Umschlag und schob es in die Tischmitte. »Er befand sich am Tatort eines Sabotageaktes gegen das Arbeitszuteilungsamt im Ostbezirk. Es wird angenommen, dass eine bisher nicht identifizierte Person weiblichen Geschlechts den Einbruch begangen hat. Doch als sie von einer Sicherheitspatrouille überrascht wurde, hat der Mann so großen Widerstand geleistet, dass sie fliehen konnte. Der Täter wurde anschließend ruhiggestellt und festgenommen.«

Konnte diese Überbringerin schlechter Nachrichten sich nicht vernünftig ausdrücken? Der Mann hatte die Wachen aufgehalten, um der Frau Zeit zur Flucht zu verschaffen. Unter anderen Umständen wäre das vermutlich ein ehrenwertes Verhalten gewesen.

Gavar warf einen Blick auf das Foto. Es zeigte einen muskulösen schwarzen Mann; ein Auge war zugeschwollen, wodurch er wie ein Schlägertyp wirkte. Seine Haut war zu dunkel, um irgendwelche Verletzungen zu offenbaren, aber sein T-Shirt war blutgetränkt. Er musste etwa im gleichen Alter wie Zelston sein, obwohl sein Schädel rasiert war und seine Kleidung nicht annähernd so geschniegelt wirkte wie die des Kanzlers.

Alles eine Frage zufälliger Geburtsumstände, erinnerte sich Gavar an eine weitere Lieblingsfloskel seines Vaters. Die Geburtsumstände hatten diesem kriminellen Sklaven und dem mächtigsten Mann des Landes äußerlich die gleiche Hautfarbe verliehen, aber sehr unterschiedliche innere Fähigkeiten. Und diese Unterschiede hatten für vollkommen andere Schicksale gesorgt.

Libby besaß äußerlich die gleiche Haut wie Gavar. Und seine Haare. Seine Augen.

Er erinnerte sich wieder an jenen Tag, an dem das Boot über den See auf sie zugetrieben war. War es denkbar, dass sie auch innerlich die gleichen Fähigkeiten besaß?

»Sie haben von einer ›Sicherheitspatrouille‹ gesprochen, richtig?«

Boudas diensteifriger Ton riss Gavar aus seinen Gedanken. Er wusste schon jetzt, dass der Klang ihrer Stimme ihm für den Rest seines Erdenlebens auf die Nerven gehen würde.

Die Oberaufseherin nickte mit reservierter Miene. Bouda hatte eindeutig etwas entdeckt, von dem die Frau gehofft hatte, dass es unkommentiert blieb.

»Ich vermute, Sie meinen damit eine Routinepatrouille?«, hakte seine blonde Verlobte nach. »Mit anderen Worten: Nach zahlreichen Vorfällen während der vergangenen Wochen, darunter auch die Verunstaltung Ihrer eigenen Zentrale, ist es Ihnen gelungen, einen der Täter zu fassen – *durch reinen Zufall*?«

Die Miene der Gewöhnlichen veränderte sich: von reserviert zu bestürzt. Gavar hätte fast gelacht.

»Sie wissen ja wohl …«, setzte Vater an und beugte sich vor, so dass der dick gepolsterte, rote Ledersessel leise knarrte, »dass nicht *Sie* das Millmoorer Oberaufseheramt innehaben. Diese Amtsgewalt haben *wir* inne – die Ebenbürtigen und die Regierung dieses Landes. Und aus diesem Grund sind diese

Übergriffe, deren Verhinderung Sie versäumt haben, direkt gegen uns gerichtet.«

Das musste Gavar seinem Vater lassen: Der Mann verstand es, Eindruck zu machen. Plötzlich fühlte sich der Raum einige Grade kälter an, und es hätte Gavar nicht überrascht, wenn die Kondensschicht an den Fensterscheiben zu Eis gefroren wäre.

»Selbstverständlich kann eine Fortsetzung dieser Verbrechen nicht toleriert werden«, fügte Whittam hinzu. »Jetzt, da Sie einen der Täter in Gewahrsam haben, darf ich wohl davon ausgehen, dass Sie alle erdenklichen Schritte unternommen haben, die Identität seiner Mittäter aufzudecken, habe ich recht?«

»Nun ja …«

Selbst Gavar hätte der Frau sagen können, dass das nicht die richtige Antwort war.

Whittam lehnte sich in seinem Sessel zurück, legte die Fingerspitzen gegeneinander und starrte die Frau darüber hinweg an. Eine Haltung, die Gavar während einer demütigenden Situation in seiner Kindheit dazu gebracht hatte, sich in die Hose zu machen. Den Ausdruck in den Augen seines Vaters, als die warme Flüssigkeit langsam an seinem Bein herabgelaufen war, hatte er nie vergessen: keine Wut, sondern einfach nur Verachtung.

Verachtung für ein Kind. Niemand würde Libby jemals auf diese Weise ansehen – eher würde Gavar denjenigen töten.

Da die untersetzte Frau kein Fünfjähriger war, machte sie sich zwar nicht in die Hose, aber sie erbleichte. Dann hob sie jedoch leicht das Kinn und blickte Vater fest in die Augen. Vielleicht hatte sie ja doch so etwas wie Rückgrat. Nach allem, was Gavar gehört hatte, waren die Sklavenstädte die reinste Hölle. Vermutlich musste man hart im Nehmen sein, um es dort bis an die Spitze zu schaffen.

»Bei allem Respekt, Mylord, das ist exakt der Grund, warum ich hier bin. Der Täter wurde gründlich verhört, mit allen zur Verfügung stehenden Mitteln, aber bisher hat er keine zufriedenstellenden Antworten geliefert. Ich bin heute hierhergekommen, um die Genehmigung und Unterstützung des Justizrats zu ersuchen … für den Einsatz von Sondermaßnahmen innerhalb unseres Hochsicherheitstraktes.«

Links von Gavar ertönte ein Laut, bei dem es sich entweder um ein Schnaufen seines zukünftigen Schwiegervaters handelte, der im Schlaf nach Luft geschnappt hatte, oder um ein spöttisches Schnauben von dessen Freund Rix. Was waren diese »Sondermaßnahmen«? Gavar hatte keine Ahnung. Aber er erinnerte sich an Vaters ausdrückliche Anordnung: »Zeige niemals deine Unwissenheit.« Und Gavar hatte nicht vor, sich durch Nachhaken eine Blöße zu geben. Bouda, die neben Zelston saß, nickte weise. Gut möglich, dass sie wusste, worum es bei diesen Sondermaßnahmen ging; aber genauso gut war es denkbar, dass sie einfach nur bluffte. Bei diesem Miststück konnte man sich nie sicher sein.

»Sondermaßnahmen dürfen nicht leichtfertig ergriffen werden«, ertönte eine forsche Stimme auf der anderen Seite des Kanzlers.

Armeria Tresco, wer sonst? Dieses frömmelnde alte Muttchen ritt dauernd auf den Rechten der Gewöhnlichen herum; bei der Dritten Debatte war sie garantiert die Einzige, die für die Kanzlervorlage stimmen würde. Es sei denn, ihr Erbe Meilyr tauchte mit eingezogenem Schwanz wieder auf. Dann konnten

Mutter und Sohn gemeinsam die Rolle der Parias übernehmen. Na, phantastisch.

»Der Einsatz von *Geschick* zum Eindringen in den Verstand einer anderen Person ist unzumutbar«, sagte Armeria. »Wir alle wissen, welche schädlichen Nebenwirkungen die Sondermaßnahmen haben können. Diese sind hinreichend belegt. Einige Personen waren danach für den Rest ihres Lebens geistig stark beeinträchtigt. Und wenn diese Maßnahme von jemandem durchgeführt wird, der im Umgang mit *Geschick* in diesem Kontext unerfahren ist, kann das sogar zum Tod der betreffenden Person führen.«

Also darum ging es bei diesen Sondermaßnahmen. Gavar erbleichte. Das Ganze klang wirklich schrecklich. Beziehungsweise wie Silyens Vorstellung einer gelungenen Abendunterhaltung.

»Armeria«, sagte Bouda tadelnd, als würde sie mit einem störrischen Kind sprechen. »Wir reden hier von einem Sklaven. Und Sklaven stellen keine rechtlich anerkannten Personen dar. Demzufolge ist der Gedanke einer ›Schädigung‹ hier nicht zutreffend.«

Bouda war Oxfords beste Jurastudentin ihres Jahrgangs gewesen – einer der Gründe, warum Gavar sich stattdessen für ein Wirtschaftsstudium entschieden hatte, obwohl »Studium« vielleicht etwas zu hoch gegriffen war.

»Es interessiert mich nicht die Bohne, ob dieser Mann …« – Armeria tippte auf das Foto – »eine ›rechtlich anerkannte Person‹ ist, Bouda. Er ist ein Mensch. Wenn du unbedingt über rechtliche Detailfragen reden willst, möchte ich dich an Folgendes erinnern: Das Gesetz zum Einsatz von Sondermaßnahmen sieht ausdrücklich vor, dass diese nur in Situationen angewendet werden dürfen, bei denen die Gefahr des Verlusts von Menschenleben besteht.

Wenn ich es richtig verstehe, wurde dieser Mann am Tatort eines recht kreativen Einbruchs in das Netzwerk des Arbeitszuteilungsamts verhaftet, bei dem der Status aller registrierten Personen in ›Freie Bürger‹ geändert wurde. Möglicherweise war er außerdem an einer Sachbeschädigung des Millmoorer Verwaltungsgebäudes beteiligt, hat bei der Flucht mehrerer Sklaven mitgewirkt, die wegen geringfügiger Verbrechen interniert waren, und hat politische Slogans auf Millmoorer Wahrzeichen gemalt. Hinzu kommt die Verbreitung von Flugblättern, die eine sachlich richtige Tatsache verkündeten – den Inhalt der derzeitigen Kanzlervorlage. Zwar ließe sich keiner dieser Vorwürfe unbedingt als trivial bezeichnen, aber ich sehe nicht den geringsten Beweis dafür, dass infolge dieser Zuwiderhandlungen das Leben anderer Personen auf dem Spiel gestanden hätte.«

Gavar verfolgte den Schlagabtausch mit einer gewissen Befriedigung. War es nicht faszinierend, wie schnell Boudas milchweiße Haut einen feuerroten Ton annehmen konnte?

»Armeria hat recht«, wandte sich Zelston belehrend an Bouda. »Das Gesetz ist in dieser Hinsicht eindeutig. Und es ist unsere Aufgabe, ebenjenes Gesetz *a priori* zu beachten. Die weitergehende Frage bezüglich des Status der Sklaven *in rerum natura* ist hier nicht von unmittelbarer Relevanz.«

Was auch immer dieses Kauderwelsch bedeuten mochte, es schien Bouda jedenfalls nicht zu gefallen. *Geschieht ihr recht,* dachte Gavar. Und falls sie jemals versuchte, diesen Ton gegenüber Libby anzuschlagen, würde sie seine Hand zu spüren bekommen – Ehefrau hin oder her.

»Ich bin gegen die Anwendung von Sondermaßnahmen«, verkündete Rix.

Mehrere Köpfe drehten sich überrascht in seine Richtung. Der silberhaarige Ebenbürtige zog eine Augenbraue hoch.

»Was denn? Es ist doch nicht so, als ob irgendjemand in den Straßen sterben würde. Also warum sollte einer von uns nach Millmoor fahren, um deren Problem zu lösen? Ich dachte, sie würden unsere Drecksarbeit erledigen, und nicht umgekehrt.«

Lytchett brach in brüllendes Gelächter aus und schlug seinem Freund für seine geistreiche Bemerkung auf die Schulter. Rix grinste. Diese Sitzungen wären so viel amüsanter, wenn mehr Politiker von Rix' Schlag im Raum versammelt wären, dachte Gavar.

»Dann sind wir also einer Meinung …«, setzte Zelston an und schaute in die Runde.

»Im Gegenteil: Allem Anschein nach sind weitere Nachforschungen angebracht«, fiel Vater ihm ins Wort. »Unsere rechtschaffene Lady Tresco zitiert das Gesetz richtig: ›Gefahr des Verlusts von Menschenleben‹. Allerdings hat sie in ihrem üblichen Feuereifer die Tatsache übersehen, dass es dabei nicht um den *unmittelbaren*, sondern um den *letztendlichen* Verlust von Menschenleben geht. Und im vorliegenden Fall halte ich das damit verbundene Risiko für sehr hoch.«

Er sah die anderen Anwesenden der Reihe nach an, die Hände auf der glatten Tischplatte locker verschränkt. Während seiner Kindheit hatte Gavar diesen bezwingenden Blick stundenlang vor dem Spiegel geübt, es aber nie richtig hinbekommen.

»Der Einsatz von Sondermaßnahmen rettet Leben«, fuhr Vater fort. »Ich denke, jeder hier im Raum weiß, dass ich in jüngeren Jahren zeitweilig zum Obersten Kommandostab der

Unionistischen Staaten von Amerika abbestellt wurde. Damals befand sich die amerikanische Armee im Nahen Osten seit Jahren in einer Pattsituation. Ihre Befehlshaber waren derart verzweifelt, dass sie sich an uns und ihre Konföderierten Brüder wandten und uns baten, unser *Geschick* zur Unterstützung ihrer Truppen einzusetzen. Ebenjenes *Geschick*, das sie zum Gräuel deklariert hatten – eine Überzeugung, für die sie diesen großartigen Kontinent zweihundert Jahre zuvor durch einen Bürgerkrieg zerrissen hatten.«

Lord Whittam Jardines Kriegsgeschichten. Im Laufe der Jahre hatte Gavar ein paar zu hören bekommen – für gewöhnlich, wenn sein Vater zu viel getrunken hatte. Seine zahlreichen Medaillen untermauerten den Wahrheitsgehalt dieser Geschichten – Medaillen, die er in einer Schachtel aufbewahrte, aber nie trug. Allerdings hatte er sie auch nicht weggeworfen.

Als sein Vater einmal ungewöhnlich redselig gewesen war, mit anderen Worten sternhagelvoll, hatte Gavar ihn gefragt, wieso er überhaupt mit den Unionistischen Amerikanern zusammengearbeitet hatte. Schließlich machte er kein Hehl aus seiner Verachtung für eine Nation, die die Sklaverei abgeschafft und damit jeden Einsatz von *Geschick* verboten hatte.

»Weil mir das eine Gelegenheit verschafft hat … die Gelegenheit, mein *Geschick* auf eine Weise einzusetzen, die hier in unserer Heimat verpönt wäre«, hatte Vater geantwortet und ihn mit blutunterlaufenen, aber nichtsdestoweniger stechenden Augen gemustert. »Ich war neugierig. Und ich habe dabei festgestellt, dass mir das Ganze Spaß machte.«

Und dann hatte er eine detailreiche Anekdote zum Besten gegeben: wie und auf welche Weise er sein *Geschick* eingesetzt hatte. Danach hatte Gavar sein Glas Whisky abgestellt und den ganzen Abend nicht mehr angerührt. Und er hatte seinen Vater nie wieder nach seinen Kriegserfahrungen gefragt.

Glücklicherweise verzichtete Whittam jetzt auf Einzelheiten – die Haussklaven hätten sonst noch tagelang Erbrochenes aus dem Teppich des Ratszimmers herauskratzen dürfen. Aber seinem Vater war die Aufmerksamkeit aller Anwesenden sicher, als er fortfuhr.

»Meine Rolle bestand darin, diese sogenannten Sondermaßnahmen bei einigen ausgewählten Häftlingen anzuwenden. Und die von mir erlangten Informationen trugen bei mehr als nur einer Gelegenheit zur Vereitelung gefährlicher Pläne bei, die den Tod Tausender Bürger und die Zerstörung ziviler Infrastrukturen zur Folge gehabt hätten. Damit meine ich ›Großstädte‹«, erläuterte er. »Philadelphia und Washington, D.C., um genau zu sein. Manchmal waren die Träger dieser Informationen nicht die Personen, von denen man das erwartet hätte: keine Kriegsherren, sondern Lehrer; keine religiösen Führer, sondern Ladenbesitzer.

Und auch jetzt sollten wir alle uns zur Verfügung stehenden Mittel nutzen, die dringend benötigten Informationen zu erlangen. Es wäre ein Fehler, irgendjemanden als über jeden Zweifel erhaben einzustufen oder als unfähig zur Ausübung von Gräueltaten. Das gilt selbst für die kleinsten Kinder.«

Gavar erinnerte sich an diesen Teil von Whittams Kriegsgeschichten und spürte einen bitteren Geschmack im Mund. Manchmal fragte er sich, ob sein Vater vielleicht einen Schaden hatte. Und ob er von ihm die Neigung geerbt hatte, schnell die Beherrschung zu verlieren.

Anderen weh zu tun.

Genau genommen fragte er sich manchmal, ob er nicht einfach für alles, was in seinem Leben schiefgelaufen war, seinem Vater die Schuld geben konnte. War das feige? Vielleicht. Aber das bedeutete nicht, dass es nicht der Wahrheit entsprach.

Die Ebenbürtigen am Tisch waren allesamt verstummt. Die Gewöhnliche starrte Lord Jardine mit offenem Mund an, als wäre er eine Art Gott. Gavar hatte diesen Blick ebenfalls bei verschiedenen Frauen zu Gesicht bekommen und gelegentlich zu seinem Vorteil genutzt; aber meistens stieß ihn das Ganze ab.

»Und was schlägst du also vor, Whittam?« fragte der Kanzler. »Meldest du dich freiwillig, um nach Millmoor zu reisen und diesen Verdächtigen zu verhören?«

Zelston deutete auf das Foto, aber sein Blick war auf Lord Jardine geheftet. Bouda schaute eifrig zwischen den beiden hin und her. Selbst Rix runzelte die Stirn.

»Aber nein«, erwiderte Vater, und das Lächeln auf seinem Gesicht wurde breiter. »Ich schlage meinen Sohn und Erben vor: Gavar.«

Der Rest der Sitzung flog wie im Rausch an Gavar vorbei.

Die Millmoor-Oberaufseherin richtete ihren begierigen Blick auf ihn. Rix machte sich bei ihm dadurch verdient, dass er seine Meinung wiederholte: Die Ebenbürtigen sollten sich nicht dazu erniedrigen, eine Sklavenstadt persönlich aufzusuchen. Aber Vaters Einschreiten hatte dafür gesorgt, dass der zu fällende Beschluss längst feststand. Als es zur Abstimmung kam, wurde der Einsatz von Sondermaßnahmen bei dem in Millmoor inhaftierten Täter genehmigt – mit elf zu einer Stimme. Armeria Tresco stimmte als Einzige dagegen.

Bouda Matravers war die Erste, deren Hand nach oben schnellte.

Als Gavar nach der Sitzung seinem Vater durch den Flur folgte, hörte er das dumpfe Schleifen hoher Absätze auf dem dicken Teppich: Bouda hastete ihnen nach, stellte sich dann vor Vater und blockierte den Jardines den Weg.

»Haben Sie kurz Zeit?«, fragte sie. »Wir müssen reden.«

Vaters Miene war undurchdringlich, während Gavar einen flüchtigen Moment hoffte, sie würde anbieten, an seiner Stelle in die Sklavenstadt zu reisen. Schön wär's. Doch Bouda hatte die für wahre Politiker typische Abneigung, sich selbst die Hände schmutzig zu machen.

»Also schön.«

Vater öffnete die Tür zu einem Nebenzimmer. Und Bouda sprudelte in dem Moment los, in dem hinter ihnen die Tür ins Schloss fiel.

»Wie konnte das passieren?«, fragte sie und konzentrierte sich voll auf Vater, als wäre Gavar überhaupt nicht anwesend. »Den Parlamentsbeobachtern wurde Stillschweigen auferlegt, und wir Ebenbürtigen haben alle die Grabesstille akzeptiert. Wie konnte da etwas von Zelstons Vorlage nach außen dringen? Er muss dabei Mist gebaut haben. Beide Maßnahmen falsch durchgeführt haben. Oder er war einfach nicht stark genug.«

Sie schwieg einen Moment. Ihre Worte waren so offensichtlich, dass sie unmöglich der Grund dafür sein konnten, dass sie Lord Jardine und seinen Erben zu einem Privatgespräch in ein leeres Zimmer gezogen hatte.

Vater musterte sie einfach nur und wartete. Im Laufe der Jahre hatte Gavar festgestellt, dass dieses Verhalten Whittams Gesprächspartner oft zum Reden brachte – ganz gleich wie sehr sie auch zögern mochten, ihre Gedanken anderen mitzuteilen.

Leider hatte Gavar den Verdacht, dass diese Taktik bei dem Millmoor-Häftling wahrscheinlich nicht funktionieren würde.

Beim Gedanken an seine bevorstehende Aufgabe drehte sich ihm erneut der Magen um. Wie würde es sich anfühlen, einen solchen Auftrag auszuführen?

Wie würde es sich anfühlen, wenn er dabei versagte?

Inzwischen war er seit fast zweieinhalb Jahrzehnten Lord Whittam Jardines ältester Sohn – und diese Jahre ließen keinen Zweifel daran, vor welcher der beiden Möglichkeiten er sich mehr fürchten musste.

»Die derzeitige Situation weckt in mir den Verdacht, dass Zelston für den Posten des Kanzlers nicht geeignet ist.«

Gavar starrte Bouda an, deren angestaute Gedanken sich jetzt einen Weg bahnten.

»Diese Kanzlervorlage hätte nie unterbreitet werden dürfen. Zelston hätte etwas Derartiges vorhersehen müssen. Selbst wenn der Ärger in Millmoor hiermit endet, könnte es in der nächsten Woche in Portisbury zu Unruhen kommen, und in der darauffolgenden Woche in Auld Reekie. Seine Vorlage hat sich herumgesprochen, und wir können nicht das ganze Land zum Schweigen bringen. Wenn Sie heute nicht eingeschritten wären, hätte er noch nicht einmal den Mumm gehabt, die notwendigen Maßnahmen zu ergreifen.«

Bouda holte hastig Luft und fuhr dann fort.

»Er ist noch drei weitere Jahre im Amt. Aber im Moment habe ich nicht den Eindruck, dass das zum Besten Großbritanniens wäre.«

Vater musterte sie ruhig.

»Was schlägst du vor, Bouda?«

»Was ich vorschlage?«

Und jetzt, da sie das Unaussprechliche ausgesprochen hatte, konnte Gavar beobachten, wie Bouda ihre Selbstbeherrschung wiederfand und sich darin einhüllte wie in einen eleganten Designermantel.

»Ich schlage überhaupt nichts vor. Das waren lediglich ein paar kleine Anmerkungen meinerseits.« Sie ging zur Tür und öffnete sie. »Ich sollte jetzt wohl besser Daddy suchen, bevor er das Kuchenbüfett entdeckt – was kein schöner Anblick ist. Ach ja, Gavar: Viel Glück.«

Miststück!

Das Problem war nur, dass er das offenbar laut gesagt haben musste, denn sein Vater fuhr zu ihm herum und funkelte ihn mit derart wütender Miene an, dass Gavar einen Schritt zurückwich.

»Sie ist eine viel bessere Politikerin, als du jemals sein wirst«, donnerte Whittam. »Und das Gleiche gilt für deinen Bruder. Ich habe immer gewusst, dass Silyen von all meinen Söhnen am meisten *Geschick* besitzt, aber ich muss gestehen, dass er auch der bessere Stratege ist. Er hat den Kanzler dazu gebracht, dass er nach seiner Pfeife tanzt, während du und ich herumrennen und die Konsequenzen ausbügeln dürfen.«

Hatte sich eigentlich seit seinem fünften Lebensjahr irgendwas verändert, fragte sich Gavar. Irgendetwas? Inzwischen war er ein Mann geworden, sogar der Vater einer Tochter. Aber wann würde Vater ihn endlich so behandeln? Sein Blick kreuzte sich mit Whittams. Lord Jardine musste zu seinem etwas größeren Sohn aufschauen.

»Rix hat recht«, sagte Gavar. »Warum sollten wir uns darum kümmern? Wir sind Ebenbürtige, Mitglieder der Gründerfamilie, und keine einfachen Streifenpolizisten. Warum sollte ich nach Millmoor reisen?«

Das war nicht die richtige Frage.

»Du fährst dorthin, weil die Informationen dieses Sklaven wichtig sind«, erwiderte Whittam, trat einen Schritt näher und verkürzte damit den Abstand, den Gavar zwischen ihn und seinen Vater gebracht hatte.

»Und du tust das, weil ich es dir sage. Weil die Leute sich wegen deines angeblichen ›Jagdunfalls‹ mit diesem Sklavenmädchen noch immer das Maul zerreißen. Dein Auftrag in Millmoor könnte der erste Schritt zu deiner Rehabilitation sein. Und schließlich fährst du auch deshalb, weil ich als Oberhaupt dieser Familie darüber entscheiden kann, ob dein Mischlingsbalg auf Kyneston aufwächst oder in ein Heim für UMUS geschickt wird. Dann müssten deine Mutter und ich das Gör nicht jeden Tag ansehen und uns von ihm daran erinnern lassen, was für eine Enttäuschung du bist.«

Das Gesicht seines Vaters war jetzt nur noch wenige Zentimeter von seinem eigenen entfernt, aber Gavar konnte es kaum sehen. Rote und schwarze Kringel trübten seinen Blick. Plötzlich war er wieder fünf Jahre alt. Aber das, was warm und stinkend aus ihm herausströmte, war kein furcht- und schamerfülltes Rinnsal, sondern ein Schwall abgrundtiefen Hasses.

Das war nicht die richtige Antwort, Vater.

Alles andere als die richtige Antwort.

# 12

## *Luke*

Seit Oz' Festnahme vor zwei Tagen rechnete Luke jeden Augenblick damit, dass jemand ihm auf die Schulter tippte, ihn am Arm packte oder einen Schlagstock auf seinen Schädel herabfahren ließ.

Doch selbst wenn man damit rechnete, sackte einem das Herz in die Hose, sobald der Moment eintrat.

Luke hatte gerade seine Schicht beendet und die brüllende Hitze in der Bauteilhalle gegen die eiskalten Straßen Millmoors getauscht. Der Abend war bereits angebrochen, und dichter Schneeregen sorgte dafür, dass er nur ein paar Schritte weit sehen konnte. Er befand sich erst wenige Häuserblöcke vom Zone-D-Tor entfernt, als eine Hand an seinem Ärmel zog. Lukes Puls schoss in die Höhe, und er rannte los.

Allerdings war er nicht so schnell, dass er die gezischten Worte – »Ich bin's!« – hinter sich nicht mehr gehört hätte.

Schlitternd kam er auf dem nassen Gehweg zum Stehen und drehte sich um.

»Wir holen ihn heute Nacht raus«, sagte Renie. Sie stand in einer Gasse, und der Schneeregen wirbelte im gelben Schein der Straßenlaterne um ihre hagere Gestalt. »Oz. Aber wir brauchen einen fahrbaren Untersatz. Einen von den Transportwagen, die regelmäßig nach draußen fahren. Ich hab auch schon einen gefunden. Er steht in der Reparaturhalle. Du musst ihn wieder hinbiegen und den GPS-Tracker beseitigen.«

Luke starrte sie sprachlos an. Die Tatsache, dass er seinem Dad beim Restaurieren von Oldtimern geholfen hatte, bedeutete nicht, dass er die nötigen Fähigkeiten für Renies Auftrag besaß.

»Uns bleibt nichts anderes: Wir müssen es tun«, sagte Renie. »Für Oz.«

Also machten sie sich auf den Weg.

Der Wagen sah genauso aus wie der Minivan, der Luke nach Millmoor gebracht hatte. Sein Anblick weckte schreckliche Erinnerungen, sowohl an jenen ersten Tag als auch an Kesslers Schlagstock im Lagerraum. Einen Moment lang erfüllte ihn der Gedanke, sie könnten hier geschnappt werden, mit lähmender Angst.

Luke kniff die Augen zu und zwang seine Hände durch schiere Willenskraft dazu, nicht mehr zu zittern. Dann ermahnte er sich, dass er darauf vertrauen konnte, dass Renie Wache hielt – so wie sie darauf vertraut hatte, dass er das Seil auf dem Dach des MAD-Gebäudes gesichert hatte.

Bei dieser Erkenntnis spürte er, wie tief in seinem Inneren ein Funke aufflammte … ein kleiner, aber entscheidender Kontakt, der den Motor seines Muts stotternd zum Leben erweckte, dann immer stärker beschleunigte und schließlich aufröhren ließ.

Vertrauen machte letztendlich alles möglich. Vertrauen verlieh dir die Augen, die starken Arme oder den wachen Verstand eines anderen. Vertrauen machte größer, als eine Person allein sein konnte. Vertrauen war der Antrieb des Millmoorer Gesellschafts- und Spielevereins. Und die Grundlage dafür, dass dieser verrückte Traum der Abschaffung der Sklavenzeit eines Tages in die Tat umgesetzt werden konnte – wenn die Menschen sich nur einigen und die Nerven bewahren würden. Nicht einmal die Ebenbürtigen mit ihrem *Geschick* waren mächtiger als Vertrauen.

Die Reparatur des Minivans war beinahe ein Kinderspiel. Auf einem Klemmbrett an der Wand standen alle Informationen darüber, was genau repariert werden musste. Die Wagenschlüssel hingen an einem Schlüsselbrett. Und die Sicherheitsvorkehrungen schien man hier ziemlich lässig zu handhaben: nur ein paar Überwachungskameras, die Renie entweder geschickt umgangen oder einfach ausgeschaltet hatte.

»Ha!«, schnaubte sie, als er sie darauf ansprach. »Der schwierigste Teil ist nicht der, diese Karre aus der Halle zu fahren. Viel schwieriger wird es, den Wagen aus Millmoor rauszuschaffen: drei Sicherheitszonen und zwei Chip-Kontrollpunkte, so ähnlich wie die bei euch in Zone D.«

Das klang nun so, als wäre das Ganze vollkommen unmöglich.

»Und an dieser Stelle kommt Angel ins Spiel. Sie kümmert sich um die Riverhead-Strecke. Das Rausschmuggeln von Personen ist ihre Spezialität. Allerdings macht sie das normalerweise nicht auf diese Tour. Meistens arbeitet sie mit Lastern … zuverlässige Fahrer, versteckte Fächer und Hohlkästen und so was. Aber unser Kumpel Oz ist ein Eilauftrag, deshalb kommt Angel heute Nacht persönlich her.«

»Angel? Nicht gerade ein vertrauenerweckender Name.«

Belustigt legte Renie den Kopf auf die Seite.

»Das ist nicht ihr richtiger Name. Keiner von uns kennt den. Aber wir nennen sie ›Angel of the North‹, Engel des Nordens.

Wie diese riesige Skulptur mit den Schwingen, oben in der Nähe von Riverhead. Außerdem ist sie … ach, du wirst schon sehen.« Die Kleine gackerte. »Und, sind wir hier fertig?«

»Ja.« Luke steckte die Wagenschlüssel ein.

Kurz darauf navigierte Renie sie quer durch die Stadt zum Treffpunkt – ein staubiger Lagerraum, in dem längst vergilbte Dokumente in Archivboxen begraben lagen. Dort fanden sie nur Jackson und Jessie vor: Der Doc saß ruhig da, während Jessie unablässig auf und ab wanderte, als wollte sie den Boden durchwetzen, bis ein Loch entstand, durch das Oz nach Australien verschwinden konnte.

»Warum warten wir denn immer noch, Jack? Wer weiß, was sie ihm in der Zwischenzeit alles antun!«

Mit einer aufgebrachten Bewegung, aus der eine Mischung aus Wut und Verzweiflung sprach, wischte Jess die Tränen weg, die ihr in die Augen schossen. Und vermutlich quälten sie auch Schuldgefühle, dachte Luke: Schließlich hatte sie selbst fliehen können, während man Oz geschnappt hatte. Ihr Anblick tat ihm in der Seele weh.

»Wir alle kennen die Prozedur, Jessica«, antwortete der Doc. »Keine Rettungsversuche während der ersten achtundvierzig Stunden. Die Gefangenen werden zu stark bewacht, und uns bleibt zu wenig Zeit, um die Schichten der Sicherheitskräfte zu erkunden. Hilda hält die Bilder der Überwachungskamera in Oz' Zelle im Auge, also wissen wir, dass er halbwegs okay ist. Sein Zustand mag zwar nicht optimal sein – die Typen haben ihn ziemlich heftig zugerichtet –, aber ihm fehlt nichts, was sich nicht heilen ließe. Außerdem mussten wir einen Plan austüfteln, wie wir ihn da rausholen können. Angel wird jeden Moment hier eintreffen, und dann machen wir uns auf den Weg.«

»Glaubst du, sie schafft das?«, schniefte Jess; ihre Stimme klang so heiser, als hätte sie ein paar Doppelschichten an den Heizerständen in Zone D hinter sich.

Irgendein unergründlicher Ausdruck huschte über Jacksons Gesicht.

»Bisher hat sie nicht ein einziges Mal versagt. Ich bin erst seit knapp einem Jahr in Millmoor, aber sie führt diese Art von Aufträgen schon viel länger durch. Ich würde ihr nicht nur mein Leben anvertrauen, sondern auch eures – was ja wohl für sich spricht. Luke hat sich um den Wagen gekümmert, und du musst Angel gleich dorthin bringen, Jessica. Denn hier kannst du nicht bleiben, und ich werde nicht das Risiko eingehen, dich mitzunehmen.«

»Ich fass es nicht, dass du diese Kids mitnimmst, aber mich hierlässt«, platzte Jessica heraus. »Ich schwöre dir, wenn diese miesen Schweine ihm irgendetwas angetan haben …«

»Und das ist genau der Grund, warum ich dich nicht mitnehme. Setz dich, Jessie, und hol ein paarmal tief Luft. Diese Rettungsaktion läuft, und wir werden Oz da rausholen.«

Luke, der auf dem Boden hockte und schweigend zugehört hatte, musste wieder an das denken, was Jessica gerade gesagt hatte: *Ich fass es nicht, dass du diese Kids mitnimmst.*

Die einzigen *Kids* im Raum waren Renie und er selbst. Genau genommen waren sie die einzigen anderen Menschen im Raum. Renie hatte ihm erzählt, dass Asif und die »Drückeberger«-Schwestern ihren Technozauber von verschiedenen Standorten aus veranstalteten und die Strafanstalt ferngesteuert überwachten. Der Doc trug eine Art Knopfhörer, der gelegentlich knackste, wenn sie ihm irgendwelche Informationen mitteilten.

Jessie sackte gegen einen Stapel Kartons und ließ den Kopf hängen. Bis auf ihren schweren, stoßweisen Atem war es still im Raum. Jackson ging zu Luke, der sich plötzlich bewusstwurde, dass Renie sie beide scharf beobachtete.

»Ich werde dich nicht mitnehmen, wenn du nicht möchtest«, sagte Jackson. »Aber Jess hat recht. Ich würde mich freuen, wenn du Renie und mich begleitest. Oz ist ein großer, kräftiger Kerl und braucht wahrscheinlich Hilfe, um auf die Beine zu kommen.«

Jessica unterdrückte ein Schluchzen.

»Wir müssen möglichst schnell rein und wieder raus. Ich werde Oz erst dann medizinisch versorgen können, wenn wir aus dem Gebäude raus sind. Falls wir irgendjemandem begegnen, werde ich mich damit befassen müssen. Hoffentlich wird das nicht passieren, denn Asif und die Mädels verfolgen jeden unserer Schritte und teilen uns mit, wann die Luft rein ist. Aber das bedeutet auch, dass du dich um Oz kümmern müsstest.«

»Erregt das denn keinen Verdacht, wenn du mit zwei Kids dort aufläufst … ich meine, mit jemandem, der so jung ist wie Renie?«, fragte Luke.

»Renie wird am Eingang warten, um uns vor allem zu warnen, dass die anderen nicht über Kameras und Kommunikationswege erfassen können. Du bist groß genug, um als Sicherheitsbeamter durchzugehen. Renie war einkaufen und hat dir eine Uniform besorgt, die dir passen müsste. Luke, ich werde nicht zulassen, dass diese Aktion schiefgeht.«

»Mach besser keine Versprechungen, die du nicht halten kannst«, stieß Jess bitter hervor.

»Aber das sind keine Versprechungen«, sagte eine leise,

unbekannte Stimme mit einem kaum wahrnehmbaren Newcastle-Akzent. »Das ist eine Tatsache. Hallo, Dr. Jackson.«

Der Engel des Nordens.

Als sich die Frau unter dem flackernden Neonlicht zu ihnen gesellte, verstand Luke sofort, was der zweite Grund für ihren Spitznamen war.

Sie war groß, blond und absolut umwerfend. Wie ein Fotomodell aus einer Zeitschrift ... wie diese Bilder, bei denen die Lehrer dauernd darauf hinwiesen, dass sie am Computer nachbearbeitet waren – damit normale Mädchen sich nicht schlecht fühlten, wenn sie versuchten, mit den Models mitzuhalten. Aber diese Frau war tatsächlich perfekt, so wie sie war. Perfekt wie ein Engel in einem Kirchenfenster oder in einer Lingeriewerbung. Eine einzelne, makellose Schneeflocke, die auf Millmoors dreckige Straßen herabgeschwebt war.

»Hi, Renie«, sagte Angel und nickte freundlich in ihre Richtung. »Und du musst Jessica sei. Ich weiß, dass du dir schreckliche Sorgen um Oz machst, aber er wird bald in Sicherheit sein. Und du bist bestimmt Luke. Ich habe schon viel von dir gehört.«

»Du bist ... Angel«, sagte Luke und streckte ihr seine Hand entgegen. Wer hätte gedacht, dass seine Handfläche innerhalb von zehn Sekunden derart viel Schweiß produzieren konnte? Angels Berührung kribbelte wie ein Stromschlag. »Ich habe ...« Er lachte nervös. »Ich habe Renie gefragt, warum man dich so nennt. Aber ich glaube, jetzt kenne ich den Grund.«

Angel lächelte. Und Luke hatte den Eindruck, dass es auf dieser Welt nichts gab, das noch zauberhafter, magischer war als dieses Lächeln – nicht einmal das *Geschick* der Ebenbürtigen. Sein Gesicht begann zu glühen, als stünde er in der Bauteilhalle. Angel war älter als er. Aber nicht viel. Bestimmt nicht viel älter, oder?

Aber es hatte keinen Zweck, sich darüber den Kopf zu zerbrechen, Luke Hadley. Angel befand sich weit außerhalb seiner Liga, in jeder erdenklichen Hinsicht.

Wenn diese Rettungsaktion gelang, wäre sie dann beeindruckt?

Und falls etwas schiefging, würde sie kommen und ihn rausholen?

»Ich wollte dem Doc gerade sagen, dass ich bereit bin«, verkündete er. »Und ich habe den Minivan repariert. Für dich. Mit dem Wagen dürfest du keine Probleme haben.«

Luke hoffte inständig, dass das der Wahrheit entsprach.

Jacksons Knopfhörer knackte, und die Fältchen in seinen Augenwinkeln vertieften sich, während er konzentriert Asifs Bericht lauschte. Dann schaute er hoch.

»In achtundzwanzig Minuten öffnet sich ein Zeitfenster, in dem wir es nur mit wenigen Sicherheitskräften zu tun haben. Und jetzt erläutere ich euch den Plan.«

Es war fast neun Uhr, als sie die Strafanstalt erreichten. Oz wurde in einem separaten Hochsicherheitstrakt des Untersuchungsgefängnisses festgehalten. Einerseits war das gut, weil das geringeren Publikumsverkehr bedeutete – also weniger Leute, die sie bemerken konnten. Aber andererseits war das schlecht, denn jeder, dem sie dort begegneten, war aus dem gleichen Grund da wie sie selbst: um Oz aufzusuchen.

Als sie den Eingang erreichten, verschwand Renie in der Dunkelheit.

»Viel Glück«, murmelte sie. »Bis später.«

Und dann waren sie im Inneren des Gebäudes – nur Jackson und Luke.

Die Sicherheitskräfte waren genau wie die Verwaltungsmitarbeiter keine Sklaven. Das bedeutete, dass die Strafanstalt die Identität der Besucher nicht durch ein Tor wie in Zone D erfasste. Stattdessen verwendeten die Wärter im Eingangsbereich Handgeräte, um entweder die Armbänder mit den ID-Marken der Sicherheitskräfte zu scannen oder die eingepflanzten Chips der Sklaven, die als Gefangene hereingebracht wurden.

»Wir haben es hier mit zwei verschiedenen Scannertypen zu tun«, hatte Jackson erklärt. »Die Wärter werden die Uniform der Sicherheitsleute sehen und den Scanner für die Armbänder verwenden.«

Lukes Beine fühlten sich so wacklig an wie damals, als er mit Daisy zum Schlittschuhlaufen gegangen war und sich dort auf die Nase gelegt hatte. So, als wollten seine Beine wieder in unterschiedliche Richtungen rutschen und ihn ohne jede Vorwarnung auf den Hintern befördern. *Reiß dich zusammen,* ermahnte er sich und spannte die Muskeln an, um sich an deren Existenz zu erinnern.

»Wir sind hier, um Walcott G-2159 abzuholen«, teilte der Doc dem Wärter am Eingang mit und streckte ihm seinen rechten Arm entgegen, damit er ihn scannen konnte.

Die Armbänder, die alle Freien Bürger in Millmoor trugen, wurden beim Betreten der Sklavenstadt übergestreift und vor dem Verlassen wieder abgegeben. Luke fragte sich, wie es dem Verein gelungen war, die beiden Armbänder an seinem und Jacksons Handgelenk zu organisieren.

»Hab mir schon gedacht, dass mir eure Gesichter nicht bekannt vorkamen«, sagte der Wärter. »Ihr seid von der Sondereinheit im MAD-Gebäude. Wie ist es denn so, unserer glorreichen Führerin persönlich zu dienen? Ach, lasst mal stecken – ich will es gar nicht wissen.« Er lachte in sich hinein. »Wir haben schon gehört, dass jemand kommen würde, um Walcott abzuholen. Allerdings ohne genaue Zeitangabe. Ich schätze, das Obermiststück wird heute Nacht nicht viel Freude an ihm haben … so wie der aussieht.«

Der Mann lachte erneut, als wäre diese Feststellung sehr amüsant. Luke fragte sich, ob die Gefängnisverwaltung absichtlich Personen mit einem Mitgefühlbypass einstellte oder ob diese Art von Arbeit einen schließlich so werden ließ.

Gehorsam hielt er sein Handgelenk hoch, um ebenfalls gescannt zu werden. Also hatten die Wärter jemanden erwartet, der Oz abholen sollte. Waren der Doc und die anderen so gut, dass sie bereits eine gefälschte Genehmigung in das System des Sicherheitsdienstes eingeschleust hatten?

Allerdings schien das nicht wirklich der Fall zu sein, denn während sie durch die Gänge der Strafanstalt liefen, sah Luke, dass Jackson eine extrem sorgenvolle Miene zog. Er führte die Hand an den Mund und murmelte ein paar Worte in die Richtung seines Knopfhörers. Die knackende Antwort bewirkte, dass er frustriert den Kopf schüttelte.

Das Gebäude war kahl und unbarmherzig. Der Boden bestand aus geschliffenem Beton und hallte unter ihren Schuhen so laut, dass Luke zusammenzuckte. Sein Gehirn setzte zu einem verräterischen Singsang an, der zu ihren Schritten passte: Aus. Bruch. Aus. Bruch. Er war fast ein wenig erstaunt, dass niemand sonst diesen Rhythmus hören konnte. Damit konnten sie doch nicht einfach so durchkommen, oder?

Moment mal: Luke erinnerte sich wieder an ein Gespräch mit Asif. Der Kerl war ein Technikfreak, der seit seiner Kindheit eigene Rechner gebaut hatte. Technologie war eine ganz einfache Sache, von der sich aber alle einredeten, dass sie wahnsinnig komplex sei, hatte er Luke erklärt. Das Ganze war fehlbar, aber alle hielten es für fehlerlos. Die meisten Leute hatten ihren gesunden Menschenverstand – und die Beweise, die ihnen ihre eigenen Sinne lieferten – an die Macht der Technologie delegiert. Und wenn man die Technologie reinlegen konnte, brauchte man sich also keine Sorgen zu machen, ob man auch die Menschen reinlegen konnte.

Und deshalb lotsten ihre Uniformen und ihre ID-Armbänder sie durch eine weitere, bewachte Tür und dann an einem dritten Kontrollpunkt vorbei. Hier mussten sie ihre Armbänder gegen ein Wandpaneel halten. Der Bereich hinter dieser Tür führte sie zum Eingang des Hochsicherheitstraktes.

»Ihr habt es aber verdammt eilig«, sagte der Wärter dort und holte einen Schlüsselbund mit altmodischen Schlüsseln hervor. Diese öffneten eine Reihe doppelt verriegelter Gittertüren, die Luke an Raubtierkäfige erinnerten. »Wir haben die Anweisung erst vor zehn Minuten erhalten. Und wo ist er jetzt, der Herr und Meister? Vermutlich noch im MAD mit eurer Chefin, wie? Wahrscheinlich hat er beschlossen, dass er keine Lust hat, das Ganze hier durchzuziehen. Zu viele einfache Leute, was? Wenigstens braucht er sich beim Einsatz seines *Geschicks* keine Sorgen zu machen, ihren kostbaren Teppich mit Blut zu besudeln. Obwohl ich ja vermute, dass Daddy Jardine genügend Kohle hat, um für einen neuen Teppich zu blechen.«

Glücklicherweise beugte sich der Kerl beim Reden über das

Schloss, denn selbst Jackson verlor einen Moment lang die Fassung. Konzentriert kniff er die Augen zu Schlitzen, während er versuchte, in den Worten des Wärters einen Sinn zu erkennen.

Auch Lukes Gedanken überschlugen sich. Der Name »Jardine« hatte ihn kurzfristig abgelenkt und ihn an Kyneston und seine Familie denken lassen. Aber die Bemerkungen des Wärters und die Reaktion des Docs machten eines klar: Sie waren nicht die Einzigen, die Oz abholen wollten.

Die Gitterzellen hinter den Türen trugen nicht dazu bei, den Gestank zu unterdrücken – eine ranzige Mischung aus allen abstoßenden Flüssigkeiten, die der menschliche Körper produzieren konnte. Im ersten Moment hatte Luke Mühe, die gekrümmte Gestalt auf dem Boden überhaupt zu erkennen. Doch dann wünschte er, er hätte ihn nicht erkannt. Der Wärter richtete eine Taschenlampe direkt auf Oz' Gesicht; ihr Licht war derart grell, dass sie beinahe einer Waffe gleichkam. Da war es fast schon ein Glück, dass Oz' Augen vollkommen zugeschwollen waren. Selbst wenn er gewollt hätte, hätte er sie nicht öffnen und in das blendende Licht blinzeln können.

»Hoch mit dir«, kommandierte der Wärter und stieß Oz mit seinem Schlagstock in die Seite. »Die Oberaufseherin und Master Gavar Jardine geben sich die Ehre, dich zu einem Soloauftritt einzuladen. Aber du hast dir nicht mal die Mühe gemacht, dich passend anzuziehen. Ts, ts!« Er schnalzte mit der Zunge.

Luke ballte die Fäuste. Oz regte sich nicht.

»Keine Ahnung, ob der überhaupt stehen kann«, sagte der Wärter. »Schätze, ihr müsst ihn schleppen.«

»Ich kümmere mich darum«, sagte Jackson und trat einen Schritt vor.

Dann hockte er sich neben Oz. Konnte ihr Freund ihn überhaupt erkennen? Oz zeigte keine Regung. Aber plötzlich stöhnte er laut auf und hievte sich auf alle viere. Der Doc musste ihm eine Adrenalinspritze verpasst haben.

»Steh auf«, sagte Jackson und verlieh seiner Stimme einen harten, gleichgültigen Ton. Dann wandte er sich an Luke: »Mach ihm Beine.«

Luke packte Oz im Rücken seines Overalls und zog. Langsam kam Oz hoch, aber wenigstens teilweise aus eigener Kraft. Gott sei Dank. Dann hatte man ihm also nichts gebrochen.

Vielleicht abgesehen von seiner Nase, einem Wangenknochen und möglicherweise einer Augenhöhle. Jessica hätte es auf keinen Fall geschafft, ihn hier in diesem Zustand zu sehen und die Nerven zu bewahren.

»Wir machen uns auf den Rückweg«, teilte Jackson dem Wärter mit. »Wäre besser, wenn wir unseren Boss nicht warten lassen.«

Der Wärter zuckte die Achseln. »Dem hier traure ich nicht nach. Bei den Verhören hat er den Mund gehalten – vermutlich hält er sich für eine ganz harte Nuss. Aber als er wieder allein in der Zelle war, hat er geflennt wie ein Mädchen. Hoffentlich kriegt euer Boss mehr aus ihm raus als unsere Jungs hier.«

Glücklicherweise hatte Luke die Hände in den klebrigen, steifen Stoff von Oz' Overall gekrallt, weil sich jede Faser seines Körpers danach sehnte, diesem Dreckskerl die Visage zu polieren.

Nachdem sie die Gittertüren hinter sich gelassen hatten,

halfen Jackson und Luke ihrem Freund durch die Gänge. Oz war es irgendwie gelungen, ein Auge aufzusperren: Eine winzige schwarze Pupille in einer blutunterlaufenen Lederhaut spähte ihnen entgegen, wie das Auge einer Tiefseekreatur am Meeresboden. Konnte er klar genug sehen, um sie zu erkennen? Luke hoffte es inständig.

Jacksons Knopfhörer knackte in einer anderen Tonhöhe als zuvor. Wahrscheinlich gab Renie ihm irgendwelche Infos durch.

»Geh weiter«, sagte der Doc, als das Knacken verstummte. »Ohne Zögern, immer weiter. Auf der anderen Seite des zweiten Kontrollpunkts werden wir ein paar Männern begegnen. Ignorier sie einfach. Du kennst den Treffpunkt. Wir bringen Oz auf direktem Weg dorthin. Falls ich durch irgendetwas aufgehalten werden sollte, geh einfach weiter. Warte nicht auf mich. Bring Oz zum Wagen, damit er hier rauskommt.«

Ein faustgroßer Kloß bildete sich in Lukes Hals, aber er schluckte die Angst entschlossen hinunter. Dann stellte er seinen Blick auf unendlich, so wie die meisten Sicherheitskräfte. Er war jetzt ein Sicherheitsmann – schließlich hatte er das ID-Armband als Beweis.

Am zweiten Kontrollpunkt hielt Luke dem Wärter einfach nur schweigend den Arm hin und zwang sich, nicht zusammenzuzucken, als Oz stöhnte, während der Mann seinen Arm packte und mit dem Chipscanner darüberfuhr.

»Hast du die Warnung bekommen?«, fragte der Doc und streckte dem Wärter sein Handgelenk entgegen. »Ich glaube, bei unseren Leuten machen Neuigkeiten schneller die Runde als über die allgemeinen Kommunikationskanäle. Denn das willst du echt nicht versäumen. Wenn du diese Geschichte vermasselst, endest du garantiert in der alten Zelle von dem hier.«

Jackson versetzte Oz einen Stoß, so dass er taumelte, und lachte dann gehässig.

»Warnung? Welche Warnung?« Besorgt verzog der Wärter das Gesicht.

»Du hast noch nicht davon gehört? Geplanter Rettungsversuch. Anscheinend haben Walcotts Kumpane euer uraltes Funknetz abgehört und sind jetzt auf dem Weg hierher, um ihn zu befreien. Deshalb hat man uns auch in aller Eile losgeschickt. Schade – das hätte ich mir gern angesehen. Die haben ernsthaft einen Typen dabei, der als Master Jardine durchgehen soll. Das Problem ist nur, dass sie sich wahrscheinlich keine Fotos von dem echten Ebenbürtigen angesehen haben, weil sie nämlich versuchen, irgend so einen Rothaarigen als Jardine auszugeben. Dabei weiß doch jeder, dass die Jardines blond sind.«

»Tatsächlich?« Das Gesicht des Wärters war aschfahl. Er drehte das Armband an seinem Handgelenk und wischte über das Display. »Keine Benachrichtigung. Warum sind wir immer die Letzten, die irgendwas erfahren? Wie soll ich die denn aufhalten?«

»Am besten informierst du deine Kollegen unten am Eingang«, sagte der Doc. »Und wenn ich an eurer Stelle wäre, würde ich sie durchlassen und dann einsperren. Auf diese Weise habt ihr sie ganz allein geschnappt, und sie hocken da, wo sie sowieso landen werden: im Hochsicherheitstrakt. Auftrag erledigt.«

Die Erleichterung war dem Mann deutlich anzusehen. »Ja. Ja, genau. Gute Idee. Danke.«

Und dann gingen sie weiter und ließen den Wärter zurück, der seine Kollegen über sein Helmmikro informierte. Kurz darauf hörten sie das Dröhnen von Schritten auf dem kahlen Betonboden. Es ließ sich schwer sagen, wie viele Personen ihnen entgegenkamen. Drei?

»Wir sind jetzt wieder im normalen Untersuchungshafttrakt«, raunte Jackson hastig. »Also könnte unser Gefangener jede x-beliebige Person sein. Gavar Jardine wird mit an Sicherheit grenzender Wahrscheinlichkeit von den Sicherheitsleuten der Oberaufseherin begleitet, was bedeutet, dass keiner von ihnen Oz auf den ersten Blick erkennen wird. Davon abgesehen, würde nicht mal seine eigene Mutter ihn im Moment erkennen. Geh einfach weiter.«

Sie waren nur noch einen Gang von der Eingangshalle entfernt, als die anderen um die Ecke bogen. In dem Moment, in dem Luke ihn sah, richteten sich ihm die Nackenhaare auf.

Gavar Jardine war ein Ungeheuer auf zwei Beinen: fast zwei Meter groß, mit einem schwarzen Ledermantel bekleidet, der ihm von den breiten Schultern bis auf den Rand seiner Motorradstiefel fiel. Und dazu schwarze Lederhandschuhe.

Aber das Psychooutfit jagte Luke noch den geringsten Schrecken ein. Der Erbe der Jardines hätte einen Happy-Panda-Pyjama tragen können – er wäre noch immer der furchteinflößendste Mann gewesen, den Luke je gesehen hatte. Abi hatte ihnen zwar Fotos gezeigt, aber kein Foto der Welt konnte einen auf den Anblick eines leibhaftigen Ebenbürtigen vorbereiten. Und von den Jardines gab es eine ganze Familie. Abi arbeitete in deren Büro. Mum pflegte eine von ihnen. Hoffentlich konnte wenigstens Daisy sich von ihnen fernhalten.

»Wir zwei gehen vor. Augen auf den Boden«, zischte Jackson.

Im nächsten Moment gingen die beiden Gruppen auch schon aneinander vorbei: Luke und Jackson vorne, Oz halb verdeckt hinter ihnen. Gavar Jardine marschierte mit großen Schritten voran, und die beiden Sicherheitsleute mussten sich solche Mühe geben, mit ihm Schritt zu halten, dass sie Luke und den anderen kaum einen Blick schenkten.

Lukes Knochen fühlten sich an, als wären sie durch eine Reihe instabiler Kugellager ersetzt worden. Bestimmt würde er jeden Moment zusammenbrechen.

Aber noch nicht. Nicht, solange sie Oz nicht in Sicherheit gebracht hatten.

Der Wärter in der Eingangshalle sah sie mit großen Augen an, die Scanner griffbereit in der Hand.

»Habt ihr sie gesehen?«, flüsterte er, woraufhin der Doc nickte. »Ihr seid gerade noch rechtzeitig gekommen. Die Typen haben echt Nerven, das muss man ihnen lassen. Aber Verstärkung ist schon unterwegs. Seht zu, dass ihr euren Gefangenen abliefert.«

Jackson nickte – und dann waren sie auch schon aus dem Gebäude heraus und standen in der eiskalten Nacht.

Als sie die Straße überquerten, löste sich ein schmächtiger Schatten aus der Dunkelheit und folgte ihnen. Zwei Straßen weiter lehnte der Doc Oz an eine Wand. Dann nahm er das Gesicht des großen Mannes in die Hände und öffnete äußerst behutsam dessen Lider.

»Wir sind fast da, Kumpel. Du bist jetzt in Sicherheit.«

Jacksons Gegenwart schien Oz neues Leben einzuhauchen. Die geschwollenen Lider blieben aus eigener Kraft geöffnet. Eine Zunge leckte über die aufgeplatzten Lippen. Renie setzte Oz eine Wasserflasche an den Mund, woraufhin er gierig trank. Dann hob er die Hand und tastete sein Gesicht ab.

»Ist ja nicht so, als ob ich früher eine Schönheit gewesen wäre«, krächzte er – und Luke war über einen dummen Witz noch nie so glücklich gewesen wie in diesem Moment.

Im nächsten Augenblick ertönte aus der Richtung der Strafanstalt der Knall einer Explosion, der durch die Stille der Nacht noch verstärkt wurde.

»Greif ihm unter die Arme, Luke«, sagte Jackson. »Du auch, Renie. Bringt ihn so schnell ihr könnt zum Treffpunkt. Jede Sekunde zählt.«

»Warum?«, fragte Renie und schaute sich mit großen Augen um. »Was war das?«

»Das war Gavar Jardine.«

Jackson wirbelte herum und rannte wieder in die Richtung, aus der sie gekommen waren. Jetzt ertönten Rufe hinter ihnen. Verwirrte Stimmen. Ein Knistern lag in der feuchten, eiskalten Luft.

»Hier entlang«, sagte Renie. »Angel wartet bereits mit dem Wagen.«

Luke hatte Oz durch zwei weitere Straßen geschleppt, als plötzlich Schüsse ertönten. Ein … zwei Schüsse. Auf den zweiten Knall folgte ein grässlicher Schrei.

Er war sich zwar nicht sicher, aber das hatte verdammt nach Jackson geklungen.

»Nein, das war er nicht«, sagte Renie grimmig und zog an Lukes Ärmel. »Das war nicht Jackson.«

Am Ende der vierten Straße stand der Minivan. Als sie darauf zuhasteten, lief ihnen eine Gestalt entgegen. Jessica.

Sie stürzte auf Oz zu, als könnte sie ihn ganz allein auf den

Beinen halten – was sie natürlich nicht schaffte. Renie schob die drei miteinander verschlungenen Personen in Richtung des Wagens und zog dann Jessicas Arm weg, damit Luke Platz hatte, um Oz auf den Rücksitz zu bugsieren. Jess schluchzte auf und drückte ihr Gesicht in seinen blutgetränkten Overall. Aus der Dunkelheit des Wagens griff eine große, übel zugerichtete Hand nach ihr, tätschelte ihr das Haar. Jessie nahm die Hand und drückte einen Kuss darauf.

»Wir müssen los, Jess.«

Eine Sekunde später wurde Renies Gesicht von einem grellen Schein erhellt, als eine chemische Stichflamme über den Gebäuden in der Ferne aufloderte. Ein fauler, beißender Qualm trieb auf sie zu, und Luke konnte den Geschmack auf seiner Zunge wahrnehmen, während um sie herum Trümmer und Gesteinsbrocken auf einem nahe gelegenen Dach niederprasselten.

»Zeit zum Aufbruch«, sagte eine Stimme vom Fahrersitz aus. »Schließ die Tür, Renie.«

Angel. Luke hatte sie vollkommen vergessen. Als er ihr Gesicht betrachtete, während sie sich aus dem Fahrerfenster lehnte, fragte er sich, wie das möglich war. Sie hatte die blonden Haare unter eine Wollmütze geschoben und umklammerte mit beiden Händen das Lenkrad.

»Er ist bald in Sicherheit – das verspreche ich. Und macht euch keine Sorgen um Jackson; ihm passiert schon nichts. Passt jetzt gut auf euch selbst auf. Am besten trennt ihr euch und geht direkt nach Hause. Nehmt unterschiedliche Wege, aber lauft natürlich nicht in diese Richtung.«

Angel deutete mit dem Kopf auf die Stelle, wo der Qualm noch immer in die Höhe stieg. Grelle Blau- und Orangetöne erhellten den Himmel wie ein Feuerwerk für Farbenblinde.

Der Motor dröhnte bereits im Leerlauf. Als Angel kurz das Gaspedal testete, rührte Luke sich nicht von der Stelle und starrte wie ein Vollidiot durch das geöffnete Fenster.

Und Angel streckte den Arm aus und berührte – unfassbarerweise – seine Wange. Erneut spürte Luke dieses elektrisierende Kribbeln; er schaffte es nicht, den Blick von ihrem perfekten Gesicht abzuwenden.

»Sei vorsichtig, Luke Hadley«, sagte Angel.

Dann gab sie Gas, und der Minivan schoss in die dunkle Nacht.

# 13

## *Bouda*

Sie haben *Geschick* eingesetzt?«

»Das habe ich doch gerade gesagt.«

Ihr zukünftiger Mann verschränkte die Arme, und sein Gesicht nahm einen ungesunden Rotton an.

Bouda seufzte. Würde so ihr Eheleben aussehen? Gavar, der bei der geringsten Kleinigkeit gleich streitsüchtig wurde: »Ist das die Marmelade, die du wolltest, Darling?« Finstere Miene. »Das habe ich doch gerade gesagt.« »Kommt deine Großtante heute Nachmittag zum Tee, Liebster?« Wütender Blick. »Das habe ich doch gerade gesagt.«

Sie würde es schon früh genug erfahren. Morgen fand die Zweite Debatte statt, auf Grendelsham. Nach der Dritten Debatte auf Kyneston würden sie heiraten. Noch drei Monate.

Wie sähe die Situation wohl aus, wenn das Schicksal ihr einen der anderen Jardine-Söhne beschert hätte: Jenner oder Silyen? Jenner wäre vermutlich nicht in Frage gekommen, überlegte sie. Wenn er als erster Sohn zur Welt gekommen wäre, hätte Whittam ihn enterbt. Und Silyen? Na ja … vermutlich gab es Schlimmeres als Gavars kurze Lunte.

Außerdem: Vielleicht würden sich die Strategien, die sie im Umgang mit ihm und seinen Launen erlernte, eines Tages als nützlich erweisen, wenn sie erst Kinder hatten.

»Aber wenn ich deinen Vater richtig verstanden habe …« –

sie schaute hilfesuchend zu Whittam, der daraufhin bestätigend nickte –, »dann lässt sich diese Flucht ausschließlich durch die laxen Sicherheitsvorkehrungen in Millmoor erklären.«

Sie zählte die Versäumnisse der dortigen Verwaltung an ihren Fingern ab und zuckte beim Anblick des grellen, türkisblauen Nagellacks auf jedem ihrer Nägel innerlich zusammen. Dina war in den frühen Morgenstunden aus Paris zurückgekehrt und mit Tüten voller Designerunsinn und maßlos überteuerter Kosmetik ins Haus geplatzt. Nach dem Frühstück hatte sie darauf bestanden, ihrer Schwester eine Maniküre zu verpassen, obwohl genügend Haussklaven für diese Aufgabe zur Verfügung standen. »Denn Politikerinnen können auch hübsch sein!«, hatte sie versichert. Vermutlich handelte es sich auch in diesem Fall um glückliche Geburtsumstände, dachte Bouda. Man musste sich nur mal vorstellen, was passieren würde, wenn DiDi die Erbin der Matravers wäre …

»Die Täter waren im Besitz gültiger ID-Armbänder. Und da sie sich als Sicherheitsmitarbeiter der Verwaltung ausgegeben haben, hat die Tatsache, dass die Gefängniswärter sie nicht kannten, keinerlei Verdacht erregt.« Bouda krümmte zwei Finger und zählte weiter. »Dein Vater hat gerade die Bestätigung erhalten, dass sie sich auch Zugang zu den Bildern der Überwachungskameras verschafft hatten. Außerdem haben sie sich in das Kommunikationsnetz des Sicherheitsdienstes gehackt, wodurch sie wussten, dass du auf dem Weg zu dem Gefangenen warst.

Und nicht zu vergessen: Sie haben die Nerven bewahrt. Wenn Walcotts Flucht nicht so extrem ärgerlich wäre, würde ich ihnen zu ihrer Unverfrorenheit glatt applaudieren. Einfach mit dem Gefangenen hinauszumarschieren und den Schwachköpfen von Wärtern zu erzählen, du seist das Ausbruchskommando.« Sie krümmte den letzten Finger. »Alles in allem mehr als genug Gründe, wieso es ihnen gelungen ist, den Gefangenen diesem Haufen von Trotteln unter der Nase wegzuschnappen.«

Gavar bewegte sich nicht, ragte fast schon bedrohlich hoch neben ihr auf. Aber sie war dadurch nicht eingeschüchtert und blieb ruhig auf dem Sofa sitzen. Schließlich befanden sie sich im behaglichen Wohnzimmer von Daddys kleinem Unterschlupf in Mayfair. Alles an diesem Raum war so gemütlich gepolstert wie Daddy. Und Bouda fühlte sich hier sicher – das war ihr eigenes Territorium.

»Hinter der Sache steckte mehr«, beharrte Gavar. »Schon möglich, dass die Sicherheitsleute in den Sklavenstädten nicht wegen ihrer Intelligenz eingestellt werden. Aber diese Wärter sollen wirklich auf so einen billigen Trick hereingefallen sein? Und ich ebenfalls? Ich bin direkt an ihnen vorbeigegangen. Habe sie keines Blickes gewürdigt.«

Und genau das, dachte Bouda, war der entscheidende Aspekt in dieser ganzen Farce. Gavar Jardine übersah einen Ausbruch, der direkt vor seiner Nase stattfand. Und um seine eigene Dummheit zu vertuschen, entdeckte er auf einmal Beweise dafür, dass *Geschick* im Spiel war. Noch dazu in einer Sklavenstadt. Bouda war nicht entgangen, wie sehr Gavar der Gedanke beunruhigt hatte, Sondermaßnahmen bei einem Gefangenen durchführen zu müssen. Wahrscheinlich hatte er seit dem Moment, in dem der Bentley der Jardines London verlassen hatte, ununterbrochen getrunken. Schließlich wusste jeder von der Minibar zwischen den Rücksitzen der Limousine.

»Eine interessante Hypothese«, sagte Lord Whittam, der am

Kaminmantel lehnte und das Gespräch verfolgt hatte. »Aber nicht wirklich sachdienlich. Das gestohlene Fahrzeug wurde im Peak District aufgefunden, halb versenkt in einem Steinbruch. Inzwischen hat man den Wagen zwar geborgen, aber vermutlich wird er uns keine allzu großen Informationen liefern. Und diese Vorgehensweise ist nichts, worauf eine Person mit *Geschick* zurückgreifen würde.«

»Wissen wir, wer den Wagen gefahren hat?«, wandte Bouda sich an Whittam. »Der geflohene Häftling oder ein Komplize?«

»Etwa fünf Minuten nach Entdeckung des Ausbruchs hat der Sicherheitsdienst einen Chip-Kontrolllauf in der gesamten Umgebung durchgeführt. Dieser dokumentierte, dass alle gechippten Individuen jenseits des Grenzzauns eine Genehmigung besaßen – bis auf den Gefangenen Walcott. Das Fahrzeug passierte verschiedene interne Kontrollpunkte, und die Wärter wussten zu berichten, dass die ID in Ordnung war und der Wagen von einer mitteleuropäischen Frau gefahren wurde. Allerdings sind die Beschreibungen dieser Person unerfreulich vage.«

»Eine Frau und ungechippt?«, fragte Bouda. »Vielleicht Walcotts Frau? Ist sie draußen? Frei?«

»Tot«, sagte Whittam mit ausdrucksloser Stimme. »Brustkrebs. Vor drei Jahren. Anscheinend war das der Anlass, warum Walcott den Beschluss gefasst hat, seine Sklavenzeit abzudienen.«

»Ich sag's euch: Da war *Geschick* im Spiel«, beharrte Gavar mit geballten Fäusten.

Bouda war sich ziemlich sicher: Das einzige *Geschick*, das letzte Nacht in Millmoor zum Einsatz gekommen war, war Gavars eigenes. Rasend vor Wut, weil ihn ein Wärter eingesperrt hatte, der ihn für Walcotts Komplizen hielt, hatte Gavar sich einfach einen Weg aus dem Gebäude gesprengt. Die Explosion hatte den Hochsicherheitstrakt der Strafanstalt dem Erdboden gleichgemacht und mehrere Personen schwer verletzt. Das Ganze war ziemlich übertrieben – wenn auch eine zeitlich gut gewählte Erinnerung an die Macht, mit der Millmoors Aufrührer sich anlegten.

Danach hatte Gavar jemanden mit seinem heißgeliebten Revolver durch die Straßen der Sklavenstadt verfolgt, offensichtlich in der Annahme, dass es sich entweder um Walcott oder seinen fliehenden Komplizen handelte. Gavar Jardine, der Actionheld. Bouda lächelte still in sich hinein. Er war ja so ein kleiner Junge.

Aber sie wollte vermeiden, dass Gavar schon zu einem so frühen Zeitpunkt all seine Förmchen aus dem Sandkasten warf. Immerhin musste sie die nächsten beiden Tage mit Vater und Sohn Jardine verbringen. Vielleicht war es Zeit, einen sanfteren Ton anzuschlagen.

»Was ist mit der Person passiert, auf die du geschossen hast? Was auch immer dich darauf gebracht haben mag – *Geschick*, Intuition oder scharfe Ohren –, dein Instinkt bezüglich des Fluchtversuchs war richtig.« Sie schenkte Gavar ihr sanftestes Lächeln. Allerdings schien er dagegen leider immun zu sein.

»Ich habe nicht nur einfach auf den Mann geschossen, sondern ihn auch getroffen«, schnaubte Gavar. »Ich habe ihn aufschreien gehört.«

Gavar war ziemlich empfindlich, wenn es um seine Treffsicherheit ging. Zumindest seit die Nachricht von seinem Jagdunfall die Runde gemacht hatte – jenem Unfall, bei dem die Sklavenmutter seines Kindes ums Leben gekommen war.

Bouda hatte sich nicht dazu überwinden können, diesen speziellen Vorfall zu bedauern.

»Aber du hast weder einen Leichnam noch irgendwelche Blutspuren am vermuteten Standort des getroffenen Täters gefunden?«

»Nein, nichts.« Gavar schüttelte den Kopf und fuhr dann in gereiztem Ton fort: »Aber das habe ich bereits alles mit Vater besprochen.«

Bouda sah, wie er Lord Whittam einen stummen Blick zuwarf, als würde er um Unterstützung bitten. Aber die bekam er nicht. Weder jetzt noch sonst irgendwann. Das Ganze war fast schon bemitleidenswert.

»Falls Gavar den geflohenen Häftling getroffen hat … Nun ja, der Mann ist definitiv verschwunden. Aber wenn es sich um seinen Komplizen gehandelt hat, müsste derjenige noch immer in Millmoor sein. Die Krankenhäuser sollten überwacht und das Pflegepersonal befragt werden«, wandte Bouda sich an ihren zukünftigen Schwiegervater. »Und selbst wenn die Verletzung nicht schwer war und die Person die Wunde selbst versorgt hat, sollte an alle Manager und Vorarbeiter eine Anordnung ergehen, die Augen offen zu halten. Außerdem sollten die Mitarbeiter der Wohnheime bei Blut auf Laken oder Handtüchern nachhaken.«

»Guter Vorschlag«, sagte Whittam, und Bouda strahlte über sein Lob – sie konnte einfach nichts dagegen tun.

Machte sie sich zu große Hoffnungen, dass er erkannte, dass sie für das höchste Staatsamt wesentlich besser geeignet war als sein Sohn? Leider musste sie davon ausgehen. Denn Whittam Jardine schätzte nur einen einzigen Aspekt noch mehr als die Verdienste und Leistungen einer Person: die jeweilige

Blutsverwandschaft. Aber zumindest würden Boudas Kinder eines Tages von seiner unbeirrbaren Überzeugung bezüglich der Überlegenheit seiner Familie profitieren.

»Dann haben wir es also mit folgenden Fakten zu tun«, setzte Whittam in einem Ton an, mit dem er offizielle Meetings zu beenden pflegte – einschließlich der Sitzungen, bei denen der Kanzler anwesend war. »Der Verbrecher Walcott ist mit Hilfe zweier männlicher Personen aus der Strafanstalt geflohen, möglicherweise unter Einsatz von *Geschick*.«

Herablassend neigte er den Kopf in Richtung seines Erben. Konnte er den Groll in den Augen seines Sohns denn nicht sehen, fragte Bouda sich. Gavar war wie ein misshandelter Hund, der genau wusste, wie lang seine Kette war, und der nur darauf wartete, dass sein Besitzer diesen Umstand eines Tages vergaß.

»Wir nehmen an, dass entweder einer der Komplizen oder der Häftling danach angeschossen und verletzt wurde. Der derzeitige Aufenthaltsort der Komplizen ist unbekannt. Dagegen wissen wir, dass der Gefangene in einem Fahrzeug aus Millmoor geflohen ist, das von einer unidentifizierten und ungechippten weiblichen Person gefahren wurde. Richtig?«

»Worüber um alles in der Welt unterhaltet ihr euch?«, ertönte eine schläfrige Stimme an der Tür. »Möchte jemand Kaffee? Ich habe Anna gebeten, mir eine Kanne zu kochen. Ich Dummerchen habe doch gedacht, es würde reichen, wenn ich mich am Vormittag noch mal hinlege. Paris war einfach phantastisch, aber jetzt bin ich völlig erledigt.«

Dina stand im Türrahmen, total zerzaust. Ein Kaschmir-Morgenmantel hing locker von ihren Schultern herab, und sie drückte ihren unmöglichen Mops, Stinker, an sich. Bouda hatte sich so auf das Gespräch konzentriert, dass sie nicht einmal gehört hatte, wie ihre Schwester hereingekommen war.

Whittam warf ihr einen mörderischen Blick zu. Bouda wusste, dass er Dina für ein verwöhntes kleines Gör und für eine Belastung hielt. Es war höchst bedauerlich, dass sie ausgerechnet jetzt in dieses Gespräch hineingeplatzt war. Bouda würde ein weiteres Mal erklären müssen, dass DiDis Vorstellung von Kritik an der Regierung darin bestand, die Sklaven mit ihren richtigen Namen anzusprechen. Und natürlich darin, Daddys schwerverdientes Geld an sogenannte Menschenrechtsorganisationen zu verteilen, die garantiert jeden Penny für protzige Büros und Trinkgelage für die internationale Presse verschwendeten.

Hastig ging Bouda zu ihrer Schwester und legte einen Arm um ihre Schultern, um sie wieder in Richtung Küche zu schieben.

»Wir haben nur die morgige Debatte vorbereitet, Darling, aber jetzt sind wir fertig. Und natürlich würde ich gern eine Tasse Kaffee trinken, bevor wir nach Grendelsham aufbrechen.«

»Stinky hat mich geweckt«, sagte Dina und sah ihre Schwester besorgt an. »Er hat ein geblähtes Bäuchlein. Vermutlich hätte ich ihm nicht so viele Weinbergschnecken geben sollen. Ich glaube, Schnecken bekommen ihm nicht. Genau wie Knoblauch.«

Bouda warf einen beunruhigten Blick auf den Hund. In seinem kurzen Leben hatte Stinker seinem Namen bereits alle Ehre gemacht. Der Mops erwiderte ihren Blick, und aus seinen vorstehenden Augen sprach unverkennbar ein schlechtes Gewissen.

»Wie wär's, wenn du ihn kurz absetzt und ihn ein wenig im Wohnzimmer herumlaufen lässt?«, schlug Bouda vor. »Ich bin mir sicher, das wird ihm helfen.«

Dann nahm sie ihrer Schwester den Hund aus den Armen, setzte ihn auf den Boden und verpasste ihm mit der Spitze ihrer hochhackigen Schuhe einen kräftigen Stoß in den Bauch, wobei sie hoffte, dass Dina es nicht bemerkte. Laut jaulend rannte der Mops in den Raum, in dem der Lord und sein Erbe standen.

Und dann schloss Bouda die Tür.

Nach dem Kaffee und einer kurzen Verabschiedung folgte die lange Fahrt nach Grendelsham im Süden von Wales. Während die Erste und Dritte Debatte zur Tagundnachtgleiche im Herbst und im Frühling stattfanden, wurde die Zweite Debatte zur Wintersonnenwende abgehalten, dem kürzesten Tag des Jahres. Und Bouda sorgte dafür, dass sie immer genau zum Sonnenuntergang dort eintraf.

Als der Wagen um eine Kurve bog, erstreckten sich die Sandstrände der Gower-Halbinsel direkt vor ihrer Nase. Und hoch oben auf den Klippen thronte Grendelsham, in die letzten Flammen der untergehenden Sonne getaucht. Das Gebäude erinnerte an einen Kasten aus klarem, pulsierendem, rosigem Licht – denn der mit Hilfe von *Geschick* errichtete Herrensitz bestand vollständig aus Glas. Umwerfend und vollkommen unpraktisch, stellte Grendelsham das erste und einzige Exemplar des sogenannten Dritten Revolutionsstils dar. Das Gebäude mit dem Spitznamen »Glashaus« erinnerte an jene Art hochgestochener Kunstinstallationen, die Dina in den Southbankgalerien so gern sponserte. Aber dieses Bauwerk war hundertmal größer und atemberaubender.

Wie gebannt starrte Bouda darauf, unfähig, den Blick abzuwenden. Man wusste nie, mit welcher Farbe das Glashaus überraschte: blau wie der Himmel an einem Sommertag; buttergelb im warmen Sonnenlicht; fliedergrau im Morgengrauen. Und auch jetzt, als die Sonne immer tiefer sank, veränderte sich die Farbe. Der rosige Ton wurde intensiver, dunkler, verwandelte sich dann in ein knalliges Glutrot … und nahm immer mehr die Farbe von Blut an.

Bouda sank in ihren Sitz zurück, plötzlich entmutigt. Hastig tippte sie auf den Knopf, und die getönte Scheibe des Fahrzeugs fuhr sich hoch. Der Anblick der Sonne erinnerte sie an das Foto des Verwaltungsgebäudes in Millmoor, auf dem ein riesiges scharlachrotes »Y«, »E« und »S« prangte. Die Farbe war mit großen, ausholenden Bewegungen aufgesprüht worden, als hätte man das Wort mit einem Messer in helle Haut geschlitzt. Und dann waren da noch die konfiszierten Flugblätter. »WIR BLUTEN unter ihrer PEITSCHE«, hatte auf einem der Zettel gestanden. Primitiver Propagandamist, hatte Bouda gedacht. Als ob heutzutage noch irgendjemand Peitschen verwenden würde.

Als der Wagen schließlich vor dem Haus anhielt, war Bouda froh, dass inzwischen die Dunkelheit eingesetzt hatte. Das Gebäude leuchtete hell vor dem schwarzen Nachthimmel. Bouda schlängelte sich durch die Gruppen der anderen Ebenbürtigen und empfing und verteilte Begrüßungen und Küsse in alle Richtungen, während sie sich auf die Suche nach ihrem Zimmer machte. Grendelshams Schlafzimmer und Bäder besaßen ebenfalls Glaswände, allerdings glücklicherweise mit

Vorhängen versehen. Die Zweite Großdebatte war berüchtigt für ihre Affären und Liaisons. Bouda ermahnte sich, vor dem Schlafengehen ihre Zimmertür zu verriegeln, falls der Ruf des Hauses Gavar Jardine auf irgendwelche Ideen brachte.

Dann ließ sie eine Haussklavin kommen, um ihr in ein Kleid zu helfen, dessen Rücken fast bis zum Steißbein ausgeschnitten war. Das Kleid war so eng, dass Bouda keine Ahnung hatte, wie sie da hineinschlüpfen sollte – Haute Couture, die DiDi aus Paris mitgebracht hatte und die Bouda einfach nicht hatte abschlagen können. Aber sie hätte sich keine Sorgen zu machen brauchen. Das bodenlange Kleid fiel von ihren Schultern wie flüssiges, glitzerndes Silber – ein Effekt, der Bouda so gut gefiel, dass sie vergaß, die Sklavin zu tadeln, weil diese ungefragt ihre Bewunderung äußerte.

Sie genoss es, dass alle Köpfe sich nach ihr umdrehten, als sie in den Empfangsbereich zurückkehrte und sich zwischen den Smokings und Abendgarderoben hindurchschob. Ihr Vater und Rix saßen auf einem unbequem wirkenden Chrom-und-Leder-Sofa, gutgefüllte Gläser in der Hand. Daddy hatte bereits starke Schlagseite, während sich ihr Pate prustend ihren Bericht über die jüngsten Ereignisse in Millmoor anhörte.

»Ein entflohener Sklave, wie?«, lachte Rix und blies duftenden Zigarrenrauch aus seinen Nasenlöchern. »Können wir nicht die Hunde auf seine Fährte ansetzen? Vielleicht Hypatias Prachtexemplar.«

Bouda verzog das Gesicht. Hypatias Hund würde während der Dritten Debatte und ihrer Trauung in einen Zwinger gesperrt werden müssen – oder noch besser: erst gar nicht in Kyneston erscheinen. Crovan hatte ganze Arbeit geleistet, und dieses Wesen war eine Beleidigung für das Auge. DiDi würde garantiert Theater machen.

Während des Abendessens saß Bouda zwischen den beiden Männern, aber danach entschuldigte sie sich unauffällig und mischte sich unter die Gäste, um Konversation zu machen. Der beste Teil des Abends, wie sie fand.

Inzwischen hatte sich das Debakel in Millmoor herumgesprochen, und die Ebenbürtigen waren ganz begierig darauf, mehr zu erfahren. Bouda gab sich zurückhaltend – genauere Einzelheiten würde sie am nächsten Morgen während ihrer kurzen Rede als Schriftführerin des Justizrats präsentieren. Aber hier und dort ließ sie ein paar Andeutungen fallen, kleine Samenkörner, die durch Gerüchte und Spekulationen genährt wurden. Und die wenigen Informationen, die sie preisgab, verpackte sie in einen Hauch von Bedauern, verwundertes Kopfschütteln und sogar leise Zweifel. Was hatte der Kanzler sich bei dieser unverantwortlichen Vorlage nur gedacht? Eine Vorlage, die zu Fehlinterpretationen förmlich einlud? Und bevor Bouda zur nächsten Gruppe schlenderte, hörte sie jedes Mal beifälliges Murmeln von allen Seiten.

Welche Früchte mochten diese kleinen Samenkörner letztendlich hervorbringen?

Zu fortgeschrittener Stunde dünnte die Menge allmählich aus, aber der Lärmpegel ließ keineswegs nach, da die verbliebenen Gäste inzwischen ziemlich betrunken waren. Deutlich härterer Boden für Boudas kleine Samenkörner. Es wurde Zeit, aufs Zimmer zu gehen und ihre Rede noch ein letztes Mal durchzulesen. Aber zuerst wollte sie noch schnell etwas frische Luft schnappen, um einen klaren Kopf zu bekommen.

Bouda schlängelte sich zwischen lachenden, flirtenden Gruppen hindurch, die sich aus Ebenbürtigen und dem einen oder anderen Parlamentsbeobachter zusammensetzten; dabei notierte sie sich im Geiste, wer besonders eng zusammenstand. Die späte Abendstunde mochte zwar nicht mehr ideal zum Verbreiten von Informationen sein, aber trotzdem ließ sich noch immer nützliches Wissen sammeln. Bouda steuerte auf die massive, mit Bronze eingefasste Eingangstür zu und konnte bereits den mondbeschienenen Strand sehen, als sie plötzlich so heftig zurückgerissen wurde, dass es ihr den Atem verschlug.

Wütend fuhr sie herum, bereit, Gavar anzufauchen, da sie beim Herumwirbeln rote Haare erspäht hatte – doch dann stand sie ihrem zukünftigen Schwiegervater Nase an Nase gegenüber. Er verstärkte seinen Griff um ihren Arm, während er sie ungestüm zu sich heranzog. Der Ruck bewirkte, dass Bouda auf ihren hochhackigen Schuhen das Gleichgewicht verlor, stolperte und gegen seine Brust prallte. Sofort schlang er den anderen Arm um sie; das Kristallglas in seiner Hand drückte sich in ihr entblößtes Kreuz.

Sie konnte den Whisky riechen, den er getrunken hatte. Sein Gesicht war jetzt so nah, dass sie das Gefühl hatte, er würde ihr seine Worte einhauchen – wie ein Gott, der eine Lehmfigur zum Leben erweckte.

»Du bist eine Sensation … in diesem Kleid.«

Wie zur Betonung fuhr Whittam mit dem Whiskyglas über die gesamte Länge ihrer nackten Wirbelsäule. Dann hielt er in Boudas Nacken inne und strich mit dem Daumen über ihren Hals. Bouda lehnte den Kopf nach hinten, um seiner Berührung zu entgehen, fühlte sich dadurch aber nur noch exponierter. Ein Rauschen dröhnte in ihren Ohren, das entweder von ihrem pulsierenden Blut oder dem Meer jenseits der Tür stammte. Aber sie waren von Leuten umgeben, also durfte sie jetzt keine Szene machen.

»Dieses Kleid ist nicht angemessen« – sein Atem streifte über ihr Schlüsselbein, und sein Daumen grub sich tiefer in ihre Haut – »für ein Mitglied meiner Familie.«

Das geschmeidige Gewebe des silbernen Kleids war trügerisch dünn – Bouda konnte jede Bewegung seines Körpers an ihrem spüren.

Als plötzlich eine kalte Woge über sie hinwegfuhr, fragte sie sich, ob sie in Ohnmacht gefallen war oder ob Whittam das ultimative Verbrechen begangen und sein *Geschick* gegen sie eingesetzt hatte, um sie gefügig zu machen. Doch dann öffnete sie die Augen – wann hatte sie sie überhaupt geschlossen? – und sah, dass jemand die große Glastür aufgestoßen hatte. Eine dunkle Gestalt stand davor, ein Schemen, nur durch einen winzigen rotglühenden Lichtpunkt erhellt. Eine Zigarette, erkannte Bouda, als der Rauch in ihre Richtung wehte. Whittam ließ die Hände herabsinken, und Bouda trat einen Schritt zurück.

»Alles in Ordnung?«

Die Stimme eines Mannes. Höflich. Unbekannt.

»Ich habe lediglich ein paar Worte mit meiner angehenden Schwiegertochter gewechselt«, sagte Whittam leichthin, hob das Glas und trank einen weiteren Schluck Whisky. Ein Teil der Flüssigkeit war über Boudas Rücken geschwappt, und sie spürte, wie der Whisky klebrig auf ihrer Haut trocknete.

»Selbstverständlich, Lord Jardine. Ich hoffe doch sehr, dass ich nicht störe. Ich hatte lediglich gesehen, dass Miss Matravers taumelte, und da habe ich mich gefragt, ob ihr etwas frische Luft vielleicht guttun würde. Obwohl, wenn ich ›frische

Luft‹ sage …« – der Mann legte eine nachdenkliche Kunstpause ein – »… dann meine ich natürlich ›tosender Sturm‹. Der Effekt ist ziemlich belebend. Miss Matravers?«

Der Fremde schwang die Tür jetzt weit auf, als wollte er sie einladen, ins Freie zu treten. Dabei platzierte er sich so, dass er zwischen Bouda und ihrem zukünftigen Schwiegervater stand.

Windstöße peitschten durch die Tür, woraufhin sich die ersten Köpfe drehten und verärgerte Stimmen riefen, man solle gefälligst die Tür schließen. Also reagierte Bouda schlicht und einfach: Sie hob den Saum ihres Kleids und trat über die Schwelle. Aus dem Augenwinkel nahm sie wahr, dass Whittam auf dem Absatz kehrtmachte und sich wieder unter die Gäste mischte.

Was war da gerade passiert?

Ihr Retter – nicht dass sie einen gebraucht hätte; sie war durchaus in der Lage, auf sich selbst aufzupassen – ließ die Tür hinter ihr ins Schloss fallen. Draußen herrschte zwar kein Sturm, aber es ging ein kräftiger, eisiger Wind. Bouda kniff die Augen leicht zu Schlitzen. Wie allen Ebenbürtigen machte ihr die Kälte nichts aus, aber sie war sich nicht sicher, ob ihr unerwarteter Begleiter ebenfalls ein Ebenbürtiger war oder eher ein Gewöhnlicher. Sie hatte ihn nicht erkannt, während er im Türrahmen gestanden hatte.

Als sich ihre Augen an die Dunkelheit gewöhnt hatten, musterte sie ihn genauer. Definitiv kein Ebenbürtiger. Aber auch kein PB.

Und dann wurde es ihr klar, und sie verzog die Lippen. Wie unverschämt!

»Sie sind Jon Faiers«, sagte sie. »Der Sohn der PB-Sprecherin.«

»Ich werde Ihnen Ihre verwandtschaftlichen Beziehungen nicht zur Last legen …« – seine Zigarette deutete achtlos in die Richtung, in die Whittam Jardine verschwunden war – »… wenn Sie mir meine nicht zur Last legen. Jedenfalls habe ich schon eine halbe Ewigkeit hier gewartet.«

»Gewartet?«

Bouda war von seiner Unverfrorenheit derart vor den Kopf gestoßen, dass sie kaum dieses eine Wort hervorbrachte.

»Sie kommen bei jeder Zweiten Debatte kurz vor dem Schlafengehen noch einmal nach draußen, ganz gleich, welches Wetter herrscht. Sie mögen diesen Ort, stimmt's?«

Er deutete auf die leuchtenden Flügel des Hauses. Als er sich zum Licht drehte, sah Bouda sein Gesicht, seine kurzen braunen Haare. Er hatte blaue Augen. Vor vielen Jahren hatte sie Grendelsham an einem wolkenlosen Sommertag in exakt dem gleichen Blauton gesehen, erinnerte sie sich.

»Ich kann es Ihnen nicht verübeln«, fuhr Faiers fort, der ihren prüfenden Blick nicht zu bemerken schien. »Er ist unfassbar. Wunderschön. Unsere besten Bauingenieure wären selbst heutzutage nicht in der Lage, so etwas zu errichten, wohingegen Ihresgleichen es vor Jahrhunderten nur mit Hilfe von *Geschick* geschafft hat.«

Versuchte er, sich bei ihr einzuschmeicheln? Allerdings schwang ein seltsam aufrichtiger Ton in seiner Stimme mit.

Trotzdem: Was hatte das alles mit ihr zu tun?

»Da haben Sie recht, Mr Faiers. Aber ich denke nicht, dass das hier der richtige Ort und Zeitpunkt für ein Gespräch über architektonische Leistungen ist.«

»Hm.« Faiers drehte sich um, und sein Gesicht verschwand wieder in den Schatten. Seine Zigarette glühte mit einem letzten, tiefen Zug noch einmal auf; dann warf er sie auf den Boden und drückte sie mit der Hacke aus. »Ich habe eigentlich nicht von architektonischen Leistungen gesprochen.«

Er hielt inne und schien die Aussicht zu bewundern. Der Vollmond stand hoch am Himmel, und sein Schein glitzerte silbern auf der aufgewühlten Meeresoberfläche. War das jetzt der Moment, in dem er ihr ein unbeholfenes Kompliment zu ihrem Kleid machen wollte?

»Viele Mitglieder meiner Art – beispielsweise meine Mutter – denken nur an das, was Sie und die anderen Ebenbürtigen uns nehmen. Unsere Arbeit; unsere Freiheit; ein Jahrzehnt unseres Lebens. Aber es gibt auch einige unter uns, die sich genau bewusst sind, was Sie uns geben: Stabilität, Wohlstand. Eine Erhabenheit, um die uns andere Länder beneiden. Eine Erinnerung daran, dass es in der Welt mehr gibt als nur das, was wir sehen können.«

War er etwa einer von den *Geschick*-Besessenen? Bouda wusste, dass es solche Menschen gab: Gewöhnliche, die auf *Geschick* fixiert waren und darauf, wozu es fähig war. Gelegentlich unternahm ein besonders Verrückter den Versuch, einen Ebenbürtigen auf rituelle Weise zu töten, um sich dessen *Geschick* anzueignen – was natürlich nicht funktionierte. Falls diese Leute nicht von ihrem ausgewählten Opfer getötet wurden, erhielten sie die Höchststrafe und zählten fortan zu den Verurteilten. Dann konnten sie den Rest ihres Lebens eine umfassende Demonstration dessen genießen, wozu *Geschick* fähig war – persönlich durchgeführt von Lord Crovan.

Faiers wirkte zwar nicht wie ein Verrückter, aber man konnte nie wissen.

»Ihnen müsste hier draußen doch allmählich kalt werden«,

erwiderte sie kurz angebunden. »Wenn Sie also zur Sache kommen wollen …«

Sie hoffte, dass sie gebieterisch geklungen hatte, aber Faiers lächelte nur.

»Ich habe von den Vorfällen in Millmoor erfahren«, sagte er. »Und ich glaube, bald wird man auch Ähnliches von anderen Orten hören. Riverhead oder Auld Reekie. Und vielleicht betrifft es danach ja keine Sklavenstadt mehr, sondern eine ganz normale Stadt.

Und an diesem Tag – wenn nicht sogar schon früher – werden Sie sich vielleicht daran erinnern, dass es ein paar Gewöhnliche gibt, denen diese Welt so gefällt, wie sie ist. Die davon profitieren und nicht möchten, dass sich irgendetwas ändert.«

Faiers warf einen kurzen Blick auf Grendelshams hellerleuchtete Eingangshalle, als suchte er zwischen den wenigen noch verbliebenen Gästen nach einem Rotschopf, dann verzog er die Lippen.

»Ihre Verbündeten sind nicht immer diejenigen, die Sie dafür halten, Miss Matravers. Und das Gleiche gilt für Ihre Feinde.«

Damit machte der Sohn der PB-Sprecherin eine tiefe Verbeugung, drehte sich um und verschwand in der böigen Nacht.

# 14

## *Luke*

Der Millmoorer Gesellschafts- und Spieleverein gab sich die Ehre, die größte Silvesterparty zu schmeißen, die die Sklavenstadt je gesehen hatte.

Das Ganze versprach, ein wahres Spektakel zu werden.

Weihnachten war weniger unerträglich gewesen, als Luke befürchtet hatte. Selbst die Sklaven hatten einen Tag freibekommen, und Luke hatte sich von Ryan die dürftigen Festivitäten ihres Wohnheims zeigen lassen: Auf langes Ausschlafen folgte ein Mittagessen mit Brathähnchen und verkochtem Gemüse, dann eine TV-Übertragung der Weihnachtsansprache des Kanzlers im Aufenthaltsraum und anschließend weitere Fernsehsendungen und Filme. Im Laufe des Nachmittags kamen die schwarzgebrannten Schnapsflaschen auf den Tisch. Und Luke beteiligte sich an einem gutnachbarlichen und manchmal lebensgefährlichen Straßenfußballspiel gegen das nächstgelegene Wohnheim.

Natürlich hatte er kein einziges Geschenk erhalten. Nicht einmal eine Karte von seiner Familie in Kyneston. Denn obwohl die dreimonatige Kontaktsperre endlich verstrichen war, hatte man Millmoor seit dem »YES«-Graffito eine umfassende Kommunikationssperre auferlegt.

Aber die Tatsache, dass sie Oz befreit und aus der Sklavenstadt geschleust hatten, reichte Luke als Weihnachtsgeschenk.

Und die darauffolgende Woche hatte noch ein weiteres, verspätetes Geschenk gebracht: den Anblick des Docs. Unversehrt!

»Wir dachten, du wärst verletzt worden«, sagte Jessica. »Wir haben jemanden aufschreien gehört und angenommen, dass es dich erwischt hat – schließlich warst du ja nicht derjenige mit der Waffe.«

Jackson zog eine entschuldigende Miene.

»Ich habe versucht, ihn von euch wegzulocken. Tut mir leid, wenn ihr euch Sorgen gemacht habt.«

»Und diese Explosion … all diese Flammen, was war das?«, fragte Luke.

»Das war *Geschick*, Luke. Nur eine kleine Demonstration dessen, wozu die Ebenbürtigen fähig sind.«

»Mag sein, aber dafür sind sie nicht in der Lage, beide Augen offen zu halten«, spottete Renie. »Dieser rothaarige Riese ist im Knast direkt an euch vorbeimarschiert.«

»Er hatte nicht damit gerechnet, uns mit Oz auf dem Weg zum Ausgang zu begegnen«, sagte Jackson. »Also hat er uns nicht bemerkt. So funktionieren die Menschen nun mal, und das gilt auch für die Ebenbürtigen. Sie sehen nur, was sie sehen wollen. Aber ich kann euch versichern, dass man Gavar Jardine nicht unterschätzen sollte. Keinen von ihnen.«

»›Jardine‹ wie bei der Familie, für die meine Eltern und Schwestern arbeiten. Er ist einer dieser Jardines, richtig?«, fragte Luke. »Meine Schwester hat uns gezwungen, ihre Namen auswendig zu lernen.«

»Richtig. Und der Plan besteht noch immer darin, dich schnellstmöglich zu deren Anwesen zu bringen, damit du zu deiner Familie zurückkehren kannst. Du solltest nicht hier auf dich allein gestellt sein, Luke.«

Aber Luke war doch nicht auf sich allein gestellt, oder? Schließlich hatte er den Verein.

Er hatte Freunde. Und ein Ziel.

Aber er hatte auch eine Familie. Schwestern.

Was wäre, wenn Daisy und Abi jeden Tag mit Gavar Jardine zu tun hatten? Wenn der Kerl ein ganzes Gefängnis nur mit Hilfe der Kraft seines Verstandes – seines *Geschicks* – in die Luft sprengen konnte, wer konnte dann sagen, was er mit Sklaven machte, die ihn verärgert hatten?

Nein, Lukes Platz war bei seiner Familie. Aber irgendwie schien es seltsam, wie sehr der alles überwältigende Drang, zu ihnen zurückzukehren, im Laufe der Zeit nachgelassen hatte.

»Was hältst du davon, Luke?« Jacksons Stimme holte ihn in die Gegenwart zurück. »Sollen wir für die Oberaufseherin und ihre Freunde eine ganz besondere Silvesterparty organisieren?«

Wie sich herausstellte, traf der Begriff »Party« es nicht annähernd.

Es war erstaunlich, dass es dem Doc gelungen war, eine Gruppe von Leuten zusammenzubringen, die genau die Fähigkeiten besaßen, die der Verein brauchte, überlegte Luke und schaute in die Runde. Als er die anderen näher kennengelernt hatte, war ihm bewusstgeworden, dass sich hinter ihren Durchschnittsgesichtern ein paar beachtliche Begabungen verbargen. Die »Drückeberger«-Schwestern waren beispielsweise beide für die Polizei tätig gewesen, aber es hatte eine Weile gedauert, bis Luke erfahren hatte, in welchem Bereich.

»Cyberkriminalität«, hatte Hilda Luke eines Tages verraten, weil sie Mitleid mit seinen Rateversuchen hatte.

»Wir haben Perverse geschnappt«, hatte ihre Schwester erläutert. »Internetdrogenhändler. Und andere unangenehme

Zeitgenossen. Das heißt also, dass wir genau wissen, wo sich in so ziemlich jedem System Dinge finden und verbergen lassen.«

»Außerdem kennen wir ein paar tolle Witze, die deiner Mutter aber nicht gefallen würden«, beendete Hilda ihren Bericht.

Und etwas Ähnliches galt auch für die anderen. Jess war Sportlehrerin gewesen, hatte aber ihre Ersparnisse dazu genutzt, eine Karriere als halbprofessionelle Parkourläuferin zu finanzieren. Sie hatte ihre Sklavenzeit angetreten, nachdem sie während einer langwierigen, depressiven Phase erkannt hatte, dass sie nicht länger mit der Konkurrenz mithalten konnte. »Die schlimmste Entscheidung, die mein Ego und ich je getroffen haben«, hatte sie Luke wehmütig erzählt.

Asif war ein frischgebackener Informatiklehrer, der es hasste, vor einer Klasse zu stehen. (»Kids jagen mir höllische Angst ein. Stell dir nur mal einen Raum mit dreißig Renies vor« – was Luke gut nachvollziehen konnte.) Asif hatten die Internetzugangsbeschränkungen, die für die Sklavenstädte galten, besonders fasziniert. Nachdem er ein paar Jahre damit verbracht hatte, sich in das System hineinzuhacken, hatte er den Beschluss gefasst, sich einer größeren Herausforderung zu stellen und sich von innen nach außen zu hacken.

»Du hast deine Sklavenzeit angetreten, um dir selbst eine Herausforderung zu stellen?«, fragte Luke ungläubig.

»Was soll ich sagen?« Asif zuckte die Achseln. »Geekig im Sinne der Anklage.«

Und was brachte Luke dem Team? Er war sich nicht sicher. Natürlich hatte er sich bei der Reparatur des Fluchtfahrzeugs als nützlich erwiesen, aber niemand hatte vorhersehen können, dass seine Fähigkeit in dieser Situation erforderlich sein würde.

Außerdem war er bereit, ziemlich viel zu riskieren, wenn es darum ging, das Richtige zu tun. Für ihn war das ganz normal; allerdings lebte er inzwischen lange genug in Millmoor, um zu wissen, dass sich nur die wenigsten Menschen freiwillig für so etwas entschieden.

Also machte ihn das zu einer Minderheit. Aber ansonsten war nur eine Sache an ihm einzigartig: die Tatsache, dass seine Familie auf Kyneston lebte.

Der Herrensitz, zu dem der Doc ihn, trotz all seiner Verdienste in Millmoor, noch immer schicken wollte.

Hatte Jackson dafür besondere Gründe?

Da Luke keine sofortige Antwort darauf einfiel, ließ er die Sache erst einmal auf sich beruhen und konzentrierte sich auf die Vorbereitungen für die Silvesterparty.

Die Gruppe saß und diskutierte stundenlang, bis sie schließlich einen Plan geschmiedet hatten, der einen ganzen Tag lang absolutes Chaos in Millmoor versprach. Renie kaute so viel Kaugummi, dass es an ein Wunder grenzte, dass ihre Zähne nicht vollkommen abgeschliffen waren. Jessica wirkte zum ersten Mal seit Oz' Verhaftung wieder lebendig. Hilda und Tilda hatten eine ganze Wanne Tee getrunken, und Asif zappelte auf seinem Stuhl herum, total unter Strom, ohne irgendetwas eingeworfen zu haben.

»Wäre es nicht vielleicht sinnvoll, jemanden von den anderen Sklavenstädten dazuzuholen?«, fragte Luke schließlich. »Vielleicht jemanden aus Riverhead?«

Renie durchschaute seinen fadenscheinigen Versuch, Angel wiederzusehen, sofort und gackerte mitleidlos. Sogar Jess lächelte.

»Was denn?«, protestierte Luke mit knallrotem Gesicht.

»War ja nur ein Vorschlag. Dort gibt es vielleicht ein paar Leute mit … umwerfenden Fähigkeiten … Ich mein ja nur.«

Jackson sah zu, wie er sich wand. »Riverhead hat seine eigenen Prioritäten«, sagte er schließlich grinsend.

»Okay, okay.« Luke wusste, wann er sich geschlagen geben musste.

Der Doc beendete die Besprechung. Jetzt musste der Verein seine Pläne nur noch umsetzen.

Und Luke hatte irgendwie den ehrgeizigsten Plan von allen vorgeschlagen: einen Streik, der dafür sorgen würde, dass in Zone D einen Tag lang alles zum Stillstand kam.

Sein Plan übertraf seine bisherigen Lebensleistungen – die Berufung in die Erste Mannschaft seines Fußballklubs, die Organisation eines Klassenprojekts für das Gemeindefest und ein kompletter Varial Kickflip auf dem Skateboard – bei weitem. Schließlich konnte er nicht einfach losziehen und seine Kollegen fragen, sich an einem Streik zu beteiligen. Der Sicherheitsdienst würde ihn innerhalb kürzester Zeit aus dem Verkehr ziehen. Und selbst wenn nicht: Wer würde sich schon freiwillig an einem so gewagten Unternehmen beteiligen – geplant von einem Siebzehnjährigen? Aber Luke hatte bereits eine Idee, wo er ansetzen konnte.

Inzwischen kannte er seine Kollegen in Zone D. Er wusste, welche von ihnen in der Schlange vor der Kantine die größte Klappe hatten. Und welche oft eine Reihe von Kumpels um sich versammelten und trotz eines gnadenlosen Arbeitspensums immer Zeit für ein Schwätzchen hatten.

Einer dieser Männer war ein Typ namens Declan, der Simons Onkel Jimmy gekannt hatte. Das war zwar nur eine Verbindung um drei Ecken, aber sie würde Luke helfen, sich einen

Weg in das Netz aus Vertrauen und Freundschaft zu bahnen, das seine Arbeitskollegen miteinander verband. Und die Mund-zu-Mund-Propaganda würde für die Verbreitung des geplanten Aufstands sorgen. Luke war zum ersten Mal regelrecht dankbar für den Lärm in Zone D, denn sonst hätte Declan garantiert das Hämmern seines Herzens gehört, das Luke lauter erschien als jede Maschine. Als sie am Lagerraum vorbeigingen, zupfte Luke Declan am Ärmel und zog ihn beiseite.

»Was hältst du von dieser Stilllegung, von der alle reden?«, fragte Luke. »Klingt genial, aber auch irgendwie beängstigend: streiken. Machst du da mit?«

Declan musterte ihn verständnislos, denn natürlich gab es bisher keine Gerüchte von einer Stilllegung – noch nicht. Aber das würde sich bald ändern. Also erläuterte Luke seinen Plan so, als handelte es sich um etwas, das ihm jemand erzählt hatte. Und Declan hörte interessiert zu.

»Wir in der Gussputzerei haben noch nichts davon gehört«, erwiderte er. »Muss irgend so ein Hitzkopf aus der Bauteilhalle sein, der das anzetteln will. Aber keine schlechte Idee: dem Obermiststück eine Lektion zu erteilen, weil sie uns nicht mal zu Weihnachten mit unseren Familien hat reden lassen. Von diesen Patrouillen, die inzwischen überall herumschleichen, mal ganz abgesehen. Am dritten Freitag, sagst du? Ich werd mal mit den anderen reden.«

Und bei Lukes nächster Begegnung mit Declan erzählte er, dass zwar keiner seiner Kollegen von der Stilllegung gehört hatte, aber alle dafür seien.

»Ist ja nicht so, als ob sie uns alle bestrafen könnten«, sagte Declan und drückte beruhigend Lukes Schulter. »Also halt die Ohren steif und schließ dich uns einfach an, Junge.«

»Weißt du, was? Ich glaub, das mach ich«, sagte Luke grinsend.

Neujahr kam und ging ohne Feuerwerk. Aber Millmoor würde schon bald ein Feuerwerk zu sehen bekommen – wenn auch nicht die Sorte, die die Oberaufseherin und die Ebenbürtigen erwarteten.

Luke hatte noch ein paar Gespräche geführt. Und es dauerte nicht lange, bis sich die Reaktionen der Kollegen, mit denen er redete, allmählich änderten. Sie hätten auch schon von der Stilllegung gehört, erzählten sie ihm – und nicht nur sie selbst, sondern auch jede Menge andere Mitarbeiter. Und sie waren alle dafür.

Das Wetter war Tag für Tag unverändert trist, aber Mitte des Monats hatte sich die Atmosphäre in Zone D und anderen Teilen Millmoors auf eine nicht greifbare, aber entscheidende Weise geändert. Und dann brach die Woche an, in der die Party des Vereins steigen sollte.

Am Montagmorgen murmelte Williams irgendetwas Unverständliches, als Luke und er die rasselnden Hebel und Züge an ihrem Arbeitsplatz bedienten.

»Was ist?«

»Hast du auch davon gehört?«, wiederholte Williams und zog ein Gesicht wie jemand, der sich am liebsten die Zunge abgebissen hätte.

»Wovon gehört?«

Luke wandte den Blick ab und sah zu, wie das massive Eisenteil jetzt langsam über ihren Köpfen schwebte. Vielleicht half es Williams ja, wenn er sich nicht beobachtet fühlte; dann konnte er sich einreden, dass er auch nichts sagte. So wie diese Geschichte mit dem Baum, der im Wald umfällt …

»Streik. Freitag. Bist du dabei?«

»Ja. Und du?«

Es entstand eine lange Pause. Gemeinsam ließen sie das wuchtige Bauteil auf den Bock herab und lösten die Sicherheitsklemmen. Luke leckte sich den Schweiß von der Oberlippe und schmeckte Metall.

»Ja.«

Der Mann klang total verängstigt, aber Luke konnte seine unbändige Freude kaum unterdrücken. Jetzt, da selbst ein furchtsamer, konfliktscheuer Kerl wie Williams von der Stilllegung gehört hatte, musste inzwischen die gesamte Zone D Bescheid wissen.

Und Luke hatte das Ganze in die Welt gesetzt.

Bei diesem Gedanken schwirrte ihm der Kopf. Es war fast so, als hätte er *Geschick* und könnte etwas aus dem Nichts heraufbeschwören.

»Keine Magie ist mächtiger als der Geist des Menschen«, hatte Jackson beim dritten und letzten Vereinstreffen gesagt. Allmählich gestattete Luke sich die Hoffnung, dass er damit womöglich recht hatte.

Während Williams und er an ihrem Arbeitsplatz routiniert ihre Aufgaben erledigten, fragte er sich, wie die anderen mit ihren Plänen vorankamen.

Dabei ging es hauptsächlich um Dinge, die am Tag selbst passieren sollten. Beim letzten Treffen waren sie noch mal alles durchgegangen: Hilda und Tilda wollten die elektronische Preisliste von Millmoors Geschäften auf null setzen, so dass bei einem Einkauf vom Konto des Käufers kein Betrag eingezogen wurde. Wenn sich das am Tag schnell herumsprach, würden die Läden hoffentlich gestürmt werden. Renie hatte vor, die Fahrzeugflotte des Sicherheitsdienstes zu sabotieren – was sie als »kleinen Reifenschlitzer-Job« bezeichnete. Und Asif würde sich mit dem verhassten öffentlichen Rundfunksystem amüsieren.

»Ich werde die Frequenz auf *Radio Freiheit für alle* umstellen«, verkündete er und bezog sich damit auf einen Onlinesender, der anscheinend von einem Hausboot in den Niederlanden aus operierte. »Es geht doch nichts über ein wenig Pop zur Agitprop.«

Luke stöhnte. »Aber versprich mir, dass du den Stecker ziehst, sobald sie ›Happy Panda‹ spielen.«

Einen Moment lang katapultierte ihn sein Gedächtnis zum letzten Sommer zurück, als Daisy und ihre Freundinnen durch den Garten getobt waren und dazu in grauenhaft schlechtem Chinesisch gesungen hatten – eine von Lukes letzten Erinnerungen an sein Leben vor Millmoor. Das Ganze lag gerade mal ein halbes Jahr zurück, aber diese Zeit fühlte sich so weit entfernt an wie die Geschichte der Ebenbürtigen, die er an jenem Tag gebüffelt hatte.

Wenn bei der Party des Vereins irgendetwas schiefging, würde er dann seine Familie je wieder zu Gesicht bekommen?

Aber so durfte er nicht denken. Denn sonst würde er sich zu nichts aufraffen können und nichts für die vielen anderen Daisys bewirken, die keine clevere, große Schwester hatten, welche sie von Millmoor fernhielt.

Konzentrier dich wieder auf den Plan, Luke.

Renie hatte Jess gezeigt, wie sie die Stromstärke der von den Sicherheitsleuten verwendeten Elektroschockpistolen ändern konnte. Und der Plan sah vor, dass Jess sich in das Waffenmagazin schleichen und alle auf null setzen würde. Der Doc hatte mehrere Banner vorbereitet, die in der gesamten Sklavenstadt hängen würden. Aber die Hauptattraktion bildete die Massenkundgebung vor dem MAD-Gebäude.

Der Sicherheitsdienst würde durch die kleineren Aktionen abgelenkt werden: Die Beamten würden die Gemüter in den Geschäften besänftigen, die Banner beseitigen und möglicherweise die Arbeiter von Zone D zusammentrommeln und an ihre Arbeitsplätze treiben müssen. Was bedeutete, dass sie hoffentlich erst dann etwas von der Aktion am MAD-Gebäude mitbekamen, wenn sich dort eine große Menge versammelt hatte. Aber das, was danach passieren würde, hing allein von dieser Menschenmenge ab.

»Willst du keine Rede oder so was halten?«, hatte Renie den Doc gefragt.

»Nein«, hatte er zur Überraschung aller Anwesenden erwidert. »Das muss etwas sein, das die Menschen selbst wollen. Wir können das nicht in die Wege leiten.«

»Haben wir nicht genau das während der vergangenen Wochen getan?«, fragte Tilda. »Das alles in die Wege geleitet?«

»Nein, nicht wirklich.« Jackson kratzte sich am Bart. »Wir geben den Menschen sozusagen die Genehmigung. Wir verringern das Risiko des Einzelnen, indem wir eine Menge erschaffen, in der sich jeder Einzelne verlieren kann. Falls irgendetwas daraus entstehen sollte, dann nur, weil die Menschen von Millmoor das selbst wollen.«

Die Menschen von Millmoor.

Luke war jetzt einer von ihnen.

Und in den Wochen zwischen dem ersten und letzten Vorbereitungstreffen hatte sich etwas Seltsames und Beängstigendes ereignet: Luke hatte erstmals darüber nachgedacht, in der Sklavenstadt bleiben zu wollen.

Der Gedanke war ihm zum ersten Mal gekommen, als er eines dieser beiläufigen Gespräche zur Vorbereitung der Stilllegung mit einem Kollegen geführt hatte. Nach dem, was er gerade in Millmoor durchzog, konnte er da wirklich zu seiner Familie zurückkehren und wieder der Sohn seiner Eltern und Abis kleiner Bruder sein? Ein Handlanger auf einem großen Herrensitz, der den ganzen Tag lang nur »Ja, Sir« und »Nein, Sir« sagte?

Nachdem sich der Gedanke einmal festgesetzt hatte, schien er nicht mehr verschwinden zu wollen.

Er beschäftigte Luke jeden Tag, den er an Williams' Seite in Zone D arbeitete. Und es gelang Luke auch nicht, ihn nachts in der nichtvorhandenen Privatsphäre seines Mehrbettzimmers abzuschütteln. Er hatte auf einen alten Kindertrick zurückgegriffen und sich die Bettdecke über den Kopf gezogen, um sich einzureden, wenn er seine Zimmergenossen nicht sehen konnte, könnten sie ihn auch nicht sehen.

Statt zu schlafen, hatte er nur in der Dunkelheit gelegen und gegrübelt, bis seine Versuche, logisch zu denken, sein Gehirn derartig überhitzt hatten, dass er vor lauter Frust am liebsten die Decke weggeworfen hätte. Seine Familie befand sich im Süden des Landes, und seine Freunde waren hier. Die Pracht Kynestons und das Elend Millmoors. Sklaverei dort und Sklaverei hier. Aber hier hatte er die Chance, etwas zu unternehmen. Etwas zu verändern.

Vielleicht sogar *alles* zu verändern.

Nein, das war lächerlich: Er war nur ein Teenager. Für ihn

war es schon eine großartige Leistung, wenn er jeden Tag die Unterhose wechselte. Seine Familie wollte, dass er nach Kyneston kam. Sogar der Doc wollte das.

Aber falls der Doc seine Meinung änderte und Luke darum bat, zu bleiben … würde er dann bleiben?

Am Donnerstag wachte Luke unausgeschlafen auf und hangelte sich durch seine Schicht, ohne einem klaren Gedanken näherzukommen. Sorge und Aufregung wegen der geplanten Aktionen am nächsten Tag hatten sich zu einer übelkeiterregenden Mischung in seinem Magen festgesetzt. Als er am Abend ins Wohnheim zurückkam, ging er direkt in die Küche, um sich seine Spezialität – *Spaghetti sur Toast* – aufzuwärmen. Aber er hatte keinen richtigen Appetit und stand nur da und starrte auf den angerosteten Herd.

»Alles in Ordnung? Ich habe mir schon gedacht, dass ich dich hier finden würde.«

Luke drehte sich um. Ryan stand in der Küche.

Gelegentlich hatten sich die beiden samstagabends im Aufenthaltsraum oder morgens im Frühstücksraum getroffen und dann eine Weile gequatscht. Im Grunde hatten sie nicht viel gemein – zumal sich Ryan inzwischen für die Militärlaufbahn entschieden und als Traktierer angefangen hatte. Seine Gespräche drehten sich hauptsächlich um das Training und seine Kameraden. Aber Luke fand es nett, mit jemandem über die alten Zeiten zu reden und sich mit nostalgischer Verklärung an ihre alte, heruntergekommene Schule zu erinnern.

Luke hatte Ryan seit Weihnachten nicht mehr gesehen – umso besser, dass er ausgerechnet jetzt hier hereinschneite. Das versprach etwas Ablenkung von den sich überschlagenden Gedanken in Lukes Gehirn.

Ryan schnappte sich einen Stuhl an einem der Küchentische und machte es sich bequem. Allem Anschein nach musste Luke jetzt den Gastgeber spielen; also goss er weiteres Wasser in den Kessel, schaltete ihn ein und nahm einen zusätzlichen Teebeutel aus der staubigen Dose.

»Das hier ist fast wie an der Uni, oder?«, meinte Ryan und deutete vage auf die beiden Teebecher, die Luke auf die Arbeitsplatte gestellt hatte. »Mein Cousin hat an der Staffordshire University studiert, und ich habe ihn dort mal besucht. Er hat in einem Wohnheim gelebt, und die hatten da genau solche Küchen wie die hier.«

Luke starrte Ryan an. Sklaverei war wie das Studium an einer Universität? Weil es dort Gemeinschaftsküchen gab? War Ryan jetzt völlig durchgeknallt?

Oder hatte Jackson genau das gemeint, als er gesagt hatte, dass die Menschen von Millmoor einen Aufstand selbst wollen mussten? Ryan hatte sich gegen die Wand zurückgelehnt und starrte an die Decke. Er machte nicht gerade den Eindruck, als wollte er sich gegen irgendetwas erheben.

Luke goss Wasser auf die Teebeutel und trug die Becher an den Tisch. Was hätte er jetzt nicht alles für einen Keks gegeben …

Ryan wirkte angespannt, und Luke fragte sich, was ihn beschäftigte. Hatte er vielleicht ein Mädchen kennengelernt, irgendeine scharfe Soldatin? Der Glückspilz. Luke überlegte, ob er ihm von Angel erzählen sollte. Doch er wusste, dass er das Ganze in so viele Halbwahrheiten verpacken musste, dass sich die Mühe nicht lohnte. Außerdem fürchtete er sich so sehr davor, sich zu verplappern, dass so ein Gespräch nur zusätzlichen Stress bedeuten würde.

Wenn er doch nur jemanden hätte, mit dem er über all das reden konnte, was gerade passierte – jemand, der nicht mittendrin steckte.

Aber Ryan hatte angefangen zu erzählen, und Luke stellte fest, wie gut es tat, einfach nur zuzuhören und sich selbst in den alltäglichen Kleinigkeiten eines anderen Menschenlebens zu verlieren. Die eine Hälfte seines Gehirns folgte Ryans Bericht über dessen neues Trainingsprogramm und die sogenannte Grundausbildung; die andere Hälfte döste gemütlich vor sich hin. Vielleicht würde er heute Nacht ja endlich schlafen können.

Doch dann jagte ein Adrenalinstoß durch seinen Körper, als hätte ihm jemand eine Spritze zwischen die Schulterblätter gerammt – so wie der Doc Oz in der Nacht des Gefängnisausbruchs behandelt hatte.

»Was?«, wandte er sich an Ryan und blinzelte gegen die Neonröhren an, deren Schein den Raum eigentlich nicht heller machte, sondern in ein fahles, gelbliches Licht tauchte.

»Ich habe gefragt, ob du morgen einen großen Tag hast.«

Was zum Teufel sollte das jetzt bedeuten? Luke spürte, wie ihm die Frage die Kehle zuschnürte, also hob er seinen Teebecher an, um Zeit zu schinden. Dann stützte er die Ellbogen auf den Tisch, um ein mögliches Zittern seiner Hände zu unterdrücken.

»Großer Tag?«, fragte er und versuchte zu grinsen. »Das hier ist nicht die Henshall Academy, Ryan. Morgen ist nur Freitag – nichts Großes oder Ungewöhnliches daran. Meine Arbeitswoche endet erst Samstagabend.«

»Ah ja«, sagte Ryan. Sein Blick huschte zur Arbeitsplatte, scheinbar total von den dürftigen Gerätschaften fasziniert, und blieb an einem besonders fesselnden Stapel Kochtöpfe hängen. »Es ist nur so, dass ich da was gehört hab …«

Luke stellte den Becher ab. Er spürte, wie er allmählich den Kampf gegen das Zittern in seinen Händen verlor – der Tee würde jeden Moment über den Rand schwappen.

Ryan zögerte.

»Der Alltag hier in Millmoor ist ja nicht leicht, oder? Du musst doch wütend sein, dass man deine Familie woanders hingeschickt hat, dich aber nicht.«

Luke wurde eiskalt ums Herz. Er konnte es nicht fassen. Ryan fischte nach Informationen; er versuchte, ihn auszuhorchen, da war Luke sich absolut sicher.

Aber was genau wussten sie – wer auch immer sie waren? Hatten sie ihn im Verdacht? Was ziemlich schlecht wäre, denn das würde bedeuten, dass sie eine Verbindung zum Verein entdeckt hatten. Oder hatten sie einfach nur Wind davon bekommen, dass irgendetwas in Zone D lief? Und hatte Ryan – ganz der brave kleine Soldat – sich freiwillig gemeldet, um seinen Kumpel auszuhorchen, der dort arbeitete?

*Sein Kumpel.* Von wegen. Der Dreckskerl.

»Ich hoffe noch immer, dass meine Familie dafür sorgt, dass ich bald nach Kyneston versetzt werde«, erzählte er Ryan. Sollte der doch denken, dass Luke aus Millmoor rauswollte und sich deshalb wie ein braver Junge absolut linientreu verhielt. »Ehrlich gesagt zähle ich die Tage. Wer hätte je gedacht, dass meine Schwestern mir tatsächlich fehlen würden?«

Ryan brachte ein mattes Lachen hervor, wandte sich dann wieder Luke zu und zog eine gequälte Miene.

»Dann hast du also in letzter Zeit nichts Merkwürdiges gehört?«, fragte er. »Nichts Ungewöhnliches auf der Arbeit?«

Offensichtlich hatte Ryan es jetzt aufgegeben, subtil nach Infos zu angeln. Lukes Handflächen schwitzten. Glattes Leugnen wäre verdächtig, überlegte er. Eine große Lüge versteckte man am besten immer in einer kleinen Wahrheit.

»Hör zu, ich weiß ja nicht, wie das bei euch in der Wartungshalle ist, aber Zone D ist 'ne echt harte Nummer. Meckern ist so ziemlich das Einzige, um einigermaßen damit klarzukommen. Ich hör andauernd irgendwelche heftigen Kommentare. Von Typen, die davon reden, die Maschinen zu zerstören oder blauzumachen oder die Wärter zusammenzuschlagen. Aber so lassen sie nun mal Dampf ab.«

Ryan runzelte die Stirn. »Und das meldest du nicht?«

»Das ist doch nur Gerede, Ryan. Genauso gut könnte ich melden, dass jemand zum Klo gegangen ist oder sich in der Nase gebohrt hat. Du weißt doch, wie das hier ist: ziemlich finster und langweilig. Du als Traktierer bekommst bestimmt nicht allzu viel davon mit. Verdammt clevere Entscheidung. Wahrscheinlich würde ich dasselbe machen, wenn ich länger hier drin bleiben wollte.«

Ryan blickte auf die Tischplatte. Er hatte noch weniger Tee getrunken als Luke – wenn überhaupt. Dann schob er seinen Stuhl zurück und wirkte deutlich fröhlicher als bei seiner Ankunft.

»Ich sollte mich jetzt wohl besser aufs Ohr hauen. War 'ne lange Woche, und die ist noch nicht vorbei. Danke für den Tee.«

Er schlug Luke beim Verlassen der Küche auf den Rücken und trollte sich.

Du kannst mich mal. Verräter.

Luke lauschte auf Ryans Schritte, die sich über den Gang in Richtung Treppe bewegten. Mit dem Echo aus dem Treppenhaus und dem Stimmengewirr der anderen Männer im Hintergrund ließ es sich schwer sagen, aber es klang, als ob Ryan die Stufen *hinablief*.

Und nicht hinauf zu seinem Zimmer, um ins Bett zu gehen. Nach unten und nach draußen … um Bericht zu erstatten?

Luke blieb noch ein paar Minuten am Tisch sitzen; er wagte es nicht aufzustehen, bevor seine Beine nicht mehr zitterten.

Was sollte er jetzt tun? Von den Vereinsmitgliedern war Asif derjenige, der in nächster Nähe wohnte. Die meisten männlichen Singles waren in den Wohnheimen im Westbezirk untergebracht. Hatte Asif an diesem Abend ebenfalls Besuch von einem »Freund« erhalten? Aber falls irgendjemand Luke überwachte, wäre es eine verdammt schlechte Idee, jetzt dorthin zu gehen. Wenn die Behörden bereits von dem Verein wussten, würde das nur eine Verbindung zwischen den Mitgliedern bestätigen. Und wenn sie noch keine Kenntnis davon hatten, würde sein Besuch bei Asif ihnen einen neuen Verdächtigen liefern.

Das Gleiche galt für die anderen Mitglieder des Vereins.

Aber vielleicht schlich Renie ja durch die Straßen?

Luke wusste zwar, dass das eigentlich nicht sein konnte: Renie war vermutlich auf der anderen Seite der Stadt und schlitzte Reifen auf. Doch sein Wunsch, jetzt nicht allein zu sein, war so groß, dass er die beiden Becher spülte, auf die Abtropffläche stellte und dann in den Flur ging, um sich auf die Suche zu machen.

Er hatte kaum das Treppenhaus erreicht, als er unwillkürlich an Ryan denken musste und abrupt stehen blieb. Was wäre, wenn sein ehemaliger Schulkamerad gar nicht woandershin marschiert war, um Details von ihrem Gespräch zu melden? Vielleicht war ja die Person, der er Bericht erstattete, hierhergekommen, und die beiden unterhielten sich in diesem Moment unten vor dem Wohnheim.

Außerdem war es doch bestimmt zu spät, um jetzt noch irgendetwas zu unternehmen. Die Männer aus Zone D würden entweder zur Arbeit erscheinen oder eben nicht. Und auch alles andere würde wie geplant ablaufen … oder auch nicht.

Lukes Gedanken drehten sich im Kreis, während er die verschiedenen Möglichkeiten durchging; aber er hatte den Eindruck, dass ihm im Grunde gar keine blieben.

Also legte er sich ins Bett.

Allerdings dauerte es eine ganze Weile, bis er endlich einschlief. Am nächsten Morgen wurde er kurz nach sieben Uhr von einem seiner Mitbewohner wach gerüttelt, der in den Hühnerlegebatterien arbeitete und ungefähr zur gleichen Zeit wie Luke den Bus zur Arbeit nahm.

»Du kommst noch zu spät, Kumpel.«

»Mir geht's nicht gut«, murmelte Luke in sein Kissen. »Ich bleib hier.«

»Ist ja deine Beerdigung.«

Der Mann machte kehrt, und Luke zog sich die Decke über den Kopf und versuchte, wieder einzudösen – was ihm unfassbarerweise auch gelang.

Eine ganze Weile danach fuhr er zum zweiten Mal ruckartig aus dem Schlaf hoch. Ein Blick auf die Uhr verriet ihm, dass es inzwischen neun Uhr war. Geweckt hatte ihn eine kreischende Rückkopplung der Lautsprecheranlage. Die Lautsprecher für öffentliche Durchsagen befanden sich in jedem Gebäude und an jeder Straßenecke. Während Luke sich die Augen rieb, ertönte aus dem Lautsprecher in seinem Mehrbettzimmer ein krachender Furz, gefolgt von einem gackernden Lachen.

Luke erkannte die Stimme. Hatte irgendjemand Jessica vorgewarnt?

»Hallo da draußen, Menschen von Millmoor«, dröhnte Oz. »Hier spricht Oswald Walcott, und *Radio Freiheit für alle* wünscht euch allen einen guten Morgen. Der kommende Tag wird einfach phantastisch werden. Fangen wir gleich mit einem musikalischen Wunsch an, den einer meiner Freunde geäußert hat.«

Einen Augenblick herrschte Stille, als würde Oz mit den Reglern der Steuerkonsole kämpfen. Doch dann erklangen die unverkennbaren ersten Akkorde des zuckersüßen Synthiepopsongs.

Luke vergrub das Gesicht in seinem Kissen und stöhnte, als die vertraute Melodie losdudelte.

Die Musik erfüllte den Raum und drang hinaus in den Flur, wo sie auf ein Echo niedlicher Stimmen aus den anderen Lautsprechern im Wohnheim stieß. Der nervige Rhythmus hallte sogar von den Straßen herauf.

»Das ist ›Happy Panda‹!«, verkündete Oz' tiefe Stimme triumphierend. »Dann wollen wir die Party mal steigen lassen!«

# 15

## *Abi*

Der Abend im Großen Salon hatte begonnen wie so viele auf Kyneston: Gavar Jardine hatte wieder mal ein Whiskyglas im offenen Kamin zerschmettert. Vielleicht würde der Abend ja damit enden, dass er einen der glasverkleideten Bücherschränke oder eine der kostbaren Porzellanvasen seiner Mutter zertrümmerte – was in beiden Fällen ebenfalls keine Seltenheit darstellte.

An diesem Abend hatte Abi nicht nur zugesehen, wie Gavar das Glas zerschmettert hatte, sondern in dem Moment auch direkt neben dem Kamin gestanden. Jenner erhob sich halb aus seinem Sessel und fauchte seinen Bruder an, er solle etwas vorsichtiger sein. Aber Gavar lachte nur verächtlich. Auf der anderen Seite des Couchtischs saß Bouda Matravers allein auf einem Zweisitzer und presste die Lippen zu einem dünnen Strich zusammen, wie jemand, der ein Kleinkind bei einem Wutanfall im Supermarkt beobachtet.

Derzeitige Wahrscheinlichkeit für ein mögliches Eheglück dieser beiden: Tendenz gegen null, dachte Abi.

Ein paar Wochen zuvor hatte man ihr zusätzlich zu ihren bisherigen Aufgaben auch den Job einer Hochzeitsplanerin aufs Auge gedrückt. Jenner und sie sollten Gavar und Bouda nach genaueren Angaben und Wünschen befragen, da bis zur geplanten Trauung gerade einmal noch zwei Monate blieben.

Bouda war nach dem Abendessen in den Salon stolziert, hatte sich gesetzt und ihren Rock glattgestrichen. Dann hatte sie einen Blick auf ihre diamantenbesetzte Armbanduhr geworfen und Jenner mitgeteilt, dass ihm ihre Aufmerksamkeit bis exakt neun Uhr sicher sei. Gavar war kurz darauf hereingeschlurft.

Verstohlen beobachtete Abi die Erbin der Familie Matravers. Natürlich hatte sie bereits Fotos von ihr in Zeitschriften gesehen und sie sogar ein wenig bewundert. Die junge Parlamentarierin wirkte stets selbstsicher und supergepflegt, und aus ihren hellblauen Augen sprach eine kühle Intelligenz. Sie war eine Frau, die sich ungerührt einen Weg durch diese von Männern beherrschte Welt bahnte. (Dic Bilder ihrer jüngeren Schwester mit dem Puppengesicht – ausnahmslos dann von Paparazzi geknipst, wenn sie gerade mit einem winzigen Hund auf dem Arm und einer übergroßen Handtasche am anderen Handgelenk aus einem Nachtclub stolperte – überflog Abi sehr viel schneller.)

Aber Bouda Matravers in Fleisch und Blut war etwas völlig anderes. Natürlich ließ sich ihre Intelligenz auch jetzt nicht übersehen. Aber es handelte sich nicht um kühle Intelligenz, eher um Eiseskälte – die Sorte von Kälte, die zu Gewebeschäden führen konnte. Nicht dass Bouda Abi überhaupt wahrgenommen hätte. Sie gehörte zu jenen Ebenbürtigen, für die die Gewöhnlichen einfach wesenlos waren. Regelrecht unsichtbar. Abi fragte sich einen Moment lang, was sie wohl tun müsste, um Boudas Aufmerksamkeit zu erregen. Vielleicht ihr mit einem scharfen Gegenstand ins Bein stechen? Andererseits hatte Abi nicht die geringste Absicht, es auszuprobieren.

»Ignorier ihn einfach«, wandte Bouda sich an Jenner und blickte ganz bewusst an Gavar vorbei, der nicht länger auf und ab lief und stattdessen missmutig in die Flammen starrte. »Der Justizrat hat am Nachmittag beschlossen, ihn heute Abend erneut nach Millmoor zu schicken. Um das zu vollenden, was er bei seinem letzten Besuch angefangen hat. Deshalb ist er beleidigt und bereits angetrunken, falls du das noch nicht bemerkt haben solltest.«

Abi fummelte unbeholfen mit ihrem Bleistift herum und fing ihn gerade noch auf, bevor er auf den Boden fiel.

Millmoor? Wieso Millmoor?

Da sie neben Jenners Sessel stand, konnte sie ihm keinen Blick zuwerfen. Aber er wusste, welch große Sorgen sie sich um Luke machte, zumal die Kommunikationssperre bedeutete, dass sie seit ihrer Ankunft noch immer nichts von ihrem Bruder gehört hatte. Deshalb hätte sie Jenner umarmen können, als er in freundlichem Ton fragte, was denn in der Sklavenstadt vor sich gehe.

»Nichts, absolut gar nichts«, antwortete Gavar und wühlte in den Tiefen der fassförmigen Hausbar. »Alles nur Gerüchte. Ein Gefangener ist kurz vor Weihnachten geflohen, und jetzt gibt es irgendwelche neuen Informationen, weswegen Vater und Bouda es sich in den Kopf gesetzt haben, morgen würde dort irgendeine Aktion stattfinden. Zelston hatte nicht den Mumm, die Anwendung tödlicher Gewalt persönlich zu genehmigen, weswegen man meine Wenigkeit jetzt dahinschickt, damit ich …« – Gavar drehte sich mit einer rechteckigen, grünen Flasche in den verkrampften Fingern um und äffte den Tonfall des Kanzlers nach – »… *vor Ort diese Entscheidung treffe.*«

Er öffnete den Verschluss und trank mit gierigen Zügen direkt aus der Flasche.

»Tödliche Gewalt?« Obwohl Jenners Ton scharf klang, konnte er Abis Angst nicht annähernd wiedergeben.

*Bitte mach, dass Luke nichts passiert. Bitte.*

»Der Einzige, der etwas Vernünftiges gesagt hat, war Rix«, murmelte Gavar, wischte sich mit dem Handrücken übers Kinn und wandte sich an seine zukünftige Frau. »Er hat darauf hingewiesen, dass niemand mit Besenstielen und Küchenmessern bewaffnet auf die Barrikaden gehen würde. Also warum sollten wir uns einmischen? Und er hat recht. Die Leute, die für den Sicherheitsdienst in der Sklavenstadt arbeiten, sind allesamt Gewöhnliche. Warum sollte es uns kümmern, ob sie sich gegenseitig an die Gurgel gehen?«

Aufgebracht warf Bouda die Hände in die Luft, nur um sie noch im selben Moment wieder herunterzunehmen und in ihrem Schoß zu verschränken. Jede Geste, jedes Wort von ihr war streng gezügelt, erkannte Abi. Was musste passieren, damit Bouda die Beherrschung verlor? Darüber wollte sie lieber nicht nachdenken.

»Mehr können wir dir nicht verraten, weil wir sonst gegen die Grabesstille verstoßen würden«, erklärte Bouda ihrem zukünftigen Schwager. »Aber sagen wir mal so: Die Sache bietet Gavar die Gelegenheit, sich zu profilieren – und wie üblich gibt er sein Bestes, diese Chance zu vertun.«

»Dagegen hat dein Vater sich heute Nachmittag wirklich profiliert«, konterte Gavar und drehte sich zu Jenner um. *»Der liebe Daddy«* – jetzt äffte er Boudas heisere Stimme nach – »hat sich gegenüber Armeria Tresco zu einem Wutanfall hinreißen lassen, weil sie einen Irrtum meiner zukünftigen Frau berichtigt hatte. Plötzlich begann sein *Geschick* überzuschäumen, und in der nächsten Sekunde hat es den Ratstisch zerrissen … so eine Mahagonimonstrosität, die bestimmt zwei Tonnen wog. Wer hätte gedacht, dass Ihre Gnaden, Lord Dickwanst, dazu fähig gewesen wäre?«

Ruckartig fuhr Bouda auf, riss die Hände wieder hoch und rang sie vor ihrer Brust, als wollte die eine Hand die andere erwürgen.

»Lass das!«, fauchte sie. »Halt meinen Vater da raus. Wag es ja nicht noch mal …«

»Sonst *was?*«

Gavars Stimme hatte einen höhnischen, singsangartigen Tonfall angenommen. Er war wirklich extrem betrunken, erkannte Abi.

»Sonst wirst du es bereuen«, sagte Bouda.

Und dann sah Abi es – sie sah den Moment, in dem Bouda Matravers die Finger ballte und dafür sorgte, dass Gavar Jardine die Worte in der Kehle steckenblieben. Gavar keuchte, und er griff sich mit der linken Hand an den Kragen. Seine andere Hand öffnete sich, die Flasche fiel klirrend zu Boden, und ein süßlicher Anisgeruch stieg auf, während sich der Inhalt über die Eichendielen verteilte. Haltsuchend krallte Gavar sich an den Kaminsims und stieß dabei eine Fotografie im Silberrahmen um, die Lady Thalia in jungen Jahren mit drei kleinen Jungen zeigte – zwei rothaarig, einer dunkelhaarig.

»Also, wo waren wir stehengeblieben?«, fragte Bouda, drapierte ihren langen Pferdeschwanz über eine Schulter und nahm wieder Platz. »Ach ja, ich weiß: rosa Rosen für meinen Hochzeitsstrauß und die Knopflöcher … oder doch lieber elfenbeinweiß? Ich denke, wir sollten Rosa nehmen, findest du nicht auch, Liebster? Diese Farbe passt so schön zu deiner Gesichtsfarbe.«

Ein ersticktes Röcheln brach aus Gavar Jardine hervor – eine Mischung aus Brüllen und Atemholen.

»Du Miststück!«, röhrte er.

Und dann beobachtete Abi mit Bestürzung, wie Bouda Matravers wie von Zauberhand vom Sofa gehoben und durch die Luft geschleudert wurde. Sie prallte gegen die Wand, und ein übelkeiterregendes, knirschendes Geräusch ertönte, als ihr Schädel mit dem massiven Goldrahmen eines idyllischen Landschaftsgemäldes kollidierte. Abi sah, wie die Haut entlang ihrer weißblonden Haarlinie aufplatzte und hellrotes Blut aus der Wunde hervorquoll, während Bouda auf dem Boden zusammenbrach.

Bevor Abi auch nur um Hilfe rufen konnte, zersplitterte die Tür zum Salon in tausend Stücke.

Dahinter stand Lord Jardine, die Hand zur Türklinke ausgestreckt, die sein *Geschick* und seine Wut jedoch überflüssig gemacht hatten. Sein Gesicht leuchtete genauso rot wie Gavars, aber seine Stimme klang so beherrscht wie zuvor Boudas Tonfall.

»Was geht hier vor?«

Bouda rappelte sich auf. Eigentlich hätte sie bewusstlos sein müssen oder zumindest unsicher auf den Beinen. Aber weit gefehlt: Blut färbte eine Hälfte ihres Gesichts rot und tropfte auf den Ausschnitt ihres himmelblauen Kleids, aber die Platzwunde an ihrem Schädel war nicht mehr zu sehen.

Sie war nicht mehr da, erkannte Abi geschockt. Dann stimmte es also. Die Ebenbürtigen konnten sich selbst heilen. Wie war das überhaupt möglich?

»Eine Meinungsverschiedenheit bezüglich der Hochzeitsplanung«, erwiderte Bouda kühl. »Gavar war mit meiner Farbwahl für die Blumendekoration nicht einverstanden.«

Konnten Ebenbürtige mit Hilfe ihres *Geschicks* auch töten, fragte Abi sich. Denn in diesem Fall hätte Gavar Jardine nur noch ein qualmendes Häufchen Asche auf dem Teppich sein müssen.

»Gavar«, setzte sein Vater an. »Warum bist du noch immer hier? Du solltest längst auf dem Weg nach Millmoor sein. Na, los.«

Lord Jardine trat zur Seite und deutete auf den jetzt türlosen Durchgang. Einen Moment starrten Vater und Sohn einander an, bevor Gavar ein tiefes Knurren ausstieß, den Kopf senkte, durch die Holzsplitter stapfte und den Raum verließ.

Mit triumphierender Miene sah Bouda Matravers ihm nach. Doch ihre Freude war nicht von langer Dauer.

»Bouda, du hast ihn gefälligst nicht zu provozieren«, tadelte ihr zukünftiger Schwiegervater.

Das blonde Mädchen öffnete den Mund, aber Lord Jardine ließ sie nicht zu Wort kommen.

»Keine Widerrede. Gavar ist mein Erbe, bis ich – und diese Familie – einen besseren Erben haben. Deine Aufgabe besteht darin, Gavar unter Kontrolle zu halten, und nicht, ihn aufzustacheln. Ich erwarte von dir, dass du diese Aufgabe in Zukunft besser ausführst. Und jetzt komm.«

Er winkte sie zu sich, und Bouda folgte seiner Aufforderung.

Abi, die das Ganze beobachtete, erkannte plötzlich, dass Bouda keineswegs Gavar heiratete. Sie heiratete seinen Vater. Seine Familie. Sein Haus. Den Namen der Jardines. Und um all das zu erreichen, schenkte sie sich selbst einem Mann, den sie verachtete.

Lord Jardine legte eine Hand in Boudas Kreuz und schob sie in Richtung Flur.

»Ach, einen Augenblick noch«, sagte das blonde Mädchen und warf einen Blick über die Schulter. »Wo wir gerade dabei sind, alles unter Kontrolle zu halten. Wir wollen doch nicht, dass die Dienstboten über diesen Vorfall tratschen.«

Ihre manikürten Finger krallten sich zusammen wie ein Falke, der eine Maus packte.

»Nein«, sagte Jenner und trat einen Schritt vor. »Das ist nicht notwendig.«

Aber Bouda Matravers' *Geschick* befand sich bereits in Abis Schädel. Die Ebenbürtige rammte es wie einen Schürhaken hinein, stocherte darin herum, brannte die Erinnerung an die Geschehnisse im Großen Salon weg und verätzte die Lücke. Der Schock ließ Abis Kopf mit solcher Wucht nach hinten schlagen, dass sie sich auf die Zunge biss und ihr Schrei Blasen im Blut bildete, das ihren Mund füllte. Dunkle Punkte schwebten über ihr Sichtfeld.

Dann war es endlich vorbei, und sie saß in einem Sessel, während Jenner und Lady Thalia sie mit besorgter Miene musterten. Abi blinzelte: einmal, zweimal. Ihre Augen brannten – hatte sie geweint?

Als sie aufzustehen versuchte, zitterten ihre Beine, und sie streckte die Hand aus, um sich an Jenners Arm festzuhalten. Doch er löste ihre Finger von seinem Ärmel und legte ihre Hand auf die weinrote Lehne des Sessels. Trotz seines sanften Vorgehens fühlte sich seine Handlung unmissverständlich wie eine Zurückweisung an, und Abi spürte, wie die Haut um ihre Augen herum vor Scham prickelte. Ihr Kopf tat furchtbar weh. Und der Geruch von Alkohol hing in der Luft.

Sie sah sich im Raum um, konnte aber nichts Außergewöhnliches erkennen. Sie befanden sich im Großen Salon. Die Tür war geschlossen, die Möbel ordentlich an ihrem Platz. Das Einzige, was ihr auffiel, waren eine leere Flasche auf dem Kaminsims und die gerahmte Fotografie, die Lady Thalia in der Hand hielt. Abis Notizblock und ein Bleistift lagen nebeneinander auf dem Boden. Aber die verschiedenen Gegenstände fügten sich nicht zu einer vernünftigen, zusammenhängenden Erinnerung.

Was hatte sie getan? Hatte sie zu viel getrunken? Eine Närrin aus sich gemacht? Die Vorstellung war unerträglich. Man würde ihr nicht mehr gestatten, mit Jenner zusammenzuarbeiten. Vielleicht würde man sie sogar nach Millmoor schicken.

Beim Gedanken an die Sklavenstadt schoss ein letzter, heißer Schmerz durch ihren Kopf, der sie aufkeuchen ließ.

»Was ist passiert?«, fragte Abi und schaute von Jenner zu seiner Mutter und wieder zurück. »Ich kann mich an nichts erinnern. Es tut mir so leid. Ich hoffe, ich habe nichts falsch gemacht?«

Mutter und Sohn tauschten einen Blick. Abi spürte, dass sich ihr Magen zusammenballte – wie eine Woge der Übelkeit, wenn längst nichts mehr da ist, was sich hochwürgen ließe.

»Aber natürlich nicht, mein Kind«, versicherte Lady Thalia und stellte die Fotografie wieder zwischen die Porzellanfiguren und anderen Schnickschnack. Dann legte sie Abi eine Hand an die Wange. Ihre Finger fühlten sich kühl an und rochen schwach nach einem blumigen Parfüm.

»Du bist hierhergekommen, um dir Notizen zur Hochzeit meines Sohnes zu machen. Aber dein Fuß muss sich im Kamingitter verhakt haben, oder du bist über unsere alten, schiefen Holzdielen gestolpert. Denn du bist schrecklich gestürzt und hast dir schwer den Kopf gestoßen. Du hast uns einen ziemlichen Schrecken eingejagt. Aber jetzt geht es dir wieder besser.«

»Ich fühle mich noch immer etwas schwindlig«, räumte Abi ein. »Hoffentlich habe ich Ihnen keine Unannehmlichkeiten bereitet …«

Nervös schaute sie zu Jenner, der sie mit mitleiderregender Miene betrachtete.

»Mach dir deswegen keine Gedanken«, sagte Lady Thalia mit einem Hochglanzlächeln. Doch Abi spürte hinter der zur Schau gestellten Sorge, dass Jenners Mutter sie gern loswerden wollte. »Gavar musste aufgrund dringender parlamentarischer Angelegenheiten fort. Ich denke, es wäre das Beste, wenn du jetzt zu deinen Eltern zurückkehrst und früh zu Bett gehst. Jenner wird dich nach Hause bringen.«

Unter anderen Umständen hätte Abi sich wahnsinnig gefreut, dass Jenner sie auf dem langen Weg zu den Cottages der Sklavenfamilien begleitete. Aber an diesem Abend sagte er kein Wort. Er vergrub einfach nur das Kinn in seinem Schal und schob die Hände in die Taschen, während sie in Richtung ihres Elternhauses liefen. Dabei achtete er darauf, dass er immer ein paar Schritte vor ihr ging. Abi hatte das Gefühl, als wäre sie in Ungnade gefallen. Aber sie hatte keine Ahnung, weswegen.

Die Nacht war kalt und klar, der Himmel eher sternenhell als dunkel, und ihr Atem bildete weiße Wolken in der Luft. Abi tastete vorsichtig ihre Schläfen ab. Sie konnte beim besten Willen nicht sagen, wo genau sie sich den Kopf gestoßen hatte. Vielleicht hatte Lady Thalia ja versucht, sie zu heilen, und es war ihr nicht vollständig gelungen. Kynestons Herrin besaß nur wenig *Geschick*, obwohl sie eine wahre Begabung dafür hatte, die Porzellanfiguren wieder zu reparieren, welche ihr ältester Sohn bei seinen Wutanfällen zertrümmerte.

Bei diesem Gedanken schoss ein weiterer, heißer Schmerz durch ihren Schädel. Abi stöhnte auf und blieb abrupt stehen. Daraufhin drehte Jenner sich um, und als er sie sah, kam er sofort zu ihr.

»Was ist los?«, fragte er. »Alles in Ordnung?«

Abi konnte sich nicht länger zurückhalten. Er stand direkt neben ihr, offensichtlich ernsthaft besorgt – und sie streckte voller Unschuld den Arm nach ihm aus, um Halt zu finden.

Doch Jenner trat beiseite: ein ganz bewusster Schritt und keineswegs unter den wachsamen Augen seiner Familie vollzogen. Vor Enttäuschung spürte Abi einen Stich im Herzen.

Jenner hob die Hände, so wie er immer seinen Wallach Conker zu beruhigen versuchte, wenn dieser nervös war.

»Abigail«, sagte er in besänftigendem Ton. Die Annahme, dass er sie wie ein Tier beruhigen konnte, jagte trotz ihres Kummers heiße Wut durch ihre Adern. »Bitte hör damit auf. Du bist ein sehr nettes Mädchen. Wir zwei bilden ein gutes Team. Aber ich denke, du bringst da etwas durcheinander. Das Gleiche habe ich bei anderen Mädchen hier auf Kyneston beobachten können. Auch wenn ich nicht behaupten kann, dass *mir* das je passiert wäre.«

Er lachte verlegen, und obwohl Abi das Gefühl hatte, dass all ihre Nerven vor Scham prickelten, hätte sie ihn am liebsten geohrfeigt, weil er so eine geringe Meinung von sich hatte. Er war das Beste an dieser ganzen Familie – der einzig wirklich gute, freundliche Mensch.

»Du bist eine Sklavin und ich ein Ebenbürtiger«, fuhr Jenner fort. »Würdest du lieber schnelle zehn Jahre im Büro verbringen oder eher in die Küche oder Wäscherei oder sogar nach Millmoor verbannt werden, nur weil ein Mitglied meiner Familie der Ansicht ist, dein Verhalten sei unangemessen?«

War es möglich, vor Demütigung zu sterben? Abi hielt es für durchaus denkbar. Das würde sie zu einer Novität in der Geschichte der Medizin machen: Die Pathologen würden sie aufschneiden und analysieren und mit ihren Stahlhaken zuerst ihr aufgeblasenes Hirn und dann ihr kleines, verschrumpeltes Herz herausziehen. Sie spürte, wie ihr heiße Tränen über die Wangen liefen, legte eine Hand an die Stirn und zuckte zusammen, als seien die Schmerzen zurückgekehrt. Aber nicht ihr Kopf schmerzte, sondern ihr Herz.

»Es tut mir leid, Abigail«, sagte Jenner leise. »Aber bitte versteh doch: Auf diese Weise ist es viel leichter. Ich denke, ab hier kennst du den Weg, oder? Es ist nicht mehr weit.«

»Ich kenne den Weg«, bestätigte sie. »Danke. Ich werde morgen früh um halb neun wieder am Schreibtisch sitzen, so wie immer.«

Dann drehte sie sich so würdevoll wie möglich um. Sie spitzte die Ohren, um den Moment nicht zu verpassen, in dem er zum Haus zurückkehrte – um sich wenigstens der Illusion hinzugeben, dass er noch dastand und ihr nachschaute. Doch das Gras dämpfte alle Schritte.

Abi wünschte, alle Menschen hätten einen Knopf zum Ausschalten – irgendetwas, das man einfach betätigen konnte, um alle Gedanken und Gefühle abzuschalten, überlegte sie, während ihre Beine sie wie ferngesteuert zum Cottage trugen. Die Verwirrung in ihrem Herzen war größer als das Deutungsvermögen ihres Gehirns. Gab es in Lehrbüchern irgendein klassisches Problem, das schwieriger zu lösen war als dieses? Nein.

Die Cottages lagen noch immer außer Sicht, jenseits des steilen Hügels, der die Sklavenunterkünfte vor dem Herrenhaus verbarg. Abi trottete den Hang hinauf, als plötzlich etwas Monströses, Grollendes von der Kuppe aus auf sie zuraste. Sie konnte sich gerade noch zur Seite werfen, als Gavar Jardines Motorrad vorbeidonnerte und der Strahl seines Scheinwerfers sie einen furchterregenden Augenblick lang blendete.

Lady Thalia hatte gesagt, dass Gavar wegen parlamentarischer Angelegenheiten fortmusste. Was machte er dann hier draußen? Ein Verdacht keimte in Abi auf, und sie lief den Hügel hinauf.

Von der Kuppe konnte sie die lange Reihe weißgekalkter Cottages sehen, die im Mondlicht fast zu leuchten schienen. Und davor bewegte sich eine so große und pummelige Gestalt, dass Abi zunächst glaubte, sie würde sich irren … bis ihr Verstand das Rätsel endlich löste.

»Warte!«, rief sie, woraufhin ihre Schwester sich umdrehte und stehen blieb.

Daisy hatte sich jedes Kleidungsstück übergezogen, das an der Flurgarderobe gehangen hatte: ihren eigenen Mantel, darüber den Fleecepullover ihres Vaters und zum Schluss Mums Daunenjacke. Sie trug ein riesiges Bündel Decken auf dem Arm, in dessen Mitte sich die winzige Gestalt von Libby Jardine kaum ausmachen ließ.

»Was machst du hier draußen in der Kälte?«, fragte Abi in forderndem Ton. »Warum hast du zugelassen, dass er euch beide ins Freie schleift?«

»Er hat mich nirgendwohin geschleift«, erwiderte ihre

Schwester stur. »Das war meine Idee. Er muss wieder nach Millmoor und wollte sich nur von Libby verabschieden. Ich habe vorgeschlagen, sie nach draußen zu bringen, und ihn gebeten, am anderen Ende der Cottages auf uns zu warten.«

»Wieso um alles in der Welt?«

Daisy kniff die Augen zu Schlitzen. Ihr Anblick hätte Abi fast zum Lachen gebracht – wenn ihre nächsten Worte nicht so beunruhigend gewesen wären.

»Ich wollte mit ihm unter vier Augen reden.«

»Worüber?«

»Ach, nichts.« Ihre kleine Schwester schüttelte den Kopf. »Vielleicht klappt es ja nicht. Und wenn doch, wirst du's früh genug erfahren.«

Mehr wollte Daisy nicht herausrücken. Sie beugte sich über Libby und fummelte völlig unnötigerweise an den Decken herum.

»Du weißt doch, wie Gavar ist«, fauchte Abi, deren Frust endlich ein Ventil fand. »Du weißt, was Silyen uns über Libbys Mutter erzählt hat. Gavar ist niemand, mit dem du heimliche Gespräche führen solltest. Hör auf, dich wie ein Baby zu benehmen – das hier ist kein Spielplatz.«

Daisy funkelte sie aufgebracht an.

»Es heißt immer noch ›Master Gavar‹«, konterte sie. »Und er war immer gut zu mir. Ich werde geachtet. Kannst du das Gleiche von dir behaupten?«

Daisy stapfte davon, in Richtung Cottage, aber Abi hätte auf ihre Bemerkung ohnehin keine passende Antwort gehabt.

Irgendwie war es seltsam: Sie war sich so sicher gewesen, dass ein Herrensitz der beste Weg sei, ihre Familie zusammenzuhalten – eine sichere und bequeme Methode, ihre Sklavenzeit abzudienen. Und jetzt hockten sie hier, getrennt und verwundbarer als je zuvor: Luke in Millmoor, Daisy unter dem Einfluss von Kynestons launischem Erben.

Was hast du damit erreicht, Abi Hadley?

Nicht viel, gestand sie sich ein. Nicht annähernd genug.

Sie schob eine Hand in ihre Manteltasche und tastete herum. Da war es ja, das kleine Metallrechteck, das sich unter ihren Fingerspitzen kühl anfühlte.

Wenigstens in einer Hinsicht konnte sie etwas bewirken. Sie wirbelte herum und marschierte über die gefrorene Wiese.

Im Inneren der Hundezwinger machte der Mann gerade Liegestütze, die die Muskeln in seinen Armen und auf seinem Rücken hervortreten ließen. Der Käfig war so klein, dass er nicht aufrecht darin stehen konnte; also waren diese Übungen die einzige Bewegung, die er bekam. Als Abis Schatten über ihn fiel, ließ er sich sofort auf den Boden sinken und blieb reglos liegen. Was bedeutete, dass er sein Muskeltraining heimlich absolvierte.

Was bedeutete, dass ihn seine Gefangenschaft nicht vollends gebrochen hatte.

»Ich bin's«, sagte Abi und kam vorsichtig näher. In den Räumen des Hundemasters unter dem Dach hatte Licht gebrannt, was bedeutete, dass sie nicht mit seiner Anwesenheit im Zwinger zu rechnen brauchte. Trotzdem war er so nah, dass er jede Auffälligkeit hören würde.

»Ich habe dir ein Antibiotikum mitgebracht. Und einen Apfel, man soll es nicht auf nüchternen Magen nehmen.«

Sehnige Finger zwängten sich zwischen die Gitterstäbe und nahmen die Handvoll Tabletten entgegen. Den angebotenen Apfel ignorierten sie dagegen. Der Hunde-Mann – sie kannte seinen Namen noch immer nicht, weil er sich nicht daran erinnern konnte – schob sich die Tabletten in den Mund und trank dann aus seiner Wasserschale.

»Ich dachte, wir könnten …« Abi zögerte; sie konnte kaum fassen, was sie da tat. »Ich dachte, wir könnten einen Spaziergang machen. Nicht an der Leine. Sondern aufrecht.«

Der Mann hob den Kopf und musterte sie misstrauisch.

»Ja«, krächzte er schließlich.

»Und du wirst nicht weglaufen? Oder … oder mich verletzen?«

Abi hasste sich selbst dafür, dass sie diese Frage stellen musste. Aber während ihrer Besuche im Hundezwinger war ihr bewusstgeworden, dass man diesem Hunde-Mann etwas angetan haben musste, was nicht nur einen Teil seiner Menschlichkeit, sondern auch einen Teil seines Verstands zerstört hatte. Bei ihren vorherigen Besuchen hatte er sie gelegentlich angeknurrt, und einmal hatte er sogar nach ihrer Hand geschnappt. Bis ins Mark erschüttert, hatte Abi fast eine ganze Woche einen weiten Bogen um den Zwinger gemacht.

Seine Augen kreuzten sich mit ihren. Sie wirkten menschlich. Zumindest zum Großteil.

»Ich werde … dich nicht verletzen«, knurrte er. »Dich werde ich nicht verletzen.«

»Und auch sonst niemanden«, beharrte Abi. Ihre Hand zitterte. Was hatte sie sich nur dabei gedacht? Sie hatte keine Ahnung, was er verbrochen hatte, um auf diese Weise bestraft zu werden. Ihre einzigen Informationen dazu stammten vom Hundemaster: Der Mann hatte seine Strafe verdient. Und angesichts der Härte dieser Bestrafung wollte sie über die Grässlichkeit seiner Vergehen lieber nicht nachdenken.

»Ich vertraue dir«, sagte sie und schob den kleinen Schlüssel in das Vorhängeschloss.

»Vertrauen«, krächzte der Mann und wurde dann von einem schrecklichen, keuchenden Hustenanfall geschüttelt.

Einen Moment später erkannte Abi, dass es sich um Lachen handelte. Ihr wurde mulmig zumute.

Sie konnte noch immer umkehren und gehen und ihn in seinem Käfig zurücklassen. Zwar hatte sie den Schlüssel im Schloss gedreht, aber der Bügel hing noch in der Öse, so dass die Tür weiterhin verschlossen war. Einen Moment lang schwebte ihre Hand zögernd in der Luft.

Aber dann erinnerte Abi sich daran, wie Lady Thalia sie kaum verhohlen weggeschickt und Jenner ihre Finger von seinem Ärmel gelöst hatte. Und an das Schwindelgefühl, als sie im Großen Salon zu sich gekommen war. An den Schmerz, während ihre Gedanken und Erinnerungen durch ihr Gehirn trudelten und vergebens einen Zusammenhang herzustellen versuchten.

Irgendetwas war in diesem Raum passiert. Die Ebenbürtigen hatten ihr etwas angetan. Aber was?

»Komm, wir holen dich hier raus«, sagte Abi. Sie entfernte das Vorhängeschloss, hob die Käfigtür leicht an, damit sie nicht über den Boden schleifte, und schwang sie auf.

Einen Moment lang starrte der Mann sie einfach nur an. Dann kroch er auf allen vieren heraus und legte sich auf den feuchten Beton. Er rollte sich auf den Rücken, reckte die Arme über den Kopf und streckte die Zehen weit von sich. Sein Anblick erinnerte Abi an einen Mann auf einer Folterbank. Jede einzelne seiner Rippen war deutlich zu sehen; sein Bauch war eingefallen, und die dichten Haare in seiner Leistengegend wirkten verfilzt. Er hatte das Gesicht verzogen, entweder vor Schmerz oder vor unendlicher Freude.

Dann drehte er sich wieder auf den Bauch und hievte sich auf Knie und Hände. Seine Finger krallten sich in die Gitterstäbe und zogen ihn an der Seite des Käfigs hoch, bis er aufrecht kniete. Hier hielt er mit aufgeblähtem Zwerchfell einen Augenblick inne. Und dann zog er mit schrecklichen, ungelenken Bewegungen beide Beine an, bis er sich in der Hocke befand.

Schließlich stand der Mann stumm auf – obwohl er bestimmt gern geheult hätte. Denn seinem Gesicht war die Kraft, die ihn das kostete, deutlich anzusehen.

Linkisch stakste er vorwärts. Ein furchtbarer Anblick – wie die Parodie eines Gangs, vollführt von einem nichtmenschlichen Wesen. Und während der ganzen Zeit brachte er nicht den geringsten Laut hervor.

Plötzlich ertönte ein Schrei vor dem Hundezwinger und Abi erstarrte. Über ihrem Kopf flog ein Fenster auf, und der Hundemaster brüllte irgendwelche obszönen Worte in den Himmel, bevor er das Fenster wieder zuknallte.

»Eule«, krächzte der Hunde-Mann.

Abi warf einen Blick auf ihre Uhr. Es war schon später, als sie gedacht hatte.

»Tut mir leid«, sagte sie, »aber du solltest jetzt besser in den Käfig zurückkehren. Ich muss nach Hause. Aber ich werde wiederkommen – versprochen. Es muss sich doch irgendetwas machen lassen. Wenn die Ebenbürtigen sehen, dass du wieder reden und gehen kannst und dich allmählich erholst, dann können sie dich doch bestimmt nicht zwingen, so weiterzuleben – ganz egal, was du auch getan haben magst.«

Der Mann keuchte erneut. Wieder dieses freudlose Lachen. Dann ließ er sich auf den Boden sinken, ging in die Hocke und kroch in den Käfig. Dort drehte er sich um.

»Du bist auch … in einem Käfig.« Er spähte zwischen den Gitterstäben hindurch und fixierte Abi mit glitzernden Augen. »Aber ich … sehe wenigstens … meinen Käfig … meine Leine.«

Abis Hände zitterten, als sie das Vorhängeschloss zuschnappen ließ.

# 16

## *Luke*

Luke hätte nie gedacht, dass er mal so froh sein würde, »Happy Panda« zu hören. Der eingängige Rhythmus – *Oh-wa-woah-wa-wa* – hallte noch immer durch seinen Kopf, während er die Treppe hinunterlief. Die Tatsache, dass er Oz' Stimme gehört hatte, beflügelte seine Schritte, und er nahm immer zwei oder drei Stufen auf einmal. Er konnte es kaum erwarten, wie sich dieser Tag entwickeln würde.

Unten angekommen, stieß er die Eingangstür auf. Deren Anstrich blätterte an diversen Stellen ab, abgenutzt von täglich Hunderten von Händen. Männer, die zur Arbeit gingen; Männer, die von der Arbeit zurückkehrten. Eine weitere Schicht Farbe alle paar Jahre. Ein weiterer Schwung Männer für die Gießereien und Fabriken, für die Instandhaltungsarbeiten und den Abtransport von Müll. Und wenn sie eines Tages fort waren: weitere Männer, weitere Farbe.

War der heutige Tag vielleicht der erste Schritt auf dem Weg zur Beendigung dieser Zustände?

Draußen herrschte Eiseskälte. Luke schlug den Kragen seiner zu dünnen Jacke hoch und schob die Arme unter die Achseln, im Versuch, seine Körperwärme länger zu bewahren. Im Inneren der Bauteilhalle war sein Overall unangenehm warm, aber hier im Freien bot er bereits seit Monaten viel zu wenig Schutz gegen die Kälte – wobei der Januar besonders schlimm war. Vermutlich hatte man den Overall sorgfältig für maximale Wirkungslosigkeit bei jedem Wetter entworfen.

Sein Atem dampfte in der kalten Luft. In Millmoor wirkte Dampf nur dann sauber, wenn er aus dem eigenen Mund kam. Nach wenigen Minuten hatte Luke sich genügend an die Temperaturen gewöhnt, dass er sich aus der instinktiven, wärmespeichernden Kauerhaltung befreien, den Kopf heben und den Rücken strecken konnte.

Normalerweise gab es in Millmoor nicht viel Sehenswertes, obwohl Luke noch immer Doc Jacksons Aufforderung befolgte und nach ungewöhnlichen Details Ausschau hielt. Aber der heutige Tag war anders.

Heute stieg die große Party.

Aufgrund seiner Sechstagewoche war Luke noch nie an einem Freitag in der Stadt gewesen. Die Straßen wirkten belebter als an den Sonntagen, wenn er für den Verein irgendwelche Aufgaben erledigte.

Wenige Schritte vor ihm ging ein junges, händchenhaltendes Paar. Der Mann hatte seine Jacke über die Schultern des Mädchens gelegt. Ihm musste furchtbar kalt sein, dachte Luke. Jedenfalls schienen seine kurzen Haare über dem ausrasierten Nacken vor Kälte abzustehen, und die Haut wirkte wund und gerötet. Während die beiden weiterliefen, ertönte immer wieder ein schlappendes Geräusch. Luke erkannte, dass sich die Stiefelhacke des Mädchens gelöst hatte. Dieses Schuhwerk würde ihr bei Regen nicht mehr viel Schutz bieten.

Plötzlich blieb die Frau verunsichert stehen, und der Mann schlang einen Arm um ihre Schultern und zog sie an sich. Von irgendwo weiter vorne schlug ihnen Lärm entgegen – eine Mischung aus erhobenen Stimmen und wütenden Rufen. Das

Paar wählte einen anderen Weg und bog in eine Gasse ein, aber Luke glaubte zu wissen, was da los war.

Seine Füße hatten ihn unbewusst zum nächsten Geschäft getragen, ein paar Straßen von seinem Wohnheim entfernt. Allem Anschein nach hatten Hilda und Tilda ihren Plan mit dem unbegrenzten Kredit in die Tat umgesetzt, denn um den Laden herum hatten sich bestimmt fünfzig Leute versammelt.

Metallgitter verdeckten die Ladenfront; davor standen zwei nervös wirkende Männer, kaum älter als Luke. Sie trugen die Uniform des Millmoorer Sicherheitsdienstes, hielten Schlagstöcke in den Händen und schauten hektisch die Straße hinauf und hinunter, als hofften sie auf Verstärkung, von der aber weit und breit nichts zu sehen war.

Einer der Beamten bemühte sich, einen wütenden, wild gestikulierenden Mann zu ignorieren, der mit dem Finger in Richtung seines Gesichts stach. Kessler hätte diesen Mann innerhalb von Sekunden auf den Rücken befördert, mit einem gebrochenen Handgelenk und vollgepisster Hose. Aber der Sicherheitsbeamte zuckte lediglich zurück.

Zwei Kerle von Anfang zwanzig hatten irgendwo einen Mülleimerdeckel und ein Metallrohr mitgehen lassen und versuchten, die Ladengitter hochzustemmen. Eine Gruppe Frauen bemühte sich, den anderen Beamten zu beschwatzen, das Geschäft zu öffnen. Eine von ihnen flirtete mit ihm auf eine Weise, die zwar nicht sehr verführerisch war, ihn aber definitiv ablenkte.

Jetzt konnte Luke zum ersten Mal sehen, was die »Drückeberger«-Schwestern erreicht hatten. Kostenloses Einkaufen für die Bürger der Stadt war nur ein kleiner Teil ihres Plans. Vor jedem Laden in ganz Millmoor spielte sich garantiert die gleiche Szene ab, wodurch Dutzende Sicherheitsleute vor Ort gebunden waren. Diese jüngeren, unerfahreneren Beamten wirkten nicht besonders furchterregend – was vermutlich dazu führte, dass die Bevölkerung kühner wurde und eher dazu bereit war, sich den Anordnungen zu widersetzen. Und falls an irgendeinem dieser Läden Unruhen entstanden, war der Sicherheitsdienst dank Renies nächtlicher Aktivitäten mit ihrem Messer hoffentlich nicht in der Lage, Verstärkung zu schicken.

All das hatten die Schwestern vor Ort erreicht, nur mit Hilfe von etwas Computertrickserei. Luke stieß einen leisen Pfiff aus. Beeindruckend.

Er hastete weiter, ganz begierig darauf, weitere Teile der Vereinspläne bei ihrer Entfaltung zu beobachten. Bisher hatte er einen Bogen um Zone D gemacht. Würde die Gießerei wie ausgestorben daliegen? Oder hatten die Männer in letzter Minute den Mut verloren und waren doch zur Arbeit erschienen? Luke war sich nicht sicher, ob er das wirklich wissen wollte.

Aber er wusste, wo er eines von Jacksons Bannern bewundern konnte – beim Arbeitszuteilungsamt in seinem Bezirk. Bei den Arschlöchern, die seine Einzelverlegung nach Millmoor abgenickt hatten, trotz der Vorschrift, dass Minderjährige nur in Begleitung eines Elternteils oder Vormunds ihre Sklavenzeit abdienen durften. Bei den gleichen Arschlöchern, die für viele weitere ungeheuerliche Entscheidungen verantwortlich waren, wie Luke im Laufe der Monate im Verein erfahren hatte.

Als Luke das Arbeitszuteilungsamt erreichte, hing das Banner nur noch halb. Beim AZA im Westbezirk handelte es sich um ein sechsgeschossiges Gebäude mit narbiger Betonfassade, das zwar nicht so hoch aufragte wie die Wohntürme in Millmoors Stadtrandbezirken, aber die umliegenden Verwaltungsgebäude noch immer klein erscheinen ließ. Die Nachricht des Docs hing wie ein freches Halstuch schräg über dem obersten Stockwerk.

Ein Seil an der oberen rechten Ecke war durchtrennt, und zwei nervöse Sicherheitsleute hielten die Beine eines dritten Beamten fest, der von der Dachkante baumelte. Ihm dürfte das Ganze noch viel weniger gefallen, überlegte Luke. Der Mann schlug mit einer an einem Besenstiel befestigten Klinge nach der Halterung an der unteren Ecke. Das Banner war etwas zusammengesackt, aber der Slogan war noch immer sichtbar – und so leserlich geschrieben, dass nur Asif dafür verantwortlich sein konnte: »UN-EBENBÜRTIG«.

Eine kleine Menge hatte sich versammelt, um das Ganze zu beobachten, und eine Frau in der Nähe der ersten Reihe machte sich durch Zwischenrufe bemerkbar. Ihre Haut schien zu groß für ihre Figur, als wäre sie früher eine besonders kräftige Dame gewesen – bevor sie nach Millmoor gekommen war und man sie auf die übliche Sklavendiät gesetzt hatte. Allerdings war es der Stadt nicht gelungen, auch ihre Stimme schrumpfen zu lassen.

»Ihr solltet euch was schämen!«, brüllte die Frau zum Dach hinauf. »Eure eigenen Leute zu bespitzeln. Besorgt euch doch einen anständigen Job. Wenn ihr meine Kinder wärt, würd ich euch den Hintern versohlen!«

Sie spuckte angewidert auf den Boden. Mehrere Bürger in der Menge stimmten einen Sprechchor an: »Schande! Schande!«

Luke konnte nicht sagen, ob der Sicherheitsbeamte, der kopfüber von der Dachkante baumelte, nun aus Furcht oder möglicher Scham handelte, aber er fummelte an dem Besenstiel herum, woraufhin dieser seinen Fingern entglitt. Die Zuschauermenge fuhr zurück, um der herabfallenden Klinge auszuweichen, und stürmte dann wieder vorwärts. In dem darauf folgenden Gedränge konnte Luke nicht sehen, was mit dem Besenstiel und dem Messer passierte. Aber als die Menge sich wieder zerstreute, lag nichts mehr auf dem Pflaster.

»Wartet's nur ab!«, brüllte die Frau zum Dach hinauf. »Erzählt euren Herrn und Meistern, dass wir ihnen einen warmen Millmoor-Empfang bereiten werden, falls sie sich je hier blicken lassen!«

Tja.

Luke wusste, dass ihn die Worte der Frau eigentlich nicht überraschen sollten. Die Bewohner Manchesters waren ein reizbarer Haufen. Aber wenn man tagein, tagaus nur völlig erschöpfte und ausgehungerte Leute sah, konnte man das schon mal vergessen.

Er grinste und beschloss, eine Runde durch den Süd-Bezirk zu drehen, um sich einen Eindruck zu verschaffen, was sonst noch so lief.

Wohin sein Blick auch fiel, überall gab es etwas zu sehen. Als er eine Frau mit ein paar Freundinnen in der Eingangstür eines Wohnheims bemerkte, blieb er abrupt stehen.

Die Frau trug ein Kleid.

Sie war fast so alt, dass sie seine Mutter hätte sein können, und das Kleid war auch nicht das schönste, das Luke je gesehen hatte. Genau genommen wirkte es, als hätte man es aus einem Bettlaken geschneidert. Aber seit seiner Ankunft in Millmoor hatte Luke keine Frau mehr in einem Kleid gesehen. Die weibliche Belegschaft brauchte in der Regel keine Overalls zu tragen, weil diese für Schwerarbeiter gedacht waren. Aber die Kleiderordnung sah Hosen und Hemdblusen vor, und nonkonforme

Sachen waren verboten. Das Kleid dieser Frau mochte modisch nicht viel hermachen, aber es stellte eine politische Aussage dar.

Eine der Freundinnen bemerkte Luke, der die Frau anstarrte, und zeigte lachend auf ihn. Luke spürte, wie er knallrot wurde und am liebsten getürmt wäre. Aber die Frau in dem Kleid drehte sich zu ihm um und sah ihn an. Ein verlegenes, aber stolzes Lächeln ließ ihr müdes Gesicht aufleuchten, und sie strich sich den Rock glatt, was Luke irgendwie niedlich fand.

Danach konnte er nicht mehr genau sagen, wie weit er sich von seinem Wohnheim entfernt hatte. Er hatte die ihm vertrauten Gebiete schon seit einer ganzen Weile hinter sich gelassen und schlenderte durch unbekannte Bezirke. Inzwischen musste es deutlich nach Mittag sein, denn als er plötzlich einen köstlichen Duft auffing, zog sich sein Magen vor Hunger zusammen.

Der Geruch wehte aus einem Fenster im zweiten Stock eines Wohnheims für »kleine Familiengemeinschaften« – was alleinerziehende Eltern mit so wenigen Kindern bedeutete, dass die gesamte Familie in einem einzigen Raum untergebracht werden konnte. Und anscheinend umfasste der Begriff »wenige Kinder« bis zu drei Sprösslinge.

Eine Frau steckte den Kopf aus dem Fenster und fächelte den Dampf weg. Ihre braune Haut glänzte.

»Tut mir leid, Junge«, rief sie hinunter, als sie Luke entdeckte. »Gestern sind ein paar Gummiadler aus der Fabrik geflattert, aber wir können keinen abgeben, nicht einmal einem anständigen Kerl wie dir.«

Dann lachte sie kehlig und verschwand wieder in der Wohnung. Luke nahm ihr die Abfuhr nicht übel und stand einfach nur einen Moment da, um das Aroma zu genießen.

Dann erschien ein anderes Gesicht am Fenster: ein Mädchen, vielleicht elf oder zwölf Jahre alt, mit krausen, zu Zöpfen geflochtenen Haaren. Sie legte einen Finger an die Lippe, hob dann ein Knäuel Papiertücher hoch und warf es ihm zu. Luke hechtete vorwärts, um das Bündel aufzufangen. Tatsächlich handelte es sich um Toilettenpapier, aber in der Mitte lag – eingewickelt wie der eher unwahrscheinliche Preis nach einer Partie Schokoladeauspacken – ein gebratenes und mit Pfeffer und Salz gesprenkeltes Stück Hühnerbrust.

Luke schob es sich in den Mund und schaute zu dem Mädchen hoch, um sich zu bedanken. Aber sie blickte über seinen Kopf hinweg auf etwas, das sich hinter ihm befand. Und dann brach sie ihr selbstauferlegtes Schweigen.

»Lauf weg! Schnell!«

Bestürzt warf Luke einen Blick über die Schulter.

Seine Füße hatten sich bereits in Bewegung gesetzt, bevor sein Gehirn endlich verstand – was bedeutete, dass er bereits mehrere Straßenzüge weitergelaufen war. Aber er konnte das Geräusch der dröhnenden Stiefel noch immer hinter sich hören. Angesichts des Körperumfangs ihres Besitzers waren die Schritte erstaunlich schnell.

Doch Luke wusste genau, wen er beim Blick über die Schulter gesehen hatte. In Millmoor gab es nur einen Mann, der diese Uniform trug und so gebaut war – auch wenn Luke den massiven Stiernacken nur als Silhouette gesehen hatte. Außerdem kannte er die Stimme, die seinen Namen in dem Moment brüllte, als er Fersengeld gab.

Kessler.

Luke musste sein Tempo etwas drosseln. Durch die Arbeit in Zone D war er zwar kräftiger geworden, und seine illegalen Streifzüge durch Millmoor hatten ihm einen ziemlich genauen Überblick vom Verlauf der Straßen vermittelt. Aber weder das eine noch das andere hatte ihm schnellere Beine verliehen.

Allerdings holte Kessler ihn auch nicht ein. Ließ er sich vielleicht abschütteln?

Aber der Mann hatte eindeutig gewusst, wo Luke sich aufhielt. Es konnte einfach kein Zufall sein, dass er völlig unbeabsichtigt auf Luke gestoßen war, am Rand des Südbezirks, inmitten der Familienwohnheime. Also woher hatte er das gewusst?

Der Chip. Dieser verdammte Mikrochip! Während Luke weiterlief, kratzte er wütend an seinem Arm, als ob er das Ding herausreißen könnte.

Was hatte Kesslers Verfolgungsjagd zu bedeuten, ausgerechnet heute? Denk nach, Luke. Denk nach!

Luke fragte sich, ob sich in seiner Körpermitte überhaupt noch ein Tropfen Blut befand. Denn sein gesamtes Blut strömte im Moment in seine Beine und in sein Gehirn. Und im Moment erhielten seine Beine den Löwenanteil.

Kessler war auf der Suche nach ihm gewesen. Was möglicherweise bedeutete, dass Luke Ryan am Abend zuvor nicht an der Nase hatte herumführen können. Vielleicht hatte Zone D aber auch den ganzen Tag menschenleer dagelegen, und da die Behörden keine vielversprechenderen Anhaltspunkte hatten, hatten sie einfach beschlossen, Luke von jemandem verhören zu lassen, der etwas davon verstand.

Oder aber sie wussten von den Aktivitäten des Vereins.

Mit den beiden ersten Szenarien würde Luke schon irgendwie zurechtkommen. Aber falls es sich um die dritte Möglichkeit handelte, musste er die anderen warnen. Und dazu fiel ihm nur ein Weg ein: Er musste Jackson finden.

Er musste den Doc auftreiben, bevor Kessler ihn in die Finger bekam. Damit Jackson die anderen warnen konnte. Damit sie irgendwie untertauchten.

Luke warf einen Blick auf seine Uhr. Die beschissene BB-Digitalanzeige war wie immer schlecht zu lesen, doch der Himmel verriet ihm, dass der Nachmittag inzwischen weit fortgeschritten war. Die Versammlung am MAD-Gebäude war für drei Uhr angesetzt gewesen. Jackson würde auf jeden Fall dort sein, auch wenn er keine Reden halten wollte. Hoffentlich gelang es Luke, Kessler in der Menge lange genug abzuschütteln, bis er den Doc gefunden hatte.

Das war zwar kein toller Plan, aber besser als gar nichts.

Hastig lief er durch die Straßen, ohne sich jedoch völlig zu verausgaben. Seine Kehle und seine Lunge begannen allmählich zu brennen. Die Luft, die er einatmete, war zu kalt. Außerdem atmete er viel zu schnell. Wenigstens würde es Kessler nicht besser ergehen. Luke konnte dessen Schritte inzwischen nicht mehr hören.

Er drosselte seine Geschwindigkeit auf ein beständiges Tempo, wie beim Geländelauf in der Schule, und schon bald erschien ihm die Umgebung wieder vertrauter. Vor sich sah er das Konglomerat von Bürogebäuden, die für die reibungslosen Abläufe in der Stadt verantwortlich waren: Versorgung, Abwasserbeseitigung und das riesige Verwaltungsgebäude. Rechts davon lagen die endlosen, nichtssagenden Kasernen des Millmoorer Sicherheitsdienstes.

Die Straßen wirkten seltsam leer, aber Luke konnte über das

Wummern seines Herzens und den rasselnden Atem hinweg etwas hören, das wie die Kakophonie zahlreicher Stimmen klang.

Also musste es funktioniert haben.

Der Plan des Vereins musste tatsächlich aufgegangen sein. Denn das da klang nach Hunderten Demonstranten. Vielleicht sogar mehr.

Als Luke sich dem MAD-Gebäude näherte, füllten sich die Straßen zunehmend mit Menschen. Zunächst standen sie nur in kleinen Gruppen zusammen, aber mit jedem Schritt wurde die Menge dichter. Und noch weiter vorn hatte es den Anschein, als stünde dort eine massive Menschenmasse, wie eine Wand. Hier, am hinteren Ende der Versammlung, befanden sich keine Sicherheitsleute. Bestimmt hatte man sie vor dem Gebäude zusammengezogen, um die Demonstranten vom MAD-Gebäude und anderen wichtigen Bauten fernzuhalten.

Luke hastete weiter: Zuerst schlängelte er sich zwischen den Menschen hindurch, dann musste er sich mit den Schultern einen Weg bahnen, und schließlich kam er nur noch durch Schieben voran.

Wie zum Teufel sollte er hier den Doc finden?

So weit er sehen konnte, breitete sich die Menge in alle Richtungen aus. Sie füllte den begrenzten Bereich vor dem MAD-Gebäude – ein armselig bemessener Platz, der nie für öffentliche Feiern oder Demonstrationen gedacht gewesen war – und dahinter die verschiedenen Alleen, die vom Gebäude fortführten. Luke korrigierte seine Schätzung: Hier mussten sich mehrere tausend Menschen versammelt haben. Zumindest roch und klang es danach.

Während er sich einen Weg durch die Demonstranten bahnte, wurde sein Gesicht gegen Jacken und Overalls gedrückt, gegen

Haare und Haut. Er roch den Schweiß und den beißenden Geruch der standardmäßig ausgeteilten Seife. Und hier und dort nahm er einen ranzigeren Geruch wahr: eine Fahne illegal gebrannten Alkohols oder den Gestank bestimmter Arbeitsplätze, der nie nachließ, ganz gleich wie lange man unter der Dusche stand.

Aber da war noch etwas anderes. Hatte Wut einen eigenen Geruch? Luke hielt das für durchaus denkbar. Etwas, das man wie Pheromone verströmte. Denn die Atmosphäre war von mehr als nur Worten erfüllt. Sie setzte sich aus etwas zusammen, das größer war als die Pfiffe, das Gespött, die Wechselgesänge von einer Seite der Menge zur anderen. Er konnte Rufe hören: »UN!« und »EBENBÜRTIG!« sowie »STIMMT!« und »JA!« Das Ganze ging über die erhobenen Fäuste, die gekrümmten Schultern und das ruhelose Hin und Her der Menge hinaus.

Das hier war nicht die Sorte von Menschen, die er in den Randbezirken gesehen hatte und die durch das Tragen ungenehmigter Kleidung oder das Braten gestohlener Lebensmittel Ungehorsam zeigten. Diese Leute hier erinnerten ihn an die Gruppen, die sich am Morgen vor dem Geschäft versammelt oder die Sicherheitsleute beim Entfernen des Banners verhöhnt hatten. Diese Menschen waren wütend. Und entschlossen.

Luke hatte sich inzwischen in die Nähe der ersten Reihe vorgearbeitet. Auf dem Weg dorthin hatte er mehr als nur ein paar Gesichter aus Zone D wiedererkannt. Jetzt konnte er zum ersten Mal einen ungehinderten Blick auf das MAD-Gebäude werfen, das in der Nacht einen weiteren Farbanstrich erhalten hatte: »UN-EBENBÜRTIG« stand in leuchtend gelben Buchstaben auf der Fassade.

Das Gebäude war von zahlreichen erfahreneren Sicherheitsbeamten umringt – kräftige, hartgesottene Veteranen. Der Leiter des Sicherheitsdienstes stand auf dem kleinen Balkon über dem gedrungenen Vorbau: ein hagerer, harter Mann namens Grierson, der angeblich früher bei einer Spezialeinheit des Militärs gedient hatte. Neben ihm befand sich das Obermiststück. Eines musste man der Frau lassen: Sie wirkte nicht verängstigt, sondern tierisch sauer.

Und neben ihr ragte jemand auf, den Luke ebenfalls wiedererkannte.

Gavar Jardine.

Dieser Dreckskerl, der nach Millmoor gekommen war, um Oz zu foltern. Der versucht hatte, Jackson abzuknallen. Er war wieder da. Der Erbe von Kyneston stand reglos in seinem finsteren Ledermantel da; seine ausdruckslosen Augen blickten gelangweilt auf das Schauspiel vor ihm. Luke malte sich aus, wie dieser Mann Daisy Befehle erteilte und sie tadelte. Und er spürte, wie seine Haut zu kribbeln begann.

Das Obermiststück trat einen Schritt vor.

»Das ist eure letzte Chance«, teilte sie der Menge mit. »Wir kennen die Identität von jedem Anwesenden.«

Sie hielt ein kleines Gerät mit einem Display hoch, das vermutlich mit irgendeinem Apparat verbunden war, der die implantierten Chips scannte.

»Diejenigen, die den Platz *jetzt sofort* verlassen, brauchen nur mit leichten Sanktionen zu rechnen: zusätzliche sechs Monate Sklavenzeit. Aber diejenigen, die bleiben, können sich auf eine empfindliche Strafe gefasst machen.«

Bei diesen Worten ging ein Raunen durch die Menge, und vereinzelte laute Flüche ertönten. Luke wurde angerempelt, als eine Reihe von Leuten nach hinten drängte. Aber so weit er das sehen konnte, verließen nicht viele den Platz. Mehrere Hunderte rührten sich nicht von der Stelle.

»So ein Quatsch!«, brüllte eine Männerstimme aus der Mitte der Menge. »Wollt ihr uns etwa alle zu lebenslänglicher Sklavenzeit verdonnern? Wo wollt ihr uns alle denn unterbringen?«

Das Obermiststück verzog den Mund zu einem Lächeln. Kein angenehmer Anblick. Luke vermutete, dass sie nicht oft lächelte.

»Wir finden immer einen Platz«, erwiderte sie.

»Verräterin!«, rief eine andere, dieses Mal weibliche Stimme, die leicht zitterte, als könnte die Sprecherin ihren eigenen Mut nicht fassen. »Deine eigenen Leute zu unterdrücken. Wir fordern doch gar nicht viel. Fairer Lohn für gute Arbeit. Das ist doch nicht so schwer zu verstehen.«

»Widerspricht aber dem Gesetz«, entgegnete die Oberaufseherin.

»Ein Scheißgesetz!«, rief die Frau zurück.

»Es tut mir leid, dass du das so siehst«, sagte die untersetzte Frau auf dem Balkon. »Also…« Sie blickte auf ihre Uhr. »So faszinierend diese Diskussion auch gewesen sein mag, jetzt reicht es. Da ihr keine Bereitschaft zeigt, freiwillig den Platz zu räumen, werden wir wohl ein wenig nachhelfen müssen.«

»Du und welche Armee?«, rief der erste Mann aus der Mitte. »Ich seh hier nicht viele von deinen Schlägertypen.«

»Ach, ich brauche gar keine Armee«, sagte die Oberaufseherin. »Denn es gibt in diesem Land noch so etwas wie natürliche Autorität.«

Sie schenkte dem rothaarigen Monster ein affektiertes Lächeln. Luke spürte, wie ihn Angst erfasste, ihn im Nacken packte und schüttelte, bis er am ganzen Körper zitterte.

Danach schien alles sehr schnell zu gehen.

Direkt vor Luke entstand ein Gedränge. Er erkannte die Frau, die die Beamten auf dem Dach des Arbeitszuteilungsamtes ausgebuht hatte. Neben ihr trat ein hochgewachsener, dünner Kerl vor. Er hielt etwas in der Hand: einen Stab, mit einem daran befestigten Messer. Und im nächsten Moment schleuderte er den Stab in Richtung Balkon.

Das Messer traf und verwundete die Oberaufseherin – allem Anschein zwar nur leicht, aber sie blutete und schrie wie am Spieß. Dann trat Grierson an die Brüstung des Balkons, hob sein Gewehr und zielte auf die Menge.

Er feuerte einen Schuss ab: auf den Mann, der den Behelfsspeer geworfen hatte. Und dann erneut: auf die Frau an seiner Seite.

Grierson musste sie in den Kopf getroffen haben, denn ein Schwall Blut spritzte im hohen Bogen auf die dahinter stehenden Demonstranten. Reflexartig schloss Luke die Augen, aber er spürte, wie ihn etwas Warmes an der Wange traf, und musste würgen.

Hastig wischte er das Blut mit dem Ärmel weg und blinzelte; dann sah er, wie Jackson sich einen Weg zu den beiden niedergeschossenen Menschen bahnte.

Um ihn herum ertönten Schreie, und dann brach Panik aus. Die Einheit der Menge war aufgebrochen worden. Die meisten Leute versuchten, umzukehren und zu fliehen, aber viele andere drängten gegen die dünnen Reihen der Sicherheitsbeamten vor dem Eingang des MAD-Gebäudes.

Sie konnten es schaffen, dachte Luke. Sie waren noch immer genügend Demonstranten.

»Feuer frei!«, brüllte Grierson. »Feuer frei!«

Luke hörte, wie weitere Schüsse abgefeuert wurden und wie weitere Menschen aufschrien. Trotzdem drängten er und die anderen weiter. Das hier war der entscheidende Moment, dachte er. Danach würden sie keine zweite Chance mehr bekommen.

»Nein!«

Die Stimme donnerte von oben herab, vom Balkon. Und es gab nur einen einzigen Mann, dem sie gehören konnte. Sein Tonfall ließ die Drohungen der Oberaufseherin und Griersons Befehle so unbedeutend erscheinen wie die Proteste eines Kindes, das sich seinen Eltern zu widersetzen versuchte.

Aber Luke blieb keine Zeit mehr zur Analyse der Situation: Im nächsten Augenblick krümmte er sich vor Schmerz – ein Schmerz, der ihn mit voller Wucht traf, so heftig und furchterregend wie die Dampframmen an seinem Arbeitsplatz. Er heulte auf und hörte das erstickte Jaulen eines verwundeten Tiers in seiner eigenen Stimme. Verzweifelt versuchte er, sich noch stärker zusammenzukrümmen, um den Schmerz zu lindern, aber dieser befand sich überall, in jeder Faser seines Körpers.

Einen Moment lang wünschte er inbrünstig, er könnte sterben, nur um diesen Schmerz zu beenden.

Dann rollte die Qual wie eine Woge über ihn hinweg, und er landete auf der anderen Seite. Keuchend lag er da, flach auf dem Rücken; Tränen strömten ihm aus den Augen. Sein Bauch hob und senkte sich, als wäre ein Alien darin gefangen und wollte jeden Moment ausbrechen. Luke erlitt einen Hustenanfall, der sich quälend bis in seine Gliedmaßen fortsetzte. Er spürte, dass er spucken musste, und drehte den Kopf so vorsichtig, als würde sein Hals aus Glas bestehen.

Aus dieser seitlichen Perspektive sah er, dass alle anderen

um ihn herum sich in einem ähnlichen Zustand befanden. Auf dem Platz wimmelte es vor zusammengebrochenen, stöhnenden Menschen. Anscheinend wanden sich auch die Sicherheitsleute auf dem Boden. Aber da seine Sicht getrübt war, konnte er sich nicht sicher sein.

Also das verstand man unter *Geschick*, dachte Luke, als er wieder einen klaren Gedanken fassen konnte. Die sexy, subtile Magie in Abis Büchern. Dieses *Geschick*, mit dem glutäugige Ebenbürtige die Frauen verführten, exquisite Illusionen für sie erzeugten und diejenigen bestraften, die ihre Herzallerliebste zu verletzen versucht hatten.

In Wahrheit ein so unerträglicher Schmerz, dass man sich wünschte, man wäre tot.

Wie sollte man dagegen ankämpfen? Wie konnte man Menschen besiegen, die dazu fähig waren? Nicht Menschen – Monster. Es spielte keine Rolle, dass es nur wenige von ihnen gab: Diese wenigen genügten völlig.

Jackson würde sich einen besseren Plan als den heutigen überlegen müssen, so viel stand fest.

Luke ließ den Kopf auf den steinigen Boden sinken. Um ihn herum hörte er Menschen schluchzen, fluchen und sich übergeben.

Plötzlich bemerkte er am Rande seines Sichtfelds eine Bewegung. Ein Paar schwarze Stiefel blieb neben seinem Gesicht stehen. Eine der Stiefelkappen schob sich unter seine Wange und drehte seinen Kopf. Und dann blickte er in Kesslers fleischiges Gesicht, als dieser sich über ihn beugte.

»Na, wünschst du dir, ich hätte dich schon vorhin geschnappt, Hadley?«

Die Spitze eines langen Schlagstocks klopfte gegen die Schuhösen von Kesslers Stiefeln. Aber nicht ungeduldig. Sondern langsam. Als hätte er alle Zeit der Welt.

»Soll ich dir mal was Lustiges erzählen?«, fuhr Kessler fort. »Als wir heute Nachmittag unsere Elektroschockpistolen an ein paar Unruhestiftern ausprobieren wollten, mussten wir feststellen, dass sie nicht die übliche Wirkung zeigten. Anscheinend hatte sich irgendein Tunichtgut an den Einstellungen zu schaffen gemacht. Aber keine Sorge. Ich kann das hier auch noch auf die gute alte Methode durchziehen.«

Kessler lachte, und seine Lippen verzogen sich zu einem dünnen, hundeartigen Grinsen. Dann klopfte der Schlagstock nicht länger gegen seinen Stiefel, und Luke sah, wie sich das schwarze Rohr über seinen Kopf erhob.

»Du wirst mir fehlen, E-1031. Aber da, wo man dich hinbringt, wird man sich gut um dich kümmern.«

Luke schloss die Augen, bevor Kesslers Arm herabfuhr.

Als er wieder zu sich kam, fühlte sich sein Kopf doppelt so groß an. Außerdem konnte er nichts sehen. Einen schrecklichen Moment lang war er davon überzeugt, dass Kesslers Schlag seinem Hirn einen irreparablen Schaden zugefügt hatte. Als Nächstes dachte er, dass seine Lider zugeschwollen sein mussten.

Doch erst als seine Augen sich an die Umgebung gewöhnt hatten, erkannte er, dass er sich in einem engen, fensterlosen Raum befand.

Und dieser Raum bewegte sich.

# 17

## *Luke*

Er befand sich im hinteren Teil eines Fahrzeugs. Eines kleinen Wagens. Dann handelte es sich also nicht um einen der Transportbusse des Sicherheitsdienstes – aber auch nicht um Angels gestohlenen Van.

Luke spürte, dass er auf einer Art gefalteter Plane lag, die seinen zerschundenen Körper vor den Metallwänden des Wagens schützte. Außerdem hatte man mehrere Decken über ihn drapiert und seinen Kopf verbunden. Also interessierte sich jemand für seinen Gesundheitszustand.

Aber vielleicht nur, damit Luke bei seiner Ankunft verhört werden konnte?

Hinzu kam, dass seine Hände und Füße zusammengeschnürt waren. Also dachte derjenige, in dessen Gefangenschaft er sich befand, dass er vermutlich zu fliehen versuchen würde.

Lukes andere Sinne lieferten ihm kaum weitere Informationen. Die Räder des Wagens liefen ruhig statt holprig über den Untergrund, was wahrscheinlich bedeutete, dass sie über eine Autobahn fuhren. Eine Annahme, die durch die Tatsache bestärkt wurde, dass der Wagen keine großen Schlenker machte. Luke konnte einen der nationalen Radiosender aus der Fahrerkabine hören – was bedeutete, dass sie noch in Großbritannien waren –, aber keine Gespräche. Also war der Fahrer vermutlich allein.

Seine Nase verriet ihm gar nichts. Der Raum um ihn herum roch einfach nach Transporter: jene männliche Mischung aus Metall, Zeitungspapier und Öllappen. Manche Ecken in Dads Garage hatten genauso gerochen.

Mehr konnte er nicht herausfinden – jedenfalls nicht, ohne sich von seinen Fesseln zu befreien. Luke zerrte an den Seilen um seine Handgelenke, aber die Anstrengung verwandelte seinen Kopf in eine vor Schmerz pulsierende Masse. Außerdem wollte er den Fahrer nicht darauf aufmerksam machen, dass er wieder bei Bewusstsein war. Möglicherweise verschaffte ihm das ein Überraschungsmoment, sobald die Türen geöffnet wurden.

Allerdings fragte er sich, was er derart gefesselt schon erreichen konnte. Dem Fahrer einen Kopfstoß verpassen oder ihm mit beiden Füßen einen Tritt in den Bauch versetzen? Luke war sich ziemlich sicher, dass solche Stunts nur in Filmen funktionierten.

Die Situation sah bestenfalls folgendermaßen aus: Kessler war auf irgendeine Weise mit dem Verein verbunden und hatte Luke aus einem bestimmten Grund aus Millmoor herausgebracht. Das würde aber bedeuten, dass es sich bei Kesslers Vorliebe für schwere Körperverletzungen um eine Art total verquerer Tarnung handelte – schwer vorstellbar, aber nicht völlig unmöglich. Schließlich war der Sicherheitsbeamte der Grund, wieso Luke den Doc überhaupt kennengelernt hatte. Und Lukes schnelle Genesung nach der Begegnung mit Kesslers Schlagstock im Lagerraum zeigte, dass sich das, was er ihm an jenem Tag angetan hatte, schlimmer angefühlt hatte, als es tatsächlich gewesen war. Dennoch: Diese Theorie war ziemlich unwahrscheinlich.

Und das schlimmste Szenario: Auch die anderen Vereinsmitglieder waren zusammengetrieben worden und lagen an Händen und Füßen gefesselt in Transportbussen. Gut möglich, dass sie alle auf dem Weg zu einem Gericht waren, wo man kurzen Prozess mit ihnen machen und sie zu Haftstrafen in einem Lager für Lebenslängliche verurteilen würde. Diese Annahme war wahrscheinlicher – was Luke nicht gerade beruhigte.

Seine Gedanken drehten sich zwischen diesen beiden Möglichkeiten und einer ganzen Reihe weiterer Szenarios im Kreis. Aber er war noch zu keiner Entscheidung gekommen, als er spürte, dass sich die Bewegungen und die Geschwindigkeit des Fahrzeugs veränderten.

Und dann hielten sie an.

Lukes Puls schoss in die Höhe. Es gelang ihm, näher zur Tür heranzurobben. Rasch rollte er sich auf den Rücken und rutschte so lange hin und her, bis seine Knie gebeugt waren und seine Füße flach gegen das Türblatt drückten. Kurz darauf hörte er Schritte, die um den Van herumgingen, dann das Klicken des Türgriffs. Als die Tür aufschwang, trat er mit voller Wucht …

… ins Leere. Luke stürzte von der Ladekante und landete vor den Füßen einer Gestalt, die mit einem Aufschrei zurücksprang.

Stöhnend wand Luke sich auf dem Boden. Sein ganzer Körper war ein einziger Schmerz. Um ihn herum herrschte absolute Dunkelheit und eine eisige Kälte. Er öffnete die Augen und blickte hinauf zum sternenübersäten Himmel. Das mussten Hunderte, Tausende Sterne sein. Seit seiner Ankunft in Millmoor hatte er keinen einzigen mehr gesehen.

»Wer zum Teufel bist du?«, fragte eine Stimme fordernd.

Die Stimme eines Mannes, der offensichtlich nicht damit

gerechnet hatte, einen zusammengeschnürten Teenager im Laderaum seines Vans zu finden.

»Ich wollte gerade das Gleiche fragen«, krächzte Luke und versuchte, sich in eine aufrechte Sitzposition zu manövrieren. »Wo sind wir?«

Er konnte den Fahrer nicht klar erkennen – es herrschte völlige Dunkelheit, abgesehen von einem schwachen Lichtschein hinter einer Baumreihe. Handelte es sich dabei um eine dieser nutzlosen Sicherheitsleuchten, die nur dann wie ein Lichtmast die Umgebung erhellten, wenn in fünfhundert Meter Entfernung eine Katze über den Zaun sprang?

»Hab keinen Auftrag erhalten, dir irgendwas zu sagen«, antwortete der Fahrer. »Hab ja nicht mal gewusst, dass da überhaupt jemand im Laderaum war. Ich sollte nur eine Lieferung hier abladen und dann eine Nummer anrufen.«

Er holte ein Handy mit einem Klebezettel hervor, warf einen Blick auf die Nummer, wählte und erklärte seinem Gesprächspartner, dass er mit der Lieferung jetzt vor Ort sei.

Luke hörte, wie der Mann ungläubig erwiderte: »Einfach abladen? Sie wissen aber schon, worum's bei der Ladung geht, oder?«

Dann wurde die Verbindung beendet, und der Kurier kehrte zu seinem Fahrzeug zurück.

»Warte!«, rief Luke. »Was passiert jetzt? Du kannst mich doch nicht einfach hier liegenlassen?! Bei der Kälte hol ich mir den Tod.«

»Nicht mein Problem«, sagte der Mann, zog allerdings eine der Decken von der Ladefläche und warf sie in Lukes Richtung. Die Decke landete mehrere Meter von Luke entfernt auf der Straße. Arschloch.

Dann kletterte er in die Fahrerkabine und fuhr davon.

Luke wartete eine Minute; vielleicht kam der Mann ja zurück. Doch dann schaute er sich um, auf der Suche nach irgendeinem Hilfsmittel, mit dem er das Seil an seinen Fuß- und Handgelenken durchtrennen konnte.

Der Straßenrand wirkte nicht sehr vielversprechend, aber Luke robbte zum nächsten Baum, wo er einen Stein zwischen den Wurzeln fand. Obwohl dessen Kante nicht besonders scharf war, würde es ihm vielleicht gelingen, das Seil bis zum Morgengrauen durchzureiben.

Allerdings glaubte er nicht, dass er bis zum Morgen überleben würde.

Er hatte eine Weile nutzlos an dem Seil herumgefeilt, als das Licht hinter der Baumreihe plötzlich aufflammte und dann wieder gedimmt wurde. Metall quietschte und knarrte – als ob Scharniere sich bewegten. Verdammt. Er hätte über die Straße hoppeln und sich verstecken sollen, als er noch die Gelegenheit dazu gehabt hatte. Hastig drängte er sich gegen den Baumstamm und versuchte, sich möglichst klein zu machen.

Das Licht flackerte, und Luke hörte ein gedämpftes Geräusch, das an Hufschläge erinnerte. Zwei Pferde? Dann Schritte. Sie kamen direkt auf ihn zu, als wüsste derjenige genau, wo er sich befand. So viel also zu einem Fluchtversuch.

Die Stimme, die ihn schließlich ansprach, war sogar noch viel näher, als Luke erwartet hatte.

»Hallo. Es mag zwar ein wenig spät für einen Besucher sein, aber ich habe nichts dagegen, dass meine Brüder mir einen Gefallen schulden.«

Eine Männerstimme, mit einem sarkastischen Unterton und einem stinkvornehmen Akzent. Und dennoch hatte sie etwas an sich, das in Luke den Wunsch weckte, sich lieber in der Erde zu verkriechen, als ihrem Besitzer ins Gesicht zu sehen. Er drückte die Schulterblätter gegen den vom Raureif rutschigen Baumstamm und versuchte, seine wachsende Panik in den Griff zu bekommen.

Der Typ besaß *Geschick*. Das konnte Luke an seiner Sprechweise erkennen – genau wie der Ebenbürtige in Millmoor. Seine Worte konnten Dinge *tun*, etwas in Bewegung bringen.

»Dann wollen wir mal einen Blick auf dich werfen.«

Ein schwaches, kaltes Licht erfüllte die Luft, als hätte jemand das Licht der Sterne heller aufgedreht. Und Luke stellte fest, dass er jetzt mehr sehen konnte.

Kühle Finger hoben sein Kinn an – eine besitzergreifende Geste. Luke knurrte, riss den Kopf weg und funkelte dann den Freak an, der ihn wie sein Eigentum gemustert hatte.

Allerdings war er nicht das, was Luke erwartet hatte.

Er war jung – wahrscheinlich nicht älter als Luke, aber größer. Seine zerzausten Haare hingen ihm ins Gesicht und ersparten Luke den Anblick seiner Visage. Luke bemerkte nur seine dunklen Augen, die ihm einen Schauer über den Rücken jagten. Er hatte den Eindruck, als hätte jemand zwei Löcher durch den Schädel des Jungen gebohrt, so dass man auf der anderen Seite die Dunkelheit der Nacht sehen konnte.

Luke wandte den Kopf ab, während der Ebenbürtige ihn eingehend musterte. Wer war der Typ, und wo befanden sie sich?

»Also schön, in einem Punkt hatte ich recht«, sagte der Freak und lächelte auf eine Weise, die Luke alles andere als beruhigend fand. »Du hast Potential. Außerdem scheinst du ziemlich mitgenommen zu sein: Also wollen wir uns zuerst einmal darum kümmern.«

Der Kerl riss Luke den Verband vom Kopf und legte vorsichtig eine Hand auf die Stelle, wo Kesslers Schlagstock ihn getroffen hatte. Einen flüchtigen Moment spürte Luke einen heftigen Schmerz und dann nichts mehr. Sein Schädel und sein Gesicht prickelten. Aber die Kopfschmerzen waren wie weggeblasen. Genau genommen tat ihm überhaupt nichts mehr weh, und er war auch nicht länger erschöpft. Der Aristokrat beobachtete ihn sorgfältig, während er sich die Finger penibel an seinem Ärmel abwischte.

»Besser?«, fragte der Ebenbürtige. »Der nächste Teil dürfte dir weniger gefallen.«

Womit er recht behalten sollte.

Luke kannte die ganzen Horrorgeschichten, die sich die Kids in der Schule oder bei einem Campingausflug spät in der Nacht erzählten, während die Erwachsenen in einem anderen Zelt schliefen. Diese Geschichten hatten immer dafür gesorgt, dass ihm die Haare zu Berge standen. Geschichten von Leuten, die mitten während einer Operation aufwachten, aber zu gelähmt waren, um sich bemerkbar zu machen. Oder von Rucksacktouristen, die in einer Strandbar etwas getrunken hatten und am nächsten Tag in einer eisgefüllten Wanne wieder zu sich kamen, allerdings ohne ein paar lebenswichtige Organe. Oder von durchgeknallten Wissenschaftlern, die während des Kriegs Experimente an lebenden, nicht betäubten Gefangenen durchführten.

Und genauso tief fühlte sich der Eingriff an, den der Ebenbürtige an ihm vornahm. Als steckten diese kühlen Finger tief in seinem Inneren – in seiner Seele, über deren Existenz Luke bis zu diesem Moment noch nie lange nachgedacht hatte. Die Finger durchstöberten sorgfältig Bereiche in ihm, die kein anderer Mensch jemals hätte sehen sollen. Luke war sich sicher, dass er sich jeden Augenblick übergeben musste. Vermutlich war er zu weit entfernt, um dem Ebenbürtigen auf die Schuhe zu kotzen, aber er würde es auf jeden Fall versuchen.

»Interessant«, sagte der Freak auf eine Weise, die Luke verriet, dass das nichts Gutes bedeutete – und schon gar nicht für ihn selbst. »Ich frage mich …«

Der Junge schloss die Augen. Aber bevor Luke Erleichterung darüber empfinden konnte, dass er dessen entnervenden Blick nicht länger ertragen musste, spürte er, wie er sich irgendwie … auflöste. So als wäre er eine Maschine, die man noch nicht auseinandergenommen hatte, aber deren Schrauben bereits gelöst waren.

Luke konnte fühlen, wie der Ebenbürtige in ihn hineingriff und etwas aus ihm herausholte.

Oder fügte er etwas hinzu? Hatte er tief in Lukes Innerem ein neues Bauteil eingefügt, an einer Stelle, von der Luke bisher nicht gewusst hatte, dass dort etwas fehlte? Ein so lebenswichtiges Teil, dass er ohne es eigentlich überhaupt nicht hatte funktionieren können? Er konnte es einfach nicht sagen.

Und dann waren die kühlen Finger verschwunden, und Luke krümmte sich auf dem gefrorenen Boden. Vor Angst musste er würgen, und schließlich spuckte er alles über die Baumwurzeln. Der Ebenbürtige stand reglos da und beobachtete ihn.

»Fertig?«, fragte er, ohne einen Hauch von Sorge, als Luke sich mit den gefesselten Handrücken über den Mund wischte.

Luke hatte nicht vor, diese Frage einer Antwort zu würdigen. Er wusste nur, dass er diesen Freak hasste. Abgrundtief hasste. Niemand sollte in der Lage sein, das zu tun, was der Typ ihm angetan hatte. Es war abscheulich, dass solche Leute überhaupt existierten.

»Na jedenfalls …«, fuhr der Ebenbürtige fort, als hätten sie gerade über die letzten Kricketergebnisse oder das Fernsehprogramm vom Vorabend gesprochen, »… wird mein Bruder gleich herkommen und sein übliches ›Willkommen auf Kyneston‹-Blablabla ablassen.«

Kyneston.

Dann war das hier gar kein Hochsicherheitsgefängnis. Kein Lager für Lebenslängliche. Sondern der Herrensitz, wo seine Familie lebte. Lukes Erleichterung war so groß, dass er seine Tränen nicht länger zurückhalten konnte. Er senkte den Kopf, damit der Ebenbürtige sie nicht sah, und wischte sich mit dem Ärmel seines Overalls über die Wangen.

»Weshalb bin ich hier?«, fragte er, nachdem er sich einigermaßen gefasst hatte.

Der Freak zuckte die Achseln.

»Das hast du deiner Schwester Daisy zu verdanken. Gavar hat sie ins Herz geschlossen. Als wir von den Unruhen in der Sklavenstadt erfuhren und er den Auftrag bekam, erneut nach Millmoor zu fahren, hat sie ihn gebeten, dich da rauszuholen. Gavar ist mein älterer Bruder«, erklärte der Junge. »Ich denke, du hast dich im Publikum befunden, als er eine kleine Darbietung seines Könnens gegeben hat.«

Gavar Jardine.

Der Ebenbürtige, der nach Oz' Befreiung das Gefängnis in die Luft gesprengt hatte. Der Hunderten von Menschen schreckliche Schmerzen zugefügt hatte, als wäre das gar nichts. Und genau dieser Gavar Jardine hatte Luke aus Millmoor herausgeholt – weil Daisy ihn darum gebeten hatte?

Verständnislos schüttelte Luke den Kopf.

»Anscheinend bestand Gavars Vorstellung von einem Plan darin, grobe Gewalt und einen Lieferwagen zu verwenden«, fuhr der Junge fort und grinste süffisant. »Ich bin mir sicher, dass Jenner dir alles weitere erzählen wird. Jedenfalls bin ich hier fertig. Vorerst.«

Er marschierte auf das Tor des Herrensitzes zu, wie Luke in diesem Moment erkannte. Das seltsame Licht blitzte erneut auf, und Luke hörte leise Stimmen. Dann entfernte sich ein Pferd im Trott, und die Hufschläge eines anderen Pferdes kamen langsam auf ihn zu, begleitet vom Strahl einer Taschenlampe.

Normales Taschenlampenlicht und nicht dieses abartige, magische Licht.

»Du musst Luke Hadley sein«, sagte eine andere, vornehme Stimme, die zu einem Typ gehörte, der nicht nur mit roten Haaren, sondern auch einer Fülle von Sommersprossen gestraft war. Er führte ein Pferd an der Leine, das in der eisigen Luft schnaubte. »Ich bin Jenner Jardine. Meine aufrichtige Entschuldigung für all das, was gerade geschehen ist. Das Ganze ist nicht angenehm, aber notwendig. Willkommen auf Kyneston. Ich werde dich jetzt zu deiner Familie bringen. Deine Verwandten werden sehr froh sein, dich zu sehen.«

Jenner holte ein Taschenmesser hervor, durchtrennte Lukes Fesseln und reichte ihm die Decke, die Luke sich wie einen Poncho um die Schultern legte. Dann führte ihn der Ebenbürtige durch ein riesiges, kunstvoll verziertes Tor – mit schmiedeeisernem Schnickschnack und einer Beleuchtung wie ein Weihnachtsbaum –, das in eine schwach glühende Mauer eingelassen war.

Danach liefen sie scheinbar meilenweit durch eine idyllische Landschaft: ein riesiges Gebiet Englands, das vor den Gewöhnlichen verborgen war, welche diesen Ort niemals durchschlendern oder auch nur zu sehen bekommen würden. Im Grunde war das Diebstahl, dachte Luke. Diebstahl eines Guts, das eigentlich allen gehören sollte, aber nur dem Vergnügen weniger vorbehalten blieb.

Als sie an einem Waldrand entlangliefen und eine Fledermaus direkt auf Luke zuflog, duckte er sich hektisch und fluchte leise. Jenner lachte, keineswegs unfreundlich, und erklärte, dass die Tiere sich beim Navigieren an der Baumreihe orientierten. Im nächsten Moment ertönte ein unheimlicher Schrei aus weiter Ferne, den Jenner als den Ruf einer Eule identifizierte. Und im Unterholz raschelte es. Füchse? Oder vielleicht Wiesel? Allem Anschein nach schien hier jeder jeden zu jagen: Tiere mit Flügeln und Krallen stellten Tieren nach, die weder das eine noch das andere besaßen.

Wie passend.

Endlich erreichten sie eine Reihe kleiner Cottages – allesamt aus Stein gemauert und sorgfältig weißgekalkt –, die im Mondschein regelrecht leuchteten. Sie bildeten einen fast lachhaft kitschigen Anblick. Mum musste begeistert sein.

Jenner hämmerte an die Tür, und nach einem kurzen Moment öffnete Dad die Tür; ein Morgenmantel hing von seinen Schultern herab. Dad stutzte zuerst, dann zog er Luke zu einer luftabdrückenden, schulterklopfenden Männerumarmung an sich. Eine Sekunde später drängten Mum und die Mädchen an die Tür. Einen kurzen, phantastischen Moment lang vergaß Luke alles andere um sich herum und hatte nur noch Augen für seine Familie. Seine Eltern und Schwestern schienen alle wohlauf und vor Freude über das Wiedersehen ganz aus dem Häuschen zu sein.

Und das Gleiche galt auch für ihn.

Die Küchenuhr zeigte fast ein Uhr nachts, aber sie hockten stundenlang am Tisch und erzählten. Irgendwann fing ein Baby an zu greinen, worauf Daisy sich entschuldigte, um nach dem Kind zu sehen. Master Gavars Tochter, erklärte Dad – als wäre es das Natürlichste der Welt, dass das Kind eines magischen Psychopathen im Obergeschoss schlief.

Luke erinnerte sich an die erste Begegnung mit dem Erben Kynestons, der durch die Strafanstalt marschiert war, während der Doc und er Oz ins Freie geschleppt hatten. Damals hatte er gehofft, dass sich die Wege seiner kleinen Schwester niemals mit denen Gavars kreuzen würden – und bei dieser Ironie des Schicksals musste er jetzt fast lachen.

Aber nachdem seine Gedanken erst einmal Hunderte Kilometer Richtung Norden gewandert waren, zu Jackson und Millmoor und dann zu den Vereinsmitgliedern und den Aufständischen, fiel es ihm schwer, sich wieder auf das Familientreffen zu konzentrieren.

Mum bemerkte, dass er in Gedanken woanders war, und schickte alle ins Bett mit dem Hinweis darauf, dass er bestimmt erschöpft sein musste. Aber das war er natürlich nicht. Dafür hatte der Ebenbürtige am Tor – laut Abi hieß er Silyen Jardine – hinreichend gesorgt. Doch Luke ließ sich nichts anmerken.

Und dann lag er wach in der Dunkelheit und versuchte vergebens, den Gedanken auszuweichen, die um seinen Kopf herumschwirrten. Was war vor dem MAD-Gebäude passiert, nachdem Kessler ihn niedergeknüppelt hatte? Wo war der Doc? Befanden sich Renie, Asif und die anderen in Sicherheit? Oder waren sie verletzt? Verhaftet? Was hatte Silyen Jardine mit ihm gemacht?

Und der letzte Gedanke, bevor er eindöste: Was würde jetzt mit ihm passieren?

Luke verbrachte das ganze Wochenende im Bett und genoss die weiche Matratze und den Luxus eines eigenen Zimmers, während er versuchte, sich an seine neue Umgebung zu gewöhnen. Mum bemutterte ihn wie eine Henne und brachte ihm Suppe und Sandwiches. Dad erzählte ihm von Lord Jardines Oldtimer-Sammlung und einem kniffligen Vergaserproblem, das er in der Woche zuvor gelöst hatte. Und Daisy brachte das Baby in sein Zimmer, um es ihm zu zeigen.

Luke wünschte, sie hätte darauf verzichtet. Okay, das kleine Mädchen sah relativ normal aus. Sogar ganz niedlich. Aber besaß sie *Geschick*? Die Vorstellung war ihm unheimlich. All diese Macht, in so einem kleinen Wesen versammelt.

Doch anscheinend verfügte sie über kein *Geschick*, denn ihre Mutter war keine Ebenbürtige, sondern ein Sklavenmädchen. (Wie war *diese* Konstellation wohl zustande gekommen, überlegte Luke finster. Hatte Gavar Jardine etwas gesehen, das ihm gefiel, und es sich einfach genommen?)

»Und wo ist dann ihre Mum?«, fragte er, nachdem das Kind wieder außer Hörweite in seinem Bettchen lag.

»Sie ist tot«, sagte Daisy mit ausdrucksloser Stimme.

Das Bild, das Luke sich gerade rund um Libby Jardines Herkunft ausgemalt hatte, wurde noch einen Ton düsterer.

»Aber so war das gar nicht«, protestierte seine Schwester.

»Warum sind immer alle gegen Gavar? Er ist der Grund, wieso du überhaupt aus Millmoor rausgekommen bist, Luke.«

Nein, Daisys brillantes Vorgehen war der Grund für seine Anwesenheit auf Kyneston – was Luke ihr auch versicherte, bevor er sie an sich zog und fest umarmte. Seine Schwester trommelte zwar mit ihren kleinen Fäusten auf ihn ein, weil er sie zu kräftig drückte, aber das machte Luke nichts aus. Ihm war nur allzu bewusst, dass er – sowohl in der Sklavenstadt als auch während der Fahrt in dem Van – eine Weile fest davon überzeugt gewesen war, er würde seine Familie nie wiedersehen.

Am Montag schneite Jenner während des Frühstücks herein und verkündete, dass Luke auf dem Anwesen als Landschaftsgärtner arbeiten würde. Abi kam in die Küche, während Jenner noch im Raum stand, hielt bei seinem Anblick aber abrupt inne und machte dann auf dem Absatz kehrt. Was irgendwie merkwürdig war, wenn man bedachte, dass die beiden zusammenarbeiteten.

Also landete Abis Beziehung zu Jenner genau wie Daisys Freundschaft mit Gavar auf der langen Liste der Dinge, über die Luke sich während seiner neuen Tätigkeit Sorgen machte.

»Landschaftsgärtner« bedeutete, dass er als eine Art veredelter Holzfäller einem griesgrämigen alten Knacker namens Albert unterstellt wurde. Albert redete nicht viel, was Luke ganz recht war. Die beiden führten ihre Arbeiten auf dem gesamten Anwesen durch, oft kilometerweit vom Haupthaus entfernt, was Luke ebenfalls nur recht war. Eine kalte, feuchte Plackerei, die dafür sorgte, dass Luke am Ende des Tages total erledigt war, fast so wie in Millmoor. Aber auch das war ihm recht, denn körperliche Erschöpfung war der einzige Weg, seinen überlasteten Verstand jeden Abend zur Ruhe zu zwingen.

Luke hatte bereits neun Tage auf Kyneston verbracht, als seine Reisetasche mit seinen Sachen im Cottage eintraf. Bedeutete das, dass das Obermiststück seine ungeplante Abreise abgesegnet hatte? Auf der Suche nach einer Nachricht von Jackson oder Renie nahm Luke die Tasche förmlich auseinander. Er hoffte auf einen ins Futter eingenähten Zettel oder eine zusammengerollte und in den Griff geschobene Mitteilung. Doch er fand nichts.

Sein Blick fiel auf den armseligen Inhalt der Tasche, den er auf seinem Bett ausgebreitet hatte: schwarze Socken, graue Unterwäsche, eine Zahnbürste und ein Foto von ihm und seinen Klassenkameraden am letzten Schultag, der inzwischen eine halbe Ewigkeit zurückzuliegen schien. Luke war nichts geblieben, was von seinen sechs Monaten in der Sklavenstadt zeugte. Das Einzige, was überhaupt zählte – die Freundschaften, seine Taten und Wagnisse, die Entwicklung zu dem Menschen, der er jetzt war – all das hatte er zurückgelassen.

»Wie funktioniert das hier mit der Post?«, fragte er Abi ein paar Tage später. »Kann ich von hier aus einen Brief nach Millmoor schicken?«

Als sie nach dem Grund fragte, erklärte er, er wollte dem Arzt, der ihn nach einem Unfall wieder zusammengeflickt hatte, eine Dankeskarte schicken.

»Ich will ihm mitteilen, dass mit mir alles in Ordnung ist.«

Abi runzelte die Stirn und meinte, sie würde das für keine gute Idee halten. Und außerdem galt für Millmoor noch immer eine Kontaktsperre.

Lukes zweite Woche auf Kyneston neigte sich dem Ende zu. Und danach die dritte. Wochen, in denen er sich trotz der Anwesenheit seiner Familie noch nie so einsam gefühlt hatte.

Hatten Jackson und der Verein ihn bereits vergessen? An wütenden neuen Rekruten dürfte in Millmoor zurzeit kein Mangel herrschen, also war Luke leicht zu ersetzen. Aber er erinnerte sich an die Spiele, die sie zusammen gespielt hatten: die gemeinsamen Einbrüche mit Jessica, das Wachestehen für Asif, die Dachaktion mit Renie. Sie alle hatten einander auf Leben und Tod vertraut. Und wenn man mit jemandem so etwas gemeinsam durchlebt hatte, vergaß man denjenigen nicht so einfach.

Es gab genau drei Möglichkeiten, überlegte Luke. Seine Freunde waren verhaftet worden. Oder sie versuchten, ihn zu kontaktieren, hatten aber noch keinen Weg gefunden. Oder sie nahmen an, dass er bei seiner Familie auf Kyneston ganz zufrieden war.

Während er sich an seine Arbeit machte, die an diesem Vormittag darin bestand, einen verrotteten Kirschbaum mitten im Wald zu fällen, überprüfte Luke jede seiner Annahmen. Die erste ergab keinen Sinn. Wenn der Verein und seine Rolle bei dem Aufstand aufgeflogen wären, hätte man Luke zu einem Verhör abgeholt – ganz gleich, ob er sich auf Kyneston befand oder nicht. Die zweite Möglichkeit war genauso unwahrscheinlich. Jackson und Angel waren in der Lage, einen Mann aus Millmoor herauszuschmuggeln; also dürften sie keine Probleme damit haben, ihm eine Nachricht zukommen zu lassen. Damit blieb nur die dritte Möglichkeit übrig: Für den Verein war er jetzt nicht mehr von Interesse.

Was sich so falsch anfühlte, dass Luke gar nicht wusste, wo

er anfangen sollte. Schließlich konnte er von Kyneston aus so viel zu ihrer gemeinsamen Sache beitragen. Die Jardines waren die mächtigste Familie der Welt, und er befand sich genau unter ihrer Nase. Einige Familienmitglieder schenkten den Sklaven nicht mehr Beachtung als einem Möbelstück, wodurch sich zahlreiche Gelegenheiten zum Belauschen ihrer Gespräche ergaben. Seine Schwester arbeitete im Verwaltungsbüro und hatte einen Schlüssel zum Haus. Die Dritte Großdebatte – bei der die Ebenbürtigen über die Abschaffung der Sklavenzeit abstimmten – würde genau hier stattfinden.

Frustriert hackte Luke mit der Axt auf den geborstenen Baumstamm ein, bis dieser aus dem Boden gerissen wurde und auf die Seite krachte. Die Wurzeln waren völlig vertrocknet und tot, als hätte ihnen jemand den Lebenssaft entzogen. Luke drehte den Stamm um und entfernte die verdorrten Äste und Zweige der Reihe nach mit der Axt – was allerdings nur eine geringe therapeutische Wirkung ausübte.

Luke hatte in Millmoor einmal angenommen, dass Jackson ihn zu den Jardines nach Kyneston schicken wollte. »Der Plan besteht darin, dich schnellstmöglich zu deren Anwesen zu bringen«, hatte der Doc beim ersten Treffen nach Oz' Befreiung gesagt.

Tja, das hatte er hingekriegt – nur mit dem Unterschied, dass er dank Gavar Jardine und auf Daisys Wunsch hier war. Das Ganze hatte nicht das Geringste mit Jacksons Plänen zu tun.

Luke ließ die Axt auf die Rinde des Stamms herabfahren und fluchte, als das Holz unter seinen Händen einfach in tausend Stücke zersplitterte. Er übersah irgendetwas. Aber was?

Eine Sache war irgendwie merkwürdig: Gavar Jardine hatte

auch bei Oz' Flucht eine wichtige Rolle gespielt. Er war in der Strafanstalt direkt an ihnen dreien vorbeimarschiert, obwohl es doch eigentlich undenkbar war, dass er sie nicht bemerkt hatte. Und Jackson war in Richtung des Ebenbürtigen zurückgelaufen und hatte es Luke und Renie überlassen, Oz zu Angel zu bringen. Dann waren Schüsse gefallen, und sie hatten einen Schrei gehört, aber der Doc war nicht verletzt worden. Hatten die beiden das Ganze vielleicht inszeniert?

Luke erinnerte sich an Jacksons schockierende Worte an jenem Tag, als er ihnen von der Kanzlervorlage erzählt hatte. Als er eingeräumt hatte, dass er einen Verbündeten unter den Ebenbürtigen hatte.

»Jemand mit Verbindungen zu den höchsten Regierungskreisen«, hatte der Doc gesagt. »Er sieht jeden Schatten im Haus des Lichts.«

Und wer hatte engere Verbindungen zu den höchsten Regierungskreisen als Gavar Jardine? Ein Parlamentarier. Ein Mitglied des Justizrates. Ein Erbe, der dazu prädestiniert schien, eines Tages selbst das Amt des Kanzlers zu bekleiden.

Lukes Gedanken überschlugen sich und fanden weitere Hinweise. Der Mann hatte ein Kind mit einer Gewöhnlichen. Ja, er hatte sein *Geschick* eingesetzt, um die Demonstranten vor dem MAD-Gebäude außer Gefecht zu setzen – aber nur, nachdem dieser Wahnsinnige, Grierson, den Befehl zum Schießen erteilt hatte. Gavar Jardine mochte zwar Qualen verursacht haben, aber er hatte auch viele Menschenleben gerettet.

Und obwohl der Gedanke, dass Gavar ihn auf Daisys Bitte hin aus Millmoor herausgeholt hatte, irgendwie niedlich war, schien es nicht sehr wahrscheinlich, dass eine Zehnjährige von allein auf diese Idee gekommen war – selbst wenn es sich dabei um so ein cooles Mädchen wie seine kleine Schwester handelte. Hatte der Erbe von Kyneston diesen Vorschlag vielleicht selbst beiläufig fallenlassen, weil er wusste, dass ihm diese Geschichte eine gute Tarnung bieten würde?

Luke war sich nicht sicher. Aber im Moment schien dieses Szenario das einzige zu sein, das alles erklärte.

Alles – bis auf eine entscheidende Frage.

Wofür brauchte man ihn hier auf Kyneston?

# 18

## *Abi*

Es würde sich alles fügen, ganz bestimmt. Sie würden schnelle zehn Jahre abdienen.

Anfangs hatte Abi sich Sorgen um Luke gemacht. Während der ersten Wochen hier auf Kyneston hatte er irgendwie geistesabwesend gewirkt. Und er hatte nicht viel über seine Zeit in Millmoor erzählt, abgesehen von den naheliegenden Dingen. Erstens: Das Ganze war kein Spaß gewesen. Und zweitens: Er wollte nicht darüber reden.

Wenigstens war er unversehrt hier eingetroffen, trotz der vielen Gerüchte über die Unruhen und seiner flüchtigen Erwähnung eines Arztes und einer Verletzung. Davon abgesehen war Luke in Millmoor enorm herangereift. Schon an jenem schrecklichen Tag, als man ihn aus der Familie gerissen hatte, hatte er eine charakterliche Stärke gezeigt, die Abi nie von ihm erwartet hätte. Und diese Eigenschaft schien sich in Millmoor noch stärker herausgebildet zu haben. Außerdem hatte er auf eine Weise an Muskeln zugelegt, dass sie ganz froh war, dass ihr kleiner Bruder sich weit außerhalb der Reichweite ihrer männerverschlingenden Schulfreundinnen befand.

Alles in allem war sie mächtig stolz und erleichtert. Und jetzt, da Luke wieder bei ihnen war, würde sich die Situation hoffentlich entspannen, und die Hadleys konnten ihre Sklavenzeit in Ruhe abdienen.

Nur Jenner gab sich noch immer kühl.

Und Abi konnte sich noch immer nicht an das erinnern, was an jenem Abend im Großen Salon passiert war.

Hinzu kam, dass der Hunde-Mann ihr nicht erzählen wollte, was er angeblich verbrochen hatte, um solch eine demütigende Behandlung zu verdienen. Er wollte es nicht – oder konnte es nicht.

Die Art und Weise, wie die anderen Sklaven auf Kyneston sich damit begnügten, die Existenz des Mannes einfach zu ignorieren, war offen gesagt abscheulich.

»Du solltest das alles vergessen, meine Liebe«, sagte die Haushälterin eines Nachmittags bei einer Tasse Tee. »Er ist ein Nichtsnutz, und es wird dir nichts Gutes bringen, dich da einzumischen.«

Und wenn Abi nach dem Grund fragte, erhielt sie immer die gleiche Antwort: weil Lord Crovan seine Bestrafung vorgenommen hatte – ein Schicksal, das nur den schlimmsten Verbrechern vorbehalten war. Konnten ihre Mitsklaven denn nicht erkennen, dass sie das völlig falsch verstanden? Die Schwere der Strafe war doch kein Beweis dafür, dass der Mann sie auch verdient hatte.

»Komm mal mit«, forderte Abi Luke eines Abends auf, nachdem sie das Geschirr gespült und alles aufgeräumt hatten. Daisy war oben bei Libby und las, und Mum und Dad waren bei Freunden in einem der benachbarten Cottages. »Ich möchte dir jemanden vorstellen.«

Luke grinste gutmütig, bereit, ihrer Aufforderung nachzukommen. Während der letzten Wochen hatte sich irgendetwas tief in seinem Inneren entspannt. Bei seiner Ankunft hatte er aufgewühlt gewirkt, fast so, als würde er Millmoor vermissen.

Abi hatte sich gefragt, ob er dort vielleicht ein Mädchen kennengelernt hatte und sich nach ihr sehnte, aber diesen Gedanken hatte er verächtlich von sich gewiesen. Vielleicht hatte er einfach nur Zeit zum Eingewöhnen gebraucht.

Lady Hypatia hatte Kyneston seit Silvester nicht mehr mit ihrer Anwesenheit beehrt. Allerdings würde sie bald mit einer Gruppe von ihrem eigenen Landsitz Ide und einem Gast von Appledurham anreisen, um die Hochzeitsvorbereitungen in die Wege zu leiten. Das bedeutete, dass der Hunde-Mann den Zwinger seit Lukes Ankunft nicht mehr verlassen hatte. Wusste ihr Bruder überhaupt von dessen Existenz?

Anscheinend nicht.

»Bitte erklär mir, was ich hier sehe«, sagte er zornig, als Abi am Eingang zum Zwinger zögerte und sich gerade fragte, wie sie ihm das erklären sollte. »Weil das nämlich verdammt nach einem nackten Mann in einem winzigen Käfig aussieht.«

Seine Stimme klang vor Empörung gepresst. Abi wäre ihm am liebsten um den Hals gefallen. Sie hatte gewusst, dass sie nicht den Verstand verlor. Und dass es unfassbar und schlichtweg falsch war, einen Menschen auf diese Weise dahinvegetieren zu lassen.

»Wir müssen ihn da rausholen«, sagte Luke.

»So einfach ist das nicht.«

Hastig erklärte Abi ihm die Situation, ein Ohr immer auf die Unterkunft des Hundemasters gerichtet. Der Mann trank gerne, wie Abi herausgefunden hatte. Also hatte sie ein paar Wochen zuvor mehrere Flaschen Whisky aus dem Keller des Haupthauses mitgehen lassen und behauptet, das wäre ein kleines Dankeschön der Jardines. Der Hundemaster hatte sie zwar argwöhnisch gemustert, weil die Ebenbürtigen ihren Sklaven normalerweise keine Anerkennung zollten, die Flaschen aber dennoch angenommen. Seitdem stand Abi bei ihren nächtlichen Besuchen im Zwinger etwas weniger unter Anspannung.

»Wenn ich ihn dazu bringen kann, wieder zu reden und zu gehen, dann erlaubt man ihm vielleicht, den Rest seiner Sklavenzeit auf normale Weise abzudienen, so wie wir anderen«, erklärte sie ihrem Bruder.

»Das kannst du vergessen, Abi. Du weißt, dass das nicht passieren wird. Hier geht es nicht um eine einfache Strafe – dafür ist das viel zu rachsüchtig. Du stellst dir das zu einfach vor. Diese Geschichte hier lässt sich nur dadurch beenden, dass wir ihn aus Kyneston rausschaffen. Wenn du irgendetwas verändern willst, musst du im großen Stil planen.«

Sein Ton klang ernst – auf eine Weise, wie sie ihren Bruder noch nie hatte reden hören. Er glaubte tatsächlich an das, was er da sagte.

Plötzlich schlich sich ein Hauch von Angst um ihren Bruder in ihr Herz. Seit wann war Luke so ... *furchtlos?*

Vielleicht war es bei den Unruhen in Millmoor genau darum gegangen. Möglicherweise war Luke in der Sklavenstadt Leuten begegnet, die diese idealistischen Reden schwangen. Clevere Worte. Nette Ideen. Aber alle total unmöglich.

Luke nahm ihr den Schlüssel aus den Fingern.

»Wir werden ihn mindestens für ein paar Stunden aus diesem Zwinger rausholen. Aufrecht stehen reicht nicht – er muss sich bewegen können, gehen, laufen. Am besten draußen im Wald, wo uns keiner sieht.«

Und bevor Abi ihn aufhalten konnte, kniete Luke sich vor

den Käfig und hob die Tür auf die exakt richtige Weise an. Sie hörte, wie er bestürzt vor sich hin murmelte, als der Hunde-Mann aus dem Käfig kroch. Vielleicht wegen seines Aussehens und seines Geruchs? Oder wegen der unerträglichen Tatsache seiner Existenz: ein Mann, den man mit Hilfe von *Geschick* so verkrüppelt hatte, dass er kaum noch Ähnlichkeit mit einem Menschen besaß?

»Ich bin Luke Hadley«, hörte sie ihren Bruder mit dieser neuen, selbstsicheren Stimme verkünden.

»Hallo … Luke Hadley«, krächzte der Verurteilte.

»Ich weiß deinen Namen nicht.«

Der Gefangene reagierte wieder mit diesem schrecklichen, leeren Achselzucken, das Abi noch immer einen Schauer über den Rücken jagte.

Was wäre, wenn wir uns irren, wollte sie ihrem Bruder plötzlich zurufen. Was wäre, wenn wir einen furchtbaren Fehler begehen? Weil der Grund für seine »Unmenschlichkeit« vielleicht nicht darin besteht, dass man ihm alles Menschliche genommen hat, sondern darin, dass er nie menschliche Züge besessen hat?

»Ich… auch nicht. Deine Schwester … fragt mich … jedes Mal. Warum nennt … ihr mich … nicht ›Dog‹?«

»›Dog‹? Erinnerst du dich denn nicht an deinen Namen?« fragte Luke.

»Ich erinnere mich nur … an das, was er … mir gelassen hat. Nur an … die schlechten Dinge.«

»Er?«

»Ach, niemand Besonderes … Jemand, dem du … hoffentlich nie … begegnen wirst … Mein Kerkermeister.«

»Lord Crovan«, erklärte Abi. Luke schüttelte den Kopf. Der

Name sagte ihm nichts. »Eine Art staatlich sanktionierter Sadist«, erläuterte sie.

»Davon gibt es verdammt viele.«

Plötzlich richtete Dog sich auf, wie ein Tier, das sich mühsam auf die Hinterbeine stellte. Jetzt, da Abi ihn mit jemand anderem vergleichen konnte, erkannte sie, dass Dog einst ziemlich groß gewesen sein musste. Und stark.

Stark war er noch immer – was man nicht sehen konnte, wenn er auf allen vieren lief. Doch die Muskeln waren noch vorhanden: Er hatte schlanke, aber durchtrainierte Oberschenkel und ausgesprochen kräftige Oberarme. Wie viele Liegestütze machte der Mann jeden Tag?

»Kleidung«, sagte Luke. »Wir müssen dir was zum Anziehen besorgen.«

»Ihm macht die Kälte nichts aus.«

Abi wollte nicht, dass ihr Bruder im Zwinger herumsuchte und dadurch die Hunde oder den Hundemaster weckte.

»Ich bin mir sicher, dass ihm die Kälte nichts ausmacht. Aber drei Leute, die nachts einen Spaziergang machen, sind etwas weniger auffällig, wenn einer von ihnen nicht splitternackt ist, sondern wie die beiden anderen aussieht … du weißt schon … *bekleidet*.«

Seit wann war Luke so klug? Und so klugscheißerisch?

Nein, Moment mal. So war er schon immer gewesen.

Es tat gut, ihn wieder an ihrer Seite zu haben. So hätte es eigentlich von Anfang an sein sollen.

Ihr nächtlicher Ausflug mit dem Hunde-Mann – Dog, wie Abi ihn vermutlich nennen sollte, obwohl sich das irgendwie noch schlimmer anfühlte – verlief reibungslos. Sie kehrten ohne jeden Zwischenfall mit ihm zum Zwinger zurück, und Luke war fest entschlossen, ihn bald wieder zu besuchen.

Aber das würde jetzt deutlich schwerer werden, weil die Gruppe der ersten Hochzeitsgäste eingetroffen war. Nicht nur Lady Hypatia, sondern auch ihr ältester Sohn mit Familie – die Vernays vom Landsitz Ide, ein Seitenzweig im Stammbaum der Jardines. Abi wusste nicht viel über sie, bis auf die Tatsache, dass Ide zweihundert Jahre zuvor das Ziel von Black Billys berüchtigter, zum Scheitern verurteilter Revolte gewesen war. Begleitet wurde die Gruppe vom verwitweten Brautvater Lord Lytchett Matravers und dessen Kumpel Lord Rix.

Diese beiden wollten auf den ersten Blick überhaupt nicht zusammenpassen. Der eine war ein Weihnachtspudding von einem Mann, mit Sherry getränkt und fröhlich, der andere dagegen spindeldürr und weltmännisch. Beide zogen für gewöhnlich eine Wolke duftenden Zigarrenrauchs hinter sich her. Und noch etwas anderes schien ihnen auf Schritt und Tritt zu folgen: Gelächter – was für eine angenehme Abwechslung sorgte.

Abis Arbeitsalltag mit Jenner verlief noch immer distanziert und formell. Aber in jeder anderen Hinsicht schien Kyneston – oder Abi selbst – den düsteren Schatten der langen Wintermonate abzuschütteln, förmlich abzustreifen wie ein Salamander im Feuer. *Ich leuchte nicht, ich brenne,* dachte Abi.

»Du bist nicht von hier, oder?«

Lord Rix lehnte an der Wandvertäfelung des Flurs. Er beobachtete sie, mit einem schlanken Zigarillo in den Fingern und einem Lächeln um die Lippen.

Abi hatte einer Gruppe von Haussklaven Anweisungen zu

den Dekorationen erteilt, die Kynestons Ostflügel über Nacht von einer Abgeordnetenkammer in einen Hochzeitssaal verwandeln sollten. Sie hatte versucht, ihren heimatlichen Akzent zu unterdrücken, aber der machte sich unweigerlich bemerkbar, wenn sie genervt war – wie jetzt zum Beispiel wegen zweier Helfer, die offensichtlich zu blöd waren, um den Unterschied zwischen »Wimpelkette« und »Girlande« zu kapieren.

»Nein, Mylord. Ich komme aus Manchester.«

»Manchester?« Rix zog eine Augenbraue hoch.

Abi konnte sich an den Namen seines Landsitzes nicht mehr erinnern, meinte aber, dass er sich irgendwo in East Anglia befand. Aus der Gerüchteküche wusste sie, dass Rix zwar zahlreiche Rennpferde, aber keine Kinder hatte und der Pate der beiden Matravers-Mädchen war.

»Aha, verstehe – dann muss dein Bruder der junge Kerl sein, den Gavar aus der Sklavenstadt herausgeschmuggelt hat. Was für eine verwegene Rettungsaktion. Du musst ihn mir irgendwann einmal zeigen, damit er mir von seiner Flucht haarklein berichten kann. Hier passiert ja sonst kaum irgendetwas Aufregendes, habe ich recht?«

Abi bezweifelte, dass Lukes Bericht seiner sechsstündigen Fahrt im Laderaum eines Transporters so spannend war, wie der Ebenbürtige sich das erhoffte, aber sie nickte gehorsam.

»Ich werde es ihm sagen. Allerdings fürchte ich, dass er sich nur selten hier im Haus aufhält. Er ist ein Landschaftsgärtner. Wenn Sie das nächste Mal im Freien sind und einen blonden Teenager mit einer großen Axt sehen, dann ist das mein Bruder.«

»Eine Axt, wie?« Der Ebenbürtige hob die Hände in gespieltem Entsetzen. »Ich schätze, deine Herrschaften vertrauen ihm hinreichend, dass er von seiner Zeit in Millmoor keine ungebührlichen Ideen mitgebracht hat. Haha. Nun denn, du machst den Eindruck, als hättest du noch viel zu tun – ich will dich nicht länger aufhalten.«

Und damit schlenderte Rix in Richtung Kleiner Salon, um seinen Freund zu suchen.

Sang- und klanglos wieder an die Arbeit geschickt, Abi.

Aber der Ebenbürtige hatte recht: Sie hatte tatsächlich noch viel zu tun. Ihre Aufgabenliste war ellenlang und enthielt einen Punkt, den sie unbedingt erledigen wollte. Aber zuerst musste sie ein Mädchen finden, das sie von den allgemeinen Aufgaben im Haus abziehen konnte. Abi brauchte jemanden, der Lady Thalias Dienstmädchen dabei half, die Schränke ihrer Herrin und mehrere Truhen mit Euterpe Parvas Altkleidung durchzusehen.

Denn in wenigen Wochen würde Kynestons Schläferin aufwachen und anscheinend direkt an der Hochzeit teilnehmen.

Was medizinisch sicherlich unmöglich war – schließlich erwachte niemand auf Kommando aus einem Koma.

»Medizinische Aspekte spielen hierbei keine Rolle«, hatte Mum auf Abis Bemerkung erwidert. »Der junge Herr wird sich darum kümmern. Und Lady Parva ist in außerordentlich guter Verfassung. Ich konnte nicht den geringsten Verlust an Muskelmasse feststellen. Lady Thalia sitzt jeden Tag bei ihr und nutzt allem Anschein nach ihr *Geschick*, um ihre Schwester bei Kräften zu halten. Im Hinblick auf die Funktionsweise der Gelenke spricht nichts dagegen, dass Lady Euterpe sich von ihrem Bett erhebt und einen Fünf-Kilometer-Lauf absolviert.«

Abi verstand sofort, was ihre Mutter dabei verschwieg. Silyen Jardine mochte zwar in der Lage sein, den Körper seiner

Tante aus dem Koma zu holen, aber die Frage war: Würden ihre mentalen Fähigkeiten ebenfalls zurückkehren? Denn im Allgemeinen erwachte niemand aus einem fünfundzwanzig Jahre dauernden Koma und machte einfach da weiter, wo er oder sie damals aufgehört hatte.

Die Medizinstudentin, die Abi inzwischen wäre, wünschte sich nichts mehr, als Zeuge dabei zu sein, wie Euterpe Parva das Lehrbuchwissen der Medizin völlig auf den Kopf stellte. Ihre Neugier bezüglich der physiologischen Funktionsweise von *Geschick* war einer der Gründe, warum Abi ihre Sklavenzeit überhaupt an einem Ort wie diesem hatte abdienen wollen. Aber sie würde es erst dann glauben, wenn sie das Ganze mit eigenen Augen sah.

Glücklicherweise hatte Abi keine Schwierigkeiten, eine Freiwillige zu finden, die sich den ganzen Tag mit dem Sortieren von Ballkleidern beschäftigen wollte – ein weiterer Punkt, den sie von ihrer Liste streichen konnte. Aber es stand noch eine ganze Reihe von Aufgaben zwischen ihr und der Kiste in der Bibliothek.

Lord Matravers bestand darauf, jede für das Hochzeitsbankett vorgesehene Speise persönlich vorzukosten. Also arrangierte Abi ein Treffen mit der Köchin. Der gesamte Haushalt lief bereits auf Hochtouren, um das Anwesen für die zahlreichen Gäste vorzubereiten, die an dem dreitägigen Veranstaltungsmarathon aus Debatte, Ball und Hochzeitsfeier teilnehmen würden. Während der nächsten Wochen würden ununterbrochen Lieferwagen an- und abfahren.

Zurück im Dienstbotenquartier, stieß Abi zu ihrer Überraschung auf Luke, der auf dem Weg ins Freie war.

»Man hat mich für die Festivitäten eingespannt«, erklärte er.

»Anscheinend muss jeder mit anpacken. Selbst Albert – so verzweifelt sind sie bereits. Ich soll Gepäck tragen und Getränke servieren, deshalb musste jemand meine Maße für meine Livree nehmen. Das Ganze wird der absolute Wahnsinn werden. Also eine gute Gelegenheit für … du weißt schon.«

»Nein, ich weiß es nicht«, erwiderte Abi resolut, um jede weitere Diskussion im Keim zu ersticken. Der Effekt ihres besten Große-Schwester-Funkelns wurde nur dadurch geschmälert, dass sie inzwischen zu Luke aufschauen musste. »Wir reden heute Abend darüber.«

Zu ihrer eigenen Verblüffung hatte sich ihre Zu-erledigen-Liste bald in eine Alles-erledigt-Liste verwandelt, und sie konnte endlich zur Bibliothek gehen.

Der Raum war verriegelt – kein Wunder, wenn man bedachte, was darin zurzeit aufbewahrt wurde. Aber Abi besaß aufgrund ihrer Arbeit im Verwaltungsbüro einen Generalschlüssel. Bevor sie die Tür aufschloss, warf sie einen kurzen Blick in beide Richtungen des Flurs, obwohl das hier einen absolut legitimen Bereich ihrer Arbeit darstellte. Okay, niemand hatte ihr diese Aufgabe aufgetragen, aber schließlich erwartete man von ihr, dass sie Eigeninitiative zeigte, oder etwa nicht?

Als sie die Bibliothek betrat, stellte sie fest, dass schon jemand vor ihr hier gewesen sein musste: Die Kiste war geöffnet.

Und dort in der Mitte des Raums, so nah, dass Abi ihn berühren konnte, stand der Kanzlerstuhl der Ebenbürtigen-Republik Großbritanniens. Dieser Herrschersitz wurde jedes Jahr zur Dritten Großdebatte nach Kyneston gebracht – und er war nicht nur kleiner, als sie gedacht hatte, sondern auch wunderschön.

Der Stuhl stand von ihr abgewandt, auf den Kamin ausgerichtet. Das Eichenholz hatte im Laufe der siebenhundertjährigen Nutzung einen so dunklen Farbton und tiefen Glanz erhalten, dass es an Ebenholz erinnerte.

Vorsichtig trat Abi näher. Der Stuhl besaß fast die Ausstrahlung einer Person. Gebieterisch. Königlich.

Die in die Rückenlehne geschnitzten Tier- und Menschengestalten wirkten zwar nicht mehr so klar definiert, aber das änderte nichts an ihrem Charme. Abi beugte sich vor, um die Bilder genauer zu betrachten. Ein Drache. Ein gekrönter Mann. Eine geflügelte Frau mit einem Schwert. Eine von Sternen umringte Sonne. Wellenlinien, die möglicherweise Wasser darstellten oder aber auch etwas völlig anderes.

Abi streckte die Hand aus. Sie zögerte einen Moment, genau wie vor all den Monaten, als sie Kynestons Mauer zum ersten Mal berührt hatte, und streifte dann mit den Fingerspitzen über das schimmernde Holz. Sie ließ ihre Hand über die dreieckige Spitze gleiten und dann hinab zur Armlehne.

Als ihre Fingerkuppen darüberfuhren, erhielt Abi einen derartigen Schock, dass sie aufschrie und rückwärts in Richtung Kamin taumelte.

Jemand saß auf dem Stuhl.

»Sei bitte etwas vorsichtiger, Abigail«, sagte die Person, die mit übereinandergeschlagenen Beinen und nachdenklicher Haltung auf dem Holzstuhl saß, in tadelndem Ton. »Es wäre wirklich lästig, dich aus den Flammen hieven und diese ausklopfen zu müssen.«

Silyen Jardine betrachtete sie mit einem leicht amüsierten Gesichtsausdruck.

»Sie haben mir fast einen Herzinfarkt beschert«, fauchte Abi erschrocken. »Was tun Sie denn da – sitzen Sie schon mal Probe?«

Wenn es einen Ratgeber mit dem Titel *Wie Sklaven ihre Herrschaft niemals anreden sollen* gegeben hätte, dann hätte ein Satz wie dieser auf der ersten Seite gestanden. Abi stammelte sofort eine Entschuldigung, aber der junge Herr winkte nur abschätzig.

»Das wäre ein wenig weit hergeholt. Schließlich bin ich kein Erbe. Noch nicht mal der Zweite in der Erbfolge, obwohl ich ja vermuten würde, dass mein Vater mich Jenner im Zweifelsfall vorziehen würde. Nein, ich werde niemals Kanzler sein. Aber das hier war ja auch nicht immer der Stuhl eines *Kanzlers.*«

Wie zur Unterstreichung seiner Worte nahm Silyen die langen Beine herunter und klopfte mit den Fersen seiner Schuhe gegen den Stein, der sich unter dem Stuhl befand: der frühere Krönungsstein der britischen Monarchen, von Silyens Vorfahr Lycus, dem Königsmörder, zerbrochen.

Worauf spielte Silyen an? Abi wusste, wonach das Ganze klang, aber dieser Gedanke wäre völlig verrückt, selbst für Silyen.

»Ich vermute mal, dass Sie nicht vorhaben, die Monarchie wiedereinzuführen«, sagte sie. »Der Moment dafür dürfte verstrichen sein, finden Sie nicht?«

»Hat mein Bruder dir wieder eine Geschichtslektion erteilt?«, fragte der Ebenbürtige. »Ach nein, ich Dummerchen – er darf ja keinen freundschaftlichen Umgang mehr mit dir pflegen, stimmt's? Nur noch langweilige Gespräche über Büroklammern und Rechnungen. Mummys ausdrücklicher Befehl. Dann gestatte mir, dass *ich* dir stattdessen eine Lektion erteile. Ich weiß, du interessierst dich für Geschichte, Abigail. Vergiss nicht: Wer nicht aus der Vergangenheit lernen kann, ist dazu verdammt, sie zu wiederholen. Oder sollte das besser heißen: Wer aus der Vergangenheit lernt, ist in der Lage, sie zu wiederholen? Hier, sieh mal.«

Er schwang die Füße auf den Boden und sprang leichtfüßig von dem hohen Stuhlpodest.

Abis Blick folgte ihm, aber ihr Verstand hatte nur einen einzigen Teil seiner Worte registriert. Jenners distanzierte Haltung war nicht das, was er selbst wollte. Seine Mutter hatte ihn dazu gezwungen. Plötzlich perlte ein Gefühl in ihrem Herzen, das sich so magisch anfühlte wie *Geschick*.

Handelte es sich um Hoffnung?

Silyen hatte ihre Reaktion nicht bemerkt. Die Hände hinter dem Rücken verschränkt, betrachtete er die Schnitzereien, die Abi kurz zuvor inspiziert hatte.

»Hast du schon mal vom *Wundorcyning* – dem Wunderkönig – gehört? Ich würde es dir nicht verübeln, falls nicht, da selbst viele meinesgleichen nicht von ihm wissen. Er ist eine Legende. Eine gefährliche Legende – seine Geschichte wurde gleich zweimal vertuscht. Ich bin davon überzeugt, dass er wirklich existiert hat. Schließlich macht sich niemand die Mühe, die Erinnerung an erfundene Personen auszulöschen.«

Silyen beugte sich vor, um die verschwommene Gestalt des gekrönten Mannes nachzuzeichnen.

»Er lebte während dieser dunklen Periode zwischen den Römern und unseren ersten eigenen Geschichtsaufzeichnungen. Und er besaß *Geschick.* Die Legenden berichten, dass er seltsame und phantastische Kreaturen kennengelernt, gegen Riesen gekämpft und sich in anderen Welten bewegt hat.

Nach seinem Tod – oder Verschwinden, denn sein Tod wird nirgends verzeichnet – kam es aus irgendeinem Grund zu keinem weiteren Herrscher mit *Geschick*. Deshalb wurde die Legende des Wunderkönigs von den Monarchen verbannt, die ihm auf den Thron folgten. Sie hatten eine Krone, aber kein *Geschick*, und vermutlich wollten sie im Vergleich mit ihm nicht unzulänglich erscheinen. Und seit dem glorreichen Aufstand der Ebenbürtigen im Jahr 1642 haben unsere Herrscher natürlich alle *Geschick*, aber keine Krone. Und deswegen wollen diejenigen an der Macht noch immer nichts von ihm hören … von dem Mann, der beides besaß.«

»Aber hier ist er abgebildet«, sagte Abi nachdenklich. »Deutlich sichtbar und doch übersehen.«

»Ganz recht.« Silyen lächelte. »Die Bibliothek auf Orpen Mote besaß die einzige vollständige Ausgabe des ältesten Buchs, *Zeichen von Wunder: Geschichten des Königs*. Aber das hier ist er, da bin ich mir ganz sicher. Hier auf dem Stuhl. Und verspottet jeden, der je darauf gesessen hat – einschließlich meines Vaters.«

Abi richtete sich auf. Die Geschichte war faszinierend. Aber nicht einmal dieses Gespräch über antike Bücher, verlorenes Wissen und einen magischen König konnte den einzigen Gedanken vertreiben, über den ihr Verstand unbedingt mehr erfahren wollte.

Würde der junge Herr wütend werden, wenn sie fragte?

Leider blieb ihr aber keine andere Wahl, denn niemand sonst – und Jenner schon gar nicht – schien bereit, darüber zu reden.

»Ihr Bruder …«, setzte sie an. »Sie haben gesagt, dass Ihr Bruder …«

*Argh.* Im Vergleich zu ihr klang Dog regelrecht eloquent.

»Keinen Umgang mehr mit dir pflegen darf. Richtig.« Der junge Ebenbürtige machte eine abschätzige Handbewegung. »Meine Eltern fürchten, dass er ohnehin fast schon ein Gewöhnlicher ist, und sind deshalb entschieden gegen alles, das wie Sympathie für deinesgleichen aussieht. Ist ›Sympathie‹ in diesem Fall der beste Ausdruck, Abigail?«

Sein Tonfall klang verschlagen, und Abi errötete vor Scham. Aber sie durfte jetzt nicht lockerlassen.

»Und das ist schon alles? Allgemeine Missbilligung? Es gibt da nämlich einen Abend, an den ich mich nicht erinnern kann. Ich hatte mir Sorgen gemacht, dass ich vielleicht irgendetwas Falsches getan hätte und dass das der Grund sei.«

»Du kannst dich nicht erinnern? Jemand hat ohne deine Zustimmung in deinem Gehirn aufgeräumt? Wie unhöflich. Wenn du willst, kann ich ja mal einen Blick darauf werfen.«

Abi zögerte. Wo hatte sie sich da hineinmanövriert? Seine leuchtend schwarzen Augen sahen ihre Verunsicherung.

»Ein Einbruch in die Erinnerungen einer anderen Person ist ein gefährlicher und fast immer schädlicher Vorgang, Abigail. Dagegen ist es – denke ich zumindest – viel leichter, herauszufinden, ob bei einer Person *Geschick* angewandt wurde. Und falls ja, wer derjenige war. Jeder von uns setzt sein *Geschick* auf ganz einzigartige Weise ein. Das Ganze ist wie ein Fingerabdruck.

Da ich der Torwächter dieser Familie bin, kenne ich den Abdruck jeder Person, die unser Anwesen betritt. Ich könnte dir also sagen, ob irgendjemand bei dir *Geschick* angewendet hat. Du kannst dich sogar bequem hinsetzen, während ich nachsehe.«

Beiläufig deutete Silyen auf den Kanzlerstuhl. Den Thron von Königen und Königinnen. Abi schwirrte der Kopf, aber sie kam seiner Aufforderung nach, umklammerte die abgewetzt-glatten Armlehnen und kniff die Augen zusammen, bis es vorbei war.

Silyen hatte nicht gelogen. Das Ganze war nicht annähernd so schlimm wie das, was er damals am Tor getan hatte. Aber trotzdem hatte sie noch immer das übelkeiterregende Gefühl, gegen ihren Willen überall abgetastet zu werden – so wie Mum im Supermarkt die Tomaten auf faulige Stellen abcheckte. Abi stellte sich vor, wie Silyen nach einer schwammigen, schwarzbräunlichen Stelle suchte, wo sich die scharfen Kanten von jemandes *Geschick* in ihr Gehirn gegraben und ihr Schaden zugefügt hatten.

»Bouda«, verkündete er nach wenigen Minuten. »Und meine Mutter. War gar nicht schwer, das herauszufinden. Beiden mangelt es an Finesse. Und ich kann dir auch verraten, was genau passiert ist. Bouda und Gavar hatten einen Streit, einen heftigen Streit, bei dem du zugegen warst. Und da Bouda es hasst, Gegenstand von Dienstbotentratsch zu sein, hat sie dich zum Stillschweigen gebracht. Auf ziemlich brutale Weise. Vermutlich war sie noch immer wütend auf Gavar.

Dann hat sie dich in einem jämmerlichen Zustand zurückgelassen; du hast vor Schmerz geschluchzt. Also hat sich Jenner – mein armer, nutzloser, *geschickloser* Bruder – auf die Suche nach mir oder meiner Mutter gemacht, um sicherzugehen, dass mit dir alles in Ordnung ist. Zu deinem Pech hat er Mama als Erste gefunden. Sie hat ein paar ungeschickte Heilungsversuche unternommen, sich ebenso ungeschickt an deinen Erinnerungen zu schaffen gemacht und Jenner mitgeteilt, dass du erst gar nicht hättest anwesend sein sollen. Dann hat sie ihm die strikte Anweisung erteilt, ab sofort jeden unprofessionellen Kontakt mit dir einzustellen. Und das war's auch schon. Du musst eine Woche lang Kopfschmerzen gehabt haben.«

Abi schäumte innerlich vor Wut über diesen Verrat, obwohl sie von Silyen Jardine ohnehin nichts anderes hätte erwarten sollen – dieser Junge mit seiner merkwürdigen, strahlenden Freundlichkeit und seiner absoluten Skrupellosigkeit.

»Sie haben gesagt, Sie würden keinen Blick auf meine Erinnerungen werfen.«

»Abigail, das trifft mich zutiefst.« Silyen presste eine Hand auf sein Herz – oder die Stelle, wo sich ein Herz hätte befinden sollen. »Ich habe deine Erinnerungen nicht angetastet. All das weiß ich, weil Jenner, etwa eine Stunde nachdem er dich nach Hause gebracht hatte, zu mir gekommen ist und mir die ganze Geschichte erzählt hat. Er war fast aufgelöst vor Schuldgefühlen. Ich habe ihm gesagt, er solle sich zusammenreißen. Ich meine, es ist ja nicht so, als ob er dich niedergeschossen hätte. Allmählich habe ich den Eindruck, dass meine Brüder im Umgang mit Frauen nicht besonders geschickt sind.«

Silyen erschauderte dezent, wie eine Katze, der man Hundekekse vorsetzte.

Ungläubig starrte Abi ihn an. Sie umklammerte die Armlehnen des Kanzlerstuhls so fest, als wollte sie sie abreißen. Sollte sie lachen – oder weinen?

Oder sollte sie sich auf die Suche nach Jenner Jardine machen, ihn auffordern, sich nicht länger wie ein Idiot zu benehmen, und ihn küssen?

# 19

## *Gavar*

Sein Vater plante eine Debatte. Silyen plante eine Wiederbelebung. Und er selbst eine Hochzeit.

Daran war so vieles nicht in Ordnung, dass Gavar gar nicht wusste, wo er anfangen sollte.

Er schüttelte die Eiswürfel in seinem Whiskyglas und zog eine finstere Miene, als kein Lakai herbeieilte, um seinen Laphroaig aufzufüllen.

Vermutlich könnte er mit Millmoor anfangen. Eigentlich hatte er die Situation ganz gut gelöst. Selbst Vater hatte das gesagt. Der Zinnsoldat Grierson hatte den Befehl erteilt, auf die Menge zu schießen, was zwar den Aufstand an diesem Tag vermutlich beendet, aber größeren Ärger für die Zukunft versprochen hätte.

Gavars Eingriff hatte das verhindert – und gleichzeitig die Gewöhnlichen daran erinnert, wer ihre wahren Herren waren. Also hatte man ihm bei seiner Rückkehr nach London von allen Seiten auf die Schulter geklopft, und durchaus zu Recht.

Aber war es kindisch, dass er mehr als ein Schulterklopfen erwartete? Genau genommen war das Sklavenmädchen Daisy die Einzige, die sich bei ihm für irgendetwas bedankt hatte. Ihre Bitte, ihren Bruder da rauszuholen, hatte sich leicht arrangieren lassen – nachdem Gavar erst einmal einen Schlägertyp gefunden hatte, der wusste, wie der Junge aussah.

So große Dankbarkeit für solch eine Kleinigkeit und so spärliche Anerkennung von allen anderen für das, was er erreicht hatte: Frieden in Millmoor. Oder zumindest Ruhe. Seit jenem Tag war es zu keinen weiteren Vorfällen gekommen.

Langsam nahm Gavar noch einen Schluck Single Malt und beobachtete das rege Treiben in Kynestons Great Hall von seinem günstigen Standpunkt neben dem massiven Marmorkamin aus. Er konnte hören, wie der Regen gegen die Scheiben klatschte, aber selbst zu dieser späten Stunde und trotz der schrecklichen Wetterbedingungen trafen noch immer neue Gäste ein. Die Parlamentarier – Lords, Ladys und ihre Erben – traten durch die gigantische Eingangstür, ohne auch nur einen Tropfen Regen auf ihrer Kleidung, während völlig durchnässte Sklaven ihr Gepäck hereintrugen.

Gavars Blick fiel auf den Lakaien, der normalerweise für die Hausbar zuständig war und der jetzt mit beleidigter Miene in Richtung Dienstbotengang schritt, dicht gefolgt von Dawson, der Sprecherin der Parlamentsbeobachter, und ihrem öligen Sohn, der angeblich als eine Art Berater der PB fungierte. Das hatte Dawson schnell von ihren Ebenbürtigen gelernt: die hohe Kunst der Vetternwirtschaft.

Gavar schnaubte, und als sie an ihm vorbeigingen, hob er sein Glas, als Salut an ihre Scheinheiligkeit. Ihr Sohn, der ungefähr in Gavars Alter war, bemerkte seine Geste. Aber er wirkte keineswegs gedemütigt: Genau genommen stand ein Ausdruck in seinen blauen Schönlingsaugen, der gefährlich nah an Verachtung grenzte. Gavar juckte es in den Fingern, zu seiner Reitgerte zu greifen, doch vermutlich wäre es nicht gerade ein guter Auftakt der Feierlichkeiten, wenn er einem Gast, der kaum das Haus betreten hatte, eine Tracht Prügel verpasste.

Aber keine Sorge. Es würden sich andere Gelegenheiten ergeben, dem Mann seine Unverschämtheit zurückzuzahlen.

An der Eingangstür bemühte Mutter sich nach Kräften, ihr aufgesetztes Lächeln durchzuhalten, während sie Crovan begrüßte. Gavar trat etwas näher an das knisternde Feuer und beobachtete die Szene. Trotz Crovans makellosem Erscheinungsbild – der Mann hatte die Haare nach hinten gekämmt, seine goldene Krawattennadel glänzte im Kerzenschein, und sein Alpakawollmantel war ihm auf die große, hagere Gestalt geschneidert – jagte er Gavar selbst quer durch den Saal einen Schauer über den Rücken.

Silyen hatte den Kerl vermutlich auf die Gästeliste für seinen Auftakt der Festlichkeiten am nächsten Morgen gesetzt: Tante Euterpes Erweckung. Dieses Schauspiel würde Crovan garantiert faszinieren. Vielleicht bat er ja sogar um einen Logenplatz. Man musste sich das mal vorstellen: Wenn Euterpe morgen nach fünfundzwanzig Jahren im Koma tatsächlich erwachte, würde sie als erste Gesichter die von Silyen und Lord Freak zu sehen bekommen. Tante Terpys geistige Gesundheit würde sich schlotternd wieder in die kleine Windung ihres Gehirns verziehen, in der sie die ganzen Jahre verbracht hatte.

Die Debatte und der Kanzlerball standen für den Tag danach auf dem Programm, und Crovan ging jedes Jahr zur Wahl und zum anschließenden Ball. Aber er würde doch bestimmt nicht noch einen dritten Tag bleiben – für die Hochzeit des Jahrhunderts? Diese Veranstaltung würde auch so schon unsäglich genug werden.

Mutter rief einen Sklaven herbei, um Crovans Tasche zu nehmen, und Gavar sah, dass es sich um den Jungen handelte, den er aus Millmoor herausgeschmuggelt hatte. Daisy hatte ihm ihren Bruder bei einem Spaziergang mit Libby gezeigt: ein Junge mit finsterer Miene und einer Werkzeugtasche auf dem Rücken. Über seinen Aufenthalt auf Kyneston schien er nicht gerade begeistert zu sein. Noch so ein undankbarer Kerl.

Zumindest hatte Gavar das angenommen. Aber bei seiner nächsten Begegnung mit dem Jungen ein paar Wochen später hatte dieser seine Einstellung offenbar grundlegend geändert. Der Kerl hatte Gavar auf eine Weise angesehen, als hätte er ihn nicht nur aus Millmoor herausgeholt, sondern das Fluchtfahrzeug persönlich gefahren und dann eine Willkommen-auf-Kyneston-Party inklusive Stripperinnen geschmissen. Er hatte sich aufrichtig bedankt und angeboten, wenn er irgendetwas für Gavar tun könnte, bräuchte er nur zu fragen.

»Ganz gleich was«, hatte er herzlich hinzugefügt. Als ob es so viele Dinge gäbe, die der Erbe Kynestons möglicherweise benötigte und die ein siebzehnjähriger Sklave besorgen konnte.

Gavar kippte den Rest seines Whiskys hinunter. Er wusste, dass er sich eigentlich zurückhalten sollte. Schließlich wollte er nicht wie Vater enden. Aber in letzter Zeit hatte er regelmäßig das Gefühl, dass er eine kleine Stärkung gut gebrauchen konnte. Er litt noch immer unter den Kopfschmerzen, die mit Libbys Geburt begonnen hatten. Das war etwas, das einem niemand zum Thema Vaterschaft verriet: die ständige Sorge und die Tatsache, dass das Ganze einen Tribut von einem forderte.

Auf der anderen Seite des Saals hielt der Millmoor-Junge Crovans Tasche in der Hand. Mutter machte den Eindruck, als würde sie ihm ausführlich erklären, in welchem Zimmer Lord Gruselpeter untergebracht war. Wahrscheinlich hatte der Junge noch nie zuvor einen Fuß in das Haus gesetzt.

Doch dann schlenderte Silyen aus dem Westflügel auf das

Trio zu, übernahm zu Mutters sichtlicher Missbilligung Crovans Gepäck und führte ihren am wenigsten willkommenen Gast fort. Der Junge sah ihnen nach, mit unbeeindruckter Miene. Er verdrehte sogar die Augen, als er sich unbeobachtet fühlte.

Gut. Vielleicht war der Junge es ja doch wert, dass Gavar ihn gerettet hatte.

Gavar knallte sein leeres Glas auf den Kaminsims, wo es zweifellos stehen bleiben würde, bis irgendein abgespannter Sklave es am nächsten Morgen entdeckte. Seine Gastgeberpflichten reichten ihm für heute. Ihm blieben noch drei Nächte als freier Mann, und er beabsichtigte, das Beste daraus zu machen. Einer der Grenzgebiet-Lords hatte vor kurzem die Nachfolge seines Vaters angetreten, und die neue Erbin des Herrensitzes – die morgen an ihrer allerersten Debatte teilnehmen würde – machte einen vielversprechenden Eindruck. Vielleicht würde ihr eine rigorose Einführung in die böse Welt der großen Politik ja gefallen.

Schließlich war allgemein bekannt, wie gut die Jardines sich in derartigen Angelegenheiten auskannten.

Das Mädchen entpuppte sich als erfreulich interessiert an seinen Lektionen. Aber danach kehrte Gavar in sein eigenes Zimmer zurück und ging am nächsten Morgen zeitig zum Frühstück hinunter, um ihr nicht zu begegnen. Er hatte dem Ruf der Familie mehrfach alle Ehre gemacht, fürchtete aber, dass das Mädchen irgendwelche Andeutungen machen könnte. Gavar wollte nicht, dass die adleräugige Hexe, die er ehelichen würde, etwas davon mitbekam. Und das Mädchen würde garantiert nicht früh aufstehen – da war Gavar sich ziemlich sicher.

An Festtagen fand das Frühstück auf Kyneston immer in der Long Gallery statt, einem langen Saal, in dem dann ein riesiger, mit gestärkter Tafelwäsche gedeckter Tisch aufgebaut wurde. Als Gavar den Raum betrat, warf er rasch einen Blick in die Runde. Aber da sich weder von seiner neuen Freundin (nach deren Namen er seine Mutter würde fragen müssen) noch seiner Zukünftigen auch nur eine Spur entdecken ließ, atmete er erleichtert auf.

Ein paar Köpfe drehten sich zu ihm um, als er sich setzte. Sollten sie ihn ruhig anstarren. Eines Tages würde er der Herr dieses Hauses sein, und dann war das hier sein Tisch. Und Libby würde an ihrem rechtmäßigen Platz neben ihm sitzen, auch wenn sie niemals seine gesetzliche Erbin werden konnte.

Obwohl: War das wirklich unmöglich? Gavar erinnerte sich an jenen Tag im letzten Spätherbst, als er und Daisy am See gesessen hatten und das Boot langsam auf sie zugetrieben war.

Nein, nicht getrieben. Es war angezogen worden.

Seitdem hatte er oft über diesen Vorfall nachgedacht. Damals war er davon überzeugt gewesen, dass seine Tochter das Boot mit Hilfe ihres *Geschicks* herbeigeholt hatte. Und in den darauffolgenden Wochen hatte er begierig nach weiteren Anzeichen ihrer Fähigkeiten Ausschau gehalten, allerdings vergebens. Vielleicht war es ja doch nur eine Brise gewesen, und das Boot hatte sich zufällig aus seiner Vertäuung gelöst. Oder aber er hatte das Ganze selbst bewirkt – sein eigenes *Geschick* hatte seinem Kind unterbewusst eine Freude machen wollen.

Doch Gavar war noch nicht bereit, die Vorstellung aufzugeben, dass es sich um eine frühe, spontane Demonstration ihrer Fähigkeiten gehandelt hatte. Richtig: Es war noch nie vorgekommen, dass ein Kind gemischter Abstammung *Geschick* besaß.

Aber es war ebenso noch nie da gewesen, dass ein Kind zweier Ebenbürtiger ohne *Geschick* auf die Welt kam – und dennoch existierte die wandelnde Widersinnigkeit namens Jenner.

Wenn Libby über *Geschick* verfügte, dann konnte sie seine Erbin werden, ob sie nun unehelich geboren war oder nicht. Obwohl Gavars Zukünftige da zweifellos ein Wörtchen würde mitreden wollen.

Der Gedanke an Bouda riss ihn aus seinen Gedanken und zurück in die Gegenwart. Einige Gespräche an dem langen Frühstückstisch drehten sich bestimmt um seine Hochzeit, aber Gavar vermutete, dass die meisten Anwesenden sich eher in Spekulationen über den bevorstehenden Eröffnungsakt der Feierlichkeiten ergingen – eine Veranstaltung, an der nur die wenigsten Gäste teilnehmen würden.

Das Publikum für Tante Euterpes Erweckung – oder Silyens Scheitern – war handverlesen. Abgesehen von den Familienmitgliedern und Zelston würden nur zehn offizielle Augenzeugen dabei sein. Die Hälfte hatte die beiden Schwestern bereits als junge Mädchen gekannt und war von Mutter persönlich ausgesucht worden. Bei der anderen Hälfte handelte es sich um Parlamentarier, die Vater eingeladen hatte.

Die Auswahl dieser letzten Gruppe verwirrte Gavar. Auf die Frage, warum er sich ausgerechnet für diese fünf Parlamentarier entschieden hatte, hatte sein Vater ihn aufgefordert, den Grund selbst herauszufinden.

Nachdem Gavar seinen Teller mit Toast und Frühstücksspeck beladen hatte – überall standen Sklaven mit Tabletts und serviettenbedeckten Körben herum, die alle erdenklichen Delikatessen enthielten –, fühlte er sich hinreichend imstande, das Rätsel zu lösen.

Die fünf zählten nicht zu Vaters engsten Freunden, aber sie waren ihm gewogen, und jeder von ihnen konnte auf die Loyalität einer Reihe unbedeutenderer Gutsherren vertrauen. Plötzlich erkannte Gavar, dass es sich bei diesen Personen um Männer handelte, die sich von Bewunderern in Verbündete verwandeln ließen, wenn sie Zeugen einer hinlänglich spektakulären Machtdemonstration der Familie Jardine wurden.

Wie etwa Euterpe Parvas Beinahe-Wiedererweckung.

Gavar runzelte die Stirn und rief nach mehr Kaffee. Der Sklave mit der Silberkanne hätte nicht schneller herbeieilen können, selbst wenn man ihn mit einer Gabel gestochen hätte, aber Gavar hatte den Verdacht, dass Silyen nicht mal zu rufen brauchte. Das Gebräu war kochend heiß, genau wie Sil es mochte. Gavar ließ den Kaffee einen Moment stehen und abkühlen.

Konnte das wirklich Vaters Plan sein? Der Mann hatte echt Nerven. Und die Tatsache, dass Gavar von allein dahintergekommen war, bewies vermutlich, dass er es wert war, an dem Vorhaben teilzunehmen. Ein weiterer Test.

Na ja, den hatte er jedenfalls bestanden.

Gavar ließ seinen Kaffee unangetastet stehen und marschierte zum oberen Stock des Ostgangs mit dcn Zimmern der Familie. Als er an die größte Tür hämmerte, öffnete sein Vater die Tür einen Spalt und musterte ihn unfroh. Er hatte den Morgenmantel nur locker um die Hüfte zugebunden und hielt ein Glas in der Hand. Ein schwacher Parfümduft schwebte durch den Türspalt.

»Dann bist du also darauf gekommen?«, bemerkte Vater. »Welch eine Erleichterung. Ich hätte dich sonst enterbt. Und allmählich gehen mir die geeigneten Söhne aus. Wir treffen uns heute Nachmittag um vier in meinem Arbeitszimmer, nach Silyens Versuch.«

Und dann schloss sich die Tür wieder. Angewidert starrte Gavar darauf und überlegte einen Moment lang, ob er dagegentreten sollte.

Aber inzwischen hatte er eine bessere Lösung zur Dämpfung seiner Wut: Er würde eine Runde joggen und dann bei den Cottages der Sklavenfamilien reinschauen. Libby würde sich freuen, ihn zu sehen, und Daisy hatte er von den Pflichten im Haus losgeeist, trotz Jenners Bestrebungen, alle Sklaven bei den Feierlichkeiten einzubinden. Die beiden Mädchen reagierten jedes Mal so, als sei Gavars Besuch der Höhepunkt ihres Tages.

Und Gavar fragte sich in eher lachhaften Momenten, ob diese Besuche auch den Höhepunkt *seines* Tages darstellten.

Daisy machte ihm eine Tasse Tee, und dann sahen sie gemeinsam zu, wie Libby auf dem Po über den Teppich rutschte und mit bunten Bauklötzen spielte. Als Gavar nach einem Blick auf die Uhr erkannte, dass er pünktlich zu Silyens Darbietung zurückkehren musste, bot Daisy an, ihn mit Libby zum Haus zu begleiten, und lief los, um Mantel und Babytrage zu holen.

»Das geht nicht«, rief Gavar, als er hörte, wie sie zwischen den Jacken an der Flurgarderobe herumsuchte. »Vater hat gesagt, dass niemand sie zu Gesicht bekommen darf.«

Daisy schob den Kopf durch die Tür. Sie wirkte empört.

»Dieses Schwein!«

Gavar konnte dem nur zustimmen. Sein Zorn hatte mehrere Fensterscheiben im Kleinen Salon zerspringen lassen, als Vater ihn informiert hatte. Aber der Mann hatte nur stur seine Drohung wiederholt, Libby den Familiennamen Jardine zu entziehen. Gavar hatte die Hände so fest zu Fäusten geballt, dass er sich gefragt hatte, ob man sich auf diese Weise die eigenen Finger brechen konnte oder ob man als Ebenbürtiger von seinem *Geschick* davor bewahrt wurde.

Jetzt hob er seine Tochter vom Boden, zog sie an sich und bedeckte ihr Gesicht mit kleinen Küssen. Libby strampelte und kicherte.

»Aber sie weiß, wie stolz ihr Daddy auf sie ist. Nicht wahr, Libby? Daddy liebt dich.«

»Dada«, brabbelte Libby, streckte ihr molliges Händchen aus und tätschelte seine Wange. »Dada.«

Und genau hier, in seinem Kind, zeigte sich mehr Magie, als Silyen jemals würde veranstalten können, dachte Gavar.

Erstaunlicherweise machte Silyen später jedoch keine große Show um Tante Euterpes Erweckung.

Wie vereinbart hatten sich alle in ihrem Zimmer versammelt. Sil hatte tatsächlich Crovan mitgeschleppt, der sich in die hinterste Ecke am Fenster verzog. Gavar stand neben Jenner, direkt hinter Vater. Dieser hatte die Hände auf Mutters Schultern gelegt – ganz der fürsorgliche Gatte.

Gavar fragte sich, wessen Parfüm er am Morgen gerochen hatte. Die arme Tante Terpy würde sich über fünfundzwanzig Jahre angesammelte Eheprobleme ihrer Schwester anhören müssen. Zelston sah so aus, als wäre er dem Tode nahe. Er zitterte am ganzen Körper, und Schweiß stand auf seiner Stirn. Es wäre eine schreckliche Ironie des Schicksals, wenn der Mann eine Minute vor der Erweckung seiner tragischen Liebe einen Herzinfarkt erlitt.

Wie fühlte es sich wohl an, wenn man sich etwas so lange gewünscht hatte und jetzt kurz davorstand, das Gewünschte zu bekommen?

Silyen hatte sich neben dem Bett postiert, eine Hand auf den Nachttisch gelegt. Mit widerstrebender Faszination beobachtete Gavar, wie sein Bruder die Augen verdrehte, bis nur noch das Weiße zu sehen war.

Gavar hatte Silyens Beziehung zu seinem *Geschick* nie verstanden oder bei sich selbst wiedererkannt. Sein eigenes *Geschick* war wie eine kaum zu zügelnde Kraft, eine Kraft, die direkt durch ihn hindurchjagte, ohne dass er sie großartig steuern oder beherrschen konnte.

Eigentlich war er davon ausgegangen, dass das für die meisten Ebenbürtigen galt, auch wenn er nie jemanden danach gefragt hatte. Es galt als unhöflich, sich nach den Fähigkeiten anderer Leute zu erkundigen, genau wie man niemals versuchen sollte, den Inhalt ihrer Banktresore auszuspionieren. In dieser Hinsicht war *Geschick* genau wie Geld: Man brauchte keine Fragen zu stellen, um genau zu wissen, wer reichlich davon besaß.

Allerdings war Silyens *Geschick* kein gutgefüllter Tresorraum – der Junge war selbst das reinste Gold. Im Augenblick konnte Gavar förmlich sehen, wie sein Bruder glänzte.

Im nächsten Moment brachte Zelston einen erstickten Laut hervor, wie ein verletztes Tier, und Gavar erkannte, dass seine Mutter weinte.

Tante Euterpe hatte die Augen geöffnet.

Danach wurde die ganze Situation ziemlich schnell ziemlich peinlich.

Zelston machte den Eindruck, als würde er sich zunehmend auflösen. Er hatte Tante Euterpes Hand genommen. Sie wirkte klein und bleich und ruhte in seiner großen braunen Pranke wie ein winziger Jungvogel im Nest, der noch zu schwach zum Fliegen war. Mit der anderen Hand strich der Kanzler Gavars Tante über die Haare.

»Du bist zu mir zurückgekehrt, mein Liebling«, hörte Gavar ihn flüstern. »Du bist zurückgekehrt. Und ich habe all die Jahre auf dich gewartet.«

Gavar hatte den Eindruck, dass eigentlich niemand bei dieser Szene dabei sein sollte. Niemand außer Mutter und dem Kanzler – die beiden Personen, die anwesend gewesen waren, als Tante Euterpe ins Koma gefallen war. Aber Vater hatte seine Gründe. Hier ging es nicht nur darum, Sils Fähigkeiten zu demonstrieren: Wenn Zelston endgültig zusammenbrach, sollten möglichst viele Zeugen dabei sein.

Und der Kanzler kam Vaters Wunsch nach Kräften nach. Tränen strömten ihm übers Gesicht und tropften auf die Bettdecke – Tante Terpys letzte Krankenwäsche im Bett. Er machte den Eindruck, als wollte er zu ihr aufs Bett klettern, sie in seine Arme nehmen und nie wieder loslassen.

Ein Flüstern drang aus den Kissen, so schwach, dass es von sehr weit entfernt zu kommen schien. Ein Vierteljahrhundert entfernt, vermutete Gavar. Seine Tante hatte während seines gesamten Lebens im Koma gelegen. Und ein winziger Teil von ihm beneidete sie darum. Fünfundzwanzig untadelige Jahre, in denen sie keinen einzigen Fehler gemacht oder jemanden enttäuscht hatte.

»Winter?«, fragte eine Stimme, kaum lauter als das Rascheln der Bettdecke. »Tally? Es tut mir leid, dass ich so lange fort war. Aber jetzt bin ich zurück. Silyen hat mir alles erklärt.«

Sie drehte den Kopf und suchte nach Sil. Und war es denn

zu fassen: Ihm schenkte sie ihr erstes Lächeln. Daraus sprach ein wenig Unsicherheit, aber auch große Vertrautheit, als hätte sie zufällig einen alten Freund in einem fremden Land entdeckt. Silyen erwiderte ihr Lächeln.

Die beiden kannten sich, begriff Gavar plötzlich – und der Gedanke sorgte dafür, dass sich ihm die Nackenhaare aufstellten. Wo auch immer Tante Euterpe sich all die Jahre lang aufgehalten hatte, Silyen war ebenfalls dort gewesen.

Ein paar von Mutters geladenen Gästen weinten unverhohlen. Etwa Lord Thurnby, ein guter Freund von Gavars Eltern, auf dessen gealtertem Gesicht sich die Verwunderung darüber spiegelte, dass er das hier noch erleben durfte. Cecilie Muxloe, eine Sandkastenfreundin der beiden Mädchen, starrte ihre alte Freundin an, als handelte es sich bei ihr um ein geliebtes Spielzeug, das man erst verlegt und verloren geglaubt und dann viele Jahre später wiedergefunden hatte.

Euterpe versuchte, sich aufzusetzen, woraufhin sich der Kanzler von seinem Platz erhob. Er sank in das nachgebende weiße Bettzeug und schlang beide Arme um sie. Alle Anwesenden sahen den flüchtigen, elektrisierenden Moment, als sein *Geschick* von ihm zu ihr strömte und sie stärkte und belebte – der intimste Akt, den man sich vorstellen konnte.

»Ich denke, wir haben jetzt alle genug gesehen«, sagte jemand laut. »Wir sollten die beiden nun allein lassen.«

Erst als sein Vater mit purpurrotem Gesicht herumfuhr, erkannte Gavar, dass er selbst gerade gesprochen hatte.

Als Gavar am Nachmittag zu der Besprechung erschien, hatte sich Vaters Laune wieder gebessert. Es brauchte kein *Geschick*, um Lord Whittam aufzumuntern, lediglich die Aussicht auf einen Konflikt – und einen Sieg. Während seiner gesamten Kindheit hatte Gavar immer gedacht, dass sein Vater nur zufällig in Streitigkeiten und Kämpfe verwickelt wurde. Er hatte verdammt lange gebraucht, um zu begreifen, dass der Mann die Konfrontationen selbst erschuf: eine Machtprobe nach der anderen, weil er wusste, dass er jede einzelne gewinnen würde.

Und er würde auch diese gewinnen.

Die funkelnden Fensterscheiben des Arbeitszimmers gingen auf den Long Walk hinaus, aber um zehn vor vier konnte niemand mehr die Aussicht auf die Allee bewundern, weil der Raum rappelvoll war. Sämtliche üblichen Verdächtigen hatten sich versammelt: Vaters beste Freunde, Gavars zukünftige Ehefrau samt ausladendem Schwiegervater und dessen unvermeidlichem Kumpel Lord Rix. Dazu alle fünf Lords, die bei Tante Euterpes Erweckung dabei gewesen waren, und noch diverse andere. Vater war nicht untätig gewesen.

Gavar lehnte sich mit dem Hintern gegen den schweren, lederbezogenen Schreibtisch und stellte ein paar Berechnungen an. Nach seiner Schätzung besaßen die hier versammelten Personen genügend Macht, um die benötigte Zweidrittelmehrheit im Parlament zu erzielen.

Seinem Vater würde der Coup also gelingen.

Gavar verzichtete an diesem Abend auf seinen Laphroaig; er wollte für den nächsten Tag einen klaren Kopf behalten. Dagegen hatte er noch ein paar weitere Lektionen für die neue Erbin in petto. Rowena hieß sie, richtig? Oder Morwenna?

Und dann erwachte er – viel zu schnell – am Morgen seines letzten Tages als freier Mann.

Der Lärm in der Long Gallery war noch lauter als beim Frühstück am Vortag. Die Ebenbürtigen waren bester Laune und redeten darüber, dass sie den Nachmittag mit Reiten, Tontaubenschießen oder Angeln verbringen wollten, nachdem sie mit der Kanzlervorlage voraussichtlich kurzen Prozess gemacht hatten. Gavar fragte sich, wie lange die Abwicklung von Vaters »sonstigen Tagesordnungspunkten« wohl dauern würde.

Gavar entdeckte seinen Vater am Kopf der Frühstückstafel und seine Mutter am anderen Ende. Er wirkte erhaben und sie einfach bezaubernd.

Die Jardines – die Ranghöchsten unter den Ebenbürtigen.

Gavar drückte seiner Mutter einen Kuss auf die Wange, nickte seinem Vater zu und ließ sich auf einem Stuhl in der Mitte der langen Tafel nieder. Und so blieben alle drei auf ihren Plätzen sitzen, bis auch der letzte Parlamentarier gefrühstückt und den Raum wieder verlassen hatte, etwa zwei Stunden später.

Die Dritte Großdebatte fand im Ostflügel statt, einem von Kynestons riesigen, verglasten Gebäudeteilen, die Cadmus Parva-Jardine, der Herzens-Reine errichtet hatte. Der Westflügel wurde hauptsächlich privat genutzt. Jenner hatte einen Großteil mit einer Orangerie versehen, in dem Mutter gern saß und las oder stickte, während Silyen den Raum mit Teleskopen vollgestellt hatte. Dagegen war der Ostflügel gesellschaftlichen Anlässen vorbehalten; hier fanden vor allem die jährliche Debatte und der anschließende Kanzlerball statt.

Und natürlich die große Sonderveranstaltung, die für den nächsten Tag geplant war: die Hochzeit des Erben.

Darüber wollte Gavar lieber nicht länger nachdenken. Als er

den Saal betrat, stellte er erleichtert fest, dass man ihn noch nicht mit Blumen und weißen Schleifen aufgetakelt hatte. Die Sklaven hatten in stundenlanger Arbeit gestufte Sitzreihen aufgebaut, die der Anordnung im Haus des Lichts entsprachen. Die Botschaft war eindeutig: Auch in diesem Raum hier tagte das Parlament.

Unter dem Dach der Jardines.

Der gläserne Saal war noch fast leer, als Gavar sich neben dem Platz seines Vaters niederließ: in der Mitte der ersten Reihe, direkt gegenüber vom Kanzlerstuhl. Der kunstvoll geschnitzte Herrschersitz wurde jedes Jahr nach Kyneston gebracht – und *nur* hierher, nicht nach Grendelsham oder Esterby.

Gavar kannte sämtliche Witze über den Lieblingsplatz der Jardines im Parlament. Wie würde es sich wohl anfühlen, hier zu sitzen und Vater erneut auf dem Kanzlerstuhl thronen zu sehen?

Er spürte, wie ihm der Gedanke die Brust zuschnürte, als wäre seine Weste plötzlich zwei Nummern zu klein.

Um ihn herum nahmen immer mehr Ebenbürtige ihre Plätze ein. Und hier kam auch schon Bouda, seine nicht ganz so errötende Braut, Arm in Arm mit ihrem Vater … genau wie sie am nächsten Tag hereinschreiten würde. Gavar schloss die Augen und versuchte, nicht daran zu denken.

Er öffnete sie erst wieder, als er spürte, wie sich eine Stille über den Saal legte, und entdeckte Crovan, der zum Ende der ersten Reihe marschierte. Der Stuhl des Erben neben ihm war leer. Wenigstens hatte der Mann keine Kinder. Die Frage, wer eines Tages Eilean Dòchais erben würde, sorgte gelegentlich für Spekulationen am Esstisch. Er persönlich war ja der Ansicht, dass das Anwesen niedergebrannt werden sollte. Und wozu damit warten, bis Crovan tot war?

Der Mann war verrückt, und die Strafen, die er – Gerüchten zufolge – an seinen Gefangenen vollzog, waren widerwärtig. Diejenigen, die ein Verbrechen begangen hatten, sollten mit ihrem Leben dafür zahlen. Eine Kugel in den Hinterkopf sollte reichen und nicht ein endlos langes Dahinvegetieren voller Qualen und Demütigungen. Das Ganze war einfach nicht anständig. Vielleicht zählte das ja auch zu den Dingen, die Gavar berichtigen konnte, sobald er selbst Kanzler war.

Vorausgesetzt, Vater gab den Posten jemals wieder auf, sobald er ihn erst einmal erneut bekleidete.

Nach einem Moment betretener Stille wurden die Unterhaltungen im Saal wiederaufgenommen. Aber außer Gavar registrierten nur wenige Armeria Trescos Ankunft, in Begleitung ihres Erben Meilyr, mit dem sie in ein Gespräch vertieft war.

Der verlorene Sohn war heimgekehrt. Vermutlich, um dem zum Scheitern verurteilten Anliegen seiner Mutter seine jämmerliche Stimme zu geben. Als ob das einen Unterschied ausmachen würde.

Wo auch immer Meilyr sich aufgehalten haben mochte – das Ganze war ihm nicht bekommen. Seine Sonnenbräune war verblasst, und er wirkte müde und abgespannt. Gavar hoffte inständig, dass es am nächsten Tag nicht zu irgendwelchen Szenen mit Bodina kommen würde … kein Theater und keine tränenreichen Vorwürfe.

Der Saal hatte sich fast gefüllt, als Vater hereinkam. Einen Moment lang erstarben die Gespräche, und dann folgte ihm ein lauteres Raunen als je zuvor: das Tuscheln von Stimmen, die von den Glaswänden und dem Gewölbedach hallten. Gavar warf einen Blick auf seine massive Armbanduhr – fünf Minuten vor Beginn der Versammlung.

Ein paar verspätete Ebenbürtige schlüpften durch die Tür und hasteten zu ihren Plätzen. Der alte Hengist schlurfte langsam, aber mit kerzengeradem Rücken zu der schweren Bronzetür. Und hoch oben in der Kuppel des Haupthauses begann die Glocke zu läuten: elf Schläge, die das Stahlskelett des Ostflügels erbeben ließen.

Nach dem Anklopf-und-Antwort-Ritual folgten die Parlamentsbeobachter ihrer Sprecherin Dawson durch die Tür und nahmen auf ihren Bänken Platz.

Diese Parlamentssitzung würde ihnen nichts bringen, dachte Gavar, nur einen Moment überraschten Erstaunens, wenn das Stillschweigen aufgehoben wurde und sie von der Kanzlervorlage erfuhren – dicht gefolgt von Enttäuschung, sobald die Vorlage in Grund und Boden gestimmt wurde.

Als endlich alle saßen, senkte sich eine ehrfürchtige Stille über den Saal, während man auf die Ankunft des Kanzlers wartete.

Und wartete.

Es verging fast eine Viertelstundc, bis dic Trompeten erklangen und Zelston auftauchte.

Verschwunden war der schluchzende, gebrochene Mann vom Vortag: Der Kanzler schien fast überschwänglicher Stimmung zu sein. Nach dem tagelangen Regen war die Sonne zum Vorschein gekommen, und die Glasscheiben des Ostflügels bildeten Rauten reinsten Lichts, aber das strahlendste Objekt im gesamten Saal war Winterbourne Zelstons Gesicht.

Das, was gleich passieren würde, würde diesen Mann nicht

im Geringsten treffen, erkannte Gavar und verspürte ein geheimes, diebisches Vergnügen bei dem Gedanken, dass sein Vater zumindest auf diesen kleinen Teil seines Siegs würde verzichten müssen.

Mit der Begrüßung des Kanzlers und der Aufhebung des Stillschweigens begann die Dritte Großdebatte. Als die Befürworter der Vorlage das Wort erhielten, erhob Meilyr Tresco sich von seinem Platz. Während Gavar zuhörte, fragte er sich, warum Meilyr sich so aufregte und sich für diese Menschen einsetzte, die er noch nie getroffen hatte.

»Vierköpfige Familien hausen in einem einzigen Zimmer«, berichtete Tresco. »Es mangelt an jeglichen Schulen und Bildungseinrichtungen; die medizinische Versorgung ist völlig unzureichend; die vorgesetzte Nahrung hat nicht den geringsten Nährwert; dazu eine Sechstagewoche mit oft mühsamer Schwerstarbeit. Und das alles unter den wachsamen Augen – und erhobenen Schlagstöcken – brutaler Aufseher.

Wenn dieses Parlament nicht für die Abschaffung der Sklavenarbeit stimmen will, sollten wir wenigstens unsere Menschlichkeit demonstrieren und die Bedingungen verbessern. Solche Grausamkeiten sind vollkommen unnötig. Wir Ebenbürtigen, die wir über große Macht verfügen, sollten Mitgefühl zeigen.«

»Aufruhr«, entgegnete Vater und stand auf. »Rebellion. Brandstiftung. Zerstörung von Eigentum und Flucht vor der Justiz. Das ist die Realität in den Sklavenstädten. Das, was du als Mitgefühl bezeichnest, nenne ich Nachsicht. Schlimmer noch: Torheit.«

Gavar drehte den Kopf und schaute zu Meilyr hoch. Einst hatte er ihn als einen Freund und zukünftigen Verbündeten betrachtet, als es danach ausgesehen hatte, dass sie beide ein

Matravers-Mädchen heiraten würden. Auf Meilyrs Gesicht spiegelte sich jene nachdenkliche Miene, die er manchmal zeigte, und dann blickte er Gavar direkt an mit einem Ausdruck, der seltsamerweise an so etwas wie Bedauern zu grenzen schien.

Armeria steuerte ihren üblichen Sermon zum Thema Freiheit und Gleichheit bei. Dann folgte eine überwältigende Stille, als Zelston sich nach weiteren Plädoyers aus den Reihen der Ebenbürtigen erkundigte. Schließlich wandte er sich an die PB.

Für eine improvisierte Rede lieferte deren Sprecherin Dawson einen eloquenten Beitrag – schließlich hatte sie erst nach Aufhebung des Stillschweigens von der Vorlage erfahren. Aber vermutlich hatte jeder Sprecher der Gewöhnlichen eine Hetzrede gegen die Sklavenzeit parat, um sie bei solch einer Gelegenheit aus dem Ärmel zu ziehen.

Ein Jammer, dass es ihr nichts nutzen würde.

Dawson schwieg einen Moment – möglicherweise, um ihre Argumente aus einem anderen Blickwinkel vorzubringen –, als Gavar Boudas Stimme durch den Saal schallen hörte: Sie stellte den Antrag, endlich abzustimmen. Sofort ertönten beifällige Rufe von ihren Kumpanen – »Bravo! Sehr richtig!« –, und kurz danach erfüllten Pfiffe und Hohnlachen das Parlament. Dawson wirkte rasend vor Wut, ließ sich aber wieder auf ihrem Platz nieder, woraufhin endlich Ruhe einkehrte.

Das Abstimmungsergebnis war so vorhersehbar wie überwältigend.

Der Parlamentsälteste tapste in die Mitte des Saals. Mit dürrer Stimme verkündete Hengist Occold, dass sich das Parlament der Ebenbürtigen mit 385 zu 2 Stimmen gegen die Vorlage zur Abschaffung der Sklavenzeit entschieden hatte.

Kein schlichtes »Nein«, sondern ein »Nein, niemals«.

Gavar blickte auf seine Uhr. Nach all den Ereignissen – die Debatten auf Esterby und Grendelsham, die Sitzungen des Justizrates, seine Reisen nach Millmoor, die Flucht des Häftlings und der Aufstand – hatte das Finale weniger als eine halbe Stunde gedauert. Zelstons Augen wanderten bereits zu den Bronzetüren.

Doch die Sitzung war noch nicht beendet.

Vater erhob sich von seinem Platz. Mit gezielter Bedächtigkeit drehte er sich um, bis er dem Kanzler den Rücken zukehrte und in die Gesichter der Ebenbürtigen auf den Rängen blickte.

»Meine geschätzten Kollegen«, setzte er an, »diese Debatte hätte niemals stattfinden dürfen. Diese Vorlage hätte niemals unterbreitet werden dürfen. Aus Gründen, die für niemanden von uns nachvollziehbar sind, hat Winterbourne Zelston über eine Vorlage abstimmen lassen, die den Frieden unseres gesamten Landes gefährdet hat. Wir vom Justizrat haben uns wöchentlich mit schweren Tumulten und Unruhen befassen müssen. Mit der Gefahr einer offenen Revolte.

Um jeglichen Missverständnissen vorzubeugen: Die Bedrohungen gegen dieses Reich waren real und nicht unerheblich. Sie sind es bis heute. Und das Ganze wurde nur durch den Leichtsinn eines einzigen Mannes verursacht. Eines Mannes, der sich als ungeeignet für die Bekleidung eines öffentlichen Amtes erwiesen hat.«

Vater wirbelte herum und zeigte anklagend mit dem Finger auf Zelston. Man konnte immer auf Lord Jardines Sinn für Dramatik vertrauen.

»Demgemäß unterbreite ich hiermit eine eigene Vorlage: ein Misstrauensvotum gegenüber Kanzler Winterbourne Zelston.

Dieses wird ihn mit sofortiger Wirkung seines Amtes entheben und durch ein Notstandsgremium unter der Leitung des vorherigen Amtsinhabers ersetzen.«

Mit anderen Worten: unter *deiner* Leitung, dachte Gavar, während der ganze Saal in Aufruhr geriet.

Unter *deiner* Leitung, du mieser Dreckskerl.

Und dann sah er zu, wie diejenigen, die sich am Nachmittag in Vaters Arbeitszimmer getroffen hatten, der Reihe nach die Hand hoben. Wie ihnen weitere folgten. Wie die Abstimmung stattfand.

Wie Lord Whittam Jardine die Kontrolle über Großbritannien übernahm.

# 20

## *Luke*

Von der Hügelkuppe aus konnte Luke den gesamten Gebäudekomplex überschauen.

Ein Kranz erleuchteter Fenster umgab die Kuppel und verlieh dem Bauwerk eine Art Lichtkrone. Davon abgehend erstreckten sich auf beiden Seiten die Glasflügel. Der westliche Flügel war unbeleuchtet und in der Dämmerung kaum zu sehen. Dagegen erstrahlte der Ostflügel im hellen Schein der Kerzen und Kronleuchter – sein Stahlrahmen schien eine ganze Galaxie einzufangen.

Sollte er hierbleiben?

Sollte er sich an die wenigen Worte klammern, die Jackson ihm gegenüber geäußert hatte, und darauf vertrauen, dass der Verein ihn aus einem bestimmten Grund nach Kyneston hatte schicken wollen?

Oder dachten der Doc, Renie und die anderen, dass er nicht mehr an ihre gemeinsame Sache glaubte? Denn es gab nur einen einzigen Weg, um ihnen das Gegenteil zu beweisen: Er müsste seinen Eltern das Herz brechen und die Familie ein zweites Mal auseinanderreißen – indem er nach Millmoor floh.

Luke Hadley. Der einzige Mensch in der Geschichte, der den Versuch unternahm, wieder in eine Sklavenstadt *hinein*zukommen.

Aber er hatte das Gefühl, dass ihm die Zeit für eine Entscheidung zwischen den Fingern zerrann. Der Kanzlerball würde in knapp einer Stunde beginnen. Morgen fand schon die Hochzeit statt. Und das Zeitfenster, in dem sich ein Junge während des geschäftigen Treibens unbemerkt verdrücken konnte, würde sich kurz darauf schließen.

Trotzdem konnte er für alle Fälle Pläne schmieden. Und wofür er sich auch entscheiden mochte, Luke musste auch an Dog denken. Abi und er hatten sich über die verzweifelte Lage des Mannes gestritten. Seine Schwester war fair, aber unnachgiebig. Sie wollte sich erst an einem Fluchtplan beteiligen, wenn sie wussten, welches Verbrechen der Mann begangen hatte.

Luke war zuversichtlich, dass er Dog auch allein aus Kyneston herausschaffen konnte – schließlich hatte er in Millmoor ganz andere Dinge bewerkstelligt. Aber er und seine Schwester steckten jetzt gemeinsam in dieser Geschichte. Und er wollte die Sache nicht ohne sie durchziehen. Außerdem hatte sie recht: Sie mussten tatsächlich erst herausbekommen, was der Mann getan hatte.

Dog lag zusammengekrümmt in seinem Käfig. Der Gestank war schlimmer als bei den Besuchen zuvor. Luke wusste, dass man ihm keinen Kloeimer zur Verfügung gestellt hatte. Nicht einmal eine Art Katzenklo. Die Ebenbürtigen erwarteten von dem Mann, dass er einen jämmerlichen Strohhaufen in der Ecke des Käfigs für seine Notdurft nutzte – ein Strohhaufen, der den Eindruck machte, als sei er seit Tagen nicht ausgemistet worden. Luke wurde übel, aber er hockte sich so nah vor das Gitter wie er ertragen konnte.

»Die Gäste sind angekommen. Ich habe deinen Kerkermeister gesehen«, sagte er und beobachtete Dogs Miene. »Crovan.«

»Mein … Schöpfer«, erwiderte Dog und brachte diesen Laut hervor, der wie der schlimmste Hustenanfall der Welt klang, tatsächlich aber Gelächter darstellte. Ein Lachen, das den Dingen vorbehalten schien, die alles andere als amüsant waren.

»Was hast du getan, dass man dich zu Crowan geschickt hat? Warum wurdest du verurteilt? Bitte – ich muss das unbedingt wissen.«

Das Lachen erstarb. Dog hievte sich hoch und hockte sich auf den Boden – die Haltung einer geschlagenen Kreatur. Dann fuhr er sich mit der Hand über die Stirn, als versuchte er vergebens, die dahinter verborgenen Erinnerungen zu löschen.

»Sie haben … meine Frau getötet.«

Luke hatte etwas Ähnliches bereits erwartet. Aber nichts hatte ihn auf den Schmerz in Dogs gramzerfurchtem Gesicht vorbereitet. Der Mann kniff den Mund zusammen und schien sich selbst zu zwingen, mehr als nur zwei oder drei Worte herauszubringen.

»Wir wollten … eine Familie gründen … Deshalb hatten … wir uns für … einen Herrensitz entschieden … Anfangs waren wir glücklich … so glücklich … Und sie wurde schwanger … Das war der Moment, als …«

Der Mann ballte die Fäuste.

»Das war der Moment, als … sich alles verändert hat … Als es geschah … Sie wirkte … immer verwirrter … Und ich … entdeckte die Blutergüsse … Anfangs dachte ich … dass die Schwangerschaft … sie unbeholfen machte … Aber daran lag's nicht … Tatsächlich hat er sie … regelmäßig vergewaltigt … sie mit seinem *Geschick* zum Stillschweigen gebracht … sie verletzt … auf jede erdenkliche Art.«

Dogs heisere Stimme kratzte über Lukes Haut wie die unerwünschte Berührung fremder Finger.

»Wer hat das getan?«, fragte Luke aufgebracht.

»Der Enkel meiner Großtante Hypatia, der Erbe von Ide«, sagte eine Stimme an der Tür. »Ihr Lieblingsenkel.«

Lukes gesamter Körper erstarrte. Die Angst kribbelte wie eine Frostbeule in seinen Fingerkuppen. Er hatte sich so sehr auf Dogs Bericht konzentriert, dass er nicht gehört hatte, wie jemand den Zwinger betreten hatte.

Silyen Jardine schlenderte zum Käfig, warf die Rockschöße seiner Reitjacke hoch und ließ sich auf dem Betonboden nieder. Hastig wich Luke zurück. Doch der Ebenbürtige schien das nicht zu registrieren – oder vielleicht interessierte es ihn auch nicht.

»Fahr ruhig fort«, sagte er. »Ich bin mir sicher, Luke ist ganz begierig darauf zu erfahren, was dann passiert ist.«

»Dann … hat meine Frau … sich erhängt«, sagte Dog.

Er fixierte Luke mit einem Blick aus Augen, in denen Tränen und Wahnsinn funkelten.

»Sie war winzig … aber hochschwanger … Ich habe sie gefunden … mit gebrochenem Nacken … Beide tot … Das Nächste … war leicht … Ich war einst Soldat … bevor … bevor ich Dog wurde … Ihn habe ich … als Ersten getötet … Dann … seine Frau … Dann … seine Kinder.«

Luke hatte das Gefühl, dass sich ihm ruckartig der Magen umdrehte. Hatte er den letzten Teil richtig gehört? *Bitte lass mich das falsch verstanden haben!*

»Kinder?«, wandte er sich mit flüsternder Stimme an den Mann im Käfig.

»Drei, um genau zu sein«, sagte Silyen Jardine. »Alle unter

zehn. Und die Geschichte wird noch schlimmer, denn wir reden hier nicht von einem weichen Kissen über ihrem Gesicht. Du hast doch bestimmt schon mal von Black Billys Aufstand gehört, oder, Luke? Der Schmied, der sich seinen Herrschaften widersetzt hatte. Sie haben ihn gezwungen, die Folterinstrumente eigenhändig zu schmieden, mit denen man ihn gemartert und dann getötet hat. Nun ja, das Ganze geschah vor sehr langer Zeit auf Ide, aber meine lieben Verwandten haben diese Folterinstrumente aufbewahrt. Als kleine Erinnerung. Und unser einfallsreicher, hundeartiger Freund hier fand einen neuen Verwendungszweck dafür. Hab ich recht?«

Dog musterte Silyen einen langen Moment.

»Ja«, krächzte er schließlich. »Hat gut geklappt … Ich wünschte … ich hätte sie noch immer.«

Luke hatte das Gefühl, sich gleich übergeben zu müssen.

Diese Welt hier war kränker und verdorbener, als er es sich je hätte vorstellen können. Wer hätte gedacht, dass er sich mal nach den guten alten Zeiten zurücksehnen würde, als Kessler ihn im Lagerraum grün und blau geschlagen hatte? Es ging doch nichts über etwas ehrliche Brutalität.

»Aber lasst euch von mir nicht aufhalten«, sagte der Ebenbürtige. »Ich bezweifle, dass ihr gerade über ein gemeinsames Hochzeitsgeschenk für meinen Bruder und seine Braut gesprochen habt. Vielleicht eher über Fluchtpläne?«

»Nein«, sagte Luke. »Ich wollte ihm nur Medikamente bringen.«

»Denn der Dog und du, Luke, sowie all unsere Sklaven …«, fuhr Silyen erstaunlich gesprächig fort, »sind an dieses Anwesen gebunden. Keiner von euch kann uns verletzen oder diesen Ort verlassen. Nicht ohne meine Genehmigung. Mein Vater hat mich kurz nach den Ereignissen in Ide aufgefordert, diese Bindung vorzunehmen, um sicherzugehen, dass so etwas hier niemals vorkommen wird.«

»Ich helfe ihm überhaupt nicht dabei zu fliehen«, sagte Luke. Er war irgendwie total wütend, dass Dog ihn zum Narren gehalten hatte. »Er ist ein Kindermörder. Ich dachte, er wäre ein Opfer, aber da hab ich mich geirrt.«

»Das ist ziemlich engstirnig von dir, Luke.« Silyen Jardine erhob sich und klopfte seine Jeans ab. »Seid ihr nicht alle Opfer? Aber ganz wie du willst.«

Der Ebenbürtige betrachtete Dog.

»Glücklicherweise halten einige von uns sich an ihre Versprechen. Wie gesagt, werde ich das Tor heute Nacht um drei Uhr öffnen. Warte im Kyngrove Hanger auf mich, im Buchenwald.«

Silyen Jardine griff nach dem Vorhängeschloss am Käfig und nahm es ab. Ohne Schlüssel. Ohne Gewalt. Der Ebenbürtige öffnete die Finger, und ein Dutzend Bruchstücke, die einst das Schloss gebildet hatten, fielen klirrend zu Boden. Dann nickte er Dog zu und schlenderte aus dem Zwinger.

Vor Erleichterung über das Ende dieses albtraumhaften Gesprächs kippte Luke fast um. Hastig lehnte er sich gegen den Nachbarkäfig und betrachtete Dog argwöhnisch.

»Silyen Jardine hat versprochen, dir bei deiner Flucht zu helfen? Warum? Du kannst ihm doch nicht ernsthaft glauben. Das ist eine Falle. Kann gar nicht anders sein.«

Dog zuckte die Achseln.

»Möglicherweise. Aber welche Falle … könnte mich irgendwohin bringen … wo es schlimmer ist … als hier? Und der Grund … Vielleicht um seine Großtante … zu ärgern … Vielleicht um … Unruhe zu stiften … Vielleicht einfach nur … weil er es kann.«

»Es tut mir leid, was mit deiner Frau passiert ist«, sagte Luke unbehaglich. Dann richtete er sich auf. Dog machte keine Anstalten, den Käfig zu verlassen, wofür Luke fast schon dankbar war. »Aber das ist keine Entschuldigung für das, was du getan hast. Ich hatte dir wirklich helfen wollen … bevor ich davon erfahren habe. Na jedenfalls brauchst du meine Hilfe jetzt nicht mehr. Viel Glück bei der Flucht.«

Er hoffte, seiner Stimme war nicht anzuhören, für wie unwahrscheinlich er das hielt. Dog starrte ihn an.

»Du musst … sie hassen«, stieß er hervor. »Um sie zu besiegen.«

»Ich hasse sie nicht so sehr, dass ich dafür Kinder töten würde«, erwiderte Luke, ohne zu zögern.

»Dann hasst du sie … nicht genug.«

Darauf hatte Luke keine Antwort. Begleitet von Dogs heiserem Gelächter marschierte er durch die Tür und schaute sich nicht mehr um.

Luke blieb noch Zeit, um zum Cottage zu laufen und zu duschen – nach dem Gespräch im Zwinger fühlte er sich in jeder Hinsicht besudelt. Dann präsentierte er sich am Dienstboteneingang, um seine Abendschicht zu beginnen.

Er wünschte sich sehnsüchtig, dass man ihn allein lassen würde, damit er über das nachdenken konnte, was gerade passiert war. Vielleicht würde man ihm ja ein Tablett mit gefüllten Gläsern geben, so dass er wie ein menschlicher Getränkeservierwagen einfach nur in einer Ecke stehen konnte.

Ganz so einfach war seine Aufgabe leider nicht, aber sie ging in die richtige Richtung: Man reichte ihm ein Tablett mit vier Flaschen Champagner und Sekt.

»Da haben wir zum einen den französischen: Clos du Mesnil, ein zwölf Jahre alter Einzellagen-Champagner«, erklärte der Wein-Butler und musterte Luke eindringlich, um sich zu vergewissern, dass er zuhörte und die Informationen herunterspulen konnte. »Und dann einen englischen Sekt, von den Kreidehanglagen in Sussex, auf dem Herrensitz von Ide gekeltert. Die Familie Ide ist mit den Jardines verwandt.«

Verächtlich betrachtete Luke die gekühlte Flasche, auf der sich kleine Wasserperlen gebildet hatten. Hatte der Erbe sich auch den einen oder anderen Schluck genehmigt, bevor er über Dogs arme Frau hergefallen war?

Als Luke sich mit dem Tablett auf den Weg machte, wäre er fast gestürzt: Er trat aus einem versteckten Dienstbotenzugang und folgte dem Lärm in Richtung Ostflügel, als er beinahe über einen Hund gestolpert wäre, der durch den Gang hechelte.

Es handelte sich um ein kleines, groteskes Tier mit eingedrückter Nase. Als Lukes Füße damit kollidierten, jaulte die Kreatur empört auf und ließ einen magenumstülpenden Furz fahren. Würgend hastete Luke zu der riesigen Bronzeflügeltür in der Glaswand vor ihm.

Auf der anderen Seite der Tür stand eine vertraute Gestalt: Abi, in einem schlichten marineblauen Kleid. Sie hielt ein Klemmbrett in der Hand und stand neben Jenner Jardine. Gemeinsam beaufsichtigten sie einen Jungen, der nur wenige Jahre älter als Luke sein konnte. Er trug das vollständige Pinguinoutfit aus schwarzem Frack und weißer Weste. Aber mit seinem schiefen Haarschnitt und den pickelübersäten Wangen wirkte er nicht besonders anziehend. Wenn Luke der bedeutendste Aristokrat im Land wäre, würde er niemanden wie diesen Jungen an die Tür stellen – das erste Gesicht, das die Gäste zu sehen bekamen.

Aber kurz darauf erkannte Luke, dass man den Jungen nicht wegen seines Aussehens zum Zeremonienmeister gemacht hatte. Wenige Schritte hinter Luke trat ein Ebenbürtiger mittleren Alters im Smoking durch die Tür. Seine Begleitung – ein viel jüngeres Mädchen – trug ein scharlachrotes Abendkleid mit einem klaffenden Ausschnitt über dem Brustbein. Selbst Luke mit seinem Hirn eines Siebzehnjährigen dachte, dass dieses Dekolleté ein wenig verzweifelt wirkte.

Jenner Jardine beugte sich vor und flüsterte Abi etwas ins Ohr. Abi warf einen Blick auf das Klemmbrett, hielt es dem Pickelhering dann vor die Nase und zeigte mit ihrem Stift darauf. Und der Junge verkündete mit unerwartet sonorer Stimme die Ankunft der neuen Gäste:

»Lord Tremanton und Mistress Ravenna von Kirton.«

Ein paar Gäste blickten auf, aber ansonsten verlief der Auftritt des Lords und seiner Erbin größtenteils unbemerkt. Das Mädchen drehte den Kopf aufgeregt in alle Richtungen, als suchte sie nach jemandem, bis ihr Vater ihrem Arm einen diskreten, aber nicht besonders sanften Ruck gab und sie die Stufen in den großen Saal hinabführte.

Der Ostflügel ähnelte einer riesigen Voliere, in der der Lärm der Gespräche und das Gurren einer Jazzsängerin in einer Ecke widerhallten. Eine bunte Mischung aus Ebenbürtigen in Abendkleidung füllte den Saal von Wand zu Wand, während schwarzgekleidete Sklaven sich unauffällig hin und her bewegten – wie irgendeine langweilige, unterlegene Spezies, die sich nur aus Versehen unter den Ebenbürtigen befand.

Man würde nie darauf kommen, dachte Luke nach einem Blick in die Runde, dass am Vormittag eine Art Staatsstreich stattgefunden hatte. Dass der Gastgeber dieses Balls, Lord Jardine, den Kanzler gestürzt hatte. Stellten sich die Ebenbürtigen etwa das unter einer Revolution vor? Ihnen würde der Spaß vergehen, wenn sich das Volk erhob.

Während die Gäste ihm ihre Gläser zum Nachfüllen unter die Nase hielten, wanderten Lukes Gedanken zurück nach Millmoor. Im Laufe der langen, langweiligen Arbeitstage mit Albert hatte er jedes Detail seiner möglichen Rückkehr geplant. Er würde per Anhalter reisen, erst nach Osten, dann nach Sheffield, anschließend nach Norden in Richtung Leeds und durch den Peak District.

Sein Mikrochip würde den Sicherheitsdienst vermutlich alarmieren, sobald er Millmoors Stadtgrenze übertrat, aber er hoffte, dass er in Leeds eine Lösung dafür finden würde. In den heruntergekommenen Stadtteilen musste er doch jemanden auftreiben können, der aus der berüchtigten Sklavenstadt Hillbeck geflohen war. Der Betreffende würde wissen, wie man bei dem Implantat vorgehen musste; vielleicht war es ja möglich, den Chip loszuwerden, ohne dass es in so einem Gemetzel endete wie bei Renie.

»Du bist mit deinen Gedanken ganz woanders, mein Junge«, sagte eine Stimme, gar nicht mal unfreundlich.

Ruckartig kehrte Luke in die Gegenwart zurück. Er konnte es sich jetzt nicht erlauben, in irgendwelche Schwierigkeiten zu geraten. Er musste nur durch den Abend kommen. Und dann eine Entscheidung treffen.

»Bitte entschuldigen Sie vielmals, Sir«, wandte er sich an den Mann, der ihn angesprochen hatte – ein geschniegelter alter Knacker mit zurückgekämmten Silberhaaren, den ein Hauch teuren Tabaks umgab. »Was darf ich Ihnen einschenken: englischen oder französischen Champagner?«

Der Ebenbürtige machte sich gar nicht erst die Mühe, einen Blick auf die Etiketten zu werfen, und zeigte direkt auf den französischen Champagner.

»Du hast da einen interessanten Akzent«, sagte er. »Du bist nicht aus dieser Gegend. Eher aus dem Norden?«

»Aus der Nähe von Manchester, Sir. Bitte sehr, Sir.« Luke füllte das ihm entgegengestreckte Glas auf.

»Lass doch diese ganzen ›Sirs‹, mein Junge. Ich bin Lord Rix. Und du bist dieser Millmoor-Junge … Luke, hab ich recht?«

Luke gefiel die Vorstellung nicht, dass irgendeiner der Ebenbürtigen seinen Namen kannte oder sich nach Millmoor erkundigte. Höchste Zeit, diesem neugierigen alten Kerl auszuweichen und weiterzugehen.

»Wir haben einen gemeinsamen Bekannten«, fuhr Rix fort, als Luke das Tablett anhob und seinen Abgang vorbereitete. »Ein gewisser Doktor.«

Abrupt hielt Luke inne und starrte den Mann an.

Dieser distinguierte alte Parlamentarier war Jacksons Verbindungsmann.

Nicht Gavar Jardine. Gott sei Dank hatte Luke dem Erben gegenüber keine Andeutungen gemacht, zumindest nichts Belastendes. Das hier war der Mann, der jeden Schatten im Haus des Lichts sah. Der dem Doc von der Kanzlervorlage erzählt hatte.

Luke jubelte innerlich. Also hatte man ihn nicht vergessen.

Und er brauchte auch nicht nach Millmoor zu trampen, ohne genau zu wissen, wie man ihn dort empfangen würde. Das hier war der Moment, auf den er gewartet hatte.

»Haben Sie eine Nachricht für mich?«, fragte er atemlos. »Soll ich irgendetwas tun? Ich bin bereit.«

Rix nippte an seinem Champagner, die Verkörperung aristokratischer Belustigung.

»Tatsächlich?«, fragte er und ließ das Glas sinken. »Nun, es freut mich, das zu hören.«

Doch dann wurde die Aufmerksamkeit des Ebenbürtigen durch etwas abgelenkt, was sich beim Eingang tat, und instinktiv folgte Luke seinem Blick.

Und hätte fast das Tablett fallen lassen.

Er zitterte am ganzen Körper. Es war fast so, als hätte ihn jemand in beide Kniekehlen getreten, und es kostete ihn all seine Kraft, nicht zusammenzubrechen.

Die Frau hatte die weißblonden Haare hochgesteckt, und zwei lose Strähnen umrahmten ihr Gesicht – genau wie damals, als die Haare unter ihrer Wollmütze hervorgeschaut hatten. Den schwarzen Arbeitsanzug hatte sie gegen ein paillettenbesetztes Kleid getauscht, das im Schein der Kronleuchter glitzerte. Aber eigentlich brauchte sie gar keine Pailletten, um Luke mit ihrer Schönheit zu blenden.

Und der Mann stand an ihrer Seite, untadelig in edlem Smoking. Er trug inzwischen die Haare etwas kürzer, aber der ordentlich gestutzte Bart war noch derselbe, den Luke kannte.

Jackson und Angel.

Luke hatte sich geirrt. Sie hatten nicht alles ihrem Verbindungsmann überlassen – sie waren selbst hier erschienen, um ihn zu holen.

Hatten sich einen Zugang mitten ins Zentrum all dessen erschlichen, gegen das sie kämpften.

Beide standen Seite an Seite am oberen Ende der Treppe. Luke starrte sie an, während sein Herz sich gegen seine Rippen warf, wie ein wildes Tier im Käfig.

*Bitte mach, dass sie nicht auffliegen.*

*Bitte.*

Abi hielt Pickelhering ihr Klemmbrett entgegen und zeigte darauf. Und dann ertönte diese Nachrichtensprecherstimme erneut:

»Master Meilyr von Highwithel und Miss Bodina Matravers.«

Und Angel und Jackson schritten die Stufen hinab und wurden von der Menge verschluckt. Der Lärm im Saal schwoll an, während sie begrüßt, umarmt, aufgenommen wurden.

Was hatte das zu bedeuten? Welche Tarnung konnte so erfolgreich sein? Lukes Puls hämmerte jetzt bestimmt doppelt so schnell wie jedes normale Herz. Er konnte dessen Stakkato in seinen Fingerspitzen spüren, die gegen die glatte Unterseite des Tabletts drückten.

»Dann hattest du das also nicht vermutet?«

Der alte Aristokrat stand noch immer neben ihm und musterte Luke neugierig.

»Nun denn«, sagte Lord Rix. »Jetzt siehst du, dass auch einige von uns kämpfen. Und dieser abscheulichen Sklaverei ein Ende bereiten wollen – mit allen erforderlichen Mitteln.«

Die Erkenntnis traf Luke wie eine Flasche gegen den Hinterkopf.

Angel war eine Ebenbürtige.

Jackson war ein Ebenbürtiger.

Die Beweise befanden sich direkt vor seiner Nase – dort, wo sie sich eigentlich schon die ganze Zeit befunden hatten.

Jacksons Hände an jenem ersten Tag, als sie mit Hilfe von *Geschick* Verletzungen geheilt hatten, die Luke ganz klar als massive Übergriffe vonseiten Kesslers erkannt hatte. Diese nutzlose Creme war nur Tarnung gewesen. Jackson, der Oz in der Zelle nicht durch eine Adrenalininjektion, sondern mit *Geschick* aus der Ohnmacht geweckt hatte. Die Tatsache, dass sich niemand nach ihnen umgedreht hatte, als Jackson und Luke Oz durch ein Gefängnis geschleppt hatten, in dem es vor Sicherheitsleuten gewimmelt hatte. Wärter, die irgendwelche fadenscheinigen Vorschläge und falschen Instruktionen problemlos geschluckt hatten. Der Schuss und Jacksons schmerzerfüllter Schrei, wohingegen er ein paar Tage später nicht das geringste Anzeichen einer Verletzung gezeigt hatte.

Das Prickeln, als Angels Hand Lukes Gesicht berührt hatte. Ihre Flucht mit Oz durch einen Kontrollpunkt nach dem anderen.

»Was glaubst du denn, wie wir die Grabesstille haben umgehen können?«, fragte Rix, während er Luke beobachtete, bei dem sich die Fakten unaufhaltsam zu einem Bild zusammenfügten. »Meilyr war am Tag der Kanzlervorlage, als Zelston uns die Grabesstille auferlegt hat, in Millmoor. Aber da die Parlamentarier mit anderen Parlamentariern darüber reden durften, konnte ich ihm davon berichten. Und nachdem dieses Wissen erst einmal in die Hände einer Person gelangt war, die nicht durch die Grabesstille zum Schweigen gezwungen war, gab es keinerlei Hindernisse mehr, die Vorlage an die Öffentlichkeit zu bringen.«

Der Schock der Wahrheit sorgte dafür, dass Luke sich am

liebsten zusammengekrümmt und übergeben hätte. Und all das hochgewürgt hätte, das er für Angel und Jackson empfunden hatte – seinen Respekt, seine Bewunderung, seine Sehnsucht, sein Zugehörigkeitsgefühl –, um es in einer großen, stinkenden Lache auszukotzen, bis nichts mehr übrig war.

Die beiden waren nicht mutig gewesen. Sie hatten *Geschick* zur Verfügung gehabt. Zwei reiche, junge Ebenbürtige, die zu ihrem Vergnügen die Revoluzzer gespielt hatten im Wissen, dass sie nie wirklich in Gefahr schwebten – im Gegensatz zu Luke und den anderen Vereinsmitgliedern. Im Gegensatz zu Oz, den man halb totgeprügelt hatte. Im Gegensatz zu dem Mann und der Frau, die Grierson auf dem Platz vor dem MAD-Gebäude erschossen hatte, und zu allen anderen, die an diesem Tag verletzt worden waren, bevor Gavar Jardine die Schmerzensskala bis auf Stufe elf hochgedreht hatte.

Luke spürte, wie der alte Kerl ihm eine Hand auf die Schulter legte, und drehte sich zur Seite, um sie abzuschütteln. Die Flaschen auf dem Tablett klirrten.

»Sie teilen dein Anliegen«, sagte der Ebenbürtige.

War Rix vielleicht nicht ganz bei Trost? Machte er sich genauso etwas vor wie Lord und Lady Lügner – Jackson und Angel?

»Wie kann irgendeiner von euch unser Anliegen teilen, wenn ihr unsere Feinde seid?«, fragte er und hasste sich für den scharfen Ton in seiner Stimme. »Ihr hattet bei der heutigen Abstimmung eure Chance, und ihr habt sie vertan. Das hier ist nicht euer Kampf, sondern unserer.«

Luke spürte, wie ihm heiße Tränen in die Augen schossen und über seine Wangen liefen. Er hatte keine Ahnung, ob es sich um Tränen der Wut oder der Trauer handelte.

»Tatsächlich?«, sagte Rix und musterte ihn. Aus seiner Stimme war jegliche Freundlichkeit verschwunden. »Nun ja, da es wohl dein Kampf ist, hast du sicher nichts dagegen, noch eine letzte Sache zu erledigen, bevor sich unsere Wege trennen. Als wir erst einmal herausgefunden hatten, wo deine Familie war, wusste ich sofort, dass dies die perfekte Gelegenheit bieten würde. Und nachdem dieser Schwachkopf Gavar Jardine dich tatsächlich hierhergeholt hat, ist das wie ein Zeichen.«

Er öffnete das Revers seines Dinnerjackets und nahm eine Handfeuerwaffe aus dem Holster unter seinem Arm. Eine Pistole.

»Du wirst ein Held sein, Luke.«

Rix drehte die Waffe so, dass er sie am Lauf hielt und Luke den Griff entgegenstreckte. Mit der anderen Hand deutete er auf jemanden in der Menge:

Lord Whittam Jardine in der Saalmitte; er war nicht zu übersehen.

»Nein«, sagte Luke. Dann wiederholte er seine Aussage, falls der Typ die Botschaft nicht verstanden haben sollte: »Auf keinen Fall. Sind Sie verrückt geworden?«

»Dieses Monster hat seine Rückkehr an die Macht von langer Hand geplant«, sagte der Ebenbürtige. »Und ich weiß, was er vorhat, jetzt, da er wieder das Sagen hat. Die Sklavenzeit ist nichts im Vergleich zu dem, was er beabsichtigt. Wo ist der Mut, den du in Millmoor gezeigt hast? Ich dachte, du hättest dich entschieden, an unserem Spiel teilzunehmen und eine langfristige Strategie zu verfolgen, Luke.«

»Ich kündige«, fauchte Luke. »Ich spiel Ihr Spiel nicht mehr mit.«

»Das ist sehr bedauerlich.« Lord Rix verzog kaum merklich

das Gesicht – als hätte er gerade erfahren, dass in seinem Lieblingsrestaurant kein Tisch mehr frei war. Oder dass es vor seiner Partie Golf nicht rechtzeitig aufhören würde zu regnen. »Meilyr war mit meinem Plan auch nicht einverstanden, obwohl ich mir ja sicher bin, dass ich meine Patentochter Dina mit etwas mehr Zeit hätte umstimmen können. Aber uns bleibt keine Zeit mehr. Und das Spiel ist wichtiger als der einzelne Spieler. Dann muss es eben anders gehen, Luke.«

Das Gefühl war überwältigend. Grässlich. Als wäre er ein Sechsjähriger, der von einem größeren und kräftigeren Jungen in den Schwitzkasten genommen und hin und her geschoben wurde.

Unfähig, dagegen anzugehen, sah Luke, wie seine linke Hand die Pistole annahm und dann unter dem Tablett verschwand, um die Waffe zu verstecken.

Vor Entsetzen überzog eine Gänsehaut seinen gesamten Körper. Das hier konnte doch nicht wirklich passieren. Aber er ging einen Schritt vor – besser gesagt, irgendetwas anderes drängte ihn vorwärts.

Lord Rix' *Geschick*.

»Dein Opfer wird nicht vergebens sein, Luke«, sagte der alte Ebenbürtige, während er Luke tiefer in die Menge schob.

Panik stieg in Luke auf, und er hoffte inständig, dass sie ihm die Kehle zuschnürte. Und er das Bewusstsein verlor.

Die Ebenbürtigen murrten missbilligend, als er sich zwischen ihnen hindurchdrängte. Der eine oder andere befahl ihm, zu warten und sein Glas nachzufüllen. Aber Luke ging immer weiter, während er das Ganze hilflos aus seinen eigenen Augen verfolgte.

Vor ihm tauchte Lord Jardine auf; sein grausames, zerfurchtes Gesicht wirkte unnachgiebig, während er jemandem zuhörte, den Luke noch nicht sehen konnte. Dann kam die gesamte Gruppe in sein Blickfeld. Lady Thalia stand neben ihrem Mann, ihre Schwester auf der anderen Seite. Bei der vierten Person handelte es sich um den Kanzler – oder Exkanzler. Winterbourne Zelstons leidenschaftliche Rede schien nicht den geringsten Eindruck auf Lord Jardine zu machen.

Was für ein Publikum für ein Attentat.

Die Ebenbürtigen verfügten über Schutzreflexe. Konnten heilen. Hier ging es um einen Alles-oder-nichts-Schuss. Konnte Luke die Augen zusammenkneifen, bis es vorbei war?

Doch er bekam gar nicht die Gelegenheit dazu. Das Ganze geschah so schnell, dass er davon mindestens so überrascht wurde wie die vier Ebenbürtigen vor ihm.

Sein Arm stieß das Tablett beiseite, so dass Champagner in alle Richtungen spritzte und die Flaschen zu Boden fielen. Gleichzeitig peitschte seine linke Hand hoch, mit ruhig zielender Pistole.

Und dann hatte er plötzlich das Gefühl, als würde ihn innerlich etwas zerreißen, als wäre er eine wandelnde Bombe. Und deren Epizentrum befand sich an der Stelle, an der er Silyen Jardines *Geschick* beim Passieren des Tors gespürt hatte.

Luke erinnerte sich wieder an Silyens Worte im Zwinger: »All unsere Sklaven sind an dieses Anwesen gebunden. Keiner von euch kann uns verletzen.«

Sein Finger betätigte bereits den Abzug, als sein Arm von Lord Jardine wegzuckte, als hätte ihn jemand beiseitegestoßen …

… und dann jagte die Pistole ihre tödliche Ladung in das Gesicht und die Brust von Kanzler Zelston.

Im nächsten Moment brach die Hölle los, und die Luft knisterte vor *Geschick*, als die Verteidigungsreflexe der Ebenbürtigen aufflammten.

Aus weiter Ferne glaubte Luke die Stimme eines Mannes zu hören, der seinen Namen rief. Heiser, entsetzt. War das Jacksons Stimme?

Stumm starrte Luke auf die blutige Masse vor ihm, die eigentlich nicht mehr als Mann zu erkennen war. Hautfetzen und andere Gewebeteile, von denen man nie gedacht hätte, dass sie sich im Inneren eines Menschen befinden würden, waren über den Boden verteilt und leuchteten in unerwartet hellen Farben. Die Pistole entglitt seiner Hand und knallte auf das Parkett.

Luke erkannte, dass er seinen Körper wieder bewegen konnte: Der eiserne Griff, mit dem Lord Rix' *Geschick* ihn umklammert hatte, war verschwunden.

Er wünschte, es wäre anders. Denn er hatte keine Ahnung, was er jetzt tun sollte.

»Luke!«

Jackson drängte sich durch die Menge, die einen Kreis um die Szene gebildet hatte. Sein Gesicht war kreideweiß, und er wirkte schmerzerfüllt, wie ein Sanitäter, der zu einem Autounfall hastete und dann feststellte, dass das Opfer sein eigenes Kind war.

Winterbourne Zelston war jenseits aller Rettungsversuche, die der Doc hätte unternehmen können.

Das Gleiche galt für Luke.

Der Schrei begann leise, fast unhörbar. Ein Wehklagen. Das Quieken einer Fledermaus.

Die Frau sank neben den sterblichen Überresten des Kanzlers auf den Boden. Sie war bereits mit Blut bespritzt, und der Saum ihres hellen Gewands trieb auf der sich ausbreitenden Blutlache. Eine purpurrote Flutlinie kroch ihr Kleid hinauf.

Sie beugte sich über seinen Leichnam. Umarmte ihn. Küsste ihn.

Versuchte, seine Überreste auf ihren Schoß zu ziehen. Aber der Kanzler war nicht mehr zu retten, und die klaffende Wunde in seiner Brust weitete sich nur noch mehr, als sie mit den Händen daran zerrte. Inzwischen war die Frau von Kopf bis Fuß rot – sie trug Kanzler Zelstons Blut wie eine zweite Haut, die auf ihrer eigenen trocknete.

Dann legte sie den Kopf in den Nacken und stieß ein Heulen aus; das Weiß ihrer Augen zeichnete sich erschreckend deutlich von ihrem rotgefärbten Gesicht ab.

Euterpe Parva, die fünfundzwanzig Jahre im Koma gelegen hatte, dachte Luke benommen. Die erst gestern aufgewacht war.

Die diesen Mann geliebt hatte. Und er hatte sie geliebt.

Ihr Heulen wurde lauter, entwickelte sich zu einem Schrei … und dann von einem Laut zu einem Gefühl: kein Schmerz, sondern ein Druck, der sich von innen heraus aufbaute.

Links von Luke war Jackson auf die Knie gegangen. Rechts von ihm krümmte Lord Jardine sich zusammen und brüllte. Überall kauerten die Ebenbürtigen zitternd auf dem Boden.

Jetzt brach auch Luke zusammen. Neben sich entdeckte er Lord Rix. Sein Gesicht war vor Wut verzerrt.

»Du Idiot – was hast du getan?«

Der Ebenbürtige streckte den Arm aus und presste seine Finger zusammen. Und Lukes Gehirn verwandelte sich in reinen Schmerz, als würden diese Finger seinen Schädel mit der gleichen Leichtigkeit zermalmen wie Silyen Jardine das Vorhängeschloss an Dogs Käfig.

Wimmernd und halbblind vor Schmerz rollte Luke sich auf den Rücken. Über ihm hob Euterpe Parva eine scharlachrote Hand, krümmte die Finger.

Die Luft um ihn herum schien sich zu winden und zu beben.

Und Luke spürte, wie ihm warmes Blut aus Ohren und Nase sickerte, als Kynestons Ostflügel in einer Supernova aus Glas und Licht explodierte.

# 21

## *Abi*

Ihr Mund war mit Grus und Staub gefüllt – fast so, als wäre sie lebendig begraben. Abi blinzelte, was ebenfalls schmerzte: Dreckpartikel kratzten über ihre Augäpfel, bis ihr die Tränen kamen und alles wegspülten. Sogar atmen tat weh. Ihre Nasenlöcher, ihre Kehle und ihre Lunge fühlten sich an, als hätte sie jemand mit Tausenden winzigen Nadeln von innen malträtiert.

Konnte sie sich bewegen? Ja.

Was war passiert?

Die Welt war explodiert.

Luke hatte den Kanzler erschossen.

Ihre Erinnerungen kehrten zurück und brachten eine Woge des Entsetzens mit sich. Abi stöhnte, schloss die Augen und ließ den Kopf auf den Boden sinken.

Sie hatte den Moment des Attentats nicht gesehen. Aber sie hatte den Schuss gehört, und Jenner war losgelaufen, um nachzuschauen, was da vor sich ging.

Erst als Euterpe Parva zu schreien begann und die Menschen in ihrer Umgebung zu Boden stürzten, bekam Abi ihren Bruder zu sehen. Luke stand blutbeschmiert und verwirrt vor einer blutigen Masse, bei der es sich einst um Kanzler Zelston gehandelt hatte. Er hielt eine Waffe in der Hand.

Verglichen damit war ihr die Explosion des gesamten Ostflügels wie eine Kleinigkeit vorgekommen.

Abi hustete und setzte sich auf. Wo war ihr Bruder? Sie musste ihn unbedingt finden.

Schwankend rappelte sie sich auf und schaute sich um. Der Anblick war so schrecklich, dass er ein paar Sekunden lang sogar ihre Sorge um Luke verdrängte.

Die Nachrichten zeigten regelmäßig Bilder von Kriegsschauplätzen an weit entfernten Orten: an der Grenze zwischen Mexiko und den Konföderierten Staaten. Oder jene Inseln im Westpazifik, die abwechselnd von japanischem *Geschick* und russischen Atomwaffen bombardiert wurden. Die Triumphe der *Geschick*-Regimes über ihre *geschicklosen* Gegner wurden in schonungslosen Details gezeigt. Aber der Anblick eines Blutbads im Fernsehen bot keinerlei Vorbereitung auf den Moment, in dem man sich plötzlich mittendrin wiederfand.

Überall lagen Leichen. Und der Ostflügel Kynestons war vollständig verschwunden.

Abi und alle anderen – Hunderte Parlamentarier und Sklaven – befanden sich unter freiem Nachthimmel. Ein feines Pulver rieselte von oben herab. Abi dachte zuerst, dass es sich um Asche handelte, und hielt nach einem Feuer Ausschau. Doch dann sah sie, dass die gesamte Seite des Hauptgebäudes weggefegt worden war.

Geröll und schartige, mannsgroße Steinbrocken lagen wie Libbys Bauklötze in der Gegend herum. Allerdings schienen sie zusammengenommen keine Haushälfte zu ergeben, was bedeutete, dass die Explosion einen Teil des Gemäuers pulverisiert haben musste – und das wiederum erklärte den Grus in Abis Mund und den herabrieselnden Staub.

Sie zuckte zusammen, als sie ein paar Meter entfernt ihr Klemmbrett entdeckte und dicht daneben einen Arm. Er ragte unter der mächtigen Bronzetür hervor, die jetzt nicht ganz flach auf dem Boden lag. Die Hand war mit Steinstaub gepudert. Man hätte sie fast für die Überreste eine der Statuen halten können, die vom Dach gestürzt waren – wenn da nicht leuchtend rotes Blut aus dem Ärmel gesickert wäre. Der arme Zeremonienmeister. Abi hatte den ganzen Abend über kaum einen Meter von ihm entfernt gestanden.

Der Rest ihrer eigenen Familie befand sich in Sicherheit, erkannte sie mit solch überwältigender Erleichterung, dass es sie fast umgeworfen hätte. Mum hatte den Abend in einer improvisierten Erste-Hilfe-Station im Büro der Haushälterin verbracht. Dad überwachte die Gruppe von Generatoren, die man in einiger Entfernung zum Haus installiert hatte. Und Daisy passte im Cottage auf Libby Jardine auf, die von den Festivitäten verbannt worden war. Wäre irgendeiner von ihnen hier gewesen, dann wäre er oder sie jetzt vermutlich tot.

Plötzlich schien die ganze Welt um Abi herum zu schreien.

Ihr Gehör war ruckartig zurückgekehrt. Abi schüttelte den Kopf und zuckte zusammen. Die Explosion musste ihre Trommelfelle betäubt haben. In ihrer Verwirrung war ihr das gar nicht aufgefallen.

Das Eisenskelett des Ostflügels war zerfetzt, die massiven Träger durch den schlagartigen Ausbruch von Euterpe Parvas *Geschick* zerquetscht. Metall türmte sich in wirren Haufen, wie Knochen, die Archäologen in einem längst vergessenen Massengrab entdeckt hatten.

Unter den Ruinen lagen vereinzelte Leichen – oder blutige Fetzen und Klumpen, die einst zu einem Körper gehört hatten. Freiliegende Knochen, die wie Stöcke zerbrochen waren. Schlaffe, abgetrennte Gliedmaßen. Abi entdeckte die Hand einer Frau –

zusammengerollt wie ein haarloses Tierjunges – in der Nähe eines größeren Haufens: die schwarze Livree eines Mannes.

Die Ebenbürtigen waren zum Großteil auf den Beinen.

Mit morbider Faszination beobachtete Abi, wie ein Mädchen, das kaum älter war als sie selbst, seine Verletzungen inspizierte. Sie trug die Reste eines scharlachroten Abendkleides und reckte sich über ihre Beine, als würde sie Sit-ups machen. Allerdings würde sie ihre Zehen nicht berühren können, denn davon fehlte die Hälfte. Einer ihrer Füße – noch immer mit einem eleganten, goldenen Stiletto bekleidet – befand sich einen halben Meter entfernt, nur durch ein paar faserige Sehnen mit dem Bein verbunden. Das andere Bein war bis zum Knochen aufgeschlitzt – eindeutig das Werk einer eisernen Fiale, die wie ein blutiger Dolch danebenlag.

Dann verzog das Mädchen ihr tränenverschmiertes Gesicht und begann, am ganzen Körper zu zittern. Es handelte sich um Mistress Ravenna von Kirton. Abi erinnerte sich daran, wie der Zeremonienmeister ihren Namen mit tiefer Stimme angekündigt hatte – vor einer halben Ewigkeit.

Die gedehnten Sehnen strafften sich, wie Wolle, die zu einem Knäuel aufgewickelt wurde. Mistress Ravenna erbebte, als sich ihre Knochen zusammenfügten, und ihre Hände flatterten schützend über die Verletzung. Darunter verschmolzen blutige Fetzen zu neuem Gewebe.

Schließlich fuhr Ravenna mit den Händen über ihre Haut, als würde sie ihren Rock glätten. Abi hätte beinahe verpasst, was mit ihrem linken Bein geschah. Die Haut zog sich zusammen wie die klaffende Öffnung eines zu engen Kleids, dessen Reißverschluss eine freundliche Seele hochzog, während die Trägerin des Kleids die Luft anhielt.

Abi hatte keine Ahnung, wie lange das Ganze gedauert hatte. Aber als Mistress Ravenna mit tränen- und mascaraverschmierten Wimpern die Schultern hängen ließ, hätte niemand mehr feststellen können, dass ihr etwas zugestoßen war. Genauso gut wäre es denkbar gewesen, dass sie etwas zu viel Champagner getrunken hatte und auf ihren hohen Stilettos gestürzt war.

Abi schüttelte den Kopf, wütend auf sich selbst, weil sie sich hatte ablenken lassen, obwohl jede Sekunde zählte.

Wo war Luke?

Sie schaute sich im zerstörten Ballsaal um und schauderte. Es war erst März, und jetzt, da das Adrenalin aus ihrem System geströmt war, fühlte sich die Nacht kalt und feucht an. Kümmerte sich irgendjemand um die verletzten Sklaven? War Mum hier?

Ja – dort drüben. Jackie Hadley kniete neben einer zusammengekrümmten Gestalt und brüllte einem Küchenmädchen Befehle zu, das eine grüne Tasche mit einem weißen Kreuz herbeitrug. Das Mädchen wühlte in der Tasche herum und reichte den Gegenstand, der nach einem Verband aussah, dann an Abis Mutter weiter. Mum hatte offensichtlich keine Ahnung, was mit Luke passiert war, denn sonst hätte sie sich auf die Suche nach ihm gemacht und keinen Stein auf dem anderen gelassen.

Was um alles in der Welt war hier passiert? Abi erinnerte sich nur noch an Euterpe Parvas Schrei. Hatte Luke etwas getan, das noch schlimmer war als das Attentat auf Zelston? Eine so große Zerstörung konnte doch nur das Werk einer Bombe sein.

Irgendwo rechts von Abi steigerte sich ein Wimmern zu einem hysterischen Schluchzen – ein Laut, den niemand hören und ignorieren konnte. Abi steuerte darauf zu und trat vorsichtig über Geröll und Glasscherben.

Aber jemand war bereits dort: unfassbarerweise eine Ebenbürtige, eine wunderschöne junge Frau in einem Paillettenkleid. Ihr Gesicht kam Abi irgendwie bekannt vor. Hatte sie schon mal ein Foto von ihr in einer Zeitschrift gesehen? Die Ebenbürtige hatte ihre Hand auf die Stirn eines Sklaven gelegt, der unter einem schweren Eisenträger eingeklemmt war.

»Ich kann meine Beine nicht spüren«, wimmerte der Mann. »Mir ist so kalt. Bitte, ich habe vier Kinder.«

»Dann wäre es wohl das Beste, wenn Sie ihnen in Ihrem nächsten Brief allzu schauerliche Details ersparen«, sagte das Mädchen mit rauchiger Stimme und schenkte ihm ein beruhigendes Lächeln. »Also gut, dann wollen wir dieses Ding mal entfernen, okay?«

Der herabgestürzte Träger war so lang wie sie und bestimmt etliche Male schwerer. Aber das Mädchen schob eine Hand unter ein Ende des Metalls und hob den Träger mit vor Anstrengung verzerrtem Gesicht von der Brust des Mannes. Dann streckte sie den Ellbogen durch und stieß das Metall beiseite.

»Kann … noch … immer … nicht …«, keuchte der Mann.

Die Ebenbürtige beruhigte ihn sanft und bewegte beide Hände über seiner Brust hin und her, wo sich schimmernde Feuchtigkeit auf seinem schwarzen Livreehemd ausbreitete. Dann legte sie die Finger federleicht auf die Verletzung.

»Ich kenne da einen Arzt, der in diesen Dingen besser ist als ich«, teilte sie dem Mann mit einem milden Lächeln mit. »Leider ist er im Moment beschäftigt, weil er einen unserer Freunde finden muss, aber ich verspreche, dass ich mein Bestes tun werde. Sie müssen jetzt tapfer sein.«

Die Ebenbürtige sah so hinreißend aus, dass es Abi nicht überrascht hätte, wenn der Mann sich tot und bereits im Himmel gewähnt hätte. Vertrauensvoll blickte er in ihr engelhaftes Gesicht, während sie ihr *Geschick* einsetzte. Abis Erste-Hilfe-Fähigkeiten wurden hier eindeutig nicht benötigt.

Aber eine Person brauchte im Moment dringend Hilfe. Wo war Luke?

Auf der Suche nach Hinweisen scannte sie die Szene der Verwüstung ein weiteres Mal.

Und spürte dann, wie ihr der Atem stockte, als sie den Menschen entdeckte, den sie als Letzten hier erwartet hätte.

Dog zeichnete sich als Silhouette vor dem hellen Hintergrund ab und lief an der abgesprengten Hausseite auf und ab. Er trug einen schmutzigen Overall und einen kleinen Rucksack – offensichtlich suchte er irgendetwas.

Der Mann schuldete ihr einen Gefallen. Und er hatte deutlich mehr Gründe, die Jardines zu hassen, als die meisten Anwesenden hier. Vielleicht konnte er ihr bei der Suche nach Luke helfen. Abi hob den Saum ihres Kleids hoch und stakste vorsichtig über Metall und Glas in Dogs Richtung.

Das zerstörte Haus bot einen bestürzenden Anblick. Aufgrund der abgesprengten Seitenwand lag das Innere jetzt frei, wie bei einem Puppenhaus. Darin waren Ebenbürtige und Sklaven sichtbar, die sich hin und her bewegten. Falls irgendeine fremde Hand sie bewegte, dann wollte Abi lieber nicht wissen, welches Spiel derjenige dort spielte.

»Ich denke ja, dass mir das Haus so besser gefällt«, sagte eine Stimme direkt hinter ihr. »Auf diese Weise lässt sich viel leichter erkennen, was die Leute vorhaben, findest du nicht auch?«

Abi wirbelte herum; der Schauer, der ihr über den Rücken lief, verriet ihr, um wen es sich handelte, noch bevor sie ihn sah.

Silyen Jardine.

»Dog braucht Hilfe«, sagte er und schaute zu der Stelle, wo Dog stehen geblieben war und seinen Rucksack abgesetzt hatte. »Er wird gleich auf das gleiche Problem stoßen, mit dem schon dein Bruder zu kämpfen hatte.«

»Was?« Abis Stimme klang scharf, aber es war ihr egal. Was wusste Silyen Jardine über Lukes Schicksal?

Doch der Junge hatte sich bereits in Bewegung gesetzt und lief mit ausholenden Schritten leichtfüßig über das Geröll. An einer Stelle trat er einfach über einen wimmernden Sklaven hinweg, der blutend auf dem Boden lag. Abi murmelte eine kaum hörbare Entschuldigung und folgte seinem Beispiel, um mit ihm Schritt zu halten.

Silyen und der Hunde-Mann unterhielten sich bereits, als sie zu ihnen aufschloss.

»Du weißt, dass die Bindung dich daran hindern wird«, sagte Silyen gerade.

Dog starrte ihn an. Die Konturen seines Gesichts traten unnatürlich scharf unter dem schlecht geschnittenen Haar hervor, das seine Wangen bedeckte. Seine Augen schienen zu glühen. Und er hatte seine Leine fest um eine Hand gewickelt; das längere Ende baumelte locker herab.

Abi blickte an den beiden vorbei in das aufgerissene Haus. Im großen Salon saß eine Gestalt in einem Lehnsessel; ihr Gesicht war rußverschmiert, und sie hatte die Augen vor dem Chaos jenseits des Hauses geschlossen: Lady Hypatia Vernay.

»Sie haben die Bindung vorgenommen«, knurrte Dog. »Sie können sie auch wiederaufheben.«

»Selbstverständlich kann ich das.« Silyen Jardine lächelte. »Aber warum sollte ich? Sie gehört zur Familie.«

Dog kniff die Augen zu Schlitzen. Vielleicht erinnerte er sich an seine hundeartige Seite und überlegte, ob er dem jungen Herrn die Zähne ins Fleisch hauen sollte. Doch er schien sich zu beherrschen, wenn auch mit sichtlicher Mühe.

»Wenn Sie mich um … ein Leben im Tausch dafür bitten, werde ich es tun. Ich werde Ihnen diesen Gefallen schulden.«

Silyen schwieg; offenbar dachte er über das Angebot nach. Vermutlich konnte er jeden allein durch sein *Geschick* töten, dachte Abi und erinnerte sich an das tote Reh und den verdorrten Kirschbaum im herbstlichen Wald vor so vielen Monaten. Doch dann nickte er – und im gleichen Moment zuckte Dog zusammen. Es hatte den Anschein, als hätte jemand eine Fessel, die seine Hände band, durchtrennt und ein Schloss innerhalb seines Gehirns geöffnet.

Abi war sich nicht sicher, was da gerade passiert war, aber es sah so aus, als hätte Dog eine Art Genehmigung bekommen.

»Das sind dann drei Dinge, die du mir schuldest«, wandte sich der junge Herr an den Hunde-Mann. »Eine Flucht, ein Leben und einen Namen.«

»Einen Namen?«

»Willst du deinen Namen denn nicht wissen?«

»Nein, nicht meinen.« Eine schreckliche Sehnsucht sprach aus Dogs Augen. »Den meiner Frau.«

Silyen Jardine lächelte. Er beugte sich vor, näherte seinen Mund Dogs Ohr und flüsterte ihm etwas zu. Dann richtete er sich wieder auf.

»Ich sehe dich dann später, wie vereinbart. Bis dahin werde ich ziemlich beschäftigt sein.«

Der Hunde-Mann starrte Silyen mit einem Ausdruck in den Augen an, bei dem es sich nicht um Ergebenheit handelte, aber auch nicht um Hass. Sondern um Dankbarkeit, folgerte

Abi – und das bedeutete, dass Silyen Jardine jetzt mehr Anspruch auf Dogs Unterstützung hatte als sie selbst. So viel also zu ihrem Plan.

Dog wischte sich mit dem Ärmel seines Overalls über Nase und Gesicht, nahm das lange Ende der Leine in die andere Hand und wickelte es um seine Handfläche. Dann gab er der Leine einen Ruck und überprüfte seinen Griff.

Ohne jedes weitere Wort kehrte er ihnen den Rücken zu und marschierte zum Haus. Abi wollte lieber nicht mitansehen, was jetzt als Nächstes passieren würde.

»Dann wird das wohl für uns allc cinc geschäftige Nacht«, bemerkte Silyen heiter. »Um deinen Bruder kümmere ich mich später; ich muss zuerst noch etwas erledigen. Ich denke, es wird dir gefallen, Abigail.«

»Mein Bruder?«

»Könnte mir noch mal nützlich sein«, sagte Silyen mit einer blasierten Handbewegung. »Ich habe sein Potential schon am ersten Abend am Tor wahrgenommen. Aber jetzt sollte ich mich besser auf den Weg machen. Ich denke, mein Publikum hat sich hinreichend erholt, um mir seine ungeteilte Aufmerksamkeit zu widmen.«

Und damit machte der Ebenbürtige auf dem Absatz kehrt und lief leichtfüßig durch das Chaos und die Verwirrung im Ballsaal, bis in dessen Mitte – genau zu der Stelle, wo Abi ihren blutüberströmten, zitternden Bruder zum letzten Mal gesehen hatte.

Hatte Luke gewusst, was er da tat? Hatte er es freiwillig getan?

Eigentlich wollte sie darüber lieber nicht nachdenken, aber wenn sie ehrlich war, bestand durchaus die Möglichkeit. Wer wusste schon, was mit ihrem kleinen Bruder während der Monate in Millmoor passiert war. In der Sklavenstadt war es zu Unruhen gekommen; das wusste Abi aus Jenners kryptischen Kommentaren und den Gesprächen, die sie zwischen Lord Jardine und Master Gavar aufgeschnappt hatte, während sie sich unbemerkt von Raum zu Raum bewegt hatte.

Hatte irgendjemand dort Lukes Wehrlosigkeit ausgenutzt? Ihm den Kopf verdreht und ihn benutzt?

Wenn das der Fall war, würde Abi denjenigen zur Rechenschaft ziehen.

Und dafür sorgen, dass es ihm gewaltig leidtun würde.

Ein heller, wunderschöner Klang riss sie aus ihren düsteren, misstönenden Gedanken: ein anschwellendes Läuten, wie von tausend zugleich geschlagenen Glocken. Abis Trommelfelle klingelten.

Doch dann wurde der Effekt vom entsetzten Aufschrei einer Frau ruiniert. Viele Ebenbürtige zeigten nach oben, woraufhin Abi ebenfalls hochschaute. Die Nacht hatte schon mehr Gräuel hervorgebracht, als ihr Gehirn verarbeiten konnte. Was machte da noch ein weiteres Gräuel aus?

Der schwarze Himmel war übersät mit Sternen aus Glas. Sie hingen über den Köpfen der Anwesenden, unvorstellbar scharf und gefährlich: von schartigen Scherben, an denen teilweise noch Blut klebte, bis hin zu winzigen Splittern und funkelndem Staub. Irgendwo hatte Abi mal gelesen, dass die Leute vor Tausenden von Jahren geglaubt hatten, der Himmel sei eine Kristallkugel um die Erde herum. Und der Nachthimmel über Kyneston sah jetzt so aus, als hätte man diese Kristallkugel in Millionen winziger Fragmente zersplittert, die jeden Moment herabfallen könnten.

Allerdings fielen sie nicht herab. Stattdessen begann die Glasgalaxie langsam zu rotieren. Als manche Scherben gegeneinanderprallten, erklangen weitere Glockentöne in der kalten Luft, aber kein einziger Splitter brach ab. Dann wölbte sich die glitzernde Masse in Richtung Boden und umfasste sie alle.

Abi schaute zu Silyen. Er stand in der Mitte des Saals, mit erhobenen Armen und verzückter Miene, wie ein musikalisches Wunderkind beim Dirigieren eines Orchesters, das niemand außer ihm sehen konnte.

Im nächsten Moment erhob sich jedes einzelne Metallteil langsam in die Luft: von riesigen Trägern bis hin zu filigranen Eisenverzierungen. Die noch lebenden Sklaven, die unter den Metallteilen eingeklemmt gewesen waren, ächzten und schluchzten. Abi zuckte zusammen, als eine Eisenstrebe an ihr vorbeischwebte, dann auf Kopfhöhe und schließlich immer weiter hinaufstieg.

Und dann fügten sich die Metallteile mitten in der Luft so nahtlos zusammen, wie Mistress Ravenna ihren eigenen Körper wieder zusammengeflickt hatte. Die Eisenträger erinnerten an ein riesiges Skelett, mit Rückgrat und herabhängenden Schwingen: Dachfirst, Streben, Träger und Nieten. Die schwebenden Glasscherben wölbten sich nach innen und schmiegten sich um den Rahmen.

Wie von Zauberhand erhob sich der Ostflügel über ihren Köpfen – ein gewaltiges Metallmonster mit abgezogener, schimmernder Haut, das Ebenbürtige und Sklaven gleichermaßen in seinem Bauch verschlang.

Die gesamte Konstruktion loderte wie Magnesium, viel zu strahlend für Abis Augen. Und als Abi schließlich die Konturen weggeblinzelt hatte, die sich in ihre Netzhaut gebrannt hatten, sah sie, dass der riesige Ballsaal wieder vollkommen intakt war. Als hätte sich die Katastrophe an diesem Abend gar nicht ereignet.

Aber Silyen war noch nicht fertig. Bruchstücke von Mauerwerk schwebten in Richtung des zerstörten Haupthauses und fügten sich an ihre ursprüngliche Stelle, als würde ein Riese Bauklötze aufeinanderstapeln. Kynestons abgesprengte Mauer baute sich Schicht für Schicht wieder auf, und die Menschen dahinter wurden zunehmend der Sicht entzogen – als würde der junge Herr seine Familie bei lebendigem Leibe einmauern.

»Abigail!«

Arme packten sie wild von hinten und wirbelten sie herum: Jenner, dessen Gesicht so verdreckt war, dass man seine Sommersprossen kaum noch sehen konnte.

»Gott sei Dank: Du lebst!« Seine Hände umfassten ihr Gesicht so behutsam, als bestünde auch sie aus Glas und wäre gerade erst wieder zusammengeklebt worden.

Und dann küsste er sie.

Einen Moment lang schwebte Abi mit den Sternen in der Kristallkugel, schwindelerregend hoch und perfekt.

Sie vergaß ihren Bruder. Vergaß Silyen. Vergaß, dass Dog aus seiner Leine eine Garrotte gefertigt hatte. Vergaß den zertrümmerten Körper des Zeremonienmeisters und Kanzler Zelstons Überreste in einer Lache seines eigenen Bluts. Um Abi herum existierte nichts mehr außer dem Drängen dieses Mundes auf ihren Lippen.

Doch dann schob sie Jenner von sich. Denn obwohl dieser Kuss genau das war, was sie sich mehr wünschte als alles andere auf der Welt, war es inzwischen zu spät. Viel zu spät. Luke war ein Mörder. Lord Jardine war an der Macht. Euterpe Parva hatte den Himmel aufgerissen.

Und Silyen Jardine baute Kyneston nur mit Hilfe seines *Geschicks* wieder auf.

»Das hier ist die Große Demonstration«, sagte Abi, als ihr die erschreckende Erkenntnis kam. Sie stieß Jenner weg, der versuchte, sie fester an sich zu ziehen.

»Was?«

Jenner sah sie verständnislos an. Seine rußige Handfläche umfing ihren Hals, sandte einen Schauer durch Abis Körper. Doch sie wich ihm aus. Sah er denn nicht, was hier gerade passierte?

»Die Große Demonstration. Als Cadmus das Haus des Lichts nur mit Hilfe seines *Geschicks* errichtete.«

»Silyen repariert nur die Schäden.«

»Repariert? Hier geht es nicht um eine der Porzellanfiguren deiner Mutter, Jenner. Hier geht's um Kyneston. Sieh dich doch mal um.«

Abi zeigte auf die Glaswände, die über ihnen schwebten, makellos instand gesetzt – exakt so, wie sie zuvor ausgesehen hatten.

Aber sie waren nicht exakt gleich, oder? Denn das, was Abi zunächst für Rauch und dann für Schatten gehalten hatte, war weder das eine noch das andere.

Tatsächlich handelte es sich um verschwommene, schimmernde Formen, die sich zwischen den Glasscherben hin und her bewegten. Genau wie beim Haus des Lichts.

Eine schreckliche Angst erfasste Abi. Jedes Kind in Großbritannien kannte die Lektion, die mit der Großen Demonstration verbunden war: Sie stellte das denkbar größte Statement für die Unaufhaltsamkeit des *Geschicks* dar. Noch mächtiger als die Ermordung des Letzten Königs.

Cadmus' Werk hatte an jenem Tag eine Welt beendet und eine andere geschmiedet – eine vollkommen andere Welt, die diejenigen ohne *Geschick* zu Sklaven gemacht hatte. Sein Werk hatte die Herrschaft der Ebenbürtigen eingeläutet.

»Was versucht dein Bruder zu beweisen?«, murmelte Abi.

»Und was ist mit deinem Bruder?«, fragte Jenner, nahm Abi behutsam an den Schultern und drehte sie zu sich um. »Vater hat ihn in Gewahrsam genommen. Luke hat Zelston erschossen, Abigail. Und Vater hat es sich in den Kopf gesetzt, dass die Kugel eigentlich für ihn bestimmt war.«

»Für deinen Vater? Aber wieso sollte Luke ihn verfehlt haben? Sie standen doch direkt nebeneinander.«

»Die Bindung, Abi. Das, was Silyen mit jedem von euch beim Passieren des Tors macht. Keiner unserer Sklaven kann uns verletzen. Falls Luke es auf meinen Vater abgesehen hatte, ist er gezwungen gewesen, auf jemand anderes zu zielen. Und da Mutter und Tante Euterpe ebenfalls zur Familie gehören …« Jenner zuckte die Achseln, unfähig, diesen Gedanken irgendwie abzumildern. »Zelston war der Einzige, der noch übrig blieb.«

Abi schüttelte den Kopf. Konnte das überhaupt stimmen?

Aber spielte es denn noch irgendeine Rolle? Luke hatte Zelston getötet, wer auch immer sein wahres Ziel gewesen sein mochte.

Nein, jetzt war nur noch eines wichtig. Luke befand sich noch immer hier auf Kyneston. Er konnte noch immer gerettet werden.

Die Frage war nur: wie?

# 22

## *Luke*

Luke war sich nicht sicher, was er erwartet hatte. Eine Zelle? Oder vielleicht Dogs Zwinger.

Aber das hier jedenfalls nicht: kein riesiges, luxuriöses Bett mit purpurroter Seidenwäsche, die bis zu seinem Kinn reichte. Jemand hatte ihn wie ein kleines Kind zugedeckt.

Erleichtert schloss er die Augen. Dann hatten die Ebenbürtigen also erkannt, dass er es nicht getan hatte.

Denn er hatte es nicht getan, da war er sich sicher. Obwohl Lord Jardine und dieser andere Mann – war das Crovan gewesen? – von seiner Schuld überzeugt schienen.

Kynestons Hausherr hatte Luke aus dem zerstörten Ballsaal geschleift. Ihn in die Bibliothek geschleppt und an einen Stuhl gefesselt. Dort hatte Crovan dann in Lukes Schädel herumgewühlt, was sich angefühlt hatte, als würde er dazu Messer verwenden, tatsächlich aber sein *Geschick* gewesen war. Crovan hatte nach Erinnerungen gegraben, die nicht vorhanden waren. Erinnerungen an das Attentat auf Kanzler Zelston.

Luke erinnerte sich nur noch daran, dass er zum Ostflügel gegangen war, mit vier Flaschen Champagner auf einem Tablett. Er erinnerte sich an den kläffenden Hund, an Abi mit ihrem Klemmbrett, an die junge Ebenbürtige in dem tief ausgeschnittenen Kleid. Aber dann …

Nichts – bis zu dem Moment, als er eine erhobene, scharlachrote Hand wahrgenommen hatte und das gefühlte Ende der Welt.

Die nächste Erinnerung zeigte Lord Jardine, mit Blut und Dreck bespritzt und außer sich vor Wut. Eine Leiche auf dem Boden, die Luke erst nachträglich als Kanzler Zelston erkannt hatte. Anschuldigungen, die er nicht verstand. Angst. Schmerz. Ein so starker Schmerz, dass er das Bewusstsein verloren hatte.

Aber das war jetzt alles vorbei. Er lag wohlbehütet in einem weichen Bett. Luke kuschelte sich unter die Bettdecke. Die Matratze bewegte sich irgendwie seltsam unter ihm. Fast als würde sie Wellen schlagen. Er steckte den Kopf unter die Decke, um nachzusehen.

Es war zwar zu dunkel, um viel erkennen zu können, aber er schien in einer Lache zu liegen. Die sich warm anfühlte. Hatte eine Wärmflasche vielleicht geleckt? Er schob seine Hand zu der Stelle, um seine These zu überprüfen. Als er sie wieder zurückzog, waren seine Finger scharlachrot.

Blut. Er lag in einer Blutlache.

Von Panik erfasst, versuchte er, die Bettdecke von sich zu werfen und um Hilfe zu rufen. Doch in diesem Moment entdeckte er, dass es sich gar nicht um eine Bettdecke handelte, sondern um ein Kleid. Um den weit ausgestellten Rock eines roten Kleids. Oder eines Kleids, das einmal eine andere Farbe besessen hatte, jetzt aber vor Blut triefte.

Luke schnappte keuchend nach Luft, konnte aber nicht genügend Sauerstoff in seine Lungen bekommen. Eine heiße, salzige Flüssigkeit rann seine Kehle hinab. Blut. Überall Blut.

Dann zerrte etwas an ihm, riss ihn in die Höhe – und aus seinem Traum heraus.

Eine Stimme brüllte ihm ins Gesicht: »Hör endlich auf!«

Im nächsten Moment verpasste ihm jemand einen so heftigen Schlag, dass Luke sich wunderte, dass sein Kopf nicht von seiner dünnen Wirbelsäule flog.

»Alle fünf Minuten!«, brüllte die Stimme weiter. »Er macht das alle fünf Minuten. Um sich treten und schreien. Wenn er das noch mal macht, bring ich ihn um.«

»Finger weg von meinem Bruder!«

Luke schwankte vor und zurück. Eine Faust hatte sich in sein Hemd gekrallt und hielt ihn aufrecht – wie eine Puppe im Griff eines ärgerlichen Kindes, das ein besseres Spielzeug verlangte.

»Lass ihn runter, Gavar.«

Eine dritte Person, mit ruhiger, beherrschter Stimme. Wer war das? Die Faust gab ihn frei, und Luke fiel zurück auf das Bett.

Eine Hand berührte ihn an der Schläfe und hob vorsichtig eines seiner Lider an. Ein verschwommenes, undeutliches Gesicht ragte über ihm auf. War das Abi?

»Luke? Luke, kannst du mich hören?«

»Fass ihn nicht an. Was hast du dir dabei gedacht, sie herzubringen, Jenner?«

Lukes anderes Lid wurde sanft hochgeschoben, aber Abi klang furchtbar wütend.

»Er kann mich nicht mal erkennen. Was haben dein Vater und Crovan mit ihm angestellt?«

»Jenner, du kennst Vaters Befehl. Schaff sie hier raus, oder ich dreh dir den Hals um und werf sie persönlich vor die Tür. Sofort!«

»Luke, kannst du mich hören?«

Eine von Abis Händen umfasste sein Handgelenk. Die andere legte sein Gesicht auf die Seite.

»Blinzle, Luke. Sieh mich an. Dir wird morgen der Prozess gemacht. Lord Jardine hat die Hochzeit verschoben. Stattdessen wird das Parlament zusammenkommen und über dich richten. Man wirft dir Kanzler Zelstons Ermordung vor. Ich weiß, dass du es nicht getan hast, Luke. Aber ich weiß nicht, wie wir das bis morgen beweisen sollen. Was auch immer passieren mag, du musst jetzt stark sein. Wir finden schon eine Lösung.«

Ein Prozess. Vor einem Gericht. Mord.

Die Worte schwirrten durch Lukes Kopf. Sie schien sehr weit entfernt zu sein. Warum ließ Abi ihn nicht endlich schlafen?

»Er versteht ja noch nicht einmal, was ich sage«, hörte er seine Schwester protestieren, in deren Stimme ein Schluchzen mitschwang. »Man kann ihn doch nicht in diesem Zustand vor Gericht stellen. Das ist eine Farce.«

»Keine Farce, sondern eine Selbstverständlichkeit«, widersprach Gavar Jardine. »Schließlich waren fünfhundert Personen im Raum, als er abgedrückt hat. Meine Mutter hat direkt neben ihm gestanden. Ihr beide müsst jetzt von hier verschwinden. Und, Jenner: Denk gut darüber nach, was du tust. Nach dieser Geschichte werden wir ihre Familie nicht hierbehalten können. Sie und ihre Eltern werden Kyneston zum selben Zeitpunkt verlassen wie er.«

Was hatte das alles mit ihm zu tun?, dachte Luke. Er lag in einem Bett, einem riesigen, luxuriösen Bett. Nicht in einer Zelle oder einem Zwinger. Also hatten die Ebenbürtigen kapiert, dass er es nicht getan hatte.

Jemand hatte ihn unter eine weiche, purpurrote Bettdecke gesteckt. Und die war so schön warm und gemütlich.

Luke schloss die Augen. Und schlief.

Als er aufwachte, herrschte um ihn herum Dämmerung. Das Fenster bildete ein hellgraues Rechteck in einer dunkelgrauen Wand. Ein schwacher Lichtsaum hielt die beiden Vorhanghälften zusammen und fiel quer über den Boden. Luke drehte den Kopf, um den Lichtstrahl zu verfolgen.

Auf der anderen Seite des Raums zeichnete das Licht die Umrisse eines Sessels nach – in dem jemand saß und ihn beobachtete.

»Guten Morgen, Luke«, sagte der Beobachter, hielt kurz inne und fuhr dann fort: »Obwohl der Morgen eigentlich noch nicht angebrochen ist und ich ehrlich gesagt bezweifle, dass es so ein guter Morgen werden wird.«

Luke kannte diese Stimme. Würden ihm jetzt alle Jardines einen Besuch abstatten? Einige, um ihn zusammenzuschlagen; andere, um an seinem Bett zu sitzen. Vielleicht tauchte Lady Thalia ja gleich mit seinem Frühstück auf einem Silbertablett auf und reichte ihm eine winzige Teetasse.

»Ich dachte, du würdest die Ruhe möglicherweise zu schätzen wissen, solange du noch dazu in der Lage bist«, sagte Silyen Jardine und ließ sich zwanglos auf dem Rand der Matratze nieder. »Wer weiß schon, was für einen Haushalt Crovan auf Eilean Dòchais führt, aber ich bezweifle, dass er die Verurteilten mit acht Stunden ungestörtem Schlaf foltert.«

»Crovan?«

Schlagartig kehrten Lukes Erinnerungen zurück. Der grausame schottische Ebenbürtige und Lord Jardine, die in seinem Kopf herumgewühlt hatten. Abis Stimme in der Nacht. Das Parlament. Ein Gerichtsprozess.

Als sich die Verwirrung über sein Verhör und die darauffolgenden dunklen Stunden gelegt hatte, erkannte Luke mit erschreckender Klarheit, was als Nächstes passieren würde. Man würde ihm den Prozess machen und ihn für ein Verbrechen verurteilen, an das er sich nicht erinnern konnte.

»Es würde mich mal interessieren, wer dich zum Stillschweigen gebracht hat«, sagte Silyen Jardine. »Denn ich wette, derjenige könnte uns eine ganze Menge erzählen. Zum Beispiel, warum du den Kanzler mitten in Mummys Ballsaal püriert hast.«

»Das war ich nicht«, beharrte Luke im verzweifelten Versuch, wenigstens einen Ebenbürtigen von seiner Unschuld zu überzeugen.

»Ach, Luke, aber natürlich warst du das. Die Frage ist nur: Wer hat deine Erinnerung daran verborgen und warum? Wer war das eigentliche Ziel: Zelston oder mein Vater? Und nicht zu vergessen die Frage, ob du eingewilligt hast oder ob man dich dazu gezwungen hat. Aber ich fürchte, dass sich niemand für ein derartiges Detail interessieren wird.«

»Das ist kein Detail«, sagte Luke. »Das ist das Einzige, worauf es wirklich ankommt. Ich kann mich an das … wovon alle behaupten, dass ich es getan habe, nicht erinnern. Da ist eine Riesenlücke. Ein schwarzes Loch, wo eigentlich meine Erinnerungen sein sollten. Jemand hat sein *Geschick* eingesetzt, und das beweist doch wohl, dass man mich dazu gezwungen hat.«

Silyen Jardine schnalzte missbilligend mit der Zunge. »Es beweist nichts dergleichen. Man könnte dich auch gefragt haben, und du hast mit ›Ja‹ geantwortet. Dann wäre das auferlegte Stillschweigen nur ein bequemes Mittel, um eure Beteiligung an diesem Mord zu verstecken – und dazu die Rolle, die dein Mitverschwörer dabei gespielt hat.«

»Welcher halbwegs normale Mensch würde zustimmen, den Kanzler vor den Augen des gesamten Parlaments zu ermorden?«

»Ich kann es mir nicht vorstellen. Vielleicht ein hitzköpfiger Teenager, der wütend auf die Gesellschaft ist, die ihn aus dem Schoß der Familie gerissen hat? Ein Junge, der in einer Sklavenstadt, in der seit Monaten Unruhen herrschen, radikalisiert wurde? Nein, das klingt nicht sehr plausibel.«

In diesem Moment wurde Luke bewusst, in welchem Umfang man ihn benutzt hatte. Er war wie eine Waffe, von der man die Fingerabdrücke weggewischt hatte. Er war nur die Mordwaffe, würde aber als Mörder verurteilt werden.

»Sie haben gerade gesagt, Sie würden gern wissen, wer mich zum Stillschweigen gebracht hat. Sind Sie dazu in der Lage? Können Sie das Stillschweigen aufheben?«

»Die einzige Person, die ein Stillschweigen aufheben kann, ist der- oder diejenige, die es auferlegt hat, Luke – wie deine Schwester Abigail aus eigener Erfahrung bestätigen kann. Nein, nein, es war nichts Wichtiges … mach jetzt kein Theater deswegen.« Beim Gedanken, dass dieser Freak sich an seiner Schwester vergriffen hatte, hatte Luke wütend die Fäuste geballt. »Aber ich verfüge da über einen Kniff, den niemand sonst beherrscht. Ich kann herausfinden, wer dir das angetan hat. Und manchmal ist das Wissen, *wer* ein Geheimnis bewahren möchte, genauso informativ wie das Geheimnis selbst.«

»Dann los.« Luke sprang auf und stand mit herabhängenden Armen da, als wollte er Silyen Jardine herausfordern, ihn zu schlagen. »Es ist mir egal, wie weh das tut. Nach dem, was Ihr Vater und sein Freund mit mir gemacht haben … Ich werde das schon aushalten.«

»Welch ein tapferer Junge«, bemerkte Silyen Jardine milde. »Umso besser.«

Allerdings tat es überhaupt nicht weh – Luke verspürte nur wieder diese übelkeiterregende Mischung aus Intimität und Unwirklichkeit. Sein innerstes Wesen war wie weicher Sand, der zwischen Silyen Jardines Fingern zerrann. Einen Moment hatte er das Gefühl, als würde er überhaupt keinen Körper besitzen. Und dann dämmerte ihm, dass er auch gar keinen brauchte.

Ein Übelkeitsanfall brachte ihn wieder in die Gegenwart zurück, und er stand genau in dem Moment vor Silyen Jardine, als die Sonne durch die Vorhänge brach.

»Also, das war ziemlich unerwartet.« Der Ebenbürtige lächelte. »Ich liebe es, wenn die Leute nicht sind, was sie zu sein scheinen. Das macht das Leben gleich viel aufregender, findest du nicht auch?«

»Verraten Sie mir, wer es war«, forderte Luke.

»Ich soll es dir verraten? Nein, ich werde es niemandem verraten. Geheimnisse sind wie unsägliche Vasen oder Oldtimer oder der ganze andere Schund, den Menschen wie meine Mutter und mein Vater sammeln: je seltener, desto wertvoller. Und ich denke, für dieses Geheimnis kann ich einen guten Preis erzielen.«

»Das können Sie doch nicht tun! Man wird mich verurteilen. Sie haben Dog geholfen, und der hatte seine Strafe verdient. Aber ich verdiene das hier nicht, also warum wollen Sie mir nicht helfen?«

»Ach, Luke, das hat überhaupt nichts mit Verdienst zu tun – das verstehst du doch, oder? Dog ist für mich von Nutzen, jetzt, da er auf freiem Fuß ist. Aber du wirst erst dort, wohin man dich schickt, für mich von Nutzen sein. Und das, was ich gerade herausgefunden habe, wird ebenfalls nützlich sein. Ich habe ganze Arbeit geleistet, auch wenn ich mich damit selbst lobe. Und dabei habe ich noch nicht mal meinen Morgenkaffee getrunken.«

Als Silyen Jardine sich abwandte, holte Luke zum Schlag aus. Aber seine Faust kam nicht mit einem einzigen, ungekämmten Haar des jungen Herrn in Berührung. Stattdessen wurde Luke rückwärts durch die Luft geschleudert, als wäre er von einer zusammenbrechenden Kranbrücke getroffen worden.

Luke prallte gegen eine Wand und blieb dort liegen, benommen von der Wucht und seiner eigenen Wut und Verzweiflung. Zwei abgetretene Reitstiefel kamen langsam in sein Sichtfeld und blieben dann stehen. Einen Moment später ging Silyen Jardine in die Hocke, und ihre Blicke kreuzten sich.

»Also wirklich, Luke«, tadelte der Ebenbürtige. »Erinnerst du dich denn nicht an die Bindung? Dort, wo du hingehst, musst du dir wirklich mehr Mühe geben. Viel mehr. Denn ich bin noch nicht mit dir fertig. Noch lange nicht.«

Lukes Nackenhaare richteten sich auf. Er durfte sich von Silyens seltsam nonchalantem Verhalten nicht täuschen lassen. Das hier war kein fairer Kampf und würde es auch nie sein.

Im nächsten Moment schwang die Tür auf.

»Hast du irgendetwas herausgefunden, Silyen?«, schnauzte Lord Jardine. »Wer sich gegen mich stellt?«

Der junge Herr richtete sich auf, drehte sich um und sah seinen Vater direkt an. Und er musste Nerven aus Stahl haben, dass er in der Lage war, Lord Jardine einfach ins Gesicht zu lügen, dachte Luke trotz seiner unbändigen Wut.

»Nichts, was für dich von Interesse wäre, Vater.«

»Na, schön. Lassen wir das Thema. Wer auch immer mein Feind sein mag, wir wollen ihn nicht auf unseren Verdacht aufmerksam machen. Bringen wir die Sache hinter uns, damit Crovan sich daranmachen kann, alles herauszufinden, was wir wissen müssen. Gavar, schnapp dir den Jungen.«

Als Luke in den Ostflügel gebracht wurde, fragte er sich, ob er den Verstand verloren hatte. Oder ob er vielleicht Tage, wenn nicht sogar Wochen, bewusstlos oder von *Geschick* überwältigt gewesen war. Denn er hatte die riesige Glaskonstruktion zum letzten Mal gesehen, als sie in tausend tödliche Bruchstücke zersplittert war.

Und dennoch stand sie jetzt hier, keine zwölf Stunden später, vollkommen intakt und makellos. Auf der anderen Seite der Scheiben erstrahlte eine leuchtende Morgensonne. Hohe Wolken warfen seltsame Schatten auf die glitzernden Glasflächen. Das ganze Ding stank vor widernatürlicher Macht.

Vielleicht verströmten diesen Geruch aber auch die Menschen, die sich hier versammelt hatten.

Ihr Anblick verschlug Luke den Atem. Fast vierhundert Ebenbürtige saßen in acht stufenförmig angeordneten Sitzreihen, jeder Lord und jede Lady mit ihrem jeweiligen Erben neben sich. In der Mitte der ersten Reihe waren zwei Plätze frei, vermutlich für die Jardines. Deren Abwesenheit ermöglichte Luke einen ungehinderten Blick auf die direkt dahinterliegenden Stühle. Auf einem der Plätze saß eine umwerfende junge Blondine, die Luke seltsam bekannt vorkam, und daneben ragte ein gewaltiger Mann mit einer Fülle elfenbeinweißer Haare auf, bei dem es sich um ihren Vater handeln musste.

Wo hatte er die Frau schon mal gesehen? Luke zermarterte sich das Hirn, bis ihm klarwurde, dass dort Bouda Matravers saß, Master Gavars zukünftige Frau. Ihr schönes Gesicht wirkte angespannt und wütend. Kein Wunder: Man hatte sie um eine Hochzeit gebracht. Luke ließ seinen Blick über die ersten Sitzreihen schweifen. In manchen Gesichtern entdeckte er Neugier, aber in keinem einzigen Mitgefühl. Danach schaute er sich nicht weiter um; es war sinnlos.

Lord Jardine saß auf dem Kanzlerstuhl. Luke stand daneben, mit gefesselten Händen, gesenktem Kopf und rasendem Puls. Hinter ihm hielt Gavar Jardine sich bereit, falls Luke zu türmen versuchte.

Aber Luke hatte nicht vor zu fliehen. Er wusste genau, auf welche Weise Master Gavar ihn daran hindern konnte. Und außerdem: Wohin sollte er schon fliehen?

Sollte er ihnen erzählen, dass Silyen Jardine wusste – oder es zumindest zu wissen behauptete –, wer Luke zum Stillschweigen gebracht hatte? Aber Silyen hatte dieses Wissen seinem Vater bereits vorenthalten und würde das schlichtweg wieder tun. Dadurch würden zwar Vater und Sohn gegeneinander aufgehetzt, aber welchen Nutzen brachte das Luke?

Er hatte nicht genügend Zeit, um darüber nachzudenken. Dann läutete die Glocke in der Kuppel – neun hohe, laute Schläge –, und Luke blieb überhaupt keine Zeit mehr.

Als Lord Jardine zu seiner Rede ansetzte, erkannte Luke, dass man ihn nicht für ein Gerichtsverfahren hierhergeschleift hatte. Sondern nur für einen Urteilsspruch.

»Meine eigenen ersten Befragungen haben keinerlei Hinweise auf irgendeinen Einfluss von *Geschick* erbracht«, sagte der Lord von Kyneston und drehte sein löwenartiges Haupt hin und her, um die versammelten Ebenbürtigen der Reihe nach zu mustern. »Und auch die Untersuchung meines geschätzten Justizratskollegen, Arailt Crovan, hat nichts ergeben. Daher scheint es wahrscheinlich, dass der Junge ein Einzeltäter ist, radikalisiert durch seine Sklavenzeit in Millmoor, angestiftet von dortigen Verbündeten, deren Identität noch unbekannt ist.«

Lukes Herz verkrampfte sich. Verbündete in Millmoor. Die Ebenbürtigen würden seinen Verstand auseinandernehmen und alles über Jackson, Renie und den Verein herausfinden.

Ihm wurde jetzt deutlich, welche Möglichkeiten ihm blieben: Eine Hinhaltetaktik hier auf Kyneston würde nur dazu führen, dass Jardine oder Crovan ihn weiteren Verhören unterziehen würden, was unweigerlich in der Preisgabe seiner Freunde resultieren würde.

Wenn die Spiele, die Luke in Millmoor gespielt hatte, ihn eines gelehrt hatten, dann die Tatsache, dass Aktionen unvorhersehbare Ereignisse und Gelegenheiten nach sich zogen. Falls man ihn Crovan übergab, bedeutete das eine lange Reise nach Schottland. Und diese bot ihm Möglichkeiten zur Flucht – sofern der Mann ihn nicht an einer Leine aus dem Saal führte.

»Die Schuld des Jungen steht außer Frage. Fast jeder hier von uns war anwesend, als er den abscheulichen Mord an unserem ehemaligen Kanzler begangen hat.

Viele wurden bedauerlicherweise sogar zu Augenzeugen. Aus diesem Grund beantrage ich, die Versammlung möge eine umgehende Verurteilung zu lebenslänglicher Sklavenzeit beschließen. Der Kriminelle wird dann zur Besserung Arailt Crovan überstellt.«

Lord Jardine betrachtete die Lords und Ladys. Luke konnte sich nicht vorstellen, dass irgendeiner von ihnen verrückt genug war, seine Stimme zu erheben. Hier in diesem Parlament der Ebenbürtigen hatte er keine Freunde.

Aber dann meldete sich doch jemand zu Wort.

»Der Junge ist unschuldig. Sie müssen ihn freilassen.«

In der hintersten Reihe erhob sich jemand von seinem Platz. Die Stimme – und das Gesicht – waren Luke unfassbar vertraut.

»Meilyr?« Lord Jardine runzelte die Stirn auf eine Weise, die nichts Gutes verhieß. »Du behauptest, dieser Junge sei unschuldig?«

»In der Tat.«

Der Mann – der Ebenbürtige, Meilyr oder wie auch immer – stieg die zahlreichen Stufen hinunter. Und Luke wollte ihm am liebsten zurufen, dass er sich wieder hinsetzen und den Mund halten sollte. Denn die Identität dieses Mannes war einfach unfassbar und zu schrecklich, um wahr zu sein.

Er war kein Ebenbürtiger. Er war Lukes Mentor und Freund, Doc Jackson.

»Und woher willst du das wissen?«

»Ich weiß das, weil ich ihn kenne. Während des letzten Jahres habe ich als Arzt in der Sklavenstadt Millmoor gelebt und gearbeitet. Diesen Jungen habe ich als Patienten kennengelernt, nachdem der Sicherheitsdienst ihn auf brutale Weise misshandelt hatte. Millmoors aufrührerische Aktionen während der vergangenen Monate sind mein Werk. Mein Versuch, allen Ebenbürtigen die ungerechten Lebensbedingungen vor Augen zu führen, die *wir* den Gewöhnlichen zumuten.«

Luke konnte es nicht fassen. Er wich vor dieser Person

zurück, die Jacksons Gesicht besaß und mit Jacksons Stimme sprach, aber ein Ebenbürtiger war.

»Dein Versuch ist gescheitert«, verkündete Lord Jardine mit eisiger Stimme. »War dieser Junge dein letzter Coup? Hast du ihm aufgetragen, diese letzte Gräueltat zu begehen, oder hat er es unter deiner Anleitung aus freien Stücken getan? Aber im Grunde macht das keinen großen Unterschied.«

Lord Jardines Worte drangen in Lukes Ohren. War das etwa der Grund, warum der Doc entschlossen gewesen war, Luke nach Kyneston zu bringen? Warum man ihn beim Verein angeworben hatte? Eine wandelnde Waffe, bereit für den Gebrauch, damit Jackson – dieser Ebenbürtige – sie einsetzen konnte.

Einsetzen – und dann zum Schweigen bringen. Hatte Silyen Jardine vielleicht das *Geschick* dieses Mannes in Lukes Hirn entdeckt? War er die Person, die nicht das war, das sie zu sein schien?

Allerdings klang das nicht nach der Geschichte, die der Doc jetzt den Ebenbürtigen präsentierte.

»Luke war nicht an Zelstons Mord beteiligt. Ich kann den Parlamentsmitgliedern genau verraten, womit er sich in Millmoor beschäftigt hat: mit uneigennützigen Hilfsaktionen und mutigen Taten. Es besteht nicht der geringste Grund, dass Sie oder dieser Mann« – Jackson drehte sich um und zeigte auf Crovan – »seinen Verstand auseinandernehmen für irgendwelche nutzlosen Informationen. Der Tod des Kanzlers muss ein persönliches Motiv gehabt haben. Luke war nur das unschuldige Werkzeug, das der Mörder benutzt hat – der übrigens jeder hier im Saal gewesen sein könnte.

Selbst Sie, Mylord, der am meisten von Zelstons Tod profitiert.«

Der Ostflügel von Kyneston explodierte zum zweiten Mal innerhalb von zwölf Stunden, diesmal jedoch vor Schock: Die in Aufruhr geratenen Ebenbürtigen redeten und brüllten empört durcheinander.

In der letzten Reihe war eine ältere Frau aufgesprungen und rief verzweifelt: »Meilyr, nein! Nein!«

Gavar starrte den Doc an, als würde er ihn zum ersten Mal sehen.

»Die Strafanstalt«, stieß er hervor. »Die Flucht. Ich hab doch gewusst, dass da *Geschick* im Spiel war. Das war dein Werk.«

Doch Jacksons Blick war fest auf Luke gcheftet.

»Es tut mir leid, dass ich dir nicht sagen konnte, wer ich bin«, beteuerte er mit leiser, eindringlicher Stimme. »Und es tut mir so leid, dass das hier passiert ist. Wir bringen das wieder in Ordnung, genau wie bei Oz. Vertrau mir.«

Aus dem Gesicht des Docs sprach glühende Überzeugung. Aber wie sollte Luke ihm jetzt noch glauben? Wie konnte man jemandem vertrauen, den man nie wirklich gekannt hatte?

»Genug!«

Lord Jardines Stimme hatte den gleichen Effekt, den das *Geschick* seines Erben auf dem Platz vor dem MAD-Gebäude gehabt hatte, allerdings ohne die Qualen und die Übelkeit. Die Parlamentarier verstummten abrupt.

»Am Ende der gestrigen Sitzung haben Sie, meine Mit-Ebenbürtigen, dafür gestimmt, Kanzler Zelston seines Amtes zu entheben. Ein Beschluss, der nebenbei bemerkt bedeutet, dass ich nicht das geringste Motiv für den Tod des Mannes habe – entgegen Meilyrs Unterstellungen.

Diese Abstimmung hat auch den Einsatz eines Notstandsgremiums unter meiner Leitung genehmigt. Ich möchte daran erinnern, dass diese Notstandsvollmachten auch die Autorität zum Erlass von Gesetzen umfasst. Die Fähigkeit, jeden Staatsfeind schnell und effektiv zur Strecke zu bringen.

Wir sind heute hier zusammengekommen, um einen solchen Staatsfeind zu verurteilen, und haben dabei die Identität eines weiteren Staatsfeinds in unserer Mitte aufgedeckt. Jemand, der freimütig gestanden, oder besser gesagt, damit geprahlt hat, dass er der Anstifter von Aufständen, Gewalttaten und einer offenen Revolte gegen unsere Herrschaft war.«

Lord Jardine wandte sich an Crovan und winkte ihn heran. Würde der Mann statt mit einem Gefangenen gleich mit zweien nach Schottland zurückkehren?

»Sie können keinen Ebenbürtigen zu lebenslänglicher Sklavenzeit verurteilen!«, brüllte die Frau in der letzten Reihe und torkelte die Stufen hinunter.

»Lady Tresco.« Lord Jardine schnurrte ihren Namen, aber es handelte sich um das Schnurren eines Löwen: mit gebleckten, blutigen Zähnen. »Wie schön, dass Sie endlich das Prinzip ›ein Gesetz für uns und ein Gesetz für die anderen‹ anerkennen. Aber ich habe gar nicht vor, Ihren Sohn zu lebenslänglicher Sklavenzeit zu verurteilen. Ich will ihn lediglich zurück auf den Pfad der Tugend bringen.

Arailt hat schon eine ganze Weile Vorbereitungen für solch eine Maßnahme getroffen. Sollte sie sich als effektiv erweisen, wird Meilyr heute Abend nach Highwithel zurückkehren können, nachdem er seine Fehler eingesehen hat. Gavar, sorg dafür, dass Armeria sich nicht einmischt.«

Gavar lief los, um die Frau abzufangen und ihr den Weg zu versperren, bevor sie das Ende der Stufen erreichte.

Niemand sonst rührte sich von der Stelle. In der Mitte der

zweiten Reihe beugte sich die Blondine gebannt vor; ihr perfektes Gesicht wirkte so hart wie Marmor.

»Was haben Sie vor?«, fragte Jackson mit ruhiger Stimme.

»Was ich vorhabe?« Lord Jardine lächelte. »Nun ja, einem gefährlichen Tier zieht man die Krallen. Also was sollen wir da mit einem gefährlichen Ebenbürtigen tun?«

Er nickte Crovan zu. Der Mann drehte sich in Jacksons Richtung; seine Brille blitzte im grellen Sonnenlicht auf, woraufhin der Doc zusammenzuckte.

Aber obwohl der Doc den Blick abwandte, verschwand sein Stirnrunzeln nicht – es verstärkte sich sogar und verwandelte sich schließlich in einen schmerzverzerrten Ausdruck.

»Was tun Sie da?«, fragte er mit vor Entsetzen erstickter Stimme. »Nein!«

Er taumelte, fiel auf ein Knie, griff sich an den Kopf. Dann ballte er die andere Hand zur Faust – und Lord Crovans großgewachsene, tadellose Erscheinung ging in Flammen auf.

Crovan keuchte und ließ eine Hand durch die Luft sausen. Jackson ging krachend zu Boden. Aber Crovan brannte weiter. Luke konnte die Hitze selbst von seinem Standort aus spüren, allerdings entdeckte er keine Anzeichen von Verbrennungen. Keinen Brandgeruch. Der Mann schlug mit Händen und Beinen um sich, und dort, wo seine Gliedmaßen die Flammen berührten, erlosch das Feuer. Er fuhr sich mit den Fingern durchs Gesicht und über die Haare und wrang die letzten Flammen wie Wasser aus seinen Haarspitzen.

Der Doc rappelte sich auf alle viere; die Anstrengung stand ihm deutlich ins Gesicht geschrieben. Er sah zu seinem Gegner hoch, und Luke bemerkte, wie Tränen aus seinen Augenwinkeln rannen. Tränen aus reinem Gold.

Die Frau, die von Gavar festgehalten wurde, kreischte auf – stieß qualvolle, nicht menschliche Schreie hervor: wie ein Tier, das sein Junges in einer Falle entdeckt hat.

Jackson hob eine Hand vom Boden hoch. Die goldene Flüssigkeit quoll nun unter seinen Fingernägeln hervor. Ein dünnes Rinnsal lief von seinem Ohr zum Hals hinunter. Dann machte er eine Hackbewegung mit der Hand. Alle im Saal hörten, wie Crovans Beine brachen. Der Mann stürzte zu Boden. Und Jackson hackte erneut. Ein weiteres Knacken von Knochen. Crovan schrie und wand sich hin und her; seine Arme sackten in einem unnatürlichen Winkel neben seinem Rumpf auf den Boden.

Luke schnappte nach Luft: Er sah, wie der Doc, den er kannte, verschwand und sich in diesen verzweifelten, unfassbar mächtigen Meilyr Tresco verwandelte. Der um sein Leben kämpfte – oder sogar um mehr als das.

Der Doc kroch zu der Stelle, wo Crovan lag, schlang beide Hände um dessen Hals. Und drückte zu.

Ein atemloses Winseln entwich Crovans Mund, und trotz des entsetzlichen Anblicks jubelte Lukes Herz einen Moment lang. Der Mann bekam genau das, was er verdiente. Rache für Dog. Rache für all die grauenhaften Dinge, die er hinter den Mauern seiner Burg seinen Gefangenen angetan hatte: Männer und Frauen, die sich dieser Rasse von Monstern – die sich selbst als »Ebenbürtige« bezeichneten – widersetzt hatten.

Doch dann erkannte Luke, dass es sich um ein triumphierendes Zischen handelte.

Die Luft um Meilyr herum explodierte in einem feinen, goldenen Nebel. Die Partikel spritzten von seinem Körper ab, als würden sie aus jeder einzelnen Pore sprühen. Der Anblick war so grell und blendend, dass Luke die Augen abwenden musste. Er hob eine Hand, um sich die Wange abzuwischen – worum es sich bei dieser Flüssigkeit auch immer handeln mochte. Er erinnerte sich an die Frau in der Reihe vor ihm auf dem Platz des MAD-Gebäudes. Erinnerte sich an ihren Kopf, den Griersons Kugel gesprengt hatte. An das Blut und die Gewebefetzen.

Aber seine Finger waren sauber. Die goldene Substanz bestand aus reinem Licht, erkannte Luke. Leichter als Luft. Es stieg in die Höhe, verteilte sich, dünnte aus. Und schließlich sammelte es sich als ein leuchtender Dunst unter dem glänzenden Glasdach von Kynestons Ostflügel. Dann blitzte der Dunst einmal grell auf … und war verschwunden.

Crovan setzte sich auf, dehnte die Arme und beugte seine jetzt wieder unversehrten Beine.

Aber Meilyr Tresco – Doc Jackson – lag zusammengekrümmt da. Er schluchzte, als hätte es ihm das Herz gebrochen. Als wäre seine Seele zersplittert.

Als hätte man ihm das *Geschick* aus dem Körper gerissen und vernichtet.

# EPILOG

## *Abi*

Der Wagen hatte Luke mitten in der Nacht fortgebracht. Abis verurteilter Bruder und sein Kerkermeister, Lord Crovan, waren von Kynestons Tor direkt zu einem Hubschrauber gebracht worden. Als Lukes Familie von seinem Abtransport erfuhr, befand er sich bereits auf halbem Weg nach Schottland – und zu welch auch immer geartetem Schicksal auf Eilean Dòchais.

Jenner hatte diese Information am Morgen überbracht; zu diesem Zeitpunkt waren die Hadleys schon fast vierundzwanzig Stunden auf den Beinen gewesen. Dad war zusammengebrochen, als er die Nachricht erfahren hatte, und Mum hatte einfach nur den Kopf an seine Schulter gelegt und geweint. Das Ganze war solch ein Albtraum, dass Abi beinahe dankbar war für die Ablenkung, die Jenners nächste Worte bewirkten.

»Jackie, Steve, ihr und Abi müsst eure Sachen packen. Ihr werdet heute Nachmittag nach Millmoor geschickt.«

»Millmoor?« Dad wirkte verwirrt.

Aber Mum hatte das registriert, was Jenner nicht gesagt hatte.

»Daisy doch sicher auch.«

Jenner blickte zu den Deckenbalken hinauf, als stünden dort die Worte, die er brauchte. Aber natürlich stand dort nichts.

»Daisy bleibt hier. Auf Kyneston.«

Abi hob ruckartig den Kopf. Diese Entwicklung hatte sie nicht vorhergesehen.

Mum brüllte wütend auf, stürzte sich auf Jenner und trommelte mit den Fäusten auf ihn ein. Abi rührte keinen Finger, um ihm zu helfen, und auch Dad unternahm keinen Versuch, Mum fortzuziehen. Jenner duckte sich und wich den schlimmsten Hieben aus; dann umfing er ihre Hände und wartete, bis sie keine Kraft zum Weiterkämpfen mehr hatte.

»Ihr nehmt mir meine Kinder«, schluchzte Mum und wischte sich mit dem Ärmel ihres Morgenmantels über die triefende Nase. »Ihr seid keine Menschen – ihr seid Monster.«

»Das ist nicht gestattet«, wandte Abi sich an Jenner, aber eher, um die Geschichte hinter sich zu bringen, als in der Hoffnung auf eine beruhigende Antwort. »Das Gesetz besagt, dass Kinder unter achtzehn Jahren ihre Sklavenzeit nur in Begleitung ihrer Eltern abdienen können. Allerdings erinnere ich mich daran, dass deine Mutter das bei Luke ja ebenfalls vergessen hat.«

»Abi, mein Vater *ist* das Gesetz. Er kann sagen, was er will. Gavar hat darum gebeten, und Vater hat eingewilligt. Daisy wird in eines der Zimmer im Dienstbotenquartier ziehen, und für Libby wird direkt nebenan ein Kinderzimmer eingerichtet.«

Daisy saß stumm und reglos am Tisch. Sie drehte den Kopf und schaute durch die Küchentür zu Libby, die auf dem Wohnzimmerteppich mit bunten Bauklötzen spielte. Ihre Miene war undurchdringlich. Daisy liebte das kleine Mädchen von ganzem Herzen, das wusste Abi. Aber Daisy war selbst noch ein Kind, keine elf Jahre alt.

Würde Gavar ihre Ersatzfamilie werden – eine seltsame Kombination aus älterem Bruder und Elternteil? Und wie würde Bouda Matravers nach der Hochzeit auf den unorthodoxen Haushalt ihres Mannes reagieren?

Daisy schwieg.

»Wir brauchen regelmäßigen Kontakt«, stieß Abi hervor. »Wöchentliche Briefe. Telefonate sooft wie möglich. Und keine dreimonatige Sperrzeit; das Ganze muss sofort passieren. Du kannst dafür sorgen.«

Jenner zog eine ergebene Miene. »Mach ich.«

»Und ich muss noch mal ins Haus. Im Büro liegen noch ein paar Sachen von mir.«

»Natürlich. Das wollte ich selbst gerade vorschlagen.«

»Mum, Dad, fangt schon mal mit dem Packen an. Ich beeil mich. Ich will keine Sekunde mit dir verpassen, Schwesterherz.«

Abi und Jenner hatten die Cottages hinter sich gelassen, die Kuppe mit dem Blick auf Kyneston aber noch nicht überschritten, als Jenner sie küsste. Einen kurzen, verräterischen Moment lang gestattete Abi es sich, sich an ihn zu schmiegen. Und sie fragte sich verzweifelt, was passieren würde, wenn sie ihn anflehte, er solle seinen Vater bitten, ihr die Erlaubnis zum Bleiben zu geben.

»Ich habe ihn bereits gefragt, ob du nicht bleiben kannst«, sagte Jenner, als würde er ihre Gedanken intuitiv erfassen. Er nahm ihr Gesicht in seine Hände und schaute sie mit seinen warmen braunen Augen an. Darin stand das gleiche Bedauern wie damals am ersten Tag, als er sie gewarnt hatte, nicht zu neugierig zu sein. »Ich wollte nicht, dass du das Gefühl hast, dass Gavar eine Genehmigung für Daisy bekommt, ich es aber nicht einmal versucht habe.«

»Ja, ich glaub dir«, sagte Abi und stellte sich auf die Zehenspitzen, um ihn erneut zu küssen. Sie wollte nicht, dass er den

Grund aussprechen musste, den sie beide kannten: Jenners Machtlosigkeit. Gavar war der Erbe. Ihn und Lord Jardine verband ein gezwungenes, brisantes Bündnis, aber Vater und Sohn brauchten einander. Dagegen wurde Jenner von niemandem gebraucht.

Nicht mal ich brauche ihn, ermahnte Abi sich fest entschlossen. Sie fragte sich, wie oft sie sich das wohl noch einreden musste, bis sie es selbst glaubte. Und wie viele Male danach, bevor es der Wahrheit entsprach.

Die persönlichen Sachen, die Abi zusammensuchen musste, befanden sich an verschiedenen Orten im Büro, nicht nur auf ihrem eigenen Schreibtisch. Also ermutigte sie Jenner, einen Blick in die von ihr geführten Arbeitsberichte und Datenblätter zu werfen, damit er auch alles verstand. Während er damit beschäftigt war, lief sie durch den Raum, öffnete Schubladen und Schränke und erklärte hin und wieder ein paar Dinge auf dem Computer, die Jenner weiterhalfen.

Dann bat sie ihn, sie nicht zum Cottage zurückzubegleiten, und sie nahmen im Verwaltungsbüro der Jardines Abschied voneinander. Jenner schob seine Finger in ihre langen Haare, als wollte er sie nie wieder freigeben. Und Abi presste ihr Gesicht an seine Brust und atmete seinen Geruch ein.

»Ich möchte den hier haben«, verkündete sie und zog an seinem Schal, als sie sich voneinander lösten. Jenner schlang ihn um ihren Hals, küsste sie auf die Wange und blickte ihr nach, als sie das Haus verließ.

Die letzten gemeinsamen Stunden der Hadleys verliefen in gedämpfter Stimmung. Niemand sprach über Luke. Seine Abwesenheit war einfach zu schrecklich, um jetzt schon darüber zu reden. Mum und Dad hielten Daisy nacheinander verzweifelt im Arm, als versuchten sie, sich jeden Zentimeter von ihr einzuprägen. Wenn sie sich das nächste Mal wiedersahen, würde ihr kleines Mädchen zu einer erwachsenen Frau von zwanzig Jahren herangereift sein.

»Es ist gar nicht so ungewöhnlich, dass Kinder in Daisys Alter von ihren Eltern getrennt leben«, versuchte Abi ihren Vater zu trösten. »Das Ganze ist so, als wäre sie auf dem exklusivsten Internat der Welt.«

»Nur mit dem Unterschied, dass niemand meine Hausaufgaben überprüft«, pflichtete Daisy ihr bei. »Und dass ich diejenige sein werde, die unterrichtet.«

Dad lachte, aber wenige Momente später verwandelte sich sein Lachen in ein herzzerreißendes Schluchzen. Zum millionsten Mal verfluchte Abi sich dafür, dass sie ihre Eltern überredet hatte, einen Antrag für Kyneston zu stellen. Wenn sie nicht gewesen wäre, dann säßen sie jetzt alle in Millmoor: unterernährt, in einer schlechten Behausung und zu Tode gelangweilt, aber zusammen.

Jenner kehrte kurz nach dem Mittagessen zurück und führte die vier zur Mauer, wo der junge Herr bereits auf seinem schwarzen Pferd auf sie wartete. Das Tor kam schimmernd zum Vorschein. Abi hasste den Gedanken, dass sein Erscheinungsbild noch genauso atemberaubend war wie bei ihrer Ankunft. Auf der anderen Seite tauchte ein Wagen auf, ein weiteres silbergraues Fahrzeug des Arbeitszuteilungsamtes.

Das Tor schwang auf. Vier Mitglieder der Familie Hadley

gingen darauf zu, aber nur drei passierten es. Daisy stand da und winkte, Libby Jardine in der Babytrage vor ihrer Brust. Und dann – einfach so – war das Tor verschwunden und damit auch Abis kleine Schwester. Kynestons Mauer erstreckte sich wieder in beide Richtungen – ein ununterbrochenes und unüberwindliches Hindernis, mit Moos bedeckt und von *Geschick*-Licht leicht erhellt.

»Sie haben aber nicht viel Gepäck«, sagte der Fahrer, als Abi ihre halbleere Reisetasche in den Kofferraum auf Mums und Dads Taschen warf.

»Ich weiß, wie das in den Sklavenstädten läuft«, antwortete Abi. »Mein Bruder war in Millmoor. Die Behörden erlauben einem nicht, viel mitzunehmen.«

Sie ließ sich auf der Rückbank des Fahrzeugs nieder; Mum saß neben ihr und Dad vorn. Während der ersten Minuten versuchte der Fahrer, ein Gespräch in Gang zu bringen, gab es dann aber auf. Abi verfolgte die Straßen, die der Wagen nahm. Sie würden nach Westen in Richtung Bristol fahren, dann über die M5 nach Norden, bis nach Manchester – und Millmoor.

Abi schob die Hände in die Manteltaschen und kämpfte gegen die leichte Übelkeit in ihrem Magen an.

»Es tut mir leid«, platzte sie kurz darauf hervor. »Aber mir wird vom Autofahren immer schlecht. Ich glaube, ich muss mich gleich übergeben.«

»Was?« Der Fahrer warf einen Blick über die Schulter und zog eine finstere Miene.

»Bitte halten Sie bei den Bäumen da drüben an. Schnell.« Abi schlug sich eine Hand vor den Mund.

Sie wagte es nicht, etwas anderes zu unternehmen, als Mums

Finger kurz zu drücken, während sie aus dem Wagen stieg und die Tür hinter sich geöffnet ließ.

Dann hastete sie ein Stück in die Bäume hinein, drehte dem Fahrzeug den Rücken zu und krümmte sich zusammen. Ihre Würgegeräusche waren bestimmt deutlich zu hören. Sie spuckte und drang etwas tiefer in das Unterholz ein.

Sobald sie außer Sicht war, sprintete sie los.

Die Landkarte in ihrer Tasche schlug bei jedem Schritt gegen ihr Bein. Die Karte, die sie aus dem Büro genommen und auf dem Rückweg zum Cottage sorgfältig studiert hatte. Abi wusste genau, wo sie war. Nicht weit von hier führte eine kleine Landstraße nach Westen, in Richtung Exeter. Bestimmt würde schnell jemand für ein junges Mädchen anhalten, das ganz allein unterwegs war.

Von dort aus würde sie einen Zug nach Penzance nehmen, der letzten Stadt im äußersten Südwesten Englands. In ihrem Mantel hatte sie genügend Geld versteckt: Sie hatte die Portokasse des Büros geleert, und selbstverständlich hatte sich darin mehr Wechselgeld befunden, als die meisten anderen Leute in einem ganzen Monat verdienten.

Damit konnte sie sich andere Kleidung besorgen und ein Haarfärbemittel. Es war wichtig, schnell ihr Erscheinungsbild zu ändern, weil ihre Flucht bestimmt bald bekanntgegeben wurde. Glücklicherweise hatte niemand eine Idee, wohin sie fliehen wollte. Die Behörden würden bestimmt Manchester vermuten. Oder sogar Schottland.

Von Penzance aus konnte sie eine Fähre nehmen. Oder einen Hubschrauber. Oder sich einen Platz auf einem Fischerboot oder einer Yacht erschmeicheln oder erkaufen.

Sie konnte noch vor dem Abend auf den Scilly-Inseln sein.

Inmitten des Archipels lag ein Herrensitz. Ein Landsitz, der den einzigen Menschen gehörte, die ihr vermutlich dabei helfen würden, ihren Bruder zu retten: Lady Armeria Tresco und ihr jetzt *geschickloser* Sohn und Erbe, Meilyr.

Abi lief weiter. Sie wollte noch vor Anbruch der Dunkelheit Highwithel erreichen.

## *Danksagung*

Ich danke: meinem Agenten – Robert Kirby – dafür, dass er an mich geglaubt und dieses Buch möglich gemacht hat. Meiner internationalen Agentur – Ginger Clark und Jane Willis – dafür, dass sie mir weltweit den Weg geebnet haben. Meinem Lektorat – Bella Pagan und Tricia Narwani – dafür, dass sie dieses Buch so gut gemacht haben, wie es nur möglich war. Meinem internationalen Lektorat – Eva Grynszpan, Marie-Ann Helle und vielen anderen – dafür, dass sie dieses sehr britische Buch lieben. Meinen Teams bei PanMac und Del Rey – Lauren, Phoebe, Kate, Jo, Emily, David M., Keith, Thomas, Quinne, David S., Julie und ihren Kollegen – dafür, dass die Zusammenarbeit das reinste Vergnügen war.

Meinem #TeamUA – Kate, Kat und Yasmin – dafür, dass sie sich um alles gekümmert haben.

Meiner Familie – Mum, Jonathan und Dad – dafür, dass sie meine Kindheit mit Büchern bereichert und mich immer haben lesen lassen. Meinen alten Freunden – Hils, Giles, Tanya, John und viel zu viele andere, um sie hier alle erwähnen zu können – dafür, dass sie immer daran geglaubt haben, eines Tages mein Buch in den Händen zu halten. Meinen neuen Freunden – Debbie, Taran, Tim und Nick – dafür, dass sie mich inspiriert und mich die ganze Zeit angespornt haben. Meinen Freunden beim Fernsehen – Mike, Jacques, Fiona und Jay – dafür, dass sie mir meine große Flucht ermöglicht haben. Meinen ersten Befragten – Gav, der mich vorgestellt hat, und Amy, die mich aus dem Manuskriptstapel herausgezogen hat – sowie der Winchester Library, die mir im Alter von acht einen Preis in der Kategorie »Bester Text« verliehen hat. Es geht nichts über Menschen, die früh an einen glauben.

Meinen Wattpadres dafür, dass sie von Anfang an für mich da waren. Meinen Homies dafür, dass sie mich die ganze Zeit mit Drinks versorgt haben. Meinen Goldies dafür, dass sie davon überzeugt sind, dass kreative und intellektuelle Unterfangen zusammengehören. Meinen Swankies dafür, dass sie mich bei diesem Projekt nicht allein gelassen haben.

## Willst du das perfekte Leben?
## Oder du selbst sein?




fi 6-2236 / 1

## Willst du die perfekte Welt?
## Oder die Freiheit?

Celestine wurde als „fehlerhaft“ gebrandmarkt, sie gehört nun zu den Menschen zweiter Klasse. Doch statt sich den strikten Regeln des Systems zu unterwerfen, flieht sie. Denn Celestine ist auch ein Symbol der Hoffnung für alle anderen Fehlerhaften. Gelingt es ihr, den grausamen Richter Crevan zu überführen? Das wäre die Chance auf einen Neuanfang für die Fehlerhaften. Aber gibt es auch für ihre große Liebe eine neue Chance?

Für Celestine geht es um alles – um Gerechtigkeit für sich selbst und alle anderen und um eine lebenswerte Zukunft.

Cecelia Ahern
**Perfect – Willst du die perfekte Welt?**
Aus dem Englischen
von Anna Julia
und Christine Strüh
464 Seiten, Hardcover
mit Schutzumschlag

Das gesamte Programm gibt es unter
www.fischerverlage.de

fi 6-2235 / 1

## Der zweite Band der SPIEGEL-Bestseller-Trilogie

Zusammen mit ihrer Freundin Raven und ihrem heimlichen Geliebten Ash flüchtet Violet aus dem Juwel. Um zu überleben, muss sie Fremden vertrauen. Denn ihre Herrin, die Herzogin vom See, lässt ihre Häscher überall nach den Verrätern suchen. Auf ihrer Flucht erfährt Violet, dass sie sehr viel mehr kann, als sie wusste. Sie wird die Zukunft der Einzigen Stadt verändern.

Amy Ewing
**Das Juwel**
Die Weiße Rose
Roman
Aus dem Amerikanischen
von Andrea Fischer
400 Seiten. Gebunden